Ingeborg Bachmann

Requiem für Fanny Goldmann

SERIE PIPER

Zu diesem Buch

Die Geschichte der österreichischen Schauspielerin Fanny Goldmann sollte nach dem Willen Ingeborg Bachmanns den durch »Malina« eröffneten »Todesarten«-Zyklus fortsetzen – ein Projekt, zu dem auch »Das Buch Franza« gehört und das nicht mehr zum Abschluß gelangte. Die Schicksale Fanny Goldmanns und ihrer deutschen Parallelfigur, der politischen Journalistin Aga Rottwitz, gehören zu jenen »Geschichten mit letalem Ausgang« im Hintergrund des literarischen Lebens, die Ingeborg Bachmanns großangelegtes Romanfragment als Beispiel für die geistigen und moralischen Verbrechen der modernen Gesellschaft erzählt. Die späten Erzählfragmente »Gier« und »Rosamunde« führen dieses Projekt einer literarischen Sittenkritik der Zeit fort. Diese Taschenbuchausgabe ist der zweite Band der Einzelausgaben, die auf dem Text der kritischen Edition von Ingeborg Bachmanns »Todesarten«-Projekt (1995) basieren und die dort erstmals edierten oder völlig neu rekonstruierten Texte auch im Taschenbuch zugänglich machen.

Ingeborg Bachmann, am 25. Juni 1926 in Klagenfurt geboren, Lyrikerin, Erzählerin, Hörspielautorin, Essayistin. 1952 erste Lesung bei der Gruppe 47. Zahlreiche Preise. Sie lebte nach Aufenthalten in München und Zürich viele Jahre in Rom, wo sie am 17. Oktober 1973 starb.

Ingeborg Bachmann

Requiem für Fanny Goldmann

und andere späte »Todesarten«-Texte

Das »Todesarten«-Projekt in Einzelausgaben

Herausgegeben von
Monika Albrecht und Dirk Göttsche

Piper München Zürich

Die vorliegende Neuausgabe beruht in bearbeiteter Form auf der Edition: Ingeborg Bachmann, »Todesarten«-Projekt. Kritische Ausgabe. Unter Leitung von Robert Pichl herausgegeben von Monika Albrecht und Dirk Göttsche. 4 Bände in 5 Bänden, Piper Verlag, München 1995.

Von Ingeborg Bachmann liegen in der Serie Piper außerdem vor:
Die Hörspiele (139)
Frankfurter Vorlesungen (205)
Die gestundete Zeit. Gedichte (306)
Anrufung des Großen Bären. Gedichte (307)
Liebe: Dunkler Erdteil. Gedichte (330)
Wir müssen wahre Sätze finden. Gespräche und Interviews (1105)
Die Fähre. Erzählungen (1182)
Simultan. Erzählungen (1296)
Das dreißigste Jahr (1509)
Mein erstgeborenes Land. Gedichte und Prosa aus Italien (1354)
Werke (4 Bände, 1700)
Von den Linien der Wirklichkeit (1747)
Gedichte, Erzählungen, Hörspiele, Essays (2028)
Sämtliche Erzählungen (2218)
Sämtliche Gedichte (2644)
Das Buch Franza (Das »Todesarten«-Projekt in Einzelausgaben, 2608)

Taschenbuchausgabe
März 1999

Umschlag: Büro Hamburg
Simone Leitenberger, Susanne Schmitt, Annette Hartwig
Umschlagabbildung: Francis Picabia (»Arbre en fleur«, Detail,
© VG Bild-Kunst, Bonn 1999)
Satz: pagina GmbH, Tübingen
Druck und Bindung: Clausen & Bosse, Leck
Printed in Germany ISBN 3-492-22748-1

Inhalt

Requiem für Fanny Goldmann

Einleitungsentwürfe

* Der Lebenslauf einer Frau mit Haltung und schönen Schultern, der eines Tags von einem kleinen Verbrecher, einem Neureichen ⟨⟩, ⟨der⟩ Gesehnes und Gelesenes ohne Umweg in Nutzen umsetzt, der nicht mehr zu überblicken vermochte als fünfzig Jahre Literatur, schwedische Möbel und Stahlrohr, zu dem er es noch bringen sollte, der in nichts eingetaucht war als in seinen kleinen Ehrgeiz, zwischen dem 1. Bezirk und Döbling und Hietzing, mit einem Aug nach Kitzbühel und St. Anton und dem Wolfgangsee, zu den Altenwyls und den Damen im 3. Bezirk, der noch ein paar Jahre brauchte, um zu erlernen, mit welchen Krawatten und Hemden, mit welchen Westen und Uhren man ausgerüstet zu sein hatte, um das alles sozusagen nicht mehr bemerken zu müssen, der mit schmutzigen Socken und Unterhosen herumlief und Nägel biß, bis ihm Fanny die Hände manikürte, ihn ⟨von⟩ den handgestrickten Pullovern befreite und ⟨er⟩ das made in England sich lässig über den Kopf ziehen konnte, die richtigen Jackenknöpfe offenließ und die richtigen Hemden offen trug, der das Wort blazer verstand und Kaschmir nicht mehr mit der Geographie in Zusammenhang brachte, der die richtigen Bücher las und sich traute, von der Meinung abzuweichen, weil er wußte, von welcher und in welche Richtung er abzuweichen hatte, um sich interessant machen zu können, der schweigen lernte, gelangweilt, wenn die Leute sich über Anouilh ereiferten und Wilders Romane lasen, obwohl er ohne Fanny gemeint hätte, daß Spiel im Schloß ein gutes Stück sei und man von Wilder noch reden dürfe wie von der letzten Automarke. Fanny hätte natürlich keinen eifrigeren Schüler finden können, obwohl sie nicht einmal wußte, daß sie so etwas wie seine Lehrerin geworden war, aber er erriet schnell, er kopierte ihre elegantesten Bemerkungen, er lernte, daß selber denken und urteilen nicht so gefährlich sei, wie er im Anfang gemeint hatte, als er immer hinter den anderen in den Cafés herhinkte, da er meistens nicht wußte, wovon sie schon wieder sprachen, und dann sich rasch informieren ging, in die Nationalbibliothek oder in einer Buchhandlung, wo er am Ende, nachdem er alle Nachschlagwerke durchgeblättert hatte, ein Taschenbuch kaufte.

Die Provinz, die zwar immer noch ihre jungen Leute nach Wien ausspie, und die besten darunter, die harte Schädel produzierte, die schwächeren Nerven, die flatternde Unsicherheit, die ungeschickten Körperhaltungen, die erzählten von Möbel-Stadlers Polstersesseln und harten Bettbänken, die abends in Betten verwandelt wurden, von der ganzen schrecklichen Traurigkeit kleinbürgerlicher Haushalte, in denen ein Sonnenuntergang über dem »Wohnzimmer« hing, in dem nie jemand wohnte, in deren Küchen die jüngeren Kinder ihre Schulaufgaben machten, die Älteren sich wuschen, in denen das Radio dröhnte, in denen immer Wäsche gewaschen wurde, Marmelade eingekocht wurde, wo es ⟨am⟩ Sonntag Schweinsbraten gab mit Knödeln und Krautsalat und über jede Kleinigkeit stundenlang geredet wurde, jeder Satz fünfmal wiederholt wurde, aus diesen und ähnlichen Häusern kamen die Mareks nach Wien in den fünfziger Jahren, um hier ⟨⟩

* Die älteren Wiener Theaterbesucher ausgenommen, wird jeder sich nur ungenau an die Schauspielerin Fanny Goldmann erinnern. Wer die Goldmann aber als Iphigenie gesehen hat oder in »Die Jüdin von Toledo«, am besten vielleicht in einem wertlosen englischen Konversationsstück, »Danke für die Rosen«, wird vielleicht am ehesten ihre Art, zu stehen und plötzlich sich zu bewegen, in Erinnerung haben, die ein wenig harte, hilflose Bewegung einer Statue, die in Trickszenen zum Leben erwacht, ihre Art zu stehen war also das Auffallendste, besonders wenn der Vorhang hochging und sie schon dastand. Zu erinnern wäre auch, außer der dekorativen Schönheit, eine Art, die Sätze oder Blankverse abzuwikkeln, in einer Satzmelodie von vollkommener Reinheit und Genauigkeit, ja, obwohl niemand eine eigentliche Leistung der Goldmann einfallen wird können, so müßte es doch die Kritiker verwundert haben, daß sie beinahe nicht mehr deutsch sprach, sondern etwas Himmlisches, das sich vom Deutschen nur das Material ausborgte, etwas fast so Verklärtes, daß auch die besten Freunde der Fanny Goldmann sich nie der Langeweile erwehren konnten, die diese schöne Gestalt im Verlauf von zwei drei Stunden auszustrahlen vermochte.

Dies allein könnte erklären, warum einige noch immer bewundernd von der schönen Fanny Goldmann sprechen oder kurz ausrufen: und diese Stimme! warum aber niemand bedauert, sie nicht mehr auf der Bühne zu sehen, kein Kritiker die Direktion anschuldigt, die Goldmann auf Eis gelegt zu haben.

Im Jahr 1945, wie man sich endlich zugeben muß, in einer längstvergangenen Zeit also, von der zu sprechen immer peinlicher wird, weil sie zu nah und zu fern ist, um nicht ein Gähnen hervorzurufen, gab es noch keine Fanny Goldmann, sondern eine Stephanie Theres Wischnewski, älteste Tochter der Witwe eines Obersten Wischnewski des österreichischen Heeres, der sich am 15. März 1938, nach dem Einmarsch der Deutschen in Wien, eine Kugel durch den Mund geschossen hatte. Fanny Wischnewski hätte also, zwanzigjährig im Jahr 1945, als sie die Uniform einer deutschen Flakhelferin auszog und ein von Tante Paulette geschneidertes dunkellila Kleid anzog, sich auf einen patriotischen ⟨Selbstmörder⟩ als Vater berufen können in Fragebogen und auf der Suche nach einem Engagement oder dem Ansuchen um eine weitere Ausbildung, aber da sie das nicht tat – so können stolze Unterlassungen Folgen haben –, kreuzte sich ihr Weg nicht nur zufällig mit Ernst Goldmann, dem Kulturoffizier der amerikanischen Besatzungsmacht in Wien, sondern sie wurde dessen Frau und für ein paar Jahre nach dem Krieg der Mittelpunkt jedes Theatertisches, in einem Restaurant oder einem Café, ⟨⟩

* In einer längstvergangenen Zeit, die von unregelmäßiger Bedeutung ist, trotz ihres Eingreifens in das Leben aller, die damals gelebt haben, gab es eine Fanny Wischnewski, Tochter der Frau Oberst Wischnewski und angenommenerweise auch eines Obersten des österreichischen Heeres, der sich an einem Märztag im Jahre 1938 eine Kugel durch den Mund geschossen hatte. Fanny hätte also im Jahre 1945, als sie die Uniform einer deutschen Flakhelferin (es wird später zu erklären sein, wie Fanny und die deutsche Fliegerabwehr zu einer kurzen Symbiose kamen) auszog und ein von Tante Paulette geschneidertes kleines schwarzes Kleid anzog, sich auf einen patriotischen Selbstmörder berufen können in Frage-

bogen und bei einer Anstellung oder weiteren Ausbildung, aber da sie ⟨es⟩ nicht tat – so können kleine Unterlassungen Folgen haben –, kreuzte sich ihr Weg nicht nur mit Mr. Goldmann, dem Kulturoffizier der amerikanischen Besatzungstruppen in Wien, sondern sie wurde dessen Frau und erschien einige Jahre lang auf Theaterzetteln, Plakaten und in Zeitungen als die bezaubernde, hinreißend schöne, und was dergleichen Ausdrücke mehr sind, die um eine Schauspielerin ⟨⟩ Fanny Goldmann.

Wer Fanny Goldmann als Iphigenie gesehen hat oder in einem vergessenen Konversationsstück »Danke für die Rosen«, wird vielleicht nichts mehr in Erinnerung haben, als eine ⟨dekorative⟩ junge Frau, in wenig Bewegung, ein Bild auf einer Bühne im halben Licht, im Lichtkreis, eine Satzmelodie, die weniger ein großes Theatertalent als eine vollkommene Beherrschung von Sprechen, vom Abwickeln von Sätzen, Blankversen, freien Rhythmen ⟨⟩ und selbst wenn sie ⟨in⟩ Prosa sich auszudrücken hatte in einem Salon, so meinte man doch, sie spreche nicht deutsch, sondern etwas Erhabenes, zumindest unendlich Vornehmes, was sich ihr überlassen hatte, sie folgte einer Goldader beim Sprechen, nicht dem Geschriebenen, das sie auszusprechen hatte, und darum wird auch kein Publikum sich je einer besonderen »Leistung« erinnern können, sondern eines Tonfalls, und beim besten Willen fiele jemand nur ein: sie war sehr schön, und schön hat sie gesprochen.

Ehe aber Fanny eine Wiener Bühne betrat und ihre Schultern öffentlich zeigte, lebte sie den Winter 1945/1946 bei ihrer Mutter und zwischen zwei Tanten, Tante Paulette und Tante Lilli, die sich den Oberstentitel und den Selbstmord teilten, als hätten sie an den schrecklichen Ereignissen teilgehabt, die von dem einen zu dem anderen führten, drei ältere Damen, die nicht einmal wußten, was Fanny wußte und wie nah sie der Wahrheit zuletzt gekommen war.

Im Juli 1934 hatte der Oberst Wischnewski eine enge Verbindung zu dem Minister Fey, und nach der Ermordung ⟨von⟩ Dollfuß hatte das Gerücht niemals aufgehört, nach dem Fey ein Mitwisser des Attentats war, und als Fey sich im März nach dem Einmarsch der deutschen Wehrmacht erschoß, und soweit war Fanny in der Geschichtsforschung gekommen, erschoß sich ihr

Vater an demselben Abend, nachdem er von dem Selbstmord des Fey erfahren hatte. Wenngleich es historisch nicht nur nicht erwiesen, sondern fast auszuschließen ⟨ist⟩, daß Planetta keinen Schuß abgegeben hat, so lag es doch nah, anzunehmen, daß Fey sich getötet hatte, um keine Enthüllungen eines Doppelspiels überleben zu müssen. Fanny hatte also, auch darum, den berechtigten Verdacht, daß der Held, als der ihr Vater nun wieder auferstehen sollte, keiner war, sondern ein unglücklicher, von Ängsten, Fehlkalkulationen, Schande und Auswegslosigkeit getriebener Mann war, und wenn sie die Frau Oberst Wischnewski zurückhielt, zur Rehabilitierung des Helden etwas zu tun, so gab sie vor, daß man jetzt andere Sorgen habe, daß die Alliierten gewiß nicht verstünden, was sich 1934 oder gar 1938 in Wien abgespielt habe, und unter kräftigsten Beruhigungen: »Mama, ich bitt Sie, das sind doch lauter Ignoranten, ich ⟨habe⟩ doch mit einigen gesprochen«, rückte sie ihrer Mutter halbwegs den Kopf zurecht und deren Gedanken wieder auf das Essen und die Kohlen. Gesprochen hatte Fanny eigentlich mit niemandem, sie hatte bloß den Namen von Mr. Harry Goldmann, an den sie sich wenden sollte, wegen eines Engagements, aber das unterließ sie dann wieder, weil ein Freund von Tante Paulette ihr eine Stelle beim Schriftstellerverband verschaffte, wo sie in einem kalten Zimmer herumsaß, Leuten, die keine Schriftsteller ⟨waren,⟩ kleine rote Karten ausstellen mußte, daß sie welche seien und Anrecht auf ein Zimmer hätten. Dies war Fannys erste Berührung mit der Literatur in Wien, ohne daß sie jemals einen dieser Herren mit einem Buch zusammengebracht hätte, die von ihr Stempel und Ausweis erhielten, es war auch kaum möglich, selbst sollten sie ein Buch geschrieben haben oder zu schreiben beabsichtigen, diese Jammerfiguren, zu denen sich später jüngere draufgängerische gesellten, die aber auch nur ein Zimmer und einen Ausweis wollten. Von diesen ersten Schriftstellern hatte sie übrigens später höchstens zwei oder drei wiedergetroffen, und die anderen mußten sich in lukrativere Berufe gerettet haben oder waren wirklich nie welche gewesen oder entpuppten sich als Sportredakteur und einer als Nachrufredner auf dem Zentralfriedhof. Aber nachdem Hiroshima verglühte, konnte man schlecht achthaben darauf, ob Schriftsteller auch wirklich der von ihnen angegebenen Beschäftigung nachgingen.

Den Vornamen Harry fand Fanny fürchterlich. Das klang nach Tango oder Jimmy aus den zwanziger oder dreißiger Jahren, und Fannys Empfindlichkeit in bezug auf Namen sollte noch auf andere Proben gestellt werden. Goldmann war aus Wien und über Kalifornien wieder nach Wien gekommen, und als er Fanny zum erstenmal traf, hatte er eine Affaire mit der kleinen Malina.

Und dies ist vielleicht der erste Anhaltspunkt zu etwas, was werden kann und was einem ⟨das⟩ Flickwerk zu einem Menschen an einigen Stellen kenntlich macht. Denn Fanny, die edel wie Iphigenie, vornehm wie Clarissa und fünfundzwanzig Jahre schön war, hatte eine unerträgliche, ihr selbst ungeheure Abneigung gegen die kleine Malina. Die kleine Malina, wie sie damals noch genannt wurde, kam neunzehnjährig aus Klagenfurt, auch das flößte Fanny schon Abneigung ein, und dazu die ganze Person, stotternd, unansehnlich, geduckt, strähnig, ungewaschen, und viel später noch, als Fannys Abneigung sich schon längst artikuliert hatte, verstand sie nichts von der Malina, nicht einmal, warum sie mit Goldmann, dann mit jedem Regisseur, sich ins Bett legte, denn ehe jemand andrer etwas verstanden hatte, war Fannys seltsamer sinnloser Haß zu begreifen fähig, daß die kleine Malina es nicht nötig hatte wie andere, daß ⟨sie⟩ genausogut es hätte bleiben lassen können, weil sich innerhalb weniger Jahre ja herausstellte, daß sie niemand brauchte, am allerwenigsten eine Protektion, weil sie alles hatte, was Fanny und die anderen nicht hatten, das Unerlernbare, Unerreichbare, mitsamt der Besessenheit, die kleine Malina war bis zur Häßlichkeit zerfressen von Fähigkeiten, Leidenschaften, die auf der Bühne aus ihr herausbrachen, und als Fanny längst nur mehr schöne Statistin war und zwanzig kleine Talente in ⟨die⟩ Ehe und auch als Statistinnen verschwunden waren, bezweifelte niemand mehr, daß er es am ersten Tag gemerkt hatte, daß es nur eine große Schauspielerin gab, die Malina, in Wirklichkeit aber war es Fanny gewesen, die es bemerkt hatte, zu einer Zeit, als man für die Malina noch keinen Groschen gegeben hatte. Und in Wirklichkeit war es vielleicht auch Goldmann gewesen, der sich mit ihr blamierte, während er unter zwanzig ansehnlichen jungen Schauspielerinnen, und offenbar mußte es ⟨eine⟩ Schauspielerin sein, sich hätte zeigen können.

Wenn Fanny Goldmann, selten genug, fragte, was denn er an ihr gefunden habe, schaute er resigniert drein oder lachte bübisch, einmal sagte er, das verstehst du nicht, sie ist eine Bettschönheit und eine Bühnenschönheit, dazwischen ist offenbar nichts. Ach so, Fanny tat dann erstaunt, und sie fragte noch einmal: was wollte sie denn von dir. Nichts, sagte Goldmann, das ist es, nichts, so wie du, obwohl er sah, daß Fanny sich ärgerte, aber es ist wahr. Ihr beide wolltet nichts. Siehst du die Ähnlichkeit. Jetzt ist dir das auch wieder nicht recht. Und Fanny verwahrte sich laut und inwendig noch lauter dagegen, mit der Malina auch nur die geringste Ähnlichkeit zu haben, und Fanny suchte und suchte nach irgend etwas Furchtbarem in der Malina, das auch Goldmann überzeugen mußte, und so sagte sie, in dem Zustand der Hellsichtigkeit des Hasses, diese Person ist unfähig, jemand zu lieben, hast du jemals gemerkt, daß sie jemand gern hätte, sie ist immer höflich und freundlich. Die ist bloß ein Instrument, die dürfte gar nicht leben.

Aber das sag ich ja, sagte Goldmann, und sie hat mir und wahrscheinlich niemand gesagt, daß sie jemand liebt, weißt du, es geht an jedem vorbei, ich will nicht gerade sagen, sie liebt nur als Julia, denn das wäre zu billig und unrichtig, aber sie hat nur alle die Potenzen, lieben, hassen, dulden, angreifen, in der Wirklichkeit kommt sie gar nicht so weit, sie hat keine Zeit dazu, und wenn sie Zeit hat, dann sieht es so aus, als wäre keiner recht geeignet, ihr das einzuflößen, was sie produzieren könnte, denn sie hat es, sie macht manchmal im Bett die Augen zu und liebt jemand, aber ich bin überzeugt, jemand, den es nicht gibt. Das macht sie unscheinbar, sie scheint für niemanden, und du, meine Schöne, du scheinst eben, für mich, er lachte, und für die anderen.

Ich hasse es, sagte Fanny, ich hasse es, wenn jemand so ein Unmensch ist, sie ist einer.

Fannys dumpfe Ranküne gegen die Malina, die nie eine rechte Nahrung fand, war für Fanny selber ein erster langanhaltender Schmerz, und Goldmann dachte, es sei schade, Fanny dürfe niemals an Menschen geraten, die sie provozierten, weil sie schön und schuldlos und großzügig sein wollte und sein mußte, sie vertrug keine Beschädigung der idealen Fanny, sie verzieh es sich nicht, von Mißgunst entstellt zu sein, und sie verzieh darum der Malina nicht, daß sie eine lebendige Herausforderung war.

Ist das die christliche Nächstenliebe, fragte Goldmann ironisch, als er Fanny ein Geschenk von der Malina in den Papierkorb werfen sah. Sie zitterte vor Beschämung und brachte ihr Zittern in seinen Armen unter: wie dumm bin ich doch, nein, du denkst doch nicht, daß ich abscheulich bin. Ich bin doch sonst nicht so gräßlich. Verzeih du es mir, dann ist es gut. Du mußt mir verzeihen.

Drei Jahre später, nach der letzten Vorstellung von »Danke für die Rosen«, hatte Goldmann ihre gemeinsamen besten Freunde zu den »Drei Husaren« eingeladen, und er hielt, was er sonst nie tat, öfters Fannys Hand auf dem Tisch, bis sie, eh sie das Weinglas nahm, ihn anstrahlte und dann die Tischrunde und sagte: Ihr könnt uns gratulieren, wir haben uns heute vormittag scheiden lassen. Niemand glaubte die Nachricht, und Goldmann sagte verlegen und immer wieder Fannys Hand drückend: ja, so ist es eben. Sie sagt die Wahrheit.

Er küßte Fannys Hand, und sie umarmte ihn demonstrativ vor den anderen, die solche Exzesse noch nie von Fannys und Goldmanns Seite gesehen hatten, so daß nun doch alle dran glaubten und zu lachen anfingen, hysterisch, voller Schauspielerlebhaftigkeiten auch diejenigen, die keine Schauspieler waren.

Die Gebauer sagte: die beiden sind großartig. Man trank auf Fannys und Goldmanns Wohl, und die beiden lächelten und hielten sich noch immer an der Hand.

Klara fragte ungeniert: und wohnt ihr weiter miteinander.

Nun, fürs erste schon, gaben die Geschiedenen zu und wehrten dann alle Neugier ab.

Ein Kabarettist kam noch einmal darauf zurück und sagte, er hielte das für die gelungenste Wiener Scheidung seit langem, ein leuchtendes Beispiel für eine alte Kulturstadt, das könne es nirgendwo geben als in Wien, und Goldmann solle zugeben, daß sich die Heimkehr gelohnt habe, er sei mit der schönsten Wienerin verheiratet gewesen und glücklich geschieden und wieder beneidet, und er sang allein, mit der größten Geschicklichkeit jede richtige Note umgehend: erst wanns aus wird sein, und Fannys Strahlen hielt an, bis sie mit Goldmann im Auto saß und er langsam mit dem Schlüssel hantierte, ihn verfehlte, es wieder versuchte. Verlaß mich nie, sagte Fanny leise.

Aber Fanny, sagte Goldmann.

Nie, bitte nie. Sie schluchzte plötzlich und lachte, und zuhause fröstelte sie und ließ sich von ihm ins Bett bringen. Das wird eine Grippe, du, sagte sie, garantiert eine Grippe. Jetzt habe ich vergessen, meinen Herrn anzurufen. Hol ihn der Kuckuck, Goldmann ging ans Telefon und rief Milan an, berichtete ausführlich über Fannys erhöhte Temperatur und verabredete für sie und Milan einen späteren Zug nach Salzburg.

In acht Tagen sind wir doch wieder zurück, sagte Fanny, bitte schau nicht so feierlich drein.

Mir ist aber viel feierlicher zumute als am Hochzeitstag. Weißt du noch?

Er versuchte zu scherzen, sie fingen miteinander zu spielen an, weißt du noch, sie wußte, er wußte, immer weißt du noch.

Wenn du mich nur nicht mit der Malina betrügst, murmelte Fanny im Einschlafen.

Goldmann und Fanny waren ein Jahr lang noch meistens miteinander zu sehen, dann fuhr Goldmann nach Amerika, dann länger nach Israel, und man gewöhnte sich daran, Fanny mit mehreren Personen zu sehen, als sei sie es schon gewohnt, ohne Goldmann zu essen, ohne Goldmanns Anruf im Café bis Mitternacht zu bleiben. Klara sagte gelegentlich, Fanny habe eine eigene Wohnung, eine hübsche Wohnung, in der Wollzeile, und Goldmann habe sich großartig benommen, diesmal wußte man schon nicht mehr genau, in welcher Sache, vielleicht wegen ⟨des⟩ Umzugs oder der Möbel, und dann hörte man auf, Fanny nach Goldmann zu fragen, und er, der früher nie gefehlt hatte an den Abenden, fehlte nicht mehr, und die neuengagierten Schauspieler oder die Gäste wußten gar nicht mehr, wer Goldmann gewesen war.

Fanny hatte Klara zu Besuch und wollte um ein Uhr früh nicht mehr ans Telefon gehen, Klara hob ab und rief ein barsches Hallo, sie drehte sich erstaunt zu Fanny um und sagte: Es ist der Ernst.

Wer, fragte Fanny. Ach so. Sie ging langsam ans Telefon, sie stand dort, einsilbig, für Klara war nicht zu erraten, was ⟨⟩

Klara wartete, aber Fanny rauchte und sagte nur: Er hat sich so verändert. Nein, ich meine nichts Bestimmtes. Ich sag ja, er hat sich so sehr verändert. Natürlich hat das nichts mit mir zu tun.

Sie wurde heftig: Es hat mit allem nichts zu tun, was ihr denkt.

Sag doch nicht »ihr«!

Doch, ihr denkt alle etwas, und es hat einfach damit nichts zu tun. Wir beide waren ganz anders, es war alles anders, als ihr es begreifen könnt. Ja, ich sage eben ihr, weil es mir paßt und weil es wahr ist. Wir waren gut zueinander. Sowas begreift eben niemand. Gutsein, man muß gutsein können, aber man kann eben nicht immer, unter lauter Hottentotten. Ernst ist kein Hottentott.

Fanny besuchte Goldmann, er wohnte jetzt zwei Häuser weiter, in der Nähe der Altenwyls, sie lächelten beide, und sie wußte nicht, wie sich bewegen zwischen den Koffern, den Büchern und den Mappen, die auf dem Fußboden lagen.

Sie setzte sich wie ein Besucher in einen Sessel und schlug die Beine übereinander. Goldmann ging ruhig herum, er suchte immerzu etwas, einmal einen Aschenbecher, und es hätte wenig Zweck gehabt, deswegen aufzuspringen, wenn man nicht wußte, wo ein Mann seine Aschenbecher hatte, und ob er andre hatte als in einer gemeinsamen Zeit. Fanny saß da, als schüttete sie jemand zu, sie konnte sich nicht mehr rühren, es gingen ihr viele Sätze durch den Kopf, Überlegungen, sie war drauf und dran zu sagen: so geht das doch nicht, leben wir doch wieder miteinander, so geht es einfach nicht, aber als sie ihr Elaborat ausgearbeitet hatte und plötzlich ganz weich von Erinnerung und Zärtlichkeit war, fing Goldmann zu reden an, der den Aschenbecher gefunden hatte, müde und ermüdend, Fanny vermochte kaum zuzuhören, sie meinte immer, alles müsse sich auf sie beziehen, aber nun bezog sich das gar nicht auf sie, sondern auf eine Arbeit, vielmehr auf Goldmanns neue Gedankenfelder, die sie gar nicht kannte, und sie kam sich vor wie einmal in der Schule, als sie die Schule gewechselt hatte und die ganz woanders waren mit allem Stoff und allen Methoden, und sie fing an, ihre Zärtlichkeit zu vergessen und zuzuhören, und starrte ihn an, er wollte weder eine Filmfirma gründen noch eine Theateragentur betreiben, und sie blickte jetzt auf die Bücher und Mappen und dann in sein Gesicht, wollte ihn fragen, was denn passiert sei, aber er schien nicht einmal zu merken, daß ihr seine Beschäftigungen ungewohnt waren, mit den Judaica, und daß sie keinen Ernst Goldmann gekannt hatte, der sich mit der Geschichte der Juden beschäftigte, ja, überhaupt keinen, den Jude sein zu etwas verpflichtet oder getrieben hatte, und daß er dem Eichmannprozeß beiwohnen werde, und er fragte auch nicht: verstehst du das, was mich beschäftigt, sondern das ging über sie hinweg und bedurfte keiner Umarmung mehr durch sie wie die Emigration, wie die Rückkehr nach Wien, keiner schönsten Wienerin und keiner Nußdorfer Nacht.

Entwürfe zu den Figuren Fanny und Marek

* Fanny kam dreimal in der Woche zu der Frau Oberst, von der sie sich nervös machen ließ, und wenn sie danach vor der Vorstellung zu Goldmann zurückkam, sagte sie, außer dir würde mich ja niemand verstehen, und ⟨er⟩ fragte, warum niemand außer ihm. Sie lachte. Weil jemand mir einmal gesagt hat, Juden lieben ihre Familie so sehr, und ich hab es mit meiner Mutter und Tante Paulette und Tante Lilly und allen alten verrückten Nudeln, mit denen ich verwandt bin. Was du über Juden weißt, ist überwältigend, sagte er. Laß mich einmal nachdenken, ob ich meine Familie mag. Ich weiß nicht, ich glaube nicht.

»Aber es macht dir doch nichts aus, wenn ich zu den drei Irren gehe?«

»Du hast die nettesten alten Damen, die ich mir denken kann.«

Fanny aß bei ihrer Mutter belegte Brote mit Bückling und bei Tante Paulette Salatplatten, weil sie Vegetarierin war, mit Tante Lilly überlegte sie Schnittmuster, da Tante Lilly ihr hin und wieder Kleider kürzte oder verlängerte und Ärmel auf ihren Sitz prüfte, wenn Fanny zu unüberlegt eingekauft hatte und weder vorne noch hinten etwas »saß«. »Es sitzt nicht«, sagte Tante Lilly, »früher hätte es sowas nicht gegeben, Kind.« Die Frau Oberst regte Fanny am meisten auf, einmal gab sie ihr das silberne Obstbesteck der Familie, aber Fanny mußte ihr einen Schilling geben, weil Messer dabei waren, damit die nicht die Liebe zwischen Mutter und Tochter zerschnitten, oder Fanny mußte alle Türschlösser probieren, den Gashahn begutachten, weil die Frau Oberst dauernd vor irgendetwas Furcht hatte, vor Einbrechern, vor ausströmendem Gas, vor knacksenden Fußböden und vor Durchzug. Ihre Mutter sagte: Merkst du denn nicht, wie es zieht, es zieht direkt über dem Bett, und Fanny mußte sich aufs Bett legen und ausfindig machen, aus welchem Fensterspalt der Zug kam.

Sonntags saßen die drei alten Damen beisammen und kritisierten Fanny und himmelten Fanny an, sie fragten sie, ob sie warme Unterwäsche trüge, ob es wahr sei, daß die Malina einen liederlichen Lebenswandel führe, ob die Siedler Kinder habe, ob die Holzmeister auch wirklich so schön sei, wie Tante Winni (eine Cousine von Wischnewski) behaupte, ob die kleine Schweizerin, die jetzt das Käthchen spiele, wirklich begabt sei. Insgeheim vermuteten die drei Damen, daß außer Fanny niemand begabt sein könne, niemand schön sein könne und alle Schauspielerinnen durch Beziehungen ihre Rollen bekämen, obwohl sie das nicht abhielt, dauernd an Fanny herumzunörgeln, warum sie keine Hüte trage, warum Goldmann ihr kein Pelzcape kaufe, warum war sie ⟨so⟩ gutmütig, sich von den andren auf der Nase herumtanzen zu lassen, warum sie nur eine Bedienerin und keine Köchin habe. Warum noch immer keinen Staubsauger und kein Auto und keinen Drucktopf zum Kochen, und viele Sonntage endeten mit einer entnervten Fanny, die kribbelig wurde und einen gereizten Tonfall bekam, den nie jemand an ihr gehört hatte, die sich plötzlich die Ohren zuhielt und ihre Erziehung soweit vergaß, daß sie einmal eine Türe zuschmiß, was die Frau Oberst zu dem schrillen Ruf veranlaßte: Fanny, du kommst sofort zurück und entschuldigst dich oder du bist zum letzten Mal hiergewesen, und Fanny küßte der Frau Oberst die Hand und versprach, sich besser zu benehmen, und war wieder in Gnaden aufgenommen und durfte hören, daß Maria Pilar sich im Grund schlechter benehme und sich grauenvoll verändert habe seit dem letzten Sommer und der Graf, der im Nachrichtendienst bei den Amerikanern arbeitete, einen grauenvollen Einfluß auf die Kleine habe, und warum Fanny sich nicht um ihre Schwester kümmere und mit ihr rede, und Fanny versprach auch, mit ihrer Schwester zu reden, obwohl man nicht einmal wußte, wo Maria Pilar jetzt wohnte, da sie dauernd umzog und mit diesem Kaltenbrunner, der angeblich dichtete, und Fanny fühlte ⟨sich⟩ geschmeichelt, daß nur auf sie, Fanny, Verlaß war und sie ihrer Familie Freude und Ehre machte, wenn auch die zweifelhafte einer Theaterdame, die aber immerhin mit einem anständigen Menschen verheiratet war, und obwohl die Damen sich vor ihr nie über Goldmann aussprachen, bemerkten sie von Zeit zu Zeit, aus unerfindlichen Gründen, er sei ein anständiger und feiner Mensch, und insgeheim liebten sie sie, wenn Fanny in dem großen amerikanischen Wagen abgeholt wurde, mit Chauffeur, oder Goldmann mit Chauffeur, nicht wie die andren Wienerinnen, die sich so abholen ließen, sondern als die Frau dieses Mannes, der mit einem so auffälligen und mithin unmöglichen Gefährt (grauenvoll, alle drei Damen, geschmacklos und grauenvoll) eben ausgestattet war wie ⟨ein⟩ andrer mit zuviel Nasenhaar oder einem hinkenden Fuß oder schielenden Augen.

Als Fanny sich von Goldmann scheiden ließ, entschied sie sich, nach einer langen Beratung mit Goldmann, ihrer Mutter und den Tanten nichts davon zu sagen. Goldmann rief auch noch hin und wieder an, holte Fanny auch einmal im folgenden Jahr ab, und Fanny vergaß nie, von ihm Grüße zu bestellen, Handküsse, zu Weihnachten stellte sie immer ein kleines Geschenk von Goldmann dazu, in den Jahren, als Goldmann nicht mehr ständig in Wien war und zu vergessen anfing, daß Fanny ihre drei Damen mit einer frommen Lüge über die Jahre brachte. Einmal sagte die Frau Oberst, die, seit sie so weitsichtig geworden war, daß sie kaum mehr etwas in der Nähe sah, zu sticken angefangen hatte, petit point, ⟨⟩

Das war am 3. Juli, daß die Frau Oberst zu sticken begann, und an diesem Tag traf Fanny im Salzkammergut zum erstenmal Toni Marek. Fanny trug ein Dirndl, in dem sie lächerlich schön aussah, man hätte sich Marzipanschweine und Schokoladenmisthaufen um sie vorstellen können und eine Ansichtspostkarte mit tiefblauen Salzburgerseen, der Sommer war Fannys schönste Kulisse, für

Mieder und abends freie Schultern in Salzburg, mit Fransenschals bedeckt, sie war noch nie so früh im Jahr nach St. Wolfgang gefahren und kehrte bald wieder zurück, ohne mehr im Gedächtnis zu behalten als einen jungen Mann, der selbstbewußt seinen Arm um eine Gartenbank bei Altenwyls gelegt hatte, von Antoinette beschlagnahmt wurde und über Fanny zwei Sätze sagte, die sie am Telefon, schon wieder in Wien, von Antoinette berichtet bekam, zwei witzige, zweifelhafte Sätze, auch schmeichelhaft, die sie sofort wieder vergaß.

Erst drei Monate später, als Fanny eingeladen wurde in eine Kellerbühne und ein schwachsinniges Theaterstück von einem gewissen Anton Marek sah, erinnerte sie sich des jungen Mannes aus dem Salzkammergut wieder, und sie ging mit den Altenwyls nach der Vorstellung zu ihm und gratulierte zögernd, sie war jetzt in dem Alter, in dem ein ermunternder Satz von einer Burgschauspielerin Balsam für einen jungen Dramatiker sein konnte, der selbst das Gefühl hatte, daß ihm weder etwas Großes noch etwas Revolutionäres gelungen war und daß er darauf angewiesen war, sich an ein paar Sätze zu klammern, die Leute mit Namen freundlich austeilten. An dem Abend wurde Fanny nicht von Freunden nachhause gefahren, sondern ging zu Fuß, von Marek begleitet durch Wien, das ihr traumhaft vorkam, sie entdeckte es wieder, sah es wiederhergestellt, nicht ihr verschlissenes, zerstörtes Wien, sondern eine Stadt, in der man an jedem Eck stehenbleiben mußte, um tief zu atmen, um berührt zu werden von Fassaden, von der Qualität des Steins. Im Burgtor umarmte er sie zum erstenmal, und gegen drei Uhr früh, als es hell wurde, langte sie mit zitternden Knien und fahlem Gesicht bei ihrer Wohnung an, sie schickte ihn weg und sagte: Nun werde ich Sie bestimmt nie wiedersehen, nein, denken Sie, daß nichts war, gehen Sie. Als sie auf ihrem Bett saß, läutete das Telefon, und eine Stimme, die sie nun schon kannte, sagte, er könne nicht nachhause gehen, er sei in der Telefonzelle an der Ecke, er schaue zu ihrem Fenster herauf, und Fanny sagte, Sie kennen doch meine Fenster gar nicht, und er sagte, es sei grausam, ihn auf die falschen Fenster schauen zu lassen, und nachdem sie eine Stunde lang telefoniert hatten und Fanny definitiv das

Gefühl hatte, daß sie am Auseinanderfallen war, ging sie doch hinunter und öffnete das Tor und hielt sich die Hände vors Gesicht und murmelte immerzu, ich sehe schauderhaft aus, bitte sehn Sie mich nicht an.

Kurze Zeit später ⟨war⟩ Fanny ihm hörig.

Anton Marek, von Fanny wie von seinen Freunden Toni genannt, war in Mattersburg im Burgenland aufgewachsen, worauf er sich viel zugute hielt, wie die meisten Leute, die irgendwo geboren sind, aber als ein Niemand, der nicht ein einziges Mal von jemand sagen konnte, er sei verwandt mit jemand und jemand sei mit seiner Familie bekannt. ⟨Wie⟩ viele junge Leute, die aus der Provinz kommen und von kleinbürgerlicher Herkunft, versuchte er ein mysteriöses Schweigen über seine Familie zu bewahren, um desto mehr vom Burgenland sprechen zu können, Besonderheiten, die Wildvögeljagden, die Melancholie seiner Steppe, die Trägheit der Donau, da er bemerkt hatte, daß es von Vorteil sein konnte, in der Stadt mit Wehmut von einem Paradies zu sprechen, einem verlorenen am besten, in das man fürchte, zurückzukehren, während Marek nichts fürchtete, außer noch einmal in die Anonymität zurückgestoßen zu werden und einen einzigen Tag zu versäumen, der ihm »Beziehungen« eintragen konnte. Er registrierte jede dieser Beziehungen, jede Einladung, wurde rasch wählerisch, nach einer kurzen chaotischen Zeit, in der Auswahl der Frauen, und als er bei Fanny reüssiert hatte, war dies der erste große erleichternde Triumph, sie schien ihm der Schlüssel zu sein zu dem Wien, in das er nicht hatte eindringen können oder nur gelegentlich, ohne ⟨es⟩ zu einer Zugehörigkeit zu bringen, die nicht mehr bezweifelt werden konnte. Er war, in mancher Hinsicht, was Martin Ranner von ihm sagte, ein gerissener kleiner Verbrecher, von einer Skrupellosigkeit, die sich noch die Skrupel der erstrebten Gesellschaft einverleibt, alle ihre Dogmen akzeptiert, und zwar ihre besten, da die einem Provinzler am besten zu Gesichte stehen, Marek war fähig, Interesse für Politik zu heucheln, das er nicht hatte, ⟨an⟩ der deutschen und österreichischen Vergangenheit zu leiden, an der er nicht litt, lauter Aufgaben, die er als Musterschüler der Zeit mit einer Musterlektüre erreichte, er interessierte sich für die genau richtige Literatur und geriet erst später, als er nach Deutschland kam, ein wenig durcheinander, da die erlernte Lektion dort nicht anzubringen war, aber er nahm die Herausforderung der neuen Situation an und lernte noch ein Stück dazu und Bewertungen und Abwertungen.

Von diesem 30. September an begann Fanny sich für Literatur zu interessieren, mehr als zuvor, denn gelesen hatte man schon immer, das Gute Alte bei Wischnewskis, und dann die Stelle im Schriftstellerverband und Aushilfe beim Pen Club, und nun grollte sie hie und da Goldmann, der so ⟨gar⟩ keine Schuld an ihrem Lesen hatte, vielmehr an längerem Nichtlesen, und es fing ein neues Leben an für sie, denn sie las und trug Bücher heim und erzählte Marek, der weniger Zeit zum Lesen hatte, alles, von allem, was ihr untergekommen war, und hie und da wollte er eine Seite sehen. Sie hatte ihn im Verdacht, daß er faul sei, aber sie ließ sich sofort überzeugen, daß das seine Arbeit hemme, das Selberlesen, und so erzählte sie ihm alles, und als Marek sein Radiointerview gab, war sie stolz, daß er über Italo Svevo sprach, als hätte er ihn gelesen, sie wagte gar nicht, ihn auf diese Unaufrichtigkeit aufmerksam zu machen. Toni war so unschuldig, Fanny dachte, er wisse selber wohl nicht mehr genau, was er von ihr habe, und dies kam ja einer Vertiefung gleich, es war nicht zu sagen, wo das Denken des einen anfing und des andren aufhörte, so wollte Fanny es, und wenn Fanny etwas wollte, richtete die Welt sich danach, und was Fanny dachte, hatte Gültigkeit, und so, unmerklich, wurde die ganze Person Marek einem Prozeß unterzogen, ⟨aus dem⟩ sie immer bedeutender, reiner, vollkommener und fabelhafter, anbetungswürdiger hervorging. Was an Toni noch menschlich blieb, waren gewisse Unarten, über die sie meistens schwieg, da sie sich nicht wegoperieren ließen, und hie und da erlaubte sie sich Scherze, Fanny-Goldmann-Scherze aus einer besseren Zeit, damenhafte, anmutige, wie sie früher belächelt worden waren, aber Toni war nicht leicht zum Lächeln zu bringen, eher schon brauste er auf und sagte, er wolle sie zwei Tage lang nicht sehen, und Fanny willigte zitternd in diese Strafen ein und flehte ihn am Telefon an, doch wenigstens zum Essen zu kommen, sie fürchtete, er müsse verhungern oder der Zorn ließe ihn nicht zur Arbeit kommen, und er kam dann auch einen Tag früher trotzig zum Abendessen und bestätigte ihr, daß er ihretwegen nicht habe arbeiten können und sich sinnlos betrunken habe, die ganze Nacht habe er mit diesen Leuten herumgesessen, und Fanny sah ihn verwundet an und versprach sich und ihm, immer und jederzeit an seine Arbeit zu denken, was da auch komme, da Toni so labil war und der Roman wieder liegenblieb, wegen seiner großen Labilität, denn Toni war auch gefährdet, und Fanny war sein Hort, Schutz und Schild, seine Zuversicht auch in künftigen Dingen, und zu seiner größten Zuversicht gehörte, daß sie einmal ein Wochenende mit einem deutschen Verleger in Salzburg verbracht hatte, vor vielen Jahren, an den schrieb Fanny nun, ihr Genie geradeheraus anpreisend, und es gab eine Antwort, daß ein österreichisches Genie, aus diesem Land der Genies, höchst willkommen sei, und einiges Undeutliche ⟨in⟩ einen Satz verpackt, daß man wohl Fannys noch gedenke in Stuttgarts Beton- und Glaspalast und auch Salzburgs zu mancher Zeit. Marek selber erhielt einen sachlichen Brief, nach Abreise des Verlegers von einer Sekretärin unterzeichnet, was ihn hämische Bemerkungen über die Gepflogenheiten der Deutschen einflechten ließ, und somit ein Dank an Fanny sich erübrigte, die sich für ihren Wochenendfreund verlegen entschuldigte und den Brief auch indiskutabel fand. Als Toni ihr ein Jahr später düster ankündigte, daß es nun bald so weit sei (einmal überarbeiten), schrieb sie trotzdem wieder nach Stuttgart und schilderte dieses burgenländische Genie als schwierig und überwältigend, und so beugte sie vor, wo sie konnte, zitternd vor Angst, daß der Deutsche und Toni nicht auf einen Ton zu stimmen wären – ein überflüssiges Zittern, da Toni auch aus der Hand eines deutschen Nilpferdes oder eines Ungeheuers einen Vertrag entgegengenommen hätte und seine Empfindlichkeit in bezug auf Fannys erneuerte Bekanntschaft nur in dem Augenblick existierte, als er es für nötig fand, sich empfindlich und ehrenhaft zu zeigen. Ein Marek verdankte einem Brief von einem deutschen Analphabeten ⟨⟩ Er warf Fanny ihre Taktlosigkeit, ihre grenzenlose Roheit vor, und Fanny meinte am Ende selber, daß Toni darunter litt und schon darum keines freundlichen Worts mehr fähig sei.

Sie brauchte Monate, um sich einzugestehen, daß er schwierig geworden war, sie ängstlich und älter machte mit jedem Tag, daß aus dem Liebhaber, der ohne Fanny Goldmann nicht leben konnte, ein angehender Romancier wurde, der ohne seine Arbeit und seine Verabredungen nicht mehr existieren konnte, dessen Telefonrechnungen stiegen, dessen Einsilbigkeit gegenüber Fanny zunahm, der Fannys Freunde nun selbständig benutzte, als hätte er sie schon immer gekannt, er ging nun mit Altenwyls allein essen, er traf Rundfunkleute, mit denen Fanny ihn bekannt gemacht hatte, Regisseure, denen er angenehm durch Selbstkritik an seinem ersten Stück auffiel und die nun nicht mehr erwarteten, ihn mit Fanny im Kaffeehaus auftauchen zu sehen. Fanny wurde unsicher. Sie freute sich über seine Selbständigkeit, aber es gab ihr jetzt manchmal einen Stich, wenn sie ihn mit Magda Kinski oder ⟨⟩

* Wiener Dialog:

Als Toni Marek das erstemal von Karin Krause erzählte, der Schauplatz Fannys großes Zimmer, sie beide in drei Meter Abstand, Fanny gereizt wegen einer Nebensache, genau genommen über den Verbleib Mareks bis zwei Uhr früh bei einer Möchtegerndichterin mit Blechstimme, die Fanny auch schon mit Mareks häufigem Fernbleiben in Verbindung brachte, der überspannt auf Fannys Bemerkung, ob er wieder bei der Dame gewesen sei, aufsprang und schrie, er verbitte es sich, Fräulein Hobaluek die Dame zu nennen, sie heiße Helga Hobaluek, und Fanny vollendete für sich, und also keine Dame, aber Toni, der offenbar schon entschlossen war, den Diskurs über Fräulein Hobaluek weiterzuführen und zur Sache zu kommen, fing zu grinsen an, trotzdem merkte Fanny, daß um 2 Uhr 30 die Sache keine erfreuliche Wendung nahm, denn er lachte nicht, sondern er grinste, schob Fräulein Hobaluek auf ein Nebengleis, beugte sich vor und sagte: Ja, Fanny (nun merkte sie, daß er betrunken war, aber das war er oft gewesen), meine liebe Fanny, was meinst du wohl, wie oft ich dich betrogen habe, wie oft?

Fanny, die plötzlich ihren Konversationston verloren hatte und sich zurückverwandelte in Fanny Goldmann und gleichzeitig in die Tochter der Frau Oberst, sagte leise und indigniert: Es ist sehr spät. Wir gehn besser schlafen.

Das tät dir passen, du willst wohl nicht zuhören, und dein Hals hat übrigens schon Falten, bild dir nur nichts ein, damit du den Rest auch noch leichter schluckst. Was, meinst du wohl, habe ich getan in dem Jahr. Der schönen Frau Goldmann die Schleppe getragen oder was. Ich bin doch nicht irr. Meinst du, ich bin irr?

Toni, sagte Fanny und klappte die Handtasche auf und wieder zu, sie wußte gar nicht, warum sie immer noch ihre Handtasche bei sich hatte, sie putzte sich die Nase mit dem Taschentuch, das in der Sesselfalte klemmte, steckte es in die Handtasche. Wenn du mir etwas zu sagen hast, dann sag es mir bitte morgen. Ich bin müde.

Ach, die Dame sind müde, und immer noch so damenhaft und erhaben, natürlich erhaben, wenn man ihr sagt: ich hab dich betrogen, dauernd betrogen, immer betrogen. Hörst du, betroogen.

Aber das höre ich doch, sagte Fanny, ich höre es doch. Aber es ist wirklich sehr spät.

Aber jetzt betrüg ich dich nicht mehr, jetzt nicht mehr, hörst du, denn jetzt ist es aus, einfach aus.

Toni, bitte, sagte Fanny, sie half sich selber aus dem Sessel. Sie dachte einen Moment, sie habe zuviel getrunken, weil das Zimmer in die Dunkelheit fiel, und dann stand sie noch immer da und hielt sich an der Sessellehne, und Toni stand nicht mehr an dem anderen Sessel, sondern er lag da, also zu ihren Füßen, sie dachte »grauenvoll«.

Sie sagte: Bitte, Toni, ich versteh dich nicht.

Toni küßte, küßte er wirklich, ihre Füße, nein, es war der Teppich, er küßte den (persischer Name) und küßte auch den wahrscheinlich nicht, sondern er wälzte sich auf dem Boden und sagte tatsächlich: sie ist so herrlich, herrlich, wenn du verstehn könntest, wie herrlich sie ist.

Fanny stand etwas verblüfft da, und sie sagte belustigt: aber wer ist denn so herrlich? Ich würd es ja gern verstehen.

Toni schluchzte, und das war nun allerdings neu, oder neuer als Fanny empfinden konnte, da sie ihn bloß für sehr verhalten hielt und jemand wie Martin gesagt hätte, der und verhalten, oder es müßte sich schon um einen Riesenvorteil handeln, und so hörte Fanny bloß den Namen Karin.

Sie konnte nicht ernst bleiben, in der Sprache der Wischnewskis hieß das, ungefähr, das ist doch schlechterdings nicht möglich, und dabei dachte Fanny gar nicht an eine Karin Krause, die sie einige Male und auch mit Toni gesehen hatte, sondern an nichts weiter als an den Namen. Und nach dem schlechterdings fiel ihr ein, daß das eine Deutsche war, und das war nun schlechterdings ein schlechter Geschmack, und den hätte sie, da sie Toni zu kennen meinte, ihrem Toni nie zugetraut. Sie stand da, wie die Iphigenie, mit den unsterblichen Schultern der fünfziger Jahre des zwanzigsten Jahrhunderts, der man eine Medea aus dem vorderen oder hinteren Magdeburg oder dem Taunus ⟨⟩ (der Taunus, der Taunus, der geht uns gar nichts an, das hatten sie während der Nazizeit gesungen im Gymnasium, wenn die deutsche Geographie durchgenommen wurde, und dann vor allem der Taunus als der Inbegriff dieses Hunnenlandes auf dem Programm stand). Und sicher kam nun Karin Krause aus diesem halbhohen Hunnengebirge und sprach um soundsoviel Phon zu laut und gestikulierte, als sei sie allein am Tisch und auf der Welt und fotografierte modern und hatte keine Erziehung, und ganz gewiß nicht eine Erziehung, allenfalls Talente für die Leicas und Toni, und nun fiel Fanny um zehn Minuten ⟨zu spät⟩, während Toni schon erklärte, wo er zuerst mit Karin geschlafen habe und wie alles gekommen sei und daß er sie heiraten würde, nämlich Karin, die Handtasche aus der Hand und alle ihre Utensilien, vom Lippenstift bis zum Notizblock und Kugelschreiber, die Zigarettenbrösel, von denen es am meisten gab, und Münzen fielen auf den Teppich, wo immer noch Toni saß, jetzt saß er gottlob und sprach, und sie sammelten miteinander die Münzen ein, und Fanny sagte, nein, laß, bitte, ich mach es schon.

Du, es ist spät, sagte sie. Wir wollen doch morgen darüber reden. Nein, verbesserte sie sich errötend, denn so etwas sagte eine Goldmann-Wischnewski nicht, nein, nicht reden. Wir werden sehen. Das findet sich schon alles, sagte Fanny lächelnd. Komm, Toni, du bist ja ganz blaß, du siehst sehr schlecht aus. Du mußt

Kummer gehabt haben und auch noch wegen mir, nein, sagte Fanny, bitte geh schlafen.

Als Toni neben ihr eingeschlafen war, und draußen wurde es hell, stand Fanny leise auf und ging in das große Zimmer zurück. Sie stützte den Kopf auf die Hand und dachte ganz klar, daß es wahr sei, daß es zuende sei und daß er heiraten würde. Aber nicht das ging eigentlich in ihrem Kopf herum, sondern ganz winzige Häkchen fingen sie. Karin, was für ein Name. Vielleicht konnte sie Toni vorschlagen, sie anders zu nennen, vielleicht hatte sie einen zweiten und dritten Namen wie sie selber. Karin war unmöglich, das mußte sie ihm sofort sagen. Zu Karin selber: ein Tausendjähriges Reichskind, Durchhaltekind, Volk-ohne-Raumkind, hübsch, unterm Hitlerbild gezeugt, dafür konnte nun das Kind nichts. Die Krause würde sie ablegen, das ging also. Und wenn sie an Stelle von Manieren etwas wie Gutmütigkeit oder sonstwas Diskutables haben sollte, dann würde Fanny mit der Angelegenheit zurechtkommen. Hoffentlich benimmt sie sich anständig, seufzte Fanny, und ohne Ahnung, wie recht sie hatte zu seufzen, hob sie ihre Schultern, die schwer wurden, hoffentlich, und die Malina, ihre Erzfeindin, erschien ihr daneben wie die Eidechse neben einem Drachen, denn die war wenigstens aus demselben Land und kannte die Spielregeln. Was man von einer Karin Krause zu erwarten hatte, Gott allein wußte es, und Fanny schlief zitternd wie ein altes großes Kind, das unbekannten ⟨deutschen⟩ Gefahren entgegenging, dem Taunus und Krause und Karin und der Indezenz, und immerhin war da Toni, sie seufzte, mein Toni, mein Liebling, und dann schlief sie.

Diese Karin Krause, Tochter des Theaterwissenschaftlers in Wien, der sich hier besser hatte halten können nach einer halb und halb geglückten Entnazifizierung, erwies sich als ein gar nicht beunruhigendes Wesen bei dem ersten Treffen.

Das ist Karin, Fanny, sagte Toni strahlend, und in Fannys Wohnung sagte er zu Fanny, das machte sie allerdings krank, bitte setzt euch doch, und Fanny stand, mit einem Rest von Widerstand, und weil sie Toni nicht zurechtweisen mochte, setzte sie sich, obwohl sie in diesem Augenblick zum erstenmal dachte, daß Toni keine

Manieren habe, aber dann erschien ihr das als Sakrileg an seiner Person, und sie führte seine abstruse Aufforderung darauf zurück, daß er aufgeregt war. Fräulein Krause lächelte immerzu und war so herzlich, daß man Herzlichkeitsdrüsen an ihr vermuten konnte, sie war zu herzlich, es strömte aus ihr wie ein Überschuß, und sie sagte mit herzlich erstickter Stimme, ich weiß doch, was Sie Toni bedeuten und was Sie für ihn getan haben, und Fanny hatte schon wieder Gräten im Herz und lächelte, mehr aus »Danke für die Rosen«, und sagte, eine bezaubernde Replik, die aus dem zweiten Akt hätte sein können, die Männer tun immer mehr für uns, indem sie nichts tun, als wir, indem wir meinen, sie haben etwas für uns getan und am Ende insgeheim doch denken, sie hätten gar nichts getan. Dann waren dieser zweite und dritte Akt aus Bitte um die Dornen abgewickelt, und der Vorhang fiel, und Fanny merkte, als die Tür ins Schloß fiel und sie den Lift nach unten fahren hörte, daß nicht Toni gegangen war, sondern Toni mit Karin. Danach sah sie Karin nur ⟨noch⟩ einmal, allein, und bei dem Hang zur Undeutlichkeit, den die kleine Deutsche hatte, verlor Fanny den Faden, sie erinnerte sich schon eine Stunde später nicht mehr, was sie mit dem Mädchen gesprochen hatte, sie erinnerte sich nur an Gestikulieren und Worte wie Toni, und es schien ihr, daß Toni nicht so wichtig war dabei, sondern etwas anderes, vielleicht Heiraten oder die Literatur oder die Fotografie, denn Toni schrieb den Text zu einer Serie von Karin, und das konnte nun schlechterdings mit Fanny nichts zu tun haben.

Toni rief jeden Tag an und sagte, er arbeite, und er wünschte, Fanny könne endlich die Arbeit sehen, es daure jetzt nur noch ein paar Tage, und niemand außer Fanny ⟨⟩ »Nein, Fanny, was denkst du bloß, Karin wird keine Zeile davon sehen, du bist die erste, das ist doch tabu, niemand außer dir, also das schwör ich dir, du bist die erste, nur dein Urteil, weißt du, daß mir nur dein Urteil wert ist. Fanny, das weißt du doch. Du bist doch mein guter Geist. Apropos, hast du an den Verlag geschrieben? Du, wenn dir das Buch nicht wirklich wichtig vorkommt, dann werf ich es weg, das weißt du, nicht wahr. Von dir hängt doch alles ab.«

Fannys Scheinblüte war darauf zurückzuführen, daß sie sich noch nie so gefühlt hatte wie in der Zeit dieser Beteuerungen. Ohne sie würde Toni das Buch nicht einmal aus der Hand geben, sie war ganz demütig vor Glück. An einem Abend rief er sie an und sagte, ich glaube, ich habe noch fünfeinhalb Seiten zu tippen. Verstehst du, Liebling?

Fanny hauchte: Toni, du sagst doch nicht die Wahrheit. Das wäre doch, nein, verschrei es doch nicht. Mein Lieber, das wäre doch zu wunderbar. Nein, ich glaub das nicht. Es ist viel, viel besser, ich glaub es nicht.

Toni: Bist du noch da, du verwisperst so, es klingt wie damals, weißt du noch. Bitte verplätschre nicht so gefährlich mit deiner Stimme. Du weißt doch, daß mich das verliebt macht.

Toni, sagte Fanny, dann sehr laut, aber Toni, bitte hör auf damit, sowas darfst du nicht sagen. Wie geht es Karin.

Bitte reden wir doch nicht davon, das ist doch unwesentlich. Du weißt doch, daß das gar nichts bedeutet, nicht in unserem Sinn.

Fanny schwieg, sie war plötzlich ernüchtert, ich verstehe nicht, sagte sie, aber da hatte er schon Gute Nacht gesagt, und sie wußte trotzdem nicht, was tun, und rannte wieder durch die Innere Stadt wie an dem ersten Abend, und die finsteren Schatten im Burggarten überfielen sie, ⟨am⟩ Michaelertor kam ihr eine Gruppe von Betrunkenen entgegen, und als sie zur Kirche kam, blieb sie am Tor stehen und rüttelte, man mußte ihr aufmachen, sie mußte doch hineindürfen, grade in der Nacht, wann anders sollte man in eine Kirche wollen, sie ging den Kohlmarkt hinunter bis zum Graben, dort stand sie unschlüssig am Eck und bog dann ein, es ging so rasch, sie kam zur Kärntnerstraße, in der meterweise noch Leben war, eine Stimme, drei Stimmen, dann wieder Stille, sie lehnte sich an ein Schaufenster und weinte hilflos, ich muß jemand anrufen, ich muß doch irgendwohin können. Es fiel ihr ein, daß noch jemand im Café X sitzen könne, aber als sie hinkam, stand die Garderobenfrau in der Tür und sagte, Gnä Frau, es sind alle schon weg. Aber wollen gnä Frau nicht ein Taxi? Fanny hob ihre Schulter und sagte, erhaben, ihre Uhr gehe falsch, sie habe tatsächlich geglaubt, es sei erst Mitternacht, und sie schüttelte nun den Kopf über sich und ließ sich ein Taxi bestellen, und dann fuhr sie nach Hause, und es kam ihr vor, als könnte sie ihre Schultern nie mehr zeigen und nie mehr etwas mit ihnen tragen. In dieser Nacht war etwas mit ihren schönen Goldmann-Schultern passiert, die waren gefallen, wie eine erste Linie, die von einem feindlichen Angreifer genommen wird, und noch hätte niemand zu sagen vermocht, wer dieser Feind war, mit welchen Mitteln er vorging und was er vorhatte. Wie die Ankündigungen vor schweren Krankheiten, die des Zusammenhangs noch entbehren, wie die Ahnungsanfälle vor Todesfällen, Abstürzen, hatte Fanny etwas zwischen der Michaelerkirche und der Kärntnerstraße angefallen, und sie hatte diese etwas größeren Augen, die nicht zum Schauen da sind, nicht zum Anblicken, zum Begreifen, sondern zum Nichtverstehen, zum Starren, zur Fassungslosigkeit, und als sie nachhause kam, legte sie ihre liebste Schubertplatte auf, von der sie Toni dieselbe geschenkt hatte, damit sie, auch getrennt, sie hören konnten, und dann dachte sie, mit diesen Augen, aber er hat doch nur von mir gekaufte Platten, und wenn er jetzt zuhause etwas mit ihr spielt, dann sind das doch meine Platten, und sie riß dem Schubert mit der Nadel eine Schramme und stand vor dem Grammophon und war unfähig, eine Platte aufzulegen. Es war ihr plötzlich gewiß, daß er ihre Sachen mit der anderen spielte.

Dann beruhigte sie sich wieder und dachte, nein, er werde das alles ganz anders machen, und sie würde mit ihm reden, nein, er mit ihr, und es sei klar, daß diese Grenzen nie verwischt werden dürften, Toni war zu sensibel, so wunderbar, über jede Trennung hinweg würde er erraten, was sie verletzen könne, und niemals würde er sie verletzen, und so sah sie entsetzt den Schubert an und dachte, sie sei schlecht, wie habe sie ihn je verdächtigen können, Liebster, sie mußte wirklich durch und durch schlecht sein und fehlberaten von ihrem Instinkt, Toni konnte das gar nicht. Er hütete ihre Gemeinsamkeit, auch vor Karin Krause.

Denn Karin Krause sah ganz aus nach der Schallplattenkenntnis Vivaldi, Bach Violinkonzert, dann Webern und Boulez und nichts dazwischen, und vielleicht eine Art Jazz, die auch Fanny mögen konnte, ohne sich je länger als zehn Minuten dafür hinzusetzen.

Also warum sollte Toni mit Karin Schubert hören, da war wenig Gefahr, zu dem einen rosigen Ohr Bach und Vivaldi und zu dem anderen Webern und 〈〉

Am Nachmittag kam Maria Pilar an, mit Burschi und Mädi, und obwohl Fanny entschlossen war, ihr letztes Geld auszugeben, um ihre Schwester mit den beiden Kindern ins Hotel zu quartieren, erreichte sie nichts bei Maria Pilar, und die beiden Schwestern räumten Matratzen und Decken um und betteten die Kinder am Abend, bis Fanny erschöpft auf die Bank im Wohnzimmer fiel und Maria Pilar bat, den Wein zu holen, sie saß da, und Maria Pilar erzählte von den Zuständen in Leoben und ihrem letzten Umzug, und daß das Gehalt von Erwin erhöht worden war, und Fanny sagte matt, das sei doch wirklich unerhört, daß ers nicht schon früher bekommen hatte, und dann dachte sie, wie traurig alles war, und ihre in Wien immer flüchtige, herumwandernde Schwester war nun mit diesem vulgären Landsknecht verheiratet und hatte diese zwei grauenvollen Kinder aufgezogen, mit denen sie morgen zu Mama gehen mußten, die sich, wie Fanny wußte, nicht im geringsten freute und beteuerte, sie sei eine schlechte Großmutter und denke nicht, sich zu ändern für Mädi, die ihren Spitzenschal zerrissen hatte, und noch weniger für Burschi, der in ihren Augen ein Teufel war und mit den Fingern ins Essen fuhr und einen steirischen Dialekt sprach, der ihn für immer aus der Sphäre der Wischnewskis ausstieß und den Wischnewskis ungenießbar machte. Burschi und Mädi, wie immer auch die Bälger heißen mochten offiziell, waren das Produkt einer neuen Erziehung, die auf Enthemmung sich stützte, und dies sogar in Leoben, und in derselben Nacht noch war Burschi so enthemmt, daß er Mädi mit einem Kopfpolster ersticken wollte, dann das Bett einnäßte, brüllte, daß er türkischen Honig haben möchte, und zuletzt erinnerte er sich wimmernd vor Übermüdung, daß man ihm den Prater vorenthalten hatte.

Du, sagte Fanny, die Kinder, ich weiß nicht.

Maria Pilar blickte, wie man früher gesagt hätte, auf ihren Schoß, sie blickte aber nur in die Gegend ihres Bauchs, und mehr der Verlegenheit halber, und sie murmelte: Mädi ist so schwierig, sie schlagt dauernd nach mir, da ist man machtlos.

Fanny hütete sich, etwas zu sagen, denn sie hatte keine Kinder vorzuweisen und kein Mitspracherecht, aber die Ohrfeigen für Mädi saßen locker und bereit in ihrer Hand.

Ich weiß nicht, sagte Fanny, ich glaube, du läßt dir von der ganzen Familie auf der Nase herumtanzen, und dann schwieg sie beschämt, denn die Wischnewski-Töchter waren einander so unähnlich nicht, wenngleich die eine auf Bühnen paradierte und die andere in Leoben zugrundging.

Pilar, sagte Fanny plötzlich, sie wurde von einer entsetzlichen Angst überwältigt, meine Pilar, und sie umarmte ihre jüngere Schwester, wie lebst du denn, was ist denn mit dir. Sprich doch, ich bitt dich.

Und Maria Pilar hielt ihre Wange hin und ließ sie feucht werden und sagte wie Goldmann: Aber Fanny.

Fanny hörte das nicht mehr, das Telefon klingelte, sie streckte sich lang aus und lag steif wie eine Tote. Pilar nahm den Hörer ab und sagte endlich, da müssen Sie die Auskunft anrufen, Sie sind falsch verbunden.

Da wußte Fanny, daß er nicht anrief, und sie lag ausgestreckt da und ließ Pilar die lächerliche Geschichte von der falschen Verbindung erzählen. Sie nahm die Hand der Schwester, und sie sagte: jetzt ist mir besser, es wäre besser, wenn du immer hier wärst. Ich bin so allein.

Und Goldmann? fragte Maria Pilar schüchtern.

Fanny machte eine überlegene Handbewegung. Um ihn geht es doch nicht. Wir sind längst geschieden. Mama darf es nicht wissen. Seit sieben Jahren. Bitte heul nicht, es ist viel zu spät.

Um Gottes willen, heulte Pilar, du mußt ja todunglücklich sein.

Ja, aber nicht deswegen, sagte Fanny.

Hast du ihn denn nicht geliebt? fragte Pilar.

Du bist eine Gans, sagte Fanny. Das sind doch keine Gesichtspunkte.

Gegen das Jahr 1960, als man überall ziemlich viel Champagner trank und weil man sich ⟨an⟩ Wodka und Whisky längst gewöhnt hatte ⟨⟩

Karin: und nach einiger Zeit hatte Fanny den Eindruck, daß man wirklich einiges mit den Deutschen gemeinsam hatte, von den Automarken angefangen bis zu Modegetränken, in vieler Hinsicht alles, natürlich mit Ausnahme der Sprache und einer Ordinärheit, wie sie selten zuvor existiert hatte.

Ja, nun sind sie wohl sehr agaciert, Fanny zupfte an ihrem halblangen Handschuh herum, und es war nicht zu erkennen, was sie mit ihren Handschuhen wollte, da sie wirklich Handschuhe zu tragen verstand, und sagte zu Dr. Ritter, wissen Sie, Sie machen mich ganz unsicher, weil Sie immer meinen, man könne eine Sache so oder so machen, aber man kann nicht, man kann nicht zu jeder Zeit ein bestimmtes Getränk trinken und nicht zu jeder Zeit über den Kohlmarkt gehen, und wenn Sie von mir verlangen, daß ich heut abend mit Ihnen in die Josefstadt gehen soll, so tun mir plötzlich die Zähne weh, denn es ist ein ganz unmöglicher Tag, man kann heut nicht dahin gehen, und da ichs Ihnen nicht erklären kann, hat es gar keinen Sinn, und um drei Uhr nachmittags bekommen Sie mich nur unter der Androhung von Folter zum Gerstner hinein, und zugleich könnte ich Ihnen doch nicht erklären, warum wir auf alles gar keinen Wert legen und Sie so ziemlich auf alles einen, es ist da scheinbar ein Widerspruch, nicht wahr? Fanny sah zu ihm auf, damit er sie im Halbprofil sah, und sie wußte, was ihr Halbprofil wert war und mit diesem Winkel, aber da Heimo Ritter auch ein Möbelstück nicht zu schätzen vermochte, da er grundsätzlich unbetörbar war, erkannte er, der Fanny für schön hielt, nicht dieses Halbprofil, für ihn genügte es, daß die Beine und sonst auch alles toll waren, und Fanny wußte, daß er nichts merkte, nie etwas merken würde, und sie monologisierte und spielte für die Steine und den Schatten und die Sonne, und sie ging dem Pflaster zuliebe und setzte ihren Fuß untadelig auf für den Stock im Eisen, da diese fleischige Flunder an ihrer Seite eine Antiquität wie Fanny nicht im entferntesten einzuschätzen vermochte, für ihn war sie sicher eine fabelhafte Frau, und tolle Beine und Busen, während es sich ⟨doch⟩ um ihre Schultern handelte, die unvergleichlich und Jahrzehnte, wenn nicht schon ein Jahrhundert nicht mehr aufgetaucht waren in dieser Vollkommenheit, wie hatte Goldmann gesucht nach Bildern und gezweifelt, ob sie (Watteau, Boucher), ob sie settecento oder doch ottocento war, sie hatten sich ⟨für⟩ settecento entschlossen, und Goldmann hatte zumindest einmal in der Woche hingerissen sein können und ihr plötzlich ein Kleid heruntergeschoben und ein zu hoch geschlossenes Nachthemd, und ⟨mit⟩ allen ihren Protesten, das vertrag ich nicht, mit bloßen Schultern schlafen, da muß ich doch niesen, hatte sie keinen Erfolg, dann zieh eben nachher ein Nachthemd mit Ärmeln an, du bist ja wie die Leute, die ihre Möbel zudecken bis auf die Feiertage, und stell dir vor, man tät der Karlskirche einen Nylonsack überziehen, damit sie geschont wird.

Er zeichnete ihr die Kleider, die sie sich am Praterstern von einer kleineren Schneiderin machen ließ, kam jedesmal mit, damit, wie er sagte, jemand auf die Schultern achtgibt. Es ist mir unerträglich, wenn dich jemand verschandelt, am meisten, wenn du es selber tust.

Fanny sah zu spät, daß Klara recht hatte, sie war ganz aufgeschwollen, und natürlich war das Trinken daran schuld, sie trank jetzt schon um 11 Uhr vormittags, und gegen Mittag machte sie eine kleine Pause, vielmehr der Kaffee verhalf ihr zu einer, dann trank sie weiter, und da sie mit dem Geld nicht mehr auskam, noch Rechnungen für Toni bezahlte, die unregelmäßig eintrafen für etwas aus der gemeinsamen Zeit, vom BEA-Büro zum Beispiel, Wien-München retour, Stuttgart-Wien retour, dann der Bodenbelag für Tonis »Studio«, so wurde sie nicht nur erinnert, sondern auf etwas aufmerksam gemacht, was sie früher nie beachtet hatte. Einmal war ⟨sie⟩ so zornig, daß sie dran dachte, die Rechnung in ein Kuvert zu stecken und ihm zu schicken, aber der Gedanke, er könne sie für kleinlich halten, hielt sie zurück. Kleinlich sein darf ich nicht, niemals, aber das andre darf ich, ja, was denn – ablehnen, dagegensein, es verächtlich finden.

Sie ging stundenlang in der Wohnung auf und ab, und nach vielen Stunden kam sie darauf, daß sie haßte. Diese Entdeckung war so erschütternd für Fanny wie die Goldfunde in Kalifornien für den Abenteurer, ein Wasser- oder Ölfund für eine ⟨⟩, es war, als wäre ihr ganzes Wesen davon versteinert und danach neu belebt, ja, das war es: Sie haßte. Sie war fünfundvierzig Jahre alt, hatte noch nie einer Fliege und noch weniger einem Menschen etc. und nichts gekrümmt und nichts getan, und ihr ganzer Existenzkampf hatte sich auf ein paar graziöse Sticheleien beschränkt und ein helles Lachen, wenn jemand etwas erzählte, und sie lachte auch nur, weil sie so gut lachen konnte, nie aus Schadenfreude, und wenn man

Fanny der Inquisition angeboten hätte, um ihre Seele sicherzustellen, so hätte auch die fürchterlichste Instanz, die sich zu Recht mehr mit den Gedanken des Menschen beschäftigt hat als mit seinen Taten und von seinen sublimen Verbrechen zuerst wußte, ⟨⟩ sie rein in den Himmel zu befördern und eine Minute später den Beginn eines Krebsgeschwürs festzustellen, das sich immer weiter ausbreiten sollte, unter dem jeder ihrer Gedanken, jede Handlung zerfiel, jeder Blick, aber da es schlecht zu sagen ist, wo Haß sich lokalisiert, so könnte man Fannys Haß wirklich ⟨mit⟩ einer Wucherung vergleichen, deren Entdeckung ihr wie ein Todesurteil erschien. Nur ein Mensch, der zweifellos und fraglos auf der Seite ⟨⟩, nicht mehr operabel, von keinem Glück mehr bestrahlbar, von keinem Heimo Kippenberg lenkbar war in die Sicherheit. Ihr ganzer Körper war angefallen, ihre Hirne, ihre Leitungen waren eingespannt von dem Haß, und so ihr ganzer Körper angefallen, und wenn Fanny etwas wünschte, dann jedenfalls im Anfang, daß dies von ihr genommen werde, da sie es als Krankheit zum Tod erkannte, daß Toni, seit sie dies wußte, kommen möge, nicht mehr, damit noch irgendwas zwischen ihnen geregelt würde, nicht mehr für eine Rechenschaft, sondern um das von ihr zu nehmen, ihr die Hand aufzulegen, es mußte etwas in seinem Besitz geben (in wessen Besitz sonst), das sie erlösen konnte.

Fanny machte alle Fenster auf, und obwohl sie so betrunken war, meinte sie, es sei ihr unmöglich, sich da hinunterzustürzen, und der Haß würde nicht mit ihr stürzen, nur eine ehemals liebliche, jetzt verschwollene Fanny Goldmann konnte unten aufschlagen und sich das Kreuz brechen, aber ihr Haß niemals, und den Haß konnte sie nicht allein in der Welt lassen, nicht abgetrennt von seinem Fruchtwasser, von ihrem Marekdrama, das darin schwamm und wuchs wie ein Tumor.

In diesen Tagen legte Fanny das Wort »grauenvoll« ab, da sie jetzt erst wußte, daß der Name Heimo oder gar Karin, oder schlechte Manieren und Dummheit, überlastet waren unter diesem Wort, – sie hatte etwas Neues kennengelernt, und da hörten die Worte zu passen auf.

Fanny schlief einfach ein, wenn sie genug getrunken hatte, und als nächstes verschwand der Name Toni aus ihrem Denken.

Entwürfe zur Figur Fanny

* Fanny entdeckte ein Buch über die seltsamen Arten in der Renaissance, zu vergiften, durch einen Helm, den man aufsetzte, oder eine angezündete Fackel, einen bestickten Handschuh oder einen edelsteinbesetzten Fächer, eine vergoldete Riechbüchse, eine Bernsteinkette, lauter Gegenstände, die an Marek nicht heranzubringen waren.

Und sie lernte das chinesische Buch kennen, dessen österreichische Version sie kennengelernt hatte, von dem jedes Blatt vergiftet war, so daß der Leser, am Ende, tot zusammenbrach. So war sie zusammengebrochen, so war jede Seite vergiftet gewesen, die sie nach Stuttgart empfohlen hatte, und sie saß wieder hilflos da in der Nacht, mit verschwollenen Kuhaugen, die ins Nichts starrten, und mit jeder Fiber zur Rache verurteilt, die sie nicht ausführen konnte, zu einem ewigen Krieg gegen ihren Mörder, der womöglich nicht einmal ihre Kriegserklärung wahrgenommen hatte, da sie so langsam gediehen war, so entsetzlich langsam, nach einer langen Agonie, einem fortwährenden Automatismus von Liebes- und Freundschaftshandlungen, unter denen der Boden wegbrach, weggeschwemmt wurde, die immer leerer im Raum sich abwikkelten, noch immer, während schon längst der andre Prozeß im Gange war und eine Fanny Goldmann, rein und keines abscheulichen Gedankens fähig, abdankte und einer Furie Platz einräumte, für die sie keinen Zusammenhang in ihrem Leben entdeckte. Ich bin furchtbar geworden, ich hasse ja, ich hasse, sie redete allein in der Nacht und ging in die Küche und aß ein Stück Brot und irrte durch die Wohnung. »Ich hasse, ich hasse«, sie schluchzte hysterisch, sie fand sich nicht mehr zurecht in sich selber.

Als ein Jahr vergangen war, nahm sie versuchsweise eine Rolle in einem Hörspiel an, das in Salzburg produziert wurde, und in Salzburg traute sie sich endlich, in ein Waffengeschäft zu gehen. Sie sprach über Pistolenmarken wie andre über Automarken, sie wußte selber nicht mehr, wann sie in der Zeit das alles erlernt hatte.

Fanny wußte schon vorher, daß sie einen Waffenschein brauchte, und verließ in sich gekehrt das Geschäft. Sie dachte dran, einen alten Freund, in Fannys ⟨Erinnerungsecken⟩ tauchten immer noch so viele alte Freunde auf, obwohl sie nun schon lang niemand mehr sah ⟨⟩. Sie konnte ihn darum bitten.

Zu Marek würde sie nicht hingehen, sondern ihn in der Straße abfangen, abpassen, ja, das war ein Kinderspiel. Toni würde natürlich gar nicht erschrecken, sondern gelangweilt grüßen, und sie würde den Revolver ziehen. Hast du mir etwas zu sagen, dann sag es, aber bitte rasch. – Marek starrte sie an und flüsterte, Fanny, ich bitte dich, gib das Zeug aus der Hand, was soll ich dir denn sagen. Fanny sagte: Du sollst mir sagen, was du dir dabei gedacht hast! Fannys Stimme klang hell, bellend, eine Jungkommissarin in der Revolution. Sie stand erhöht, auf dem Pflaster, er auf der Straße mit der Milchflasche für Karin Krause, da ein junges Mädchen natürlich die Milch nicht selber kaufte, das taten nur alternde Schauspielerinnen für ihre Liebhaber, nach Adam Riese. Adam Riese war Mareks größte geistige Quelle gewesen, in dem ersten Jahr, bis sie ihm Adam den Riesen abgewöhnt hatte. »Warum, nach Adam Riese, werde ich dich niederknallen«, fragte Fanny, und ihre Stimme klang noch entsetzlicher. »Aber Fanny, Fanny, laß uns doch reden. Ich wollte doch immer mit dir reden.«

»Dann rede endlich«.

Aber dann war Fanny wieder ganz ruhig und sagte sich: er wird selbständig, das muß so sein, er kann nicht immer an meiner Schürze hängen, in solchen Bilderbüchern dachte diese Fanny, die nie eine Schürze getragen hatte, und wenn sie jetzt zu Mama kam, dann fragte sie, nach langem Schweigen, Zuhören und wieder Schweigen: Mama, wie war denn Papa? Ich meine, wie er jung war, nicht nachher.

Die Frau Oberst wußte nichts zu antworten und sah Fanny mit einem Blick an, der indigniert sein sollte. Kind, du wirst agaçant. Und es wäre besser, wenn du, wie immer dein seliger Papa auch war, deinen Hals besser pflegen würdest. Du bekommst Falten. Ah, sagte Fanny. Meinst du. Ich bin ganz entzückt, Falten zu bekommen. Am Abend sagte sie zu Toni, ich bekomme Falten, am Hals, Mama sagt es.

⟨Fantuscha⟩, du kannst gar keine Falten bekommen, und du

wärest mir allerdings nicht lieber mit Falten, dann hätte ich dich für immer, sagte der sanfte Verbrecher und wischte sich ein paar Haarschuppen ab, die nicht von Fanny sein konnten, die keine Schuppen hatte und auch keine Falten am Hals, wie ⟨er⟩ ernüchtert feststellte, sie war unmenschlich. Dieses Weib, wie sollte er bloß von diesem Weib loskommen. Toni stocherte in seinem Lungenbraten herum, gebärdete sich und wurde ausfällig, zuerst gegen den Lungenbraten, dann gegen den Kellner, dann gegen den Nebentisch. Zuletzt schrie er, du gehst mir auf die Nerven, du läßt mich den ganzen Nachmittag allein, weil du bei deiner lächerlichen Mama herumsitzt, die dich sicher gegen mich aufbringt.

Aber Toni, sagte Fanny mit ihrer schönsten erloschenen Stimme, dieser Kadenz, wenn du nicht willst, daß ich Mama besuche. Aber besuche sie doch meinetwegen von früh bis spät. Aber Toni, sagte Fanny, ich kann doch schließlich nichts dafür, daß ich eine Mutter habe. Nein, kannst du nicht, du kannst für gar nichts. Auch nicht dafür, daß ich todmüde bin und wieder hier herumhocken muß, in einem Restaurant, anstatt arbeiten zu können. Aber Toni, du wolltest doch in der Linde essen. ⟨Er⟩ zahlte und ⟨sie⟩ zitterte, und im Auto gab sie ihm das Geld sofort, sehr vornehm, sagte Toni. Aber Toni, du hast mir doch ⟨am⟩ Tisch gesagt, mit diesem Vorwurf, daß es hundertzwanzig Schilling kostete, ich kann doch nicht Rätsel raten. Toni steckte das Geld ein und sagte, dann kannst du auch gleich dran denken, daß du mir noch 100 schuldig bist, für gestern mittag, wie die Kinski dabei war und absolut die teuersten Sachen bestellen mußte. Fanny weinte und zog noch einmal 100 Schilling hervor, ich habe keine hundert, nimm das, es ist doch egal. Er nahm die fünfhundert und sah verdüstert vor sich hin und überlegte, ob er Karin davon den ⟨Bikini⟩ kaufen konnte. Das würde reichen.

*

Happening

Fanny schlug dem jungen Maurer vor: in mir ist etwas Fulminantes, das kann auf keiner Bühne herauskommen, und mich nimmt keine Bühne mehr, Sie haben etwas noch nicht verstanden, oder haben Sie es. Man muß die Probleme entwerten, das muß man. Fanny hatte verspeichelte Augen von dem Schnaps, der ihr von Maurer eingegossen wurde. Entwerten, man muß sie alle entwerten. Es gibt keine Probleme, verstehen Sie. Man muß sich selber entwerten, sie dachte an Mama und Maria Pilar und Richard, und nun war sie herausgestürzt aus der Ungargasse und Döbling und war einer der märchenhaften durchschnittlichen Leute geworden, die sagten, was sie dachten, und die das Fernsehen laut aufdrehten, als wollten alle Nachbarn auch das Fernsehen hören, da sie es nicht mitsehen konnten. Man muß sich aufdrehen, ich habe eine Lautstärke, glauben Sie mir.

Goldmann, schrie Maurer, du hast ein Volumen.

Nein, sagte Fanny und trank weiter.

* Fanny zu Horst – Ihr könnt nicht hinhören. Zuhören oder einen anhören, das schon, aber Hinhören. Nein. Und erklären kann man es euch auch nicht.

Weil ihr eben gar nicht wißt 〈〉

* Das versteht Ihr eben nicht. Warum er anders war. Weil ich nie habe nachdenken müssen, was ich sage. Wenn ich Kopfweh gehabt habe, dann war es eben Kopfweh, wenn ich Milan treffen wollte, dann habe ich eben Milan getroffen. Und umgekehrt war es genau so. Keiner von uns war je über etwas erstaunt. Wenn er gesagt hat, er kommt nicht nachhause, dann habe ich eben gefragt, bist du morgen zum Frühstück da, und ich weiß eben nicht, wie ich das nennen soll, es ist mir damals auch nie aufgefallen, wir waren beide so, sagen wir normal, nein, etwas andres, es war ein und dieselbe Art, zu urteilen, das ist das Wichtigste, ein und dieselbe Art, nicht zu fragen oder etwas zu sagen, unter einer Konstellation von Sternen, die man selbst aufgezogen hat, nie ein Mißverständnis, nie ein Streit, nein, das war es auch nicht. Was war es denn bloß? Es war das Fehlen von Vulgarität, ich kann die Vulgarität nicht ertragen, und die Männer und die Frauen sind so grauenvoll, ah verzeih, vulgär, ich glaube, darum waren wir beide

nie neugierig auf irgendetwas, nicht einmal einer auf den anderen, das allein ist ja schon eine Vulgarität, als Milan zu mir sagte, er wolle mich kennenlernen, da hat es mir die Sprache verschlagen, ich habe gestottert, was willst du, und er hatte die Courage zu sagen, dich kennenlernen. Das ist doch grauenvoll. Immer wollen die Leute in einem umgraben, und noch in die Eingeweide, als wär nicht alles da, was man ist, und Ernst wäre nie auf eine solche Idee gekommen und ich auch nicht, und so kennen wir einander und die andren kennen einander nicht, weil sie sich doch verstellen müssen, wenn der andre zu schürfen anfängt, und das nenne ich eben vulgär werden, lauter Indezentheiten, das nennen sie dann Lieben, dieses seelische Nasenbohren.

Entwurf zu den Wischnewskis

* Lina, die Köchin, sagte man da noch Köchin, denn die war doch etwas anderes, und wie die ⟨Frau⟩ Oberst Fanny und Marie Theres gestand, ganz anderes, und alle mußten Lina wie die geheime Königin behandeln, von Linas Diät wurde bei Wischnewskis mehr gesprochen als von den Hungerrationen und das etwa nicht, weil man Linas verlustig gehen hätte können, das war einfach ausgeschlossen, Lina und die Frau Oberst wußten beide, daß sie niemals ohne einander leben konnten, und eine die andre ja auch nur wenige Monate überlebte, Lina küßte der Frau Oberst die Hand und nahm ihre Weihnachtsgeschenke und stand noch, wie bei einer Audienz, zehn Minuten mit den Töchtern um den Baum herum und beendete die ihre dann selber, um den Karpfen aus der Küche zu holen. Daß es mittlerweile 1946 geworden war oder später 1956, das änderte an dem Weihnachten der Wischnewskis nichts, das sie alle ergeben und mit ironischen Bemerkungen absolvierten, und jedesmal sagten Mutter, Tanten oder Töchter, so schauderhaft war es noch nie und die Leute sind ja besessen, wie die alle in den Geschäften sich tottreten lassen für einen Notizblock oder Lametta oder Spielzeug, und jedes Jahr beschlossen sie, in die Weihnachtsmesse zu gehen, und gingen dann nicht, weil die Leute unausstehlich waren, und dieses Frauenhaus saß also beisam-

men, und die Karpfen waren nicht mehr, was sie einmal waren, und wenigstens Fanny und Marie Theres waren da und wagten nicht, ihre Weihnachten woanders zu verbringen, auch als Fanny schon verheiratet war, er wird doch auf Weihnachten keinen Wert legen, sagte weniger fragend als bestimmend die Frau Oberst, und wer legt überhaupt Wert darauf! ist das wahr, daß die Holzmeister einen Film macht, setzte sie fort und sagte, ich glaube, du solltest endlich einen Film machen, ich versteh nicht, daß man dich nicht längst zum Film, nein, hör bloß auf, ich bin nicht sklerotisch, Fanny, du hast eine Art jetzt neuerdings, bist du warm genug angezogen, du wirst es noch büßen mit dem Nylon, das ist ja die Höhe, bitte, Paulette, habe ich je was gesagt, die Fratzen sind 〈〉

Entwürfe zu den Figuren Martin und Fanny

* Um das Jahr neunzehnsechzig hatte Martin etwas abgeschlossen und für immer hinter sich gebracht, die Bücher und Essays, die zu seiner Zeit geschrieben wurden und meistens auf den Namen hörten neue Literatur, junge Literatur seit 1945. In der Schule hatte er bemerkt, daß er so schnell las, während seine Mitschüler fünf Zeilen durchbuchstabiert hatten, konnte er die Seite umblättern, das hielt er für wenig besonders, weil er die träge langsame Intelligenz der anderen nicht für maßstabwürdig hielt, um sich drüber freuen zu können. An der Universität entdeckte er, daß er im Tempo auch den andren voraus war, nicht nur allen Studenten, sondern dem Assistenten Toncic und dem Chef, er konnte es sich also leisten, außerhalb des Gebietes, ja, des Faches zu lesen, wieviel er wollte.

Am meisten erstaunte ihn, daß die Probleme, die die jungen und älteren Schriftsteller abhandelten, ihn nichts angingen. Er litt an keiner Ichspaltung, er 〈kannte〉 keine Verunsicherung, die Atombombe ließ ihn ruhig schlafen, die Folgen der Nazizeit und des Krieges betrachtete er mit Interesse, jede andre Art, die Dinge zu sehen, erschien ihm hysterisch, die Ehedramen und Pubertätskrämpfe der Deutschen belächelte er, die Pfadfinderei der Franzosen, die Schwierigkeiten mit der Wirklichkeit hatten, belustigte ihn, die Amerikaner erschienen, teils aus Vorurteilen, teils aus Abwesenheit einer Kenntnis über sie, ein hoffnungsloser Fall, obwohl in Anbetracht ihrer Kraft zu sein (das sind Leute, denen man alles verkaufen kann, Buddha und Christus, Rauschgift und sogar die Freiheit), und er wandte sich beruhigt wieder seiner Arbeit und ⟨seinen⟩ Angelegenheiten zu – laß dir keine Probleme aufschwätzen, die du nicht hast.

Dann fiel ihm ein: ich bin von leidenschaftlicher Gleichgültigkeit. Was für eine Voraussetzung ist das und wofür ist sie gut.

Da er nicht ganz aus der Art schlagen mochte und längst begriffen hatte, daß in diesem Land wenig gelesen wurde, er aber zum Vielleser durch natürliche Anlagen bestimmt war, beschloß er eine Handlung ausgleichender Gerechtigkeit, nämlich alles in kurzer Zeit zu lesen, damit konnte er nicht unangenehm als »Leser« auffallen und sich über Segeln und Witze, Skifahren, Fußball und Autos unterhalten, ohne Verdacht zu erregen, daß er an anderes denke.

Liebe Fanny, sagte er, du machst einen großen Fehler. Schau, ein Schriftsteller, wir wollen einmal annehmen, daß der Toni sich zurecht so nennen darf, da mußt du nicht gleich blaß werden, er wird schon dürfen, dem ist ja der Ehrgeiz unter die Haut geschrieben, nun hältst du das für was Schlechtes, ereiferte sich Fanny (die nie dran gedacht hatte, daß Marek ehrgeizig sein könne, im Gegenteil, sie hatte seine Faulheit gefürchtet, aber nun war sie bereit, ihn als einen Ehrgeizigen in Martins Urteil passieren zu lassen), nein, aber nein, das soll ja ganz gesund sein, obwohl manche davon Magengeschwüre bekommen.

Also was ist mit meinem Schriftsteller. Jetzt weichst du aus. Schau Fanny, wenn du so nervös bist, kann ich dir das doch nicht erklären, du bist wahrscheinlich schon nervös davon. Wenn die nicht sehr hervorragend sind, dann sind das ja kleine Raubtiere, und früher hätte man einmal gesagt, wenn ihr Charakter ihrem Talent nicht gewachsen ist, und umgekehrt gilt nicht, dann sind das ⟨Falschmünzer,⟩ Falschspieler, alles mit falsch, was du willst. Ich weiß nicht, was Dich und so viele Frauen anzieht, eure Köpfe gegen die selten schönen Knie zu lehnen, ihnen die fettigen Hemdkragen zu waschen, ihre ⟨⟩

* Fanny besah ihr Gefühlsmuseum, wer hatte ihr einreden können, einen dunkelbraunen Burgenländer, ja, was, ich liebe niemand, nicht mehr ein Schubertseptett, nicht mehr Handhalten, nicht mehr Nasenhaareschneiden, nicht mehr lichte Kaffeehäuser, volle Straßen, es gibt nichts zu lieben, und sie dachte an Goldmann, der auch nichts mehr lieben konnte, der eines Tags aufgehört hatte, Fanny zu lieben, um sich den Toten zuzuwenden, weil ⟨mit⟩ diesen Frauentrophäen nichts mehr zu schmücken war, hier kein Leben mehr ⟨war⟩, er war noch unbeschädigt aus Amerika zurückgekommen, ins europäische Moor, und war da eingesunken und lebte jetzt in Bibliotheken und Zentren und auf Flughäfen, konnte nicht mehr weiterwohnen und auch in Israel in keinem Kibbuz mehr glauben, daß ⟨⟩ sie waren lauter Unbeschädigte, die jetzt unter die Räder kamen.

Schau, sagte Martin, und liebe Fanny. Wenn Sie mich fragen, warum fragen Sie mich denn überhaupt, dann sind alle diese Leutchen nicht ungefährlich für die Frauen, weil sie euch verführen, wenn Sie mir ein so altmodisches Wort erlauben. Ein Mann, der seinen Geist ins Spiel bringt und seine Formulierkunststücke, um ans Ziel zu kommen, den Nimbus von jemand, der Papier beschreibt, das lenkt offenbar die meisten davon ab, sich ihn genauer anzusehen. Sehen Sie doch einmal hin, interessieren Sie sich einmal für sein Gesicht, wie es wirklich ausschaut, geben Sie nicht allzuviel auf die Stirn, das täuscht auch oft, denken Sie doch einmal unbefangen, er würde nicht Schreibmaschine schreiben können – und dann, würde er Ihnen dann noch gefallen.

O Martin, sagte Fanny, ich dürfte Sie nicht weiterreden lassen, Sie sind unmöglich, sie dehnte das unmöglich, wiederholte dieses unmöglich, ich schau mir allerdings jemand an, und wenn Sie nicht so zynisch daherreden täten in vielen Dingen, und ich weiß das ja, darf ich doch wissen, dann würd ich Sie für neidisch halten, wie den jungen Malina, der offenbar den Toni auch nicht ausstehn kann, weil der Toni einfach liebenswerter ist.

Der kleine Malina – fragte Martin gedehnt und belustigt, aber wie kommen Sie denn auf die Idee, von dem als dem kleinen Malina zu reden.

Das mit Maria, es ist ganz furchtbar, ich fürchte, hab ich etwas Häßliches gesagt, bitte, nein, sagen Sie nein, Fanny hatte auf hastige Trauer umgeschaltet. Von einem Hai gefressen, der arme Mensch, ich bitte Sie, wenn Ihre Schwester von einem Hai, und sie war, Fanny schluckte nicht und brachte es auch ohne Anstrengung hervor, sie war eine große Schauspielerin, und wenn sie es noch nicht war, dann wär sie es geworden. Und Martin erwiderte darauf nichts und ließ sie hängen mit ihren Schuldbekenntnissen und inmitten ihres Wiedergutmachungsverfahrens. Darum war Goldmann ihr auch so attachiert, sie schwindelte sich ⟨durch⟩ zwischen vagen: wir waren vielleicht die ersten, die gewußt haben, was in ihr steckt, die war ja eine Maus, nein, es ist entsetzlich, ich muß immer denken, wie ich sie zum letzten Mal gesehen habe, sie war grade aus der Schweiz zurück, da muß sie mit einem wahrhaftigen Schweizer gewesen sein, ich nehme es an, denn sie hat mir gesagt, das war so typisch für sie, aber Sie kannten sie ja nicht, wissen Sie, Fanny, der Mensch ⟨⟩

⟨Goldmann/Rottwitz-Roman⟩

Phase I: frühe Entwürfe

* Warum Malina schreibt? weiß er nicht mehr, hat schon früh angefangen, viel mehr wird nicht zu sagen sein, wenn jemand fragt. Und? Wie arbeitet Malina und wann. Die Zeitschriften Saturn und Prospekt und Antenne wollen es wissen, und da Malina einen Termin versäumt hat, teilt er seine Lügen sich selber mit, sagt, er müsse nicht in Stimmung sein usf., alles Humbug, Disziplin sei das Nötigste, Marieksche Disziplin, aber Malina erinnert sich nicht an disziplinierte Zeiten, genau genommen erinnert er sich an gar nichts, was die Arbeit betrifft, nur solche Nebensachen, er geht manchmal an die Schreibmaschine, behauptet aber, er schreibe zuerst mit der Hand, warum eigentlich, und hackt dann eine halbe Seite herunter, und Malina hat also keine Ansichten, nur für den täglichen Gebrauch, für die anderen, vor der Maschine ist er ansichtenlos, er urteilt nicht, er ist leidenschaftlich gleichgültig. Diese Eigenschaft muß er Martin vermachen, seinem Ableger, obwohl er sich noch nie ⟨mit einem⟩ fremderen Wesen abgeben sah und die Geologie ihm schwerfällt. Leichter fällt ihm, jetzt fällt ein Schatten über seine Schulter, und wer stößt ihn also da hinein und läßt ihm diesen Martin Ranner aus dem Kopf springen, nein, vor dem Schreibtisch auf- und abspazieren, sich mit ihm unterhalten, ihn an- und ausziehen, ihm Krawatten aussuchen, Malina beugt sich über den World Atlas, um für Martin eine Route nach Accra zu suchen, dann nach Port Gentil, weil er jemand kennt, der dort ist, jemand anderen, der dahin will. Malina packt Martins Koffer, läßt den Koffer liegen, er sucht ihm zuerst eine Wohnung, damit er den Koffer auch richtig packen kann. Das sind so Malinas Sorgen.

Martin ist schon in Accra, und da fällt ihm ein, nachsehen wegen eines KZ-Arztes, den er aber woanders braucht, und außerdem ist es zu früh für Martin oder es könnte auch zu spät sein, jedenfalls braucht er ihn neunundzwanzigjährig in Wien und nicht in Ghana, er versetzt ihn also wieder nach Wien und wirft den World Atlas auf den Schrank (wer, Malina, ach ja), und Malina läßt das Ganze zwar nicht bleiben, aber während er sich ein Brot abschneidet von dem runden aus Weizenbrot und Teewasser aufsetzt, weiß er, daß er sich für seine Schwester rächen muß, und das ist nun einmal ein neues Motiv, Rache, und Malina ißt das Brot nicht und denkt an den Hai, an die Blutlache, an seine gefressene Schwester, und er weiß, daß Martin ohne eine Schwester nicht auskommen wird, wie Kanülen, das sind die Infusionen, die ihm dauernd gemacht werden, er ist besessen davon, er denkt anima, er kann also Martin nicht ohne seine anima und den Verlust der Schwester ertragen, es wird ihm leichter sein, wenn das getan ist, wenn die Rache vollbracht ist. Zittert, Ihr Verleger. Diese geheimen Duelle mit der Wirklichkeit, der Vergangenheit, nicht nur des Maiens Blütenregen und so weiter, und möchte so sehr gern, hat heute Hikmet gelesen, er sich ein glücklich ausge⟨⟩

* ⟨⟩ als Malina an die zwanzig Personen aus sich herausgeblättert hatte – einen besseren Ausdruck vermochte er vorläufig noch nicht zu finden und ich für ihn –, versammelte er sie um sich, es war während eines Gewitters, eines der vielen Gewitter, ⟨⟩

Phase II: Fanny Goldmann-Phase

Erste Romaneinleitung

* Auf der Party, die der Verleger Gernreich im Frankfurter Hof gab, der eines der größten und ältesten Verlagshäuser Deutschlands innehatte, durch die Heirat mit der einzigen Tochter, um die er sozusagen nur noch in Halbtrauer war, da er die Gäste schon an der Seite von Barbara Wahl empfangen hatte, die sich weitaus anmutiger als die verblichene Gernreich zeigte, wenn auch etwas witziger und boshafter und damit sofort mehr respektiert wurde, noch ehe sie sich den Namen übergezogen hatte, war eigentlich nichts besonderes zu bemerken, außer dem üblichen Gedränge, dem Geflüster an der Bar, wer eben gekommen sei, Flamand aus Paris und ⟨ein⟩ Abgesandter von Brace und Harcourt und, ohne Verlegenheit in diesem liberalen Bargewoge, der Herr vom Aufbau-Verlag, dessen Name noch nicht ganz die Runde gemacht hatte, während das Fußvolk, das weniger die Namen, die mit Macht und Einfluß verbunden waren, als die Schriftsteller nach Prestige und Aufdringlichkeit und verhaltener Bescheidenheit notierte, die Agenten nicht einzuschätzen vermochte, nichts Sonderliches also für einen der zehn Höhepunkte der Frankfurter Buchmesse, fiel nur eine einzige Person auf, ein 22jähriger junger Österreicher, der, auf den ersten Blick, wie ein mitgebrachter Sohn, ein verirrter Gymnasiast wirken konnte, mit einem dunklen Krauskopf, wie man einmal gesagt hätte, und mit sanften runden Augen, und der nichtsdestoweniger den meisten bereits bekannt war und zwar weniger als die junge Hoffnung vom Herbst, die es jedesmal gab, sondern als ein listiger, graziöser Junge, oder wie die junge Frau Wahl, künftige Gernreich, pointiert an drei Stellen mit einem rauhen Lachen, einem halb erstickten, bemerkte, so daß die Definition spruchreif wurde, die einmal hieß, der junge Poet aus der grünen Steiermark, weil sie in einem Ferienprospekt einmal etwas über die grüne Steiermark gelesen hatte, und dann hieß es aber der kleine Revoluzzer aus der grünen Steiermark, und für diese paar Tage genügte der Scherz, um den kleinen Revoluzzer

jedermann in den Mund zu legen mit Ironie und Wohlwollen. Einige säuerliche Personen, die sich auf dem Felde der literarischen Unehren schon seit Jahren schlugen, murmelten zwar bissig etwas von dem jungen Rosegger, in zusammenhangloser Anspielung an den einzigen Literaten, den die Steiermark der Welt beschert hatte, und das alles konnte diesen graziösen Kindmann nicht irritieren, der ein halbes Jahr zuvor mit einem Pamphlet die ganze etablierte Literatur vor den Kopf gestoßen hatte und daraufhin sofort von ihr akzeptiert wurde, sondern er stand einen Moment allein da und trank ostentativ ein Coca-Cola, anstatt nach den Tabletten zu langen, auf denen die Champagner- und Whiskygläser herumgereicht wurden.

In diesem Moment, der äußerst schwierig zu definieren ist, in dem ein junger Mann, in dem Ruhmsucht und Protest, Verachtung und natürliche Zutraulichkeit ihn ⟨in⟩ einen geheimen Kampf verstricken, aus dem ihm keine Menschenseele und kein Rat einen Ausweg zeigen kann, ⟨⟩ fiel der Blick von dem jungen Jörg Maleta auf einen Mann, der ebenfalls einen Augenblick allein dastand und mit dem er im Flugzeug vor drei Tagen aus Wien gekommen war. Er sah Malina an, hatte die Buchmesse und seine junge, noch blütenweiße Karriere vergessen und meinte jedenfalls den Blick von Malina auf sich zu spüren und ein undefinierbares Lächeln, von dem er sich plötzlich durchschaut fühlte, aber in keiner unguten Bedeutung, denn worin auch durchschaut, und er hatte das Gefühl, er müsse zu ihm hingehen aus dem einfachen Grund, um eine ganz einfache Sache jemand sagen zu können, der auch aus seinem Land kam, der kleine Maleta hätte gern jenseits von Frankfurt und grüner Steiermark zu dem Älteren gesagt, nicht wahr, das meinen Sie doch auch, und damit war jedenfalls gemeint, trotz des Altersunterschieds, trotz so keiner Berührung (aber das stimmt nicht ganz), es ist doch zum Kotzen, die Deutschen, Sie verstehen schon. Denn der junge Revoluzzer dachte natürlich nicht, jetzt nicht, an seinen Vertrag mit dem Haus Gernreich, nicht an die erste Beklemmung wegen seiner nächsten Arbeit, nicht an die Beklemmung in dieser Gesellschaft, die ihn unmerklich korrumpieren würde, sondern er dachte noch wie ein Kind, wie ein aus dem Schoß der Familie gefallener Vogel, aus allen Zeiten, an diesen Anflug von Traurigkeit, an dieses Nichtverstehen, das seinem Zynismus und seiner prächtigen Intelligenz keine Ehre machte, an etwas, das Mama heißen konnte oder bitte Licht auslöschen oder bitte, um genauer zu werden, bitte mehr Stille, bitte leiser, bitte mehr Diskretion, und die merkwürdigen gepreßten Lippen von Malina luden ihn ein, zu ihm hinzugehen und zu sagen, mit der Frechheit, zu der er nicht nur legitimiert war, sondern sich verpflichtet fühlte, was soll der Pflanz. Er sagte es so sanft wie ein kleines blökendes Schaf, und so sanft war er auch, denn ein Zwanzigjähriger ist so vieles zusammen, insbesondere, wenn die Feen ihn noch nicht verlassen haben, ⟨wenn⟩ seine Proteste noch ehrlich sind, wie sein Ehrgeiz, sein Zynismus noch den Glanz hat, der dem Bitteren aus Erfahrung fehlt, und so stand er plötzlich neben Malina und fühlte sich von ihm verstanden, obwohl der kein Wort sagte und ihm nur sein Champagnerglas gab, das der junge Maleta austrank.

Wenn gesagt wurde, daß es keine Berührung zwischen diesen beiden Männern gab, so ist das aber unrichtig, denn der kleine Maleta wußte durchaus, welche Beziehung da war, obwohl er sich gehütet hätte, Malina je ein Wort davon zu sagen. Für ihn war Malina beinahe sowas wie ein Schriftsteller, und das deswegen, weil Malina vor zehn Jahren ein Buch veröffentlicht hatte, das ihn weder ins Licht noch in die Verdammung gestürzt hatte, im Gegenteil, es war einfach ein Buch, an das sich kaum jemand erinnerte, außer den anderen Schriftstellern, die es alle gelesen hatten und gut gefunden hatten, und es war kein Aufheben entstanden, weil es in einem Wiener Verlag erschienen war, und es war sogar übersetzt worden in fünf oder sechs ⟨Sprachen⟩ ⟨ ⟩ Stein, es hatte ihm keinen Abbruch getan und keinen Wirbel eingebracht, und gute Kritiken, nicht weiter bedeutende, weil er sich weiter durch nichts im Vordergrund hatte halten können, und, was noch gravierender war, durch nichts in einem sein wollte. Malinas Name war zum letzten Mal genannt worden bei den Schlagzeilen, die der Tod seiner Schwester gemacht hatte, und da hieß es, Maria Malina, etc., und beim Begräbnis anwesend waren der bekannte Schriftsteller Malina, Bruder der auf so tragische Weise, und dies eben war die sinnlose Beziehung zwischen den beiden, die schon mehr als eine Generation trennte, denn Malina war jetzt neununddreißig, und bekannt war ein Euphemismus, denn er arbeitete im Heeresmuseum von Wien, hatte nie mehr etwas veröffentlicht und schrieb, aber niemand wußte was, und niemand wagte ihn zu fragen, was er denn schriebe. Der kleine Maleta, Prototyp des aufsässigen jungen Genies, hatte aber auch eine Vorgeschichte, die er niemand eingestanden hätte.

Als er noch am Grazer Gymnasium war und eine Bildungsreise nach Wien mit der Schule gemacht hatte, um dort die Albertina, das Kunsthistorische Museum und drei Theateraufführungen zu sehen, hatte ⟨er⟩ Maria Malina, besser gesagt die Malina, gesehen, und dieser Siebzehnjährige, der schon kurze Zeit später seine Eierschalen und seine Sentimentalität abstreifte, war zum erstenmal in seinem Leben, das aus Lektüre, aus Aufsässigkeiten in der Schule und dem üblichen Unfug bestanden hatte, zum erstenmal, vielleicht auch zum letztenmal, zweieinhalb Stunden an ⟨diesem⟩ Ort, nämlich am Akademietheater, gewesen und hatte nicht gewußt, wie er die Tränen zurückhalten sollte, denn die Malina, von der er nichts gewußt hatte, hatte dort eingeschlagen, wo manchmal eine Buchseite, eine Katastrophe, eine Stimme, eine Musik, ja, irgendwas ⟨⟩, wovon andre nie begreifen werden, daß es ein Blitz für Menschen sein kann und für immer, geschlagen worden in dem Akademietheater in der 16. Reihe, am Platz Nr. 34, also keine Zahlen, die ihn beeindruckten, wie alle abergläubischen und starken Personen.

Die Malina, die sehr bald nach dem Krieg zu einer Schauspielerin wurde, die man erwähnte, dann lobte, dann so ungeschickt lobte, weil sie nichts mit der in Wien üblichen Schauspielerei zu tun hatte, war etwas, drei vier Jahre lang, also eben, als der Revoluzzer aus der Steiermark sie sah, angekommen dort, wo man die Worte verliert, eine kleine Provinzlerin, die weder an Provinz noch an irgendwas denken ließ, sondern an die große Geschichte, und eben diese wenigen Jahre hatte Wien eine Schauspielerin, die nicht gut, nicht hervorragend, nicht hinreißend oder sonstwas war, denn das sind einige, sondern das Absolute, das Mirakel, das unerklärlich ist, und obwohl sich einige Leute überboten in unzulänglichen Beschreibungen, hatte dieser kleine Gymnasiast die Eifersucht eines Wahnwitzigen, die Leidenschaft eines Kinds, das ein einziges Mal kommuniziert mit einer Sache, die sich der Beurteilung entzieht. Der kleine Maleta sagte zu niemand etwas, und wenn die andren redeten, schwärmten, die Malina, die Malina, dann schwieg er hartnäckig. Denn es ist nicht wahr, daß es heute keine großen Erschütterungen mehr gibt, und man schweigt nur darüber, wenn man Verstand hat, und den hatte er zweifellos. Er schrieb zwar und probierte Sätzezerschleißen, aber der Stachel war die Malina, und das hieß das Absolute, für sich selber sagte er, ich weiß nicht, wie sie es macht, und in hundert Jahren werd ich nicht wissen, ⟨wie sie es⟩ macht, und wenn der Bub nicht so keusch gewesen wäre und es in gewissem paranoischen Sinn noch immer war, so hätte er sich gesagt, sie hat Genie, es ist das, was Genie ist, aber er wußte, was er seiner Zeit schuldig war, und Genie ist ein Witzwort.

Ein Jahr später, noch vor der Matura, reiste der kleine Matejka nach Salzburg, in der Hoffnung, die Malina noch einmal zu sehen, im Jedermann, den er schon verachtete und höhnte, bevor er ihn gesehen hatte, und dieser Hohn sollte ihm später auch von Nutzen sein, ob er nun berechtigt war, wie im Jedermann, oder unberechtigt wie in andren Fällen.

Aber Salzburg hatte nicht auf einen Maturanten gewartet, es gab keine Karten mehr, und er hörte zufällig im Café Tomaselli, daß die Malina im Fondachhof wohne, in Parsch außerhalb der Stadt. So spazierte er zweimal nach Parsch und hielt vor dem Fondachhof, das zweitemal merkte er schon, daß der Eingang nicht vergittert war und dort keine Karten verlangt wurden, und so ging er hinein. Vor dem Haus an den Tischen saßen alle möglichen Leute, und dann wollte es der Zufall, der immer so viel will, daß eine Frau im Bademantel vom Schwimmbassin heraufkam, und die starrte er an, denn nun hatte er nicht die Malina gesehen, aber die schönste Frau, die ihm je begegnet war, und das war auch nicht schwer zwischen Graz und Salzburg, aber sie schien ihm soviel schöner als alle Bardots und Lorens dieser Zeit, die in der Schule diskutiert wurden, obwohl sie die Haare zusammengeklebt hatte vom Wasser und ein wenig zu aufgeregt sprach, um sehr natürlich zu wirken, und die starrte er an, trotz ihres Alters, und das also war

Fanny Goldmann, und so viel wußte man ja auch in Graz, die Goldmann war Klasse oder phantastisch, und sie war noch viel phantastischer, wenn auch von der Art, wie ein junger Grieche heute von der Venus sprechen würde, da waren ⟨nicht nur⟩ Zeitalter dazwischen, sondern unnachvollziehbare Zeiten, die mit Zeitrechnungen nichts zu tun hatten, und während er noch dachte, ich habe die schönste Frau gesehen, die je existiert hat, kamen die Herren, die der Goldmann, aber nicht wie Halbgötter, sondern ganz miserable Kreaturen, ein Badetuch nachtrugen, und offenbar war gar nichts Besonderes um die Goldmann herum, und bloß dieses Geschwätz, das ernüchternd war, und einer sagte zu der kleinen Kellnerin, bringen Sie doch für Frau Goldmann einen Kaffee, und die Goldmann sagte, ich muß mir die Haare föhnen, ich muß mich dann noch umziehen, und während er das siebente Weltwunder in seiner Banalität anstarrte, kam eine zweite Gruppe, die mit zwei Autos wegfahren wollte, und da bemerkte er die Malina, und er registrierte sie, jedenfalls einiges, sie hatte sehr große Füße, Schuhnummer 39, sagte sich der künftige Poet aus der grünen Steiermark, und zu lange Arme und große Hände, und ob die schön waren, da war ein Zweifel, zu große Hände, die gleich übergingen in ein dünnes Handgelenk, und das sah er genau, sie hatte Hände wie ein Mann, aber nachher wußte er nicht mehr, warum er das feststellen konnte, und sie hatte einen Pullover an und eine weiße Bluse mit einem ⟨Bubikragen,⟩ ⟨⟩ ⟨trug⟩ kein Mensch mehr, und eine schwarze ⟨X...x⟩, und die Schulter hatte sie gekrümmt, und sie wieherte wie ein Pferd, das von der Reitbahn abgekommen ist und nicht im Trab ist, und diese krummen Schultern und großen Füße, und ihre Nase war eher dick, sie war ungeschminkt, sie hatte einen schlechten Teint und eine zu dicke Nase und war nicht dünn und nicht dick, ein mittlerer, nicht unrobuster Körper, und die Haare waren fettig, versträhnt, fahlblond, das war die Malina, er wußte auch später nicht, warum er sie erkannt hatte, und dann wich er zurück, aber nicht aus Enttäuschung, sondern als er zu Fuß nach Salzburg zurückging, wo er die Malina nicht mehr auf der Bühne sehen konnte, dachte er immerzu, wie das möglich sei, und natürlich mußte es so sein, eine Frau, die so latschte und die auf der Bühne ein Traum, ein Tier, eine Vehemenz, ein Schweigen, ein Weinen, ein Lächeln war und die vielleicht seit der Duse das erste Bühnenwunder war, die kam so auf den Hof vom Fondachhof und stieg mit ein paar Leuten in ein Auto.

Und dann geschah nichts mehr, denn er ging nach Graz zurück und sprach auch darüber nicht. Und das nächste war die Nachricht von ihrem Tod. Und das war. Die Malina war mit jemand nach Griechenland gefahren und mit dem Jemand mit einem Boot vor einer Insel herumgefahren, und dann war sie aus dem Boot gesprungen, denn sie schwamm sehr gut, so stand es in den Zeitungen, und dann drehte der Jemand sich um, und da war sie nicht mehr, und dann war auf dem Wasser etwas Blut, eine Blutwasserlache, und die Malina war von einem Haifisch gefressen worden, und sie war gefressen worden, ehe sie nachgelassen hatte, sie war vierunddreißig Jahre alt und von einem Hai. Und Wien, das alle seine Toten verscharrt, aber nicht seine Schauspieler, hatte der Malina das ⟨größte Begräbnis⟩ ⟨⟩ an das man sich seit urdenklichen Zeiten erinnern konnte, und der kleine Matejka hatte die Zeitungen gelesen wie beim Kennedymord, und er kam mit dem Haifisch nicht zurecht. Und er wußte auch nicht, daß nach dem Begräbnis, an dem auch der Unterrichtsminister und das Volk mitpilgerte zum Zentralfriedhof, zu einer Leiche, die gar nicht da war, eines Tages zu reden angefangen wurde, nur ein wenig, als der große Psychiater Jordan bei einer Abendgesellschaft in seinem Haus plötzlich sagte: War eigentlich ein Dritter dabei, der das auch bezeugen kann, oder war bloß dieser Mann dabei?

Aber es blieb der Hai.

Studien zur Figur Jonas

* Der Sprachpurist, mit dem Marek verfreundfeindet war, auf eine kaum erklärliche Weise, in Jonas Augen, redete und dachte aber genau so ungenau und vor sich hin wie die anderen, und im Moment beengte ihn nicht die Syntax, sondern sein Hemdkragen, der nicht saß, er hatte sich schon das zweite frische Hemd gekauft, seit er in Frankfurt war, weil Brischitt vergessen hatte, die seinen rechtzeitig aus der Wäsche zu holen.

Ein Problem, das Marek nicht hatte, der sich Karin mit Hinweis auf Fanny Goldmann angelernt hatte zum Hemdenbügeln. Im übrigen war Jonas schon dahinter gekommen, daß die Deutschen meist weit weniger wußten, aber was sie wußten, plakatierten sie, man sah sie förmlich herumlaufen mit Kenntnissen und Theorien, und der kleine Jonas, der wirklich eine ganze Menge wußte und sein Gehirn einen Saumagen nannte, hütete sich nicht nur, weil es ihm peinlich, sondern auch weil es ihm unökonomisch vorkam, andre wissen zu lassen, was man ⟨wußte⟩.

Wenn die diskutierten, nahmen sie noch jedesmal einen Anlauf von jemand, als hätte man ihnen nicht erlaubt, zu plagiieren oder selber zu denken, und manchmal lief das auf einunddasselbe heraus, sie sind halt höllisch unselbständig, man meint immer, man müßt sie abstützen und mit ihnen reden, weil sie sonst allein irgendwo hängen bleiben und niemand mit ihnen redet, hatte Poldi Jauregg gesagt, der nicht mehr wußte, ob er malen wollte oder die Welt umreisen oder Playboy werden, da er ein Jahr jünger war als Jonas und zwischen ihm und der Welt mit ihren Möglichkeiten als Konflikt eine Stockerauer Verkäuferin stand, der er noch einen Monat, höchstens zwei gab, weil es seine erste große Leidenschaft war, vermutlich auch die letzte, weil er dann besseres vorhatte. Sympathisieren kannst schon mit ihnen, aber umgehn, dös net. Dös is ja das Gfrett.

* Jonas hatte nur einmal die Grazer Möbelmesse gesehen, er hatte seine Mutter begleitet, durch diese Räume, in denen umbarmherzig Schlafzimmer mit zwei Kasten und Nachtkasterln standen und der Mann jedesmal sagte, daß man das jetzt besonders häufig kaufe, oder diese Garnitur, auch ein Wort, das er oft gehört hatte, Sitzzimmergarnitur und Küchengarnitur, und Frau Jonas hatte Angst vor dem kleinen Jonas, der seine zarten furchtbaren Bemerkungen machte und plötzlich vor einem Möbel, das sie nicht als Sessel anerkennen wollte, sagte, na ja, der geht vielleicht, immerhin, oder nimm doch einen Schaukelstuhl, aber Frau Jonas wollte nicht schaukeln, dazu hatte sie keine Zeit, sondern sie wollte eine Sitzgarnitur und das ausgerechnet von des Rebellen erstem Geld, und Jonas ⟨⟩

Dialog-Entwurf

* ⟨⟩ sehn Sie, Sie können auch hier, wenn Sie keine Lust haben, einen Bezirk weiter zu gehen, die Laster Ihrer Zeit studieren, sehn Sie sich einmal Herrn Thönien an, ja, den, der wird seit drei Jahren ausgehalten, natürlich nicht von einer Frau oder einem großen Freund, sondern von seinem Verleger, stellen Sie sich vor, dieser Mensch ist ganz und gar gesund, 45 Jahre alt, er hat bloß eine Frau und zwei kleine Kinder, ich schwöre Ihnen, sonst liegt nichts vor. ⟨Sein⟩ bester Freund, ⟨von⟩ dem er sogar auf partys nie weicht, denn er betet ihn im Grund an und haßt ihn, läßt sich regelmäßig Festspiele in den Radiostationen geben, nun müssen Sie nicht einmal denken, daß einer oder der andere sich aufdrängen, die Thönien bestimmt nicht, denen wird es aufgedrängt, nicht nur ist der Ausdruck Dichter, Schriftsteller etwas, was einen Mann beinah nicht genieren sollte, herumzulaufen und kein Äquivalent zu finden, denn natürlich wird Herr Thönien nie ein großer Schriftsteller werden, das weiß er ja selbst, so dumm sind die doch ⟨nicht⟩, wie das ihre Kritiker oder die Funktionäre annehmen, aber selbst das spielt sich noch in den beinah engelreinen Sphären ab, wenn Sie aber eine Existenz wie Marek betrachten, der nun wirklich auf dem Literaturstrich lebt und nichts weiter ⟨ist⟩ als ein maraud, und die ganze Zeit herumäugt, mit wem er anbandeln könnte und seine einzige fieberhafte Tätigkeit weniger am Schreibtisch als auf den Gesellschaften, ⟨am⟩ Telefon und ⟨in⟩ den Korridoren von Rundfunkhäusern entfaltet und sozusagen dauernd mit den ihn verbrennenden Fragen herumgeht, wie lerne ich Herrn B. kennen und mache ich mir den C. geneigt, und wie komme ich ⟨⟩

Fanny Goldmann-Einleitung

* Sehen Sie, dabei ist alles noch viel verwickelter, denn Sie werden vielleicht bemerkt haben, daß der Großfürst dem Feuilletonchef ausgewichen ist, mit einem Wort, er will damit zu verstehen geben, daß er ihn nicht grüßt und daß er seine Gründe hat. Nun würden Sie, nach allem, was ich gesagt habe, annehmen, daß es sich um einen niedrigen Grund handelt, um schlechte Rezensionen oder dergleichen. Mitnichten, sagte Malina ironisch, denn da die Menschen partiell wohl ein Gewissen haben, erkennen sie manchmal die professionellen Deformationen der anderen ganz gut, wie sehr ⟨sie sich⟩ auch ⟨über⟩ die eigenen hinwegtäuschen, und dieser Mann nun mit seinem verlegenen Gesicht vor dem Urteil eines Bonzen, obwohl er selber zu den Bonzen gehört, aber in einer anderen Schicht, und sich als verhinderter Schriftsteller doppelt getroffen fühlt, hat nichts weiter getan, als was jeder ⟨tut⟩, der eine lebendige, so heißt das, also eine sehr lebendige Zeitung machen will, um die Leute nicht zu sehr zu langweilen mit Buchbesprechungen und Kurzgeschichten, die doch niemand zum Frühstück liest, Fälle auszutragen, und ich erinnre mich sehr gut an diesen Fall, der aufgebauscht werden sollte, und bei der Blindheit und Kurzsichtigkeit dieser übereifrigen Fallkonstrukteure entging ihm einfach, daß er damit einen glatten Mord veranstaltet hätte. Sie werden sich noch an Geberer erinnern, der vor zwei Jahren gestorben ist, ein schwerkranker Mensch, den eine Hyäne des Plagiats beschuldigt hat, und mit ihren zwangsneurotischen Handlungen es schließlich so weit gebracht hatte, daß er immerzu meinte, sich verteidigen zu müssen, obwohl kein vernünftiger Mensch ein Wort von den Anschuldigungen glaubte, bis jemand, der nun überhaupt keine Ahnung hatte, einen Fall witterte und den öffentlich austragen wollte. Gisevius war damals schon in einem Zustand, der ihn für seine besten Freunde unerträglich machte, er konnte von nichts anderem sprechen, sammelte Beweise zu seinen Gunsten, die niemand sehen wollte, erklärte jedem, der es nicht hören wollte, was dahinterstünde, das einzige, was er nicht erklären konnte, war das Verhalten dieser Hyäne, denn die Leute meinen ja zuletzt, wo ein Ankläger ist, ⟨muß⟩ etwas vorgefallen sein,

und es war in der Tat etwas vorgefallen, wenn auch nichts dieser Art und nichts, worüber sich sprechen läßt, und der Haß von Personen, die es übernehmen, jemand zu verfolgen, rührt ja meistens daher, daß sie sich selber einmal schlecht benommen haben und nun nach andren Gründen suchen und sie auch finden, um den zu vernichten, der ihnen ihre gute Meinung, die sie von sich selber haben, stört.

Wenn eine dieser Witwen, die zu Lebzeiten ihrer Männer nichts getan haben, was sie nachträglich berechtigt, das Erbe zu verteidigen, sich zur einzig Geliebten hochstilisieren, während sie sich in Wirklichkeit mit einer armseligen Rolle zufrieden geben mußten, sei es, weil ihre Männer impotent oder ⟨⟩

So sollten Sie sich hüten, jemals zufällig Zeuge von den wirklichen Verhältnissen zu sein.

Natürlich ist das ein seltener Vorfall, aber es besteht ja alles aus höchst seltenen und seltsamen Vorfällen, und nichts ist irriger, trauriger und verdächtigt einen Lebenden mehr, als anzunehmen, daß er neben einer Masse wohne, deren Verhaltensschemen und Redensarten das einzig Beachtbare wären, denn durch das groteske Muster hindurch, das sich aufdrängt, scheinen die monströsen Geschichten, die zum Tod führen, und wenn dies hier in Frankfurt auch nur eine kleine unendlich beschränkte Welt ist, die sich zwar für wichtig hält, so gehe ich doch verwundert durch, wie durch ein Schlachthaus, und während ⟨man⟩ unter anmutigen Neckereien, Witzeerzählen, Abmachungen, Artigkeiten und Bosheiten alle gleichzuwalzen scheint, vergesse ich doch ⟨nicht⟩ das nackte Entsetzen, die Schreie, das Schluchzen, der brutale Handel, die Fußtritte, die die Opfer der Literatur haben einstecken müssen, unter dem Druck der Zahlen, der Summen, der Auflagen, des Prestiges, des skrupellosesten Ehrgeizes. Aber es wäre falsch anzunehmen, daß sich nur auf dem deutschen Markt solche Dinge ereignen, denn er ist nun der einzige für die deutschsprachigen Bücher, und in dem stilleren Wien, in dem man vielleicht solche Kämpfe für ausgeschlossen hält, hat sich dennoch etwas zugetragen, was man zu den allertraurigsten Geschichten ⟨rechnen⟩ darf. Aber da die unselige Protagonistin heute von der Öffentlichkeit vergessen ist, von der sie einmal zur schönsten Frau Wiens erklärt wurde, müßte man zuviel erklären, um sie heutzutage noch jemand plausibel machen zu können.

In einer längstvergangenen Zeit, von der man heute als von der ersten Nachkriegszeit spricht, obwohl man für keine spätere Zeit von einer zweiten Nachkriegszeit weiß, gehörte zum Theater in der Josefstadt eine junge Schauspielerin, Fanny Goldmann, Tochter einer Frau Oberst Wischnewski, deren Mann sich 1938 beim Einmarsch des deutschen Heeres in Wien erschossen hatte.

Die Frau Oberst und die zwei ältlichen Schwestern ihres Mannes, also drei alte Damen, zogen die zwei Töchter auf, Stephanie Marie Theres und Maria Pilar. Wie alle Mädchen in guten Wiener Häusern wurden Fanny und Maria in eine ⟨Klosterschule⟩ gesteckt, in der sie in weißen Hemden badeten, von Ursulinenschwestern zu einer Art wienerischer Frömmigkeit erzogen wurden, die ihnen wenig zu schaffen machte, denn wenige Monate nach dem Tod ihres Vaters erhielt Fanny ein Zeugnis, in dem stand, sei stolz darauf, daß du ein Deutscher bist. Darüber war das Hakenkreuz, und die Frau Oberst nahm schweigend das Zeugnis und legte ⟨es⟩ in eine Schatulle, ohne ihre Lateinnote mit einem Wort ⟨zu⟩ erwähnen. In einer Art Dornröschenschlaf brachten die Damen den Krieg hinter sich, Fanny durfte aus unerfindlichen Gründen, vielleicht wegen des Spruchs, der die Welt der Frau Oberst zertrümmerte, ins Reinhardtseminar gehen, das jetzt sieben Jahre lang ⟨»Akademie für Musik und darstellende Kunst«⟩ hieß, und kam gegen Ende des Kriegs ans Volkstheater, wo man sie nicht beschäftigte und für unbegabt hielt, bis ⟨man⟩ sie als Flakhelferin nach Niederösterreich schickte, mit einem Haufen andrer junger Mädchen aus Gymnasien und Schauspielschulen, und wenn Ernst Goldmann etwas später nie richtig aus Fanny herausbekommen konnte, so war es ihre Zeit als Flakhelferin, denn darunter konnte er sich beim besten Willen nichts vorstellen, und Fanny beklagte sich, daß er nicht verstünde, sie seien eben so herumgestanden und hätten nichts verstanden, und hatten Uniformen an, aber einige nicht, weil es nicht genug gab, und zu essen hätten sie noch genug gehabt, und sonst seien sie eben in Deckung gegangen, ja, hingeworfen, mehr wußte Fanny über den gewaltigsten Krieg aller Zeiten nicht zu berichten.

Und von den Tanten war übereinstimmend über die Deutschen und Nazis im eigenen Land nur zu erfahren, daß sie einfach furchtbar gewesen seien, aber Goldmann verstand erst nach einiger Zeit, daß dieses furchtbar mehr der Ausdruck einer Indignation über schlechte Manieren als der Ausdruck des Schauderns war, furchtbar hieß, miserabel deutsch sprechen, schlechten Kaffee trinken, singen, marschieren, Fahnen, das alles entrüstete die Damen so ehrlich, daß Goldmann es aufgab, aus ihnen je einen Bericht über sieben Jahre Nazizeit herauszubekommen. Warum er sie Fannys alte Damen nannte, wußte er auch nicht, denn die Frau Oberst war noch nicht sechzig, als er sie kennenlernte, aber die Tanten, die über siebzig waren, machten sie älter, und alle drei hockten sie hinter kleinen Tischchen, auf Diwans mit vielen Kissen, teetrinkend, belegte Brote essend zu jeder Tageszeit, immer hungrig und herumnörgelnd an den beiden Mädchen, mit einigen furchtbars, Fanny, wie du wieder ausschaust, geh dich frisieren, Pilar, wenn du dich so schminkst, meint man, du gehst auf den Strich, sagte Tante Paulette kühn, und die Frau Oberst quittierte das Wort Strich mit einem neuerlichen: furchtbar Paulette, wie du dich ausdrückst.

Paulette und Mary untersuchten die Wischnewskitöchter auf zu leichte Unterwäsche an kalten Tagen, kritisierten einen Hals ohne Schal, zuvieles Essen, zu lautes Türenschlagen und zu langes Telefonieren, und die Frau Oberst sah ihnen ähnlich wie eine etwas rosigere Schwester, sie waren wirklich eine Familie geworden und nörgelten gemeinsam an dem toten Oberst herum, dein Vater war ein halber 〈〉

Fanny Goldmann-Entwürfe

* Fanny kam sich wie eine Märtyrerin vor, da saß nun wieder dieses Liesel, wie sie mit Goldmann sie genannt hatten, nur diesmal nahm sie ihr nicht Goldmann weg, sondern Marek, und obwohl keins von beidem wahr war und Fanny andre Sorgen hatte als die

um ein Liesel, war sie von der hoheitsvollen Freundlichkeit einer großen Dame, die einsieht, daß sie betrogen wird und von so zauberhaften kleinen Geschöpfen für ein paar Tage, nein, Stunden vergessen wird, die aber lockerzulassen weiß und zu geben weiß, und so schenkte sie in einer Aufwallung von Masochismus und in inwendigem freudigem Weh dem Liesel ein paar Ohrringe, danach noch ein Buch, und Fräulein Böllinger bedankte sich mit der Freundlichkeit, mit der eine Friseurgehilfin ein Trinkgeld fürs Kopfwaschen einsteckt, sie ließ sich sozusagen beide Geschenke, als seien es nicht die ersten, die sie auf diese Art sich erworben hatte, ⟨⟩ und das war vermutlich auch der Fall, weil man das Betragen solcher Frauen von der Art weitaus öfter antrifft, seien es die Fannys oder Fräulein Böllingers.

Christl Böllinger verschwand mit Marek, der sie in die Edenbar führen mußte, und Fanny hatte nicht versäumt, ihm schon vorher, denn sie hatte etwas ähnliches erraten, einen Geldschein zuzustekken, damit er Fräulein Böllinger etwas bieten konnte, da Marek ja der Böllinger nicht annähernd das bot, was er Fanny durch sein bloßes Vorhandensein auf dieser Welt bedeutete, und Fräulein Böllinger ihn nach den netten Abenden und Barbesuchen qualifizieren würde, die er ihr ermöglichte.

Marek war teils wütend, teils gerührt, am nächsten Tag machte er, vorbeugend, Fanny eine Szene am Telefon und sagte, er verbitte sich das, aber jetzt war Fanny nicht mehr in ihrer Rolle, sondern hautlos, anfällig, und sie wußte nicht, was er ihr vorwarf. Ja, Du willst mich erniedrigen, das ist es, brüllte er ins Telefon, glaubst Du, ich durchschau das nicht, Du mit Deiner Beherrschung und mit Deinen Manieren, das kann mir gestohlen bleiben, wenn Du etwas weniger Manieren hättest, wenn ⟨Du⟩ etwas weniger infam wärst, dann würd ich ja nichts. Aber Toni, Fanny fing zu schluchzen an. Was, schrie Toni. Was sagst Du. Nichts, nichts. Wenn Du so weitermachst am Telefon, ruf ich Dich überhaupt nicht mehr an, sagte Marek, nun Mattersburg und Umgebung nicht mehr verleugnend, und knallte den Hörer in die Gabel.

Am Nachmittag rief Fanny gefaßt und geschminkt wieder an, und

⟨am⟩ Abend noch einmal. Ja, sagte Toni leichthin. Bitte verzeih mir, sagte Fanny. Ist gut. Ja, natürlich, ich bin Dir doch nicht bös. Nein nein. Aber überhaupt nicht.

Wirklich nicht. Neinwirklichnicht.

Als Toni den Hörer aufgelegt hatte, hielt sie ihn noch immer in der Hand und sagte sich vor, mein Liebling, mein Engel, oh Toni, und sie betete die ganze Litanei herunter und fing noch einmal von vorn an und versprach sich, nie mehr, ja, was nie mehr, also freundlich mußte sie doch zu Fräulein Böllinger sein, sie konnte sich doch nicht aufführen wie ⟨eine⟩ hysterische Ehefrau, und so beschloß sie, abzuwarten. Fräulein Böllinger aber war nach acht Tagen verschwunden, und Marek kehrte zurück zu seinen Gewohnheiten mit Fanny. Nicht anders als damals Goldmann, aber schon nach drei Tagen, Fräulein Böllinger verabschiedet hatte, oder Fräulein Böllingers Bleiben war einfach von Natur aus nicht lang.

* Nach drei Jahren erweiterte sie das Stück, und sie antwortete still: Ja. Ja, du hast mich ermordet.

Wie kann man leben in einem Gebüsch von Fragen. Man darf nicht vergessen, daß selbst einfachere Vorgänge als die zwischen Fanny und Marek für immer ein Dschungel von Fragen bleiben werden, und nun gar dieser Auslauf einer Beziehung, in der keiner mit keinem gesprochen hatte, und nur Fanny war da, mit ihren unendlich vielen Fragen, die einmal den Anfang, dann die Mitte, dann das Ende betrafen, aber vielmehr noch tausend Kleinigkeiten, die sie ihn ununterbrochen fragte, und selbst die Freunde und Anverwandten, die sich in barem Unverstand über das Erzählte beugen und im allgemeinen Vernünftiges zu sagen wissen – sie wissen nichts, denn es gibt Geringfügigkeiten in einer Beziehung, die für den Betroffenen Ausmaße annehmen, gegen die ein Mord in Sarajewo, ein Abkommen in München durchsichtige Lappalien sind. Früher hätte man gesagt, das menschliche Herz, also etwas, wofür es keinen korrekten Namen heutzutage gibt, ist derart beschaffen, daß es seine Dramen nicht nur für einzigartig hält, das wäre wenig – sie sind einzigartig, denn unendlich durchsichtig ist die Geschichte und was berichtet werden und dokumentiert werden kann, zumindest eines Tages, aber was niemand dokumentieren kann, was niemand erzählen kann, diese Augenblicke, in denen eine Taktlosigkeit, eine Rechnung von 50 Schilling, die Erwähnung eines Vorfalls sich auswachsen zu Krebsgeschwüren, – es ist diese Geschichte, die zu schreiben wäre und vor der jeder ohnmächtig ⟨die⟩ Waffen, die Schreibmaschinen, die Federn, zu strecken hätte, denn allein, was ein Freund mit einem besorgten Gelächter einem Freund antun kann, dem er zu helfen meint damit, das ergibt eine unabsehbare Geschichte, mit Millionen von Flimmerhaaren, und die Einsamkeit, weil es so ist, wird so groß, daß die Menschen mit großen Zügen ⟨mit⟩ den unverständlichsten Handlungen überraschen, die dann niemand versteht, daß sie heimgesucht, paralysiert dasitzen und sich nicht mehr rühren können, eines Tages aber doch wieder mitreden und ihren Zynismus erproben, den sie gar nicht gutheißen und mit ⟨dem⟩ sie ihre Einsamkeit und ihre Lähmungen töten möchten.

Nichts ist darum verwerflicher als die Freundschaft, die meint, den andren zu erkennen, ⟨⟩

* Auswirkungen: nachdem beinahe ein Jahr abgelaufen war, Marek sich auch ⟨eines⟩ anwachsenden Freundesstroms erfreute, kam der erste Rückschlag, und zwar unvermutet aus einer Ecke, wie man zu sagen pflegt, aus der es niemand erwartet hätte. Eine gewisse Frau Bermann, die aus London nach Wien zurückgesiedelt war, ergriff heftig gegen Marek Partei und behauptete in ihrem Haus, er habe Fanny Goldmann auf dem Gewissen, und wenige Tage später zirkulierte das Gerücht, ohne daß Marek davon wußte, in Schattierungen, von denen er noch weniger wußte. Einige wußten zu behaupten, daß die Goldmann ein Kind von ihm erwartet habe, andere, daß es zu einem so fürchterlichen Auftritt zwischen der Krause und der Goldmann gekommen sei, in deren Verlauf die Goldmann einen Nervenzusammenbruch bekommen habe, und Frau Lilo Bermann erwuchs ebenso unvermutet eine Hilfe in einem ehemaligen Liebhaber der Goldmann, einem Herrn Ertel von

der Freien Presse, der Marek als einen Schmutzfinken und Flegel bezeichnete, und diese mysteriöse Äußerung ging nun ⟨auf⟩ einen Vorfall zurück, in dem derselbe Herr Ertel keine rühmliche Rolle gespielt hatte, nämlich auf einen Abend in München, wo er in Anwesenheit von Marek, der betrunken war, sich dazu hatte hinreißen lassen, ebenfalls über die Goldmann ein paar Bemerkungen zu machen, eingeladen von dem trinkenden Marek, der seinem Verleger kundtun wollte, daß er der Goldmann nicht nur nichts verdanke, sondern, im Gegenteil, sich noch rechtzeitig von ihr befreit hatte. Dieser Herr Ertel nun, der die Situation derart verschlimmerte, daß Malina schweigend aus dem Zimmer ging, obwohl er die Goldmann nicht kannte und nie auf der Bühne gesehen hatte, unterlag einem Prozeß, wie ihn die meisten von uns kennen, es kam ihm nämlich nach einiger Zeit vor, als habe er das gar nicht gesagt, was er gesagt hatte, vermutlich weil er sich dessen schämte und ein andres Bild von sich hatte, und in seiner Erinnerung blieb übrig, daß dieser Marek ein Schwein war, wenn nichts Schlimmeres, und zu einer Zeit, wo eine milde Dämmerung über Vorgefallenes sich ausgebreitet hatte und ihm einfiel, daß er der Goldmann außer einem strahlenden Wochenende in Gmunden nichts vorzuwerfen hatte.

Entwurf eines Romanschlusses

* Nun muß man nicht vergessen, daß zwei Sorten Frauen sich immer an die sogenannten Künstler hängen, nämlich die sehr tätigen, die ⟨ein⟩ Geniekind brauchen, um es zu organisieren, und die lammfrommen, und es gibt noch eine dritte Sorte, die sich prinzipiell nur sinnlich machen läßt, wenn es sich um einen Namen handelt, wie andre durch Geld sinnlich gemacht werden können, und das ⟨ist⟩ vielleicht die einzige Sorte, die es verdient, mit solchen Menschen in Berührung zu kommen, denn selbst die tätigen erleben Enttäuschungen, aber ich möchte von der zweiten Sorte reden, die ahnungslos und mit himmelblauen Augen sich ein Leben mit einem Künstler zumutet, ohne zu wissen, was an Grausamkeiten, Abscheulichkeiten, Bloßstellungen ihnen droht, denn

die längste Zeit sehen sie nur den depressiven, den manischen, den erfolglos erfolgreichen Mann, und der Gedanke, daß sie ein Objekt sein könnten für ihn, wenn er nicht den Anstand hat, seine Frau auszunehmen von seinen Räubereien, ⟨⟩ so kennen wir hier sehr gut eine junge Frau, die nach dem ersten Schock, anstatt sich von ihm zu trennen, immerzu wie eine Verrückte die Wohnung durchsuchte nach Aufzeichnungen, und der Kampf zwischen den beiden, dieses Versteckspielen, ist jahrelang der Inhalt dieser Ehe gewesen, ein etwas ungewöhnlicher also, bis sie sich mit ihren zwei Kindern aufgemacht hat und gegangen ist und nun von 800 Mark lebt, während er seine Erfolge, die ersten, ⟨⟩ und die ersten Einladungen, nach Moskau und Budapest, nach Brasilien und zu allen Kongressen.

So müßte man, sagte Malina mit einem kalten Blick, allen abraten oder ⟨raten,⟩ sich vorher versichern zu lassen, gegen ein ungewöhnliches Unwetter, das sich Indiskretion oder Hochverrat am anderen nennen kann.

Aber die Frauen werden immer so töricht sein und sich blenden lassen von dem jungen Genie und geneigt sein, es zu verstehen. Dies sind die wahren Hintergründe unsrer Literatur, und die Fälle, die schamlos genug sind, sich zu geben wie sie sind, wie der Fall Picasso und der Fall Marilyn Monroe, sind beinahe noch, in ihren hämischen Schamlosigkeiten, den Hintertreppengeschichten unsrer Kreaturen vorzuziehen, die auch nicht den Makel des Ausbeuters und Erpressers auf sich dulden wollen, sondern noch meinen, rein aus den Geschichten hervorzugehen, in denen ihnen schwächliche Hilflosigkeit, zu späte Einsicht in die Lage Vorschub geleistet haben.

Sie werden sich aber fragen, wie andere ihnen Hilfe leisten können, wenn nicht die Opfer selber in ihrer Verblödung – und das ist nun tatsächlich interessant in dem Fall, von dem ich eben sprach, und der Sie vielleicht interessieren wird, weil einer Ihrer Götter stürzt –, und warum niemand ihnen das Handwerk legt, so müssen Sie eines bedenken, daß es in diesem Fall wie noch in vielen anderen um sehr viel Geld ging. Der Verleger von X. hatte natürlich eine schwache Ahnung, vielleicht nicht von dem Ausmaß, aber immerhin, er hatte sie, und nun würden Sie annehmen, dieser Mann, an dessen Empfang Sie heute waren, würde sich ⟨zum⟩ Schützer der Witwen und Waisen machen, denn er möchte es vielleicht gerne sein, aber Sie vergessen, daß ein Buch, das vielleicht fünf Millionen zu bringen verspricht und Abschlüsse über Taschenbuch, Buchgemeinschaft, Filmrechte, und mit einem leisen Gespött behaftet, so leise, daß man es kaum hört, aber daß einem so ist, als hätte man da was gehört – dies ist mächtiger als das Geschick von einigen Personen, die brüllend in einem Spitalsgang liegen, stärker als das Blut, das aus den aufgeschnittenen Handschlagadern rinnt, und stärker als das Wissenmögen, das Helfenmögen, ja, ein Mann, der vielleicht anständig genug ist, anständig sein zu mögen, wird sich leicht überzeugen lassen, daß hier der Ermordete schuldig ist und nicht der Mörder, und Sie ⟨kennen⟩ diesen Mann, dem ich Sie anempfohlen habe, denn er ist es, sagte Malina, mit einem undurchsichtigen Lächeln, oh begehren Sie nicht auf, schütteln Sie sich nicht vor Abscheu wie alle jungen Männer aus allen Zeiten, und werfen Sie ihm ⟨nicht⟩ den Vertrag vor die Füße, denn er ist auch nur ein Gefangener in diesem Löwenstall, und eines Tags wird er gefressen werden, und Sie sollen wissen, mit wem Sie es zu tun haben, Sie werden Vorschüsse beziehen, Sie dürfen ähnliche Handlungen begehen, er wird Sie decken, wie er andre gedeckt hat, wenn Sie Ihren Namen groß genug zu machen verstehen. Und Sie werden nur meiner Verachtung dann sicher sein, denn aus diesem Grund werde ich, nur ich Ihnen die Achtung verweigern. Andre werden Sie loben dafür, man wird Qualitäten, Wahrheiten, eine Präzision bei Ihnen entdecken, die den Entdeckern nicht weh tut. Betroffen wird man aufhören, aber die wahrhaft Betroffenen werden schweigen. Mit einem Wort, Sie werden ein Schriftsteller Ihrer Zeit werden, dem kein Blick ins eigene Schlafzimmer, kein Blick auf Schwächen der anderen fremd ist, Sie werden Briefe abdrucken, erpressen, Sie werden Ihre Freunde bloßstellen, und die werden kuschen. Dem Makel der Lächerlichkeit will sich keiner aussetzen. Sie werden keinen Prozeß auf den Hals bekommen, und bekommen Sie dennoch einen gemacht, so wird man Sie glühend verteidigen und die banausischen Ehrtüfteleien ihrer Umgebung als kleinlich befinden, Sie werden eines Tags von einer Frau geschieden sein, die sich nicht mehr auf die Straße wagt, es ihren Kindern verbieten wird, Ihre Bücher zu lesen, und Sie werden sich darüber lustig machen, eines Tags werden Ihre Kinder diese Bücher lesen und Sie freisprechen und ihre Mutter dümmlich finden, die bloß ihre Entjungferung durch Sie auf dem Papier nicht hinunterschlucken konnte. Sie werden ⟨Ihnen⟩, umwoben noch von dem Geruch des politisch Aufsässigen, denn es wird Ihnen schon gefallen, gegen eine Diktatur, die weitab liegt, aufzumucken, im Verein mit der allgemeinen Dummheit zu dem Ansehen verhelfen, das Ihrer Intelligenz zusteht. Ein Streiter für Recht und Wahrheit in allen Feuilletons, und das Genick brechen wird Ihnen eine schreckliche Verleumdung, die gar nichts damit zu tun hat, man wird Sie des Plagiats beschuldigen, Sie werden siech sein, wie alle die hier, weil Sie angegriffen werden, zu Unrecht, das versteht sich, weil Sie zu einer Gruppe gehören, von einer anderen Gruppe, oder von der ersten Gruppe, aber nein, was sage ich Ihnen, alle diese Dinge, die sich im Vordergrund abspielen werden, die Verleumdungen, Geringschätzungen, die werden Sie nicht ertragen können. Nie wird Sie jemand wirklich belangen, und wofür man Sie belangen will – machen Sie es gut. Jetzt ertragen Sie nur die Eifersüchteleien in Graz schlecht, eines Tags die in Wien noch schlechter, und zwanzig Jahre später werden Sie hier stehen und beladen mit Schuld einen Preis entgegennehmen oder einen Preis jemand mißgönnen und längst vergessen sein. Ich wünsche Ihnen, daß Sie auf der Sonnseite landen, und wenn ich Sie vergiftet habe mit meinen Äußerungen, dann werden Sie das Gift ausscheiden in vielen Jahren und selbstgerecht sein, oder Sie werden, ja, warum auch nicht, ohne Schuld hierherkommen und vielleicht nicht beliebt werden für Ihre moralischen Auszeichnungen auf dem Feld der Unehre, der Ehrlosigkeit, sondern, aus einem anderen Mißverständnis heraus, für eine neue Sprache, denn Sie hören, ich gehorche einer alten und alten Begriffen, und ich wende mich zurück wie alle Leute, die auf das Geschehene schauen und erstarren, und vielleicht sagt Ihnen ein Engel rechtzeitig, schau nicht zurück, und dann werden Sie Frankfurt nicht sehen, das in Rauch und Schwefelgestank aufgeht, wie ich es heute und jedes Jahr zweimal aufgehen sehe, weil die Rache gekommen ist. Nicht die meine, denn ich bin ja gekommen, zu erzählen und nicht zu richten, aber in allen Erzählungen spukt das Richten mit und das Weinen im Rauch, wenn das zum Himmel steigt und erzählt wird.

Und nun waren die beiden vor dem Hotel Malinas angekommen, der sein Manuskript so zusammengerollt hatte, daß die Rolle wie angebrannt ineinanderlag, und der junge Mann aus Graz, aus der grünen Steiermark, verneigte sich leicht vor ihm und wartete noch einen Augenblick darauf, zu einem drink eingeladen zu werden, aber Malina starrte in den Nachthimmel hinauf und sagte nur, wenn Sie morgen das 10-Uhr-Flugzeug nehmen, fliegen wir miteinander, und ich sehe Sie vielleicht in Wien, aber es ist überhaupt nicht wichtig, daß Sie mich oder andre kennenlernen und daß wir einander in Kaffeehäusern wiedersehen. Sehn Sie andre Leute, es wird Ihnen besser bekommen. Reisen Sie, leben Sie, wohnen Sie. Tun Sie, was alle tun. Es wird Ihnen nicht schaden. Sie selbst sind Ihr größter Feind, und wenn Sie ihn besiegen, werden Sie nie Feinde haben. Was Sie geschrieben ⟨haben,⟩ das hat mir gefallen, Sie wissen schon, ja, es hat mir sehr gefallen. Aber ich halte nichts von Ihnen, müssen Sie wissen, das wird Ihnen jetzt einen Moment lang einen Schmerz verursachen, und dann werden Sie sich auflehnen, und Sie werden ein bißchen stärker sein. Ich halte gar nichts von Ihnen. Ermutigt werden müssen die jungen Schriftsteller nicht. Das gewiß nicht. Jeder Schlag über den Schädel täte Ihnen besser.

Wie finden Sie meine Geschichte. Heutzutage gehört es sich zu sagen, sie sei nicht wahr. Aber meine Geschichten sind wahr. Sie haben den Vorzug dieser Unvollkommenheit. Und ich brauche Ihnen nicht zu sagen, daß ich von ⟨dem⟩ Ausdruck wahr nicht viel halte, aber das wissen Sie, und wenn Sie nichts von mir gelesen haben, so werden Sie sich das Einmaleins selber zusammenstellen im Laufe der Zeit.

Am Tag darauf unterzeichnete der junge Mann aus Graz seinen Vertrag, und von Malina sagte er, er, der junge Mann, halte eigentlich nichts von Malina, es täte ihm leid, aber schließlich habe er von Malina auch so gut wie nichts gelesen, und es gebe ja auch fast nichts, und mit dem meisten, das die alten Schöpsen schrieben, könne er nichts anfangen, und dann hielt er sich doch zurück, als der Friedenspreisträger eintrat, ⟨von⟩ dem er wirklich nichts hielt, und ließ sich von ihm einladen in sein Landhaus, und von dessen dritter Frau, die danebenstand und immerzu lächelte, wie ein Lächelrequisit, das sich ein erfolgreicher Mann nach Wäscherinnen und Haushälterinnen und reichen Damen erworben hatte, nur ganz für den persönlichen Gebrauch, nachdem er genug verdiente mit seinem Buch, und jetzt wußte der junge Mann nicht mehr so genau, was Malina gesagt hatte, und sicher hatte diese kleine Person sich nie die Pulsadern aufgeschnitten, sondern flirtete nur nebenbei mit den Verehrern ihres Mannes und ein bißchen mit dem Verleger, aber beinahe geschäftsmäßig, und der bedeutende Mann sagte nur jedesmal, das habe er nicht gelesen, das war seine liebenswürdige Waffe gegen die Gegenwart.

Phase III: Goldmann/Kottwitz-Phase

Dialog-Entwürfe

* Hier sehen Sie die Vertreter des Buchhandels, aber damit meine ich nicht diesen ehrenwerten Beruf, der diese Bezeichnung auf die gewöhnliche Art verdient, sondern vielmehr eine Welt, in der der Buchhandel zum Menschenhandel ausgeartet ist. Hier haben Sie doch heute abend einen Mann gesehen, der vor einigen Jahren den Friedenspreis des Buchhandels entgegengenommen hat und eine vielbeachtete Rede hielt, das heißt also, jeder konnte sie gedruckt in den ersten Zeitungen Deutschlands lesen und sich einbilden, es nicht nur mit einem großen Schriftsteller, sondern mit einer der moralischen Instanzen unsres Kontinents zu tun ⟨zu⟩ haben. Zu der gleichen Zeit aber hat sich in derselben Zeit ein Drama abgespielt, denn Sie müssen nicht denken, daß wir ärmer an Dramen geworden sind, das in seiner Schaurigkeit einen Schriftsteller der Antike oder des 18. Jahrhunderts noch zum Erzählen gereizt hätte, ein Gemetzel, das eben um das Buch dieser moralischen Instanz ging und aus dem die Schreie der Gefolterten, für jeden, der hören will, zu hören waren.

Einer der Zufälle, die immer nötig sind, um den Zipfel eines Leichentuchs zu heben, hat mich damals mit einer Frau in Verbindung gebracht, nach einem Selbstmordversuch, oder sagen wir besser Suizid, um uns den keimfreien Ausdrücken anzupassen, mit einem Mann, der in eine Nervenklinik eingeliefert wurde, und zuletzt lernte ich an einem dritten Fall, einer Person des öffentlichen Lebens, die ich Ihnen nicht nennen will, unversehens war ich in die Rolle eines Kriminalinspektors gekommen, der eine Querverbindung zu sehen bekommen hat, die niemand vermuten würde. Damals habe ich einen Brief an diesen Mann geschrieben, der ihm zu verstehen gab, daß ich die zwei Personen, die mit der Literaturwelt nicht zusammenhängen, erraten hätte, daß er drei Menschen umgebracht habe, und das kann man ruhig behaupten, obwohl nur eine dieser Personen dann tatsächlich verstorben ist.

Denn das Leben der beiden, die überlebt haben, ist viel grausamer und war es vor allem durch die dauernde Bedrohung, die drohende Bloßstellung.

* Wie ist denn das möglich, fragte der kleine Jonas und blinzelte kurzsichtig. Er sah nun doch interessiert drein.

Das fragt man sich natürlich, aber die Leute haben ja keinen Fetzen mehr von dem an sich, was man früher einmal Anstand genannt hätte. Sie haben Neugier, Gleichgültigkeit, sie brauchen Stoff. Brauchen Sie Stoff?

Das Schweigen des kleinen Jonas war vorauszusehen, und so fuhr Malina fort.

Darüber eben nun wundert sich niemand. Es wundert sich ja niemand über irgendwas. Wenn hundert Jahre vorbei sind, wundert sich niemand, das ist zur Not noch zu verstehen. Da wird über Bräute, Briefe, Privatangelegenheiten schon seminaristisch verhandelt, der Künstler, um den es geht, ist sowieso nicht im Prozeß, nur die Umwelt, die sich hin und wieder so unverständig, ja, zum Verzweifeln kurzsichtig oder gar prüde verhalten hat, der wird der Prozeß gemacht. Über den Leichenweg, über diesen ganzen Leichenhaufen in der Literaturgeschichte, über den spricht niemand.

Merde alors, sagte Klaus Jonas und zündete sich eine Gauloise ⟨an⟩.

Malina sagte: Ich habe mir das Rauchen abgewöhnt.

Was nehmen Sie denn.

Ich trinke nicht, sagte der junge Poet.

Malina lachte und nahm ein Glas Rotwein. Ich weiß nicht, früher hat man doch Champagner – na, mir ist ja Rotwein lieber. Hören Sie uns reden, reden Sie nur.

Sie kommen mir vor, denn Sie hören mir ja nicht zu, wie der große Jonas, mit dem einen Unterschied, ich strapaziere das Bild ⟨in⟩ ungehöriger Weise, der halb in dem Walmaul drinhängt, halb noch draußen und der aber doch weiß, ich muß mich entscheiden, heraus oder hinein. Und die Entscheidung wird Ihnen abgenommen, Sie müssen hinein, nicht wegen des Wals, sondern weil Sie, wenn Sie nicht hineinwollen, erst recht hineinmüssen, Sie können nicht drucken, nicht opponieren, niemand ins Gesicht spucken, wenn Sie nicht drin sind. Spucken Sie weit?

Ich weiß nicht, ich probiere noch. Wir haben in Graz oft Wettspucken gemacht, ich war nicht unter den ersten. Auch nicht unter den letzten.

Sie meinen, ich verhöhne Sie, das wäre ja noch das Beste, damit würd ich Ihnen zu verstehen geben, daß ich älter bin und mir aus Ihren 22 Jahren nichts mache wie die anderen, die sich sehr wohl was draus machen. Das ist wunderlich, wie die anderen Sie beneiden, und Sie merken es wohl, aber Sie wissen nicht so genau warum, die merken nicht, daß Sie schon auf den selben Misthaufen treten, um krähen zu können. Die meinen, Sie krähten aus paradiesischer Unschuld, und Sie sind ihnen schon ein ganzes Stück weit voraus, Sie haben schon Ihre Zweifel und noch haben Sie mitsamt den Skrupeln keinen falschen Schritt gemacht.

Ich beneide Sie wirklich. Und nur in diesem Augenblick. Länger darf man niemand beneiden. Merken Sie sich auch das nicht. Nur einen Augenblick.

Das ist ein würdiger Neid.

Kennen Sie diesen schönen Buchtitel Die allertraurigste Geschichte. Schön, nicht wahr. Der Titel vor allem.

Mich interessieren manche Titel. Ein paar Sätze, die nie besprochen worden sind, da gibt es einen Roman, who cares, der fängt an: Es kam ihm auf einen Mord nicht mehr an.

Das sind halt die Dinge, die mich faszinieren. Die fallen mir immer wieder ein, wie anderen Über allen Gipfeln ist Ruh, na, kommt ja aufs selbe raus.

Da ich, wie Sie sehr wohl wissen, Sie schon längst langweile. Wie lang wollen wir noch hierbleiben. Ich habe Herrn Marek gesehen, ich grüße ihn nicht. Nichts Persönliches. Es fällt mir so ein, wegen der allertraurigsten Geschichte.

Sehn Sie, Schaun Sie, Meinen Sie nicht, Geben Sies doch zu. Ach ja, mein Lieber, für so ein »mein Lieber« sollten Sie das Recht haben, mir Ihre Karte zu schicken und mich um fünf Uhr früh in eine Waldlichtung zu bitten. Sowas sagt man nicht.

Klaus Jonas lachte, ein Kinderlachen, jetzt war er ein Kind, er freute sich, wie er sich über ein paar andre lustige Redensarten und ihre Radix gefreut hätte. Die Worte, die machen so einen ⟨Spaß,⟩ da muß man lachen. Reden Sie nur weiter, ich muß lachen, ich könnte von der Bank fallen vor Lachen, hieß das Atemholen vor dem nächsten Lachen.

Malina sagte, schaun Sie, der Pagenkopf sieht Sie an, nein, eine Dame der Literatur heftet ihr Aug auf Sie und nachdenklich. Das gehört auch zum Erfolg.

Nein, ich schau Sie an, sagte der kleine Rosegger. Und sie merkt, daß ich Sie anschaue. Wie lang wollen wir noch bleiben, ich weiß nicht, wie lang Ihre Unterrichtsstunden dauern.

Malina sagte: Ich unterrichte mich, nicht Sie. Ich sollte Sie natürlich unterrichten über das, was hinter dem Getümmel ist, Vertragsprobleme, Prozente, Vorsicht vor Optionen, Vorschüssen, aber die Geheimsprache haben Sie schon im Flug erlernt und den Rest werden Sie kennen. Man meint, wenn man einmal drin ist, das sind so die Unterhaltungen der Schriftsteller, sind sie auch, sehr oft, aber da müssen Sie bloß mit einem halben Ohr zuhören, da ihr halbes schon intelligent genug ist. Hören Sie auf das, ⟨was⟩ Ihnen niemand sagt.

Das ist nur eine winzige Welt, eine ganz winzige, so wichtig sie sich auch nimmt, aber die Welt der Knopffabrikanten, der Kybernetiker, der Mediziner und Bergarbeiter, ebenfalls so winzige Welten, in denen geht es nicht anders zu, alle meinen, es gibt nur die Knöpfe, die Bücher, die Kohlen, und dic meinen hier, es gibt nur die Bücher und die Abschlüsse.

Was für eine grandiose Täuschung, denn die Winzigkeit dieser Welt wird ja überschritten, dorthin wo es interessant wird. Auch hier wie in der Ganovenwelt, die ihre eigene Sprache und ihre eignen Gesetze hat, nachprüfbar wie diese, begeben sich Geschichten, die nicht ins Netz gehen. Oder sie fallen durchs Netz, diese traurigen Geschichten, die mit einem Witz zu berühren sind, mit einem Mitleidsatz, mit einem Augenheben, ach was, hab ich nicht gewußt, wer hätte das gedacht.

Wie sollte auch jemand gedacht haben. Die Leute müssen arbeiten, die stehen hier nur so herum, drei Tage, dann ein paar Monate später stehen sie woanders herum, dann sitzen sie in einer Bar, und es ist immer dasselbe. Dafür kann keiner.

Das gehört dazu, und der eine steht gierig dabei, und Sie stehen dabei herum, mit der Schleuder in der Hosentasche und der Verachtung in Ihrem kleinen hübschen Kopf.

Sie verachten noch, Sie wissen nur nicht, warum.

Ich verachte nicht mehr. Mir ist auch das abhanden gekommen. Ich stehe hier, mit der Tarnkappe, aber ganz sichtbar, und mit der Betrunkenheit, ja, mit der Betrunkenheit, wie ein Säufer, ⟨und⟩ unter den Nüchternen, der zwar noch hört, aber nicht mehr hört, dem sein Delirium schon einen Weg öffnet, ich bin in einem Delirium, ich übe keine Kritik mehr, ich werde nichts karikieren, Sie werden es, das müssen Sie ja, was ist zur Karikatur reif. Ein Talent reicht aus, um jede Klasse, jedes Milieu zu karikieren. Eines Tags müssen Sie aufhören damit. Es ist zu leicht, zu lustig, zu selbstgerecht, zu erfolgversprechend.

Man kann gar nicht delirieren bis ans Ende, aber unterwegs, da erwischt man es manchmal, das Drama, die Katastrophe, hier ist ein Drama, hier eine Katastrophe, nicht weil einer in Schulden steckt und weil einer seine Ellenbogen benutzt und der dritte der Pleite entgegengeht und doch vor Ressentiment krank wird. Glauben Sie, es gibt kein Pathos, keine Leidenschaft von ⟨Hinsehen,⟩ von Heraussehen, das ausreichen würde, diese ganze Katastrophe, Bücher, warum sollen Bücher eine Katastrophe sein?

Gehn wir. Geben Sie dem Pagenkopf zu verstehen, daß Sie wollen und nicht wollen, drücken Sie Ihrem Verleger mit der gemessenen Herzlichkeit und Verachtung die Hand, er wird etwas für Sie tun, er spricht reizend von Ihnen, Sie sind reizend, das ist heute der Tenor, Sie sind ⟨eine⟩ Hoffnung. Wissen Sie, was eine Hoffnung ist?

Sie sind ein Versprechen, und kein Zweifel, schon mit Ihrem zweiten Buch werden ⟨Sie⟩ das Versprechen einlösen. Ja, einige werden sich fragen, hat er es eingelöst, vielleicht doch nicht. Man hat auf Sie gewartet. Man erwartet noch viel von Ihnen.

Nur: es erwartet niemand etwas von uns. Niemand. Es wartet nicht einmal das Taxi auf uns, das wir uns jetzt nehmen werden, und einfach niemand. Sie sind hier so fehl wie richtig am Platz, und ohne Hoffnung, und kein Versprechen und nichts weiter, als

⟨was⟩ Sie sind, und was Sie sind, wer Sie sind, das weiß ich nicht und auch niemand, aber Sie können auch bleiben, ich merke, Sie bleiben nicht, das sind Sie Ihrer Rebellion schuldig. Sie gehen früh. Sie haben nur einmal hereingeschaut.

* ⟨⟩ an die reinen Westen, und wenn man sie mir zehnmal zeigt. Ich bin nicht »schwieriger« geworden und nicht anspruchsvoller, das gewiß nicht – ich bin nur völlig desillusioniert.

Die Literatur ist ein schmutziges Geschäft, so dreckig wie der Waffenhandel, und wenn es niemand bemerkt – tant mieux. Aber ich habe das unwahrscheinliche Glück gehabt, das bemerken und durchmachen zu dürfen. So wird aus mir noch ein Schriftsteller, denn es ist mir zweifelhaft, ob ich früher einer war. Ich denke, ich war keiner.

* In einem Eck stand Fürbringer, der eben erklärte, daß er so gut wie nie unter Schriftstellern und solchen Leuten, wobei unklar blieb, wen er eigentlich meinte, da man dazu einige Unterscheidungsmerkmale zwischen Rundfunkredakteuren oder Verlegern oder Buchhändlern hätte anbringen müssen, aber dann beteuerte er es nochmals, und als ihn keiner fragte, weil selbst jeder gern gesagt hätte, daß er mit seinesgleichen nichts zu tun haben wolle, waren die andren äußerst verärgert, ohne ⟨es⟩ zu zeigen, und der naive Glomm sprang ihm bei, der gestand, ebenfalls lieber mit Malern zusammenzukommen, und da ⟨⟩ Fürbringer endlich das Geständnis zu entlocken, daß er hauptsächlich mit Malern und Bildhauern die Wonnen der Gewöhnlichkeit teilte, ein Zugeständnis, das jedes Publikum verblüffen muß, das von den geheimen Urteilen dieser verschiedenartigen Sekten und Untersekten nichts weiß, und Fürbringer konnte nur nicht mehr anbringen, daß er außerdem mit seinem Arzt und schließlich noch mit einem Hüttenwirt in Bayern, und hatte er nicht eine Familie, die, aber dann unterließ er das, denn seine Familie sah er nie, da ihm deren Kleinbürgerlichkeit seit Jahren derart auf die Nerven gegangen war und

er seinen Ausbruch eigentlich als einen Ausbruch aus der Kleinbürgerlichkeit hätte bezeichnen müssen und nicht einen Ausbruch aus der Gesellschaft, wie er ihn selber gern bezeichnete, und da ⟨er⟩ keineswegs so töricht war, sich nicht selbst auf die Schliche zu kommen und ein dumpfes Gefühl dafür zu haben, daß er wenig wußte und nirgends hinkam und also tatsächlich die Saufabende mit Nicht-seinesgleichen, die er auch mit Seinesgleichen hätte haben können, sein Zugang zur Welt waren, verstummte er und sah sich suchend in der Bar um, wo vor einer Woche noch die Welt oder eine Schicht von ihr gewesen sein mußte, die er nicht kannte, die zu verachten er entschlossen war, und ⟨seiner⟩ Verachtung schon in einigen Kurzgeschichten Ausdruck gegeben hatte, und während er nicht mehr zuhörte, entdeckte er verschiedene Mittelpunkte, von denen der eine die große Zugnummer im vorigen Jahr und der andere es in diesem Jahr war, und er überlegte sich, wie er von Glomm loskommen sollte.

Die beiden Leute, die den Mittelpunkt bildeten und sich freundschaftlich zutranken, wurden jetzt auch von Malina und Jonas betrachtet, und Jonas sagte leichthin, ach, das ist der, haben Sie etwas gelesen von ihm? womit er zu verstehen gab, daß er nichts gelesen hatte, und Malina machte ein unbewegliches Gesicht, gab überhaupt keine Antwort, stellte sein Glas ab und sagte »nicht schlecht«, Jonas im Unklaren lassend, was er gemeint hatte. Diesmal ließ sich Malina aber zu keinem Kommentar herbei, denn er lachte für sich und dachte, ach schau, denn wenn drei so verschiedene Personen wie Jonas, Marek und Benedek sich auch in nichts glichen, obwohl sie von einer Kursmaschine aus Wien gebracht worden waren, so hatten sie doch alle die Taktik gemeinsam, prinzipiell nicht zuzugeben, daß sie irgendetwas von diesen Deutschen gelesen hatten, oder gar ⟨von⟩ deren Wichtigkeit etwas wüßten ⟨oder⟩ doch nur vage, und Jonas spielte allerdings seine Rolle am besten, indem er überall seine Unschuldsaugen aufschlug und völlig überrascht schien, daß man von solchen Leuten sprach und deren Titel wie selbstverständlich wußte, während er sie in hilfloser Zerstreutheit durcheinander brachte, da er wohl davon gehört, ja, auch etwas zu lesen angefangen hatte und sich dann anmutig verwirrte (doch doch, natürlich, ach so, das muß etwas anderes gewesen sein, ist da nicht diese sehr hübsche Stelle drin, wo an der Oder, heißt der Fluß so, ja, Oder, nein, dann muß es etwas anderes sein. Bestimmt war es etwas aus dem Osten. Aber ich erinnre mich, da war eine sehr hübsche Stelle).

Marek war viel plumper, er hätte nie mit Grazie so etwas vorbringen können, sondern erweckte bei den dümmeren Leuten den Eindruck, daß er keine Ahnung habe, und bei den gescheiten den Verdacht, daß es ihm nicht schaden würde, wenn er ⟨sich⟩ damit beschäftigte.

Marek trat auf Jonas leutselig zu und sagte, na langweilen Sie sich auch, und Jonas schüttelte den Kopf, nein nein, sagte er eifrig, ⟨was ihm⟩ so gut stand, im Gegenteil, mich amüsiert das, ich amüsiere mich für mein Leben gern. Ich bin so neugierig, ich fürcht, die Neugier wird mir noch zum Verhängnis.

Na, Sie haben ja einen sehr schönen Erfolg, sagte Marek, und als Jonas lächelnd danke sagen wollte, setzte Marek mit Perfidie fort: Und einen verdienten Erfolg, wobei er dem Wort »verdienten Erfolg« einen so schmierigen Unterton beigab, daß Jonas errötete und vielleicht zum erstenmal eine Irritation empfand, von der er ⟨bis⟩ jetzt verschont geblieben war, als hätte man einen Nerv berührt, von ⟨dem man⟩ wußte, daß er bloßlag, und erst später, als er mit Malina allein war und mehr getrunken hatte, plötzlich einen derartigen Ekel empfand, daß er aufstand und etwas zu lang auf der Toilette blieb, weil er zitterte und meinte, daß ihm schlecht werde, weil er zu wenig geschlafen hatte, weil er zuviel getrunken hatte, weil er einen Lebensschaden hatte und nicht mehr auseinanderhalten konnte, wovon ihm so schlecht war, weil er zum erstenmal den Neid kennengelernt hatte, einen winzigen Hohn und von einer Seite, die ihn anwiderte, und nun ließ er sich anwidern, und das war das schlimmste, daß ein Marek das hatte erreichen können, einen Gifttropfen in einen tatsächlich unbefangenen Menschen wie Jonas, der zwar nach außen ein wenig ⟨⟩

Im Frankfurter Hof aber behielt Jonas noch sein Gleichgewicht und kam noch bloßfüßig daher, und es war, da diese Stiche nicht anders zu denken sind, als wenn sich jemand einen Holzspieß in den Fuß rennt und anfangs noch wenig empfindet und lachend herauszieht, aber ⟨nach⟩ ein paar Stunden die Schmerzen auftreten, eine Entzündung oder eine Eiterung, deren Heilung genau so ein paar Tage Zeit braucht wie die Heilung einer Beleidigung, einer Störung.

* Jonas, der sein Programm schon kundgetan hatte (Ich habe nur mit der Sprache zu tun), wußte nicht, womit er im Moment zu tun ⟨hatte⟩, mit einer Giftschneise, mit dem Anfang einer langen Krankheit, und noch nahm er sich zusammen, der Herr, der sich vor ihm aufbaute und mit dem sein Verleger gesprochen hatte, dessen Barbara dahinter von einem Barhocker glitt, sagte, in einer Mischung aus treuherziger Rechtschaffenheit und lockerer Managergeste, ich kann Sie für Berlin vorschlagen. Berlin müßte Sie doch interessieren, und die sanfte Röte, die pro Stunde einmal über sein Gesicht zog, erschien wie gerufen, und Jonas sagte, ach nein, ja, natürlich schon, nur jetzt im Moment. Der rechtschaffene nachdrückende Herr sagte, die Hauptsache, Sie sind vorgeschlagen, Sie sagen uns dann, wann Sie kommen wollen. Jonas sagte, ich bin so neugierig, am meisten interessiert mich die Thielallee, der Herr sah auf, und Jonas fügte mit zarter Nachhilfe dazu, in Dahlem, glaube ich, hübsch diese Bezirksnamen, die haben eine Aura. Wegen der Uranspaltung. Naja, sagte der Herr, und er schien verdrießlich, entweder weil er noch immer nicht wußte, was Jonas meinte, oder das ganze für einen schlechten Witz hielt, der Junge sollte ja so ⟨ein⟩ fürchterlicher Avantgardist sein, Thielallee.

Die haben gleich an Lise Meitner geschrieben, und, der Bub seufzte, für die habe ich so geschwärmt, ja, sie war mein großer Schwarm, wissen Sie, und sie hat doch mit Hahn gearbeitet, ich erinnre mich (woran sich ein 22jähriger erinnern mochte, leuchtete dem Herrn mit Erinnerung nicht ein, er fürchtete schon, einer Demonstration aufzusitzen, aber der sah immer noch so harmlos aus). Eine wunderschöne Person, sagte Jonas.

Ich glaube, ich bin nicht artig gewesen, sagte Jonas kokett zu Malina, hinter ihnen kam Benedek näher, er war kahlgeschoren und ⟨stand⟩ finster mit einem stereotypen Lächeln da. Sie müssen sich vor den Deutschen in acht nehmen, sagte er abrupt, man sitzt ihnen immer auf, das sind die größten Betrüger, die mir je untergekommen sind. Bei uns merkt man es ja, aber ⟨hier merkt⟩ man es nicht so leicht. Sie sind die scheinheiligsten Gauner.

Und Benedeks Kopf stand so allein, wie ihn Jonas einmal gesehn hatte, als er von einer Terrasse aus Benedek in Wien hatte vorbeigehn sehen, mit abgeschnittenem Kopf, und Malina mußte eingreifen, damit dieses winzige gefährliche Wellenkräuseln zur Ruhe kam, das nicht von dem jungen Revoluzzer kam, sondern von Benedek, der immer die Beherrschung selbst war, wie einer, der befürchtet, im nächsten Moment irrsinnig zu werden, und sich in jedem Moment fragt, wohin ihn das fortreißt, dieses furchtbare Reagieren auf ein Atmen, ein falsches Wort, auf einen Durchzug, auf eine zu hohe oder zu laute Stimme. Ich hab Sie schon zweimal gegrüßt, sagte Malina entschärfend, aber Benedek senkte den Kopf gefährlich und hob ihn nur wenig danach, wissen Sie, die Deutschen sind unheilbar wahnsinnig, vor lauter Gesundheit, haben Sie schon einmal soviel affenartige Gesundheit gesehn, die halten das aus, die halten sich selber aus, das ist ja das Allerunheimlichste.

Nein, ich meine nicht die hier, sagte er, ⟨in⟩ einer ehernen Höflichkeit Schutz suchend, ich bin heute zehn Stunden in Frankfurt herumgelaufen, manchmal möchte man Messer haben und sie ihnen hinterrücks hineinrennen, auch so, daß sie nicht leiden müssen, aber bloß weil sie laut reden, sie reden so entsetzlich laut, ich könnte schreien, aber ich kanns ja nicht, er lächelte abwesend. Nein, Herr Habermetz, Tach meine Dame, Tach Herr Kalow, ⟨was⟩, nee also mir machen Se nichts vor, mein Guter, wir schaffen es schon, sagte hier ein Taxichauffeur, ich ⟨sehe⟩ immer nur Taxichauffeure, die es schaffen, bitte um Verzeihung, sagte er, ich hab fürchterlich Kopfweh.

Jonas war betreten, er wußte zu dem Thema Deutsche oder nicht gar nichts zu sagen, es interessierte ihn nicht, so wenig, wie es ihn interessierte, woher er selber kam, er hielt das für Atavismus, daß sich Leute überhaupt damit beschäftigten, und er hatte nur die winzigen Unterschiede mit seinen durchsichtigen Antennen eingefangen, daß er eine Sprache hatte und einen Stil. Haben Sie sich von der Marekpest befreien können, fragte Benedek. Jonas sagte beschwichtigend, aber er ist doch ein armer Kerl, er meint es doch nicht so, und dann spürte er wieder den Stich und in sich einen Blutstropfen austreten und ihn gerinnen. Er hat eben keine Manieren.

Jetzt nehm ich Ihnen aber einfach das Glas weg, Herr Benedek, sagte Malina, ohne aus der Höflichkeit auszutreten, und nahm es ihm aus der Hand. Ja, ist es recht so, oder erlauben Sie es mir nicht. Benedek sah ihn an und durch ihn hindurch.

Ich habe noch eine Verabredung.

Ist das der Bruder von dem Benedek, ich meinte, von dem anderen Benedek. Malina nickte, und wußte nichts weiter zu reden, und Jonas fiel auf einmal ein, daß er das von der Meitner gesagt hatte, und daß etwas anderes wahr war, und das betraf Malinas Schwester und das hätte er nicht zugegeben, und vor Malina war es auch unmöglich, auch nur eine Andeutung darüber zu machen.

So sah also der Bruder von der Malina aus, und wenn er sich fragte, was er von ihm wußte, so nichts weiter, als daß er der Bruder war und vor fünfzehn Jahren einmal ein Buch geschrieben hatte. Als die Malina unter allen Ehren, die Wien aufzubringen vermag ⟨und⟩ also nur für Schauspieler aufbringt, begraben wurde, war in den Zeitungen auch die Rede von diesem Bruder gewesen, dem jungen bekannten Dichter Malina, obwohl er weder bekannt noch so jung war, ⟨denn⟩ Malina mußte jetzt vierzig sein, er konnte Malina auch nicht gut fragen, was er hier zu suchen habe, denn nach fünfzehn Jahren Nichtschreiben ist man weder ein bekannter noch ein junger und mit einem Wort überhaupt kein Schriftsteller, das Buch kannte Jonas genau, aber er erwähnte es nicht, es waren damals vielleicht fünfhundert Exemplare verkauft worden, und den Namen gab es seither auch, aber da das Buch in Österreich erschienen war und in Deutschland dann noch einmal, in einem Verlag, der sofort in Konkurs ging und verkauft wurde, kannten es keine 1.000 Leute.

Da Malina offenbar nicht drauf aus war, hier Geschäfte zu machen oder Erscheinung zu machen, auch nicht klar war, wer ihn überhaupt eingeladen hatte und wer ihn brauchte in Frankfurt, aber auch niemand Anstoß an seiner Person nahm und niemand über ihn redete, er also nicht einmal in die Gegenwart oder die

Zukunft hinübergetratscht werden konnte, blieb Jonas nur seine abstruse Gymnasiastenrolle übrig als vorübergehender Anbeter der Malina.

Daß sich in Jonas' kurzem glücklichen Leben, dessen Etappen ihm leidlich übersichtlich waren, ein Schulausflug nach Wien mit drei Theaterbesuchen verbunden hatte und einer heimlichen Reise nach Salzburg, um die Malina sehn zu können, das gehörte zu seinen Privatangelegenheiten, die er verschwiegen und respektiert wissen wollte wie Malina vermutlich den Tod seiner Schwester, die von einem Haifisch gefressen worden ⟨war⟩, und ⟨wie⟩ Jonas sich erinnerte, vor einer griechischen Insel, worüber er schon öfters Unterhaltungen gehört hatte.

Also zwischen Messina und Calabrien soll es ja auch Haifische geben, also wie weit kommen die eigentlich, bis in die Nähe vom Strand. Ich hab es der Gerda schon oft gesagt, letztes Jahr in Capri, das Mädel schwimmt derart, Adrienne ist ja vor ein paar Jahren einer nachgeschwommen.

Denn immer, wenn ein Hai oder ein Infarkt oder ein Brand auftaucht, so kann man sicher sein, daß plötzlich alle etwas über Haie wissen und ihre Erfahrungen damit haben oder mit Herzgeschichten, und wer nun wirklich etwas mit einem Hai erlebt hat, wie indirekt Malina, hat keine Chance mehr, seinen Hai ins Treffen zu führen, und tut besser daran, darüber zu schweigen, aber dann fiel dem kleinen Jonas ein, daß er an einem Abend bei Benedek den Psychiater Jordan kennengelernt hatte, und der hatte sich nicht dazu geäußert, sondern einfach gefragt, mit einer Stimme, von der es heißt, daß einem am Rücken kalt wird davon: an der ganzen Sache würde mich eigentlich nur interessieren, wer dabei war. Was meinen Sie damit, ich versteh Sie nicht, Herr Professor, hatte die Altenwyl gefragt, und damit war es den meisten schon klar geworden, was er meinte. Nun ja, also es war ja niemand dabei außer diesem Schweizer, mit dem sie auf der Reise war, ein Regisseur ist es, ich glaube der, der die Möwe gemacht ⟨hat,⟩ ⟨⟩ und er war vollkommen verzweifelt, ein echtes Bild der Verzweiflung, noch hier, aber nein, sagte Atti, er ist doch danach nie mehr in Wien gewesen, was du auch immer zusammenredst, jeder bildet sich ein, er sei ein Bild der Verzweiflung gewesen.

Jedenfalls, alles was wahr ist, fing die Altenwyl wieder an, der Mensch war gebrochen. Er fährt da mit dem Boot, und sie, nun wie sie eben war, eine brillante Schwimmerin, springt aus dem Boot und schwimmt und schwimmt, und dann schaut er wieder hin und sieht nichts mehr von ihr und fährt herum, und dann sieht er das Blut da an der Oberfläche.

Jordan lächelte. Das ist entweder ein perfekter Mord oder eines von den Unglücken, die so unwahrscheinlich sind, daß eben niemand sie glauben mag und jeder meint, lachen zu müssen, wenn er davon hört.

Aber es lacht doch niemand, empörte sich die Altenwyl, ich sag nur, warum müssen bei uns immer die Leut auf eine so makabre Weis zugrundgehen. Bitte warum der sich im Rundfunk erhängen oder der, wie heißt er bloß, der sich in seinem Geschäft erhängt hat.

Ich bitt Dich, das hat doch damit überhaupt nichts zu tun, das war doch Selbstmord.

Aber ich weiß schon, was ich sage, sagte die Altenwyl aufgebracht, der Herr Jonas versteht mich sehr gut.

Sie setzte die Teetasse vor Jonas so vehement auf, daß beinahe die Scherben, die sie ihrem Mann zugedacht hatte, ihm ins Gesicht 〈 〉

Ah, jedenfalls wird mir doch niemand widersprechen, wenn ich sage, daß die Malina das größte war, also sie war einmalig, und da können sich alle auf den Kopf stellen, und sowas wirds auch nicht mehr geben so bald, fügte sie hinzu und schaute Atti herausfordernd an, da sie annahm, daß er ein Verhältnis mit ihr gehabt hatte.

Arme Maria. Sagen Sie, Herr Professor, spürt man was, wenn man gefressen wird, fragte sie als nächstes. Jordan ging von der Konversation ins Dozieren über, was Leute wie die Altenwyls immer unerträglich fanden, obwohl sie ein paar Tage später gern sagten, sie hätten sich ausführlich damit beschäftigt, und daher, weil ihnen ein Gratisvortrag gehalten worden war, noch aus den Brocken ein Ragout herstellen konnten, das dann wieder Konversation war und also keine Zumutung und überhaupt nicht langweilig. 〈Als〉 Altenwylsches Faschiertes sah das dann so aus: Es ist ja hochinteressant, was nun passiert, wenn so ein Haifisch zubeißt, dabei sah Awi so kokett um sich, als wollte sie den nächsten Haifisch ersuchen, es bloß mit ihr aufzunehmen, denn da bleibt ja ⟨nicht⟩ das Herz, oder man denkt, man hat da einen enormen Schmerz, keine Spur. Interessant ist, daß von Schmerz keine Rede ist, natürlich Schock ja, das schon. Aber dann ist ja die Sache mit dem Blut, nein, mit den Arterien, gell Atti, bitte schließ doch die Tür, nein, du machst mich ganz nervös. Nervös, sag ich. Wer ist am Telefon. Nein, ich bin nicht zuhaus, nein, heut nicht und morgen nicht und überhaupt nie. Gestorben, tot, verreist. Was sich die Leute einbilden. Natürlich kann der Martin kommen, aber sie kommt mir nicht ins Haus. Ich versteh nicht, wie ein Mensch so wenig Selbstkriterium hat, jemand wie der Martin. Wie sagst du, ist doch gehupft wie gesprungen, Selbstkritik, bitte, es weiß eh jeder, was ich meine. Man muß es doch nicht so genau sagen, der Atti hat einen Wahn, es ist viel besser, man laßts im Unklaren, dann verstehn es alle. Aber die Maria hat doch notorisch mit jedem etwas gehabt, aber bestimmt kein Verhältnis, das nicht, verteidigte sie sie stürmisch, nur mit dem Goldmann, doch, das weiß ich, und zwar so wie ich hier steh, und das war noch vor der Fanny und während der Fanny, und es war jedenfalls eine Katastrophe, da der gute Ernstl das vielleicht nicht kapiert hat, daß die Maria ein nobler Mensch war und ihm so attachiert, denn sie hat es nicht nötig gehabt, sich mit jedem ins Bett zu legen, also das bestimmt nicht, das hat ja jeder begriffen, daß sie das nur so en passant gemacht hat, und vielleicht weil der Ernstl das nicht begriffen hat, also schließlich geht es auch niemand was an und jetzt, sie ist tot. De mortibus, bitte, töt mich nicht mit diesen Argusblicken, Atti. Aber ich hab so ein Gefühl, daß der Ernst von diesem ganzen nach Israelgehen und das mit dem Jüdischen, was er früher doch, bitte, überhaupt nicht gehabt hat, daß das mit der Maria ihrem Tod zusammenhängt und dieser ganzen Gräßlichkeit.

Jedenfalls ist mir jetzt das Medizinische klar und das ist auch die einzig interessante Sach an der Sache, weil das andre ja privat ist.

Aber eine Frage ist es schon, wer war dabei, und wenn eine Kapazität wie der Jordan sowas fragt, gibt es einem zum Denken. Und ich werd mich jedenfalls hüten, von diesem Stützli noch eine

Regie anzuschauen, falls der sich überhaupt noch nach Wien traut, wo ihm ja keiner mehr die Hand geben könnte.

Jonas konnte sich noch gut an die Notiz in den Grazer Neuesten Nachrichten erinnern. Maria Malina auf tragische Weise aus dem Leben gerissen, weil aus dem Leben reißen dem Redakteur unterlaufen sein mußte, wegen des nachfolgenden Haifisches, den man aus Pietät nicht in die Schlagzeile ⟨hineinlassen⟩ konnte. Damals war er aber nicht mehr an der Malina ⟨interessiert⟩ und überhaupt schon an andren Dingen, als daß ⟨er⟩, abgesehen von der Verblüffung, über eine so sonderbare Art, zu sterben, sich jedesmal gerne die Versionen anhörte, mit denen seine Malina noch viele Male in den Wiener Abend- und Nachmittagsstunden zutodgebracht wurde.

Im Frankfurter Hof standen jetzt einige vor dem Fernsehen, wo eine Übertragung aus dem Frankfurter Hof stattfand, so daß man gleichzeitig die Herren hier sah und die Herren auf dem Fernsehschirm, und Malina und Jonas blieben eine Weile stehn und sahen einander belustigt an.

Danach kam ein Schwenk auf die Buchstände, auf ein Interview im Hessischen Hof mit den Franzosen, die darlegten, was der neue Roman nicht sei und welche Mißverständnisse, die aber noch nicht bis Frankfurt gedrungen waren. Ich hab Ereignisse gern, sagte Jonas, aber ich bin überzeugt, es ereignet sich nie etwas.

Wieder ⟨der⟩ Roman, wieder ein Problem, die Kritik und Probleme der Kritik. Sackgassen des Erzählens, Hochgestochenes, Runder Tisch, neuer Zug zur Einfachheit, Herren, die sich so ausdrückten, als wollten sie den Zuschauern etwas in deren Sprache zukommen lassen. Gehn wir, fragte Malina.

Während Malina und Jonas durch die Räume drängelten und nicht weiterkamen, sagte der Kritiker Wennberg: aber ja, ich habe die Kottwitz gesehen, im Rollstuhl, auf dem Flugplatz. Das ist ein blödes Gerede, ich versichre Ihnen, dran ist aber auch kein Wort wahr, nein. Die Kottwitz, nein, er, nein, sie saß da in der Ecke vis à vis von den Rolltreppen. Sie kommt bestimmt nicht. Ich habe mit der Baby gesprochen, natürlich ist das Baby Teuffen, sie begleitet sie doch nur. Ich kenne doch den Buhr jetzt zehn Jahre – und das Ganze hat nichts mit ihm zu tun. Er hat es mir doch selber erzählt, sie soll schwere Depressionen gehabt haben, und versucht hat sie auch ein paarmal, und dann ist sie eben einmal gesprungen.

Aber auf mich macht das doch keinen Eindruck. Natürlich ist sie jemand, das bestreitet ja niemand, aber der Buhr hat vor mir geweint, ja, geweint, so hat ihn das getroffen, aber es war unmöglich mit ihr, und jeder hat das auch vorausgesehen, daß es nicht gehen wird, er ist in diese Sache hineingerannt.

Meint er die Gräfin Kottwitz, Jonas sah Malina kopfschüttelnd an, die »rote Gräfin«.

Ja, sagte Malina, ich hab sie nämlich auch gesehen, es ist wahr, daß sie heute in Frankfurt war auf der Durchreise.

Ich versteh das Ganze nicht.

Sehn Sie, sagte Malina, das ist so eine wirkliche Geschichte, unter den lauten, unwirklichen, aber die wirklichen Geschichten, die kennt niemand, und was die Leute darüber basteln, ist ihrer beschränkten Phantasie, ihrer Fantasielosigkeit so angepaßt, obwohl sie das gar nicht sein dürften, weil jeder doch im Hintergrund mit einer monströsen Geschichte lebt, oder eines Tags leben wird, obwohl die von Frau Kottwitz etwas ungewöhnlich aussieht. Buhr haben Sie ja gesehn.

Ich gehe morgen mit ihm mittagessen und mit seiner kleinen Freundin, wer ist die eigentlich?

Nun, mit der ist er eben jetzt, und angeblich soll das der Grund sein, warum er von der Kottwitz weg ist, aber das ist natürlich ein Blödsinn, denn man geht nicht von jemand weg, und dann stürzt sich der andre aus dem Fenster. Das sind solche Ideen, die sich die Leute machen, und ⟨die⟩ besseren Leute denken dann, es sei ein wenig komplizierter, und sagen, es habe zwar nur wenig damit zu tun, aber die Kottwitz sei überhaupt sehr verrückt, und Depressionen habe sie auch schon gehabt, aber niemand nimmt sich auch nur Zeit, nachzurechnen, denn mit ein wenig Rechnen ⟨könnte⟩ man die X und Y aufklären. Und damit operiert Buhr.

Wie, sagte Jonas, wozu soll er mit was operieren und was, mit einem Wort, ich verstehs nicht.

Na ja, man muß seinem Ruf zuliebe operieren, es macht sich

schlecht, wenn gewisse Dinge herauskommen. Buhr war dreimal verheiratet, und er möcht es dabei bewenden lassen, daß er sich öfter verheiratet und Abwechslung braucht, und die Männer, letzten Endes auch die Frauen, finden das sympathisch, weil sie ⟨es⟩ selber auch tun oder es gern möchten. So weit ist auch nichts zu sagen. Aber die Sache ist ihm schiefgegangen gewissermaßen bei der Kottwitz, weil sie zu bekannt ist, die andren sind einfach in der Versenkung verschwunden, und nie ⟨hat⟩ jemand mehr etwas über ihren Verbleib gehört. Aber wenn die Kottwitz gewollt hätte, dann hätte er einen Prozeß am Hals, anstatt eines Romans, aber sie hat es vorgezogen, aus dem Fenster zu springen.

Das versteh ich nun überhaupt nicht.

Da gibts auch nichts zu verstehen, wenn man das kühl betrachtet.

Und das soll Ihnen ausgerechnet diese Frau erzählt haben.

Aber nein, sagte Malina, sie hat es mir nicht erzählt, aber ich hab es herausgefunden.

Und wie?

Indem ich eine andre im Krankenhaus besucht habe.

Was für eine andre.

Nun ja, eine andre, der dasselbe passiert ist, und so hab ich gewußt, was mit der Kottwitz passiert ist.

Herrschaft, sagte Jonas mit gespieltem Entzücken, vor Ihnen kann man schön Angst kriegen, und weiß das der Buhr.

Nein, der weiß es nicht. Ich werd mich hüten, ihm das zu sagen.

Und warum?

Weil es nichts nützt. Ich sammle solche Geschichten, wie andre Antiquitäten oder Münzen sammeln, haben Sie schon einmal einen Sammler gesehen, einen von denen, die nicht unter Sammlung X aufgeführt sind, einen wirklichen.

Drehtür. Die zwei Franzosen von vorhin aus dem Fernsehen mit anderen Franzosen. Gallimard? Flamans? Also doch, der Lektor von Gröwenicht dolmetschte.

Ich sammle nur die Geschichten, die nicht bekannt werden, und nur Geschichten mit letalem Ausgang. Mit der Zeit kommt man allerdings drauf, daß das alle geheimen Geschichten haben, sonst wären sie nicht so geheim, und in der Literatur gibt es nun nicht allzuviele von diesen oder jedenfalls keine schönen, aber trotzdem gibt es Literatur und Verbrechen, und da uns die fremden Geschichten nie so liegen und in ihren Nuancen nie zu begreifen sind, nur in der Analogie, so brauchen Sie ja nicht so weit zu gehen, nicht bis Deutschland, sondern wir haben davon zuhause auch eine, und Sie sind an ihr blindlings vorübergerannt, an einer, die man die allertraurigste Geschichte nennen könnte. Schöner Titel. Leider schon benutzt. Sie haben doch Fanny Goldmann gekannt.

Gekannt, nein, Jonas dehnte den Satz, er wußte nicht, wie er aufrichtig antworten konnte, denn das hing nun wieder ⟨mit⟩ der Maria Malina zusammen und Salzburg, und gekannt konnte man wohl in Anbetracht dieses filigranen Vorfalls nicht sagen.

In einer längst vergangenen Zeit, die alle, die in ihr gelebt haben, die erste Nachkriegszeit nennen, ohne daß man je jemand von einer zweiten Nachkriegszeit sprechen gehört hätte, und womit ungefähr die Jahre von 1945 bis 1952 gemeint sein dürften, gab es noch keine Fanny Goldmann, sondern eine Stephanie ⟨Maria⟩ Wischnewski, Tochter eines Obersten und der Frau Oberst Wischnewski, die im vierten Bezirk in der Prinz Eugen-Straße wohnte, in einem dieser großen dunklen Häuser, von denen stockwerkweise die Türen mit Brettern verschlagen waren, dann aber wieder Wohnungstüren, meist ohne Klingeln und Namensschilder, oder mit ganz anderen Namensschildern auf den Plaketten, als die Leute dahinter, mit ihren zwei Töchtern wohnte, der älteren Fanny und Maria Pilar, die sich keiner Abkürzung erfreute und daher immer mit vollem Namen genannt werden muß.

Der Oberst Wischnewski, der beim Einmarsch der Deutschen im Jahr 1938 Selbstmord begangen hatte, indem er sich mit einem ⟨Dienstrevolver⟩ durch den Mund geschossen hatte, und dies vorläufig und für später, obwohl selten darüber gesprochen wurde, so auszulegen war, daß er den Untergang Österreichs nicht überleben wollte, während in Wirklichkeit der Sachverhalt ein andrer war und er sich wenige Stunden nach Fey erschossen hatte, der eine ebenso dunkle Rolle in der Geschichte von 1934 gespielt hatte wie der ihm befreundete ⟨⟩

Roman-Einleitungen

* Die rote Gräfin, die Kottwitz, die ein paar Jahre lang als die beste politische Journalistin in diesem Land galt, wie sie anfing, nach ihrer unerklärlichen Anhänglichkeit an ⟨⟩ und die nach fünf Jahren aus dem Fenster gesprungen war und seither gelähmt war, worüber eine Weile die absurdesten Kommentare herumgingen, ohne daß jemand auf den Grund gekommen wäre, der aber einfach deswegen nicht festzustellen war, weil niemand auf einen so einfachen verfallen wäre, und noch weniger ⟨darauf⟩, daß ein Mensch, eines Vorfalls wegen, so heftig reagieren würde. In Zweifelsfällen hält man das dann immer ⟨für⟩ den Ausbruch einer plötzlichen Geistesverwirrung, und Kuhn sorgte auch dafür, im Verein mit einigen Freunden, die er sorgsam präpariert hatte, es so erscheinen zu lassen, am Ende gab es sogar Leute, die es völlig verständlich fanden, daß Kuhn die Kottwitz verlassen hatte, und dies ist nun nicht leicht zu erklären, was die Leute sich suggerieren lassen, aber Kuhn, der sich ⟨das⟩ Ende allerdings wenn auch nicht so, sondern auf eine andre Weise katastrophal und ⟨zu⟩ seinen Ungunsten ausgehend vorgestellt hatte, fing bereits im letzten Jahr an, überall dumpfe Andeutungen zu machen, man begriff, daß das Leben mit ⟨der⟩ Kottwitz auf eine Art unerträglich war, die er nicht preisgeben wollte, und später brauchte er dann nur zu sagen, daß sie eigentlich immer schon verrückt gewesen war, eine Desequilibrierte, was nun umso komischer war, als die Kottwitz nicht nur nicht an psychischen oder andren Störungen gelitten hatte, sondern ungefähr das Bild einer ostpommerschen Bäuerin war, mit einem Trieb zur Häuslichkeit, der ihre ganze Karriere nichts anhaben konnte und kein Washington und kein Vorderer Orient, die sie schon besser kannte als ihr Hinteres Pommern, und die deswegen Kuhn außerordentlich auf die Nerven ging, weil er sich unter der Kottwitz etwas andres vorgestellt hatte, etwas Aufregenderes einerseits, ⟨und andererseits⟩ etwas Vornehmeres, da er aus

einer Kleinbürgerfamilie kam und zwar vorgab, sich über die Familie der Kottwitz lustig zu machen, insgeheim aber dauernd in Unsicherheit vor diesen Leuten lebte, die ihm wie ein eingeschworener Familienverband vorkamen und mit seinem Geschmack in keiner Weise übereinstimmten, wenn die Kottwitzseite Kartoffeln bevorzugte, so waren es bei Kuhn Hummer, und wenn der Kottwitzclan seine nie erklärbaren Vorstellungen über Orte und Orte von sich gab, ⟨⟩ während Kuhn einfach meinte, nach der Meinung andrer Leute, die er kannte und ⟨die⟩ Maler oder Redakteure waren, daß Ibiza und sowas das Richtige sei und der Bruder der Kottwitz so tat, als habe er das Wort Ibiza noch nie gehört, denn die Kottwitzens waren immer wo eingeladen, wo andre auch eingeladen waren, und Kuhn fand, man müsse ein nettes Haus mieten oder ein gutes Hotel, aber wo es möglichst nur Spanier gab und keine Deutschen, und die Kottwitzens reisten sozusagen immer unter sich und stiegen in Orten ab, die Kuhn nicht kannte, weil die Tante von jemand dort war.

Denn jemand wie Kuhn, der ⟨zu⟩ seiner Familie, ja, ⟨zu⟩ allen Bindungen, in einer äußersten Abwehr stand und sogar seinen Bruder verabscheute, dessen ganzer Stolz er war, konnte die ungeheuerliche Primitivität des Kottwitzclans nicht verstehen und hatte mit Eka Auseinandersetzungen, die jemand als undenkbar erschienen wären, wie ja überhaupt das Wirkliche, das sich ⟨zwischen⟩ zwei Leuten abspielt, anderen unvorstellbar ist, von dem Akt bis zum Trennungsgrund, also darf man ruhig so eine Beziehung untersuchen, da sie, vor allem, ⟨in⟩ ihrem Wertsystem am schärfsten aneinander gerät, und zwar von Anfang an und ohne, daß es einem der beiden klar würde, die sich zu verstehen meinen, weil sie sich mit den Worten und den Blicken inständig begegnen, aber völlig außer Acht lassen, daß die Metaphysik eines Menschen unbarmherzig ist, durch eine andre nicht zu erreichen ist, und die Wahnzustände, die zwischen Menschen ausbrechen, die sich in einem Zustand der Trennung, der Zermürbung befinden, auf eben das zurückgehen.

Als nun die Kottwitz kurz nach der Trennung, die noch ohne Aufsehen vor sich gegangen war und von der tatsächlich niemand etwas wußte, den Roman von Kuhn zu lesen bekam, den er ihr aus unbegreiflichen Gründen zugeschickt hatte, wahrscheinlich, um ihre Reaktion jetzt zu provozieren und ihr nicht die Zeit zu lassen, dazu eine Distanz zu gewinnen, denn ein Jahr später hätte die Kottwitz, mit vernarbten Wunden, die Sache ⟨wahrscheinlich⟩ von der anderen Kottwitzseite betrachtet, mit der Kehrseite, ihrem Hochmut, so aber, da jede Eigenschaft zwei extreme Reaktionen hervorrufen kann, sah sich die Kottwitz in etwas getroffen, wofür sie plötzlich ein altmodisches Wort ihres Clans wiederfand, in ihrer Ehre.

Selbst wenn in diesem Jahrhundert etwas derartiges nicht mehr vorkommen sollte, ⟨in⟩ Hamburg in einem bestimmten Kubikmeter Luft explodierte etwas so Feudales wie Ehre noch einmal, und die Kottwitz, die gleichzeitig die moderne Person war, als die sie galt, war einer sizilianischen Bauerntochter, einem mittelalterlichen Burgfräulein oder einer Prinzessin, die von einem Riesen geschändet wird, ähnlicher als der Dame, die die ersten grauen ⟨Haare⟩ bekam in diesen Wochen, und die ein wenig in die Breite ging und sich gehen ließ, weil diese Trennung, und wegen einer Zwanzigjährigen, sie ⟨in⟩ eine ratlose Traurigkeit stürzte, und sie geriet in einen Zustand so wahnwitziger Raserei, daß sie nur noch hoffte, der Name Kottwitz müsse gerächt oder reingewaschen werden, und daß sie das nicht überleben würde.

Eine Weile dachte sie dran, ihren Bruder Klaus zu bitten, Kuhn zu erschießen, dann wollte sie es selber tun, sie betrachtete diese Sache quasi nicht mehr als ihre persönliche, sondern als die Beleidigung und Schändung einer ganzen Welt, womit sie sicher nicht den deutschen Adel meinte, sondern das, was in ihr dachte, fühlte, urteilte, und was sie von einem Räuber bestohlen sah, mit dem sie noch vor kurzem politische Unterhaltungen gehabt hatte, in denen sie sich immer einig waren. Aber sie hatte vergessen, daß es nicht die Urteile sind, die eine tatsächliche Einigkeit beweisen, sondern die Dinge, die man tut oder nicht tut, und eine Kottwitz tat ganz bestimmte eben nicht, sie sprach nicht über Männer, mit denen sie liiert war, sie gab keine privaten ⟨⟩ preis, und sie hatte keinen Augenblick gedacht, daß jemand ihrer nicht würdig sein könne, einfach weil ihr das noch nie passiert war.

Sie hatte, nicht anders als jede kleine Gans, an Liebe und Nichtliebe geglaubt und daran, daß Gefühle eine Rolle spielten, daß Trennungen schmerzlich seien, daß man älter werde, daß man Versprechen selber aber halten müsse, daß aber nicht alle sie halten konnten, sie bewegte sich in einem Einmaleins, und sie sah sich nun nicht mit einer Liebesgeschichte konfrontiert, sondern mit etwas ganz anderem, mit einer Gangsterei sondergleichen und einem Aufruhr in sich selber, dem sie nicht gewachsen war.

Sie zog sich drei Monate zurück und sah niemand, besuchte dann kurz Klaus Kottwitz und Baby, ihre Schwägerin, und da merkte sie, oder sie sagte es sich jedenfalls, daß sie zu kottwitzisch seien, um auch nur untereinander darüber sprechen zu können. Was Eka in diesen drei Monaten sich stündlich wiederholt hatte und was sie als so unerträglich empfand, daß sie mit niemand drüber sprechen konnte, endete mit dem Sprung aus dem Hamburger Fenster und dem Entsetzen der Freunde, die aber auch keine direkte Beziehung mehr zu der Geschichte mit Kuhn sahen, um so mehr, als die Kottwitz sich hütete, diesen Namen je wieder auszusprechen. Wenn sie gezwungen war, aus einem Grund, von früher zu sprechen, so sagte sie, an der Stelle, wo »wir« gesagt hätte werden müssen, »ich« und tat so, als habe sie damals allein gelebt, und dies nicht mehr aus Diskretion, 〈〉

Das Sonderbare ist nun daran, Kuhn, der vielleicht nichts von der tödlichen Verletzung wußte, aber 〈dem〉 natürlich ein Zusammenhang am klarsten war, obwohl sie zu ihm kein Wort gesagt hatte, hielt es für nützlich, aber man muß nicht denken, daß etwas nützlich finden direkt einen Plan provoziert, sondern eine geschickte Verteidigung, die zum Angriff wurde, er bedauerte sie überall wortreich, wenn er nachher mit einer Person allein war, ließ er durchblicken, daß es überhaupt schon lange mit ihnen beiden nicht mehr gegangen war, hie und da auch, daß Eka eine schlimme Enttäuschung mit einem jungen Herrn erlebt habe, wieder andre ließ er begreifen, daß er sich nicht wundere, daß das habe passieren müssen, er aber sei nicht befugt, darüber zu sprechen, ja, sie 〈sei〉 krank, aber darüber wolle er nicht sprechen.

Am Ende einiger Zeit wunderte sich niemand mehr darüber, und Herr Kuhn veröffentlichte sein Buch an dem Tag, an dem

Eka mit einem Schreikrampf und dem Geheul eines Tiers sich aus ihrem Rollstuhl warf und noch einmal zutodstürzen wollte. In dieser Zeit war sie schon längst mit ganz anderen Leuten beisammen, meistens war Baby bei ihr, und sie hatte sich mit einem Arzt angefreundet und mit Ärzten abgeben müssen, da ihre Zeit ja nun großenteils mit medizinischen Problemen ausgefüllt war. An dem Tag, an dem Malina und der kleine Jonas auf dem Rhein-Main-Flughafen auf ihre Koffer warteten und Malina kurz sich hinüber verbeugte zu der Frau im Rollstuhl, die mit einer Stewardess und Baby Kottwitz in einem Winkel wartete, um wohin zu fliegen?, sagte Malina, man muß gar nicht so weit gehen, es gibt eine allertraurigste Geschichte, die in Wien passiert ist, und weil es Schauplätze gibt, die wie Schlachtfelder, wie die Lager mit ihren Spuren sind, aber solche, die noch keine Museen sind, eines Tages aber auch sein werden wie dieses Frankfurt, das solch ein Schauplatz von Mord und Totschlag ⟨ist,⟩ haben Sie gleich das Vergnügen, sich in der Gesellschaft eines ⟨⟩

* Zu Beginn der Frankfurter Buchmesse im Jahr 196., kurz nach der Ankunft des Flugs aus Wien, kam ⟨es⟩ auf dem Rhein-Main-Flughafen zu einem Zusammentreffen von Personen, ohne daß ⟨sie einander⟩ recht wahrgenommen hätten, die, wie man in verzweifelten Situationen sagt, einen ganzen Roman abgeben, womit man eigentlich nur meint, daß die Zusammenhänge so ungeheuerlich, die Zufälligkeit, oder was man dann nicht mehr als Zufälligkeit zu empfinden vermag, jeden Mythomanen auf den Einfall bringen muß, daß der Zufall, wenn er auch Zufall ist und bleibt, ⟨⟩

Aus der Paßkontrolle näherten sich zwei Männer, ein vierzigjähriger und ein zwanzigjähriger witzig aussehender Struwwelpeter, mit schwarzen Locken, die man besser gleich zu erkennen gibt, da es sich um das junge steirische Genie Klaus Jonas handelte, dessen Fotos jetzt in vielen Zeitungen und auf den Bildschirmen zu sehen waren, und Malina. Als Malina mit Jonas bei der Rolltreppe stand und sie auf ihre Koffer warteten, sah er weit hinten einen Rollstuhl und stand einen Moment verlegen da, denn er wußte jetzt nicht, ob er hingehen und ⟨die⟩ Frau im Rollstuhl begrüßen sollte, er hatte immerhin noch die Möglichkeit zu tun, als hätte er sie nicht gesehen. Außerdem erkannte er jetzt die jüngere Frau, die der Frau im Rollstuhl etwas aus der Handtasche nahm, und nun kam auch eine Stewardeß und wippte adrett und hilfsbereit vor den beiden Damen, und Malina sah plötzlich die Koffer auftauchen und entschied sich noch nicht.

In dem Moment sah Jonas ihn an und sagte, haben sie übrigens aufgepaßt, ich glaube, das war Goldmann. Ich kann mich auch irren, aber es ist schon möglich, weil er nach Tel Aviv fliegt, und ich habs einfach gehört, weil er ⟨dreimal⟩ gefragt hat. Ich meine, der Mann von der Goldmann. Malina sagte plötzlich und selber überrascht: So, er hat sich sehr verändert. Wenn Sie ihn erst jetzt kennengelernt haben, dann können Sie sich sicher nicht vorstellen, wie er war. Er war übrigens auch gut mit meiner ⟨Schwester⟩ befreundet.

Malina wußte nicht recht, ob das ⟨der⟩ richtige Ausdruck für die Beziehungen seiner Schwester und Goldmanns war, aber das ging den ⟨kleinen⟩ Jonas ja nichts an, der wiederum, bei der Erwähnung der »Schwester«, versuchte, den Koffer mit ⟨einem⟩ Ruck von dem Fließband zu zerren, und dabei beinahe rot wurde, durch den Ruck, weil sein Koffer bleischwer war, oder den Gedanken an Maria Malina und natürlich an Fanny Goldmann und einen Salzburger Tag als beinahe Maturant, und dann wußte er nicht, was ⟨ein⟩ Mensch, der professionell nicht auf den Mund gefallen war und außerdem ein kleiner Rebell (und er hatte soviel Selbstironie, daß er das selber sicher sagte) und ⟨Dynamitbarde⟩, für einen Ausdruck zu machen ⟨hat⟩, wenn jemand sein Mitgefühl zeigen will, denn natürlich mußte er bei der Erwähnung von Maria Malina einen Trauerflor umlegen, aber als ⟨er⟩ Malina ansah, dachte er, es sei nicht nötig, immerhin, es waren ja schon ein paar Jahre vergangen, seit Malinas Schwester von einem Haifisch gefressen worden war, in den griechischen Gewässern, und, wie Antoinette Altenwyl immer wieder betonte, in der Gegenwart eines Schweizers, der uns vorerzählt, daß er mit dem Boot ganz in der Nähe war und trotzdem nichts bemerkt hat, na wers glaubt wird selig, jetzt hat sich dieser Bünzli oder Stünzli nie mehr in Wien gezeigt, und das war das Vernünftigste, was er machen hat können, weil man ⟨ihn⟩ vielleicht gelyncht hätte. Daß die Bemerkung über den Regisseur, der weder Stünzli noch Bünzli hieß, sondern Wabbinger und nach seinem ersten Erfolg an der Josefstadt das Unglück hatte, mit Maria und Malina in die Ferien zu fahren und nicht mehr mit ihr wiederzukommen, ⟨⟩ hatte Antoinette so wenig interessiert, wie darauf aufmerksam gemacht zu werden, daß sie sich überhaupt nichts gedacht hatte außer, aber das ist doch entsetzlich, wenn nicht Jordan, eines Tags im Haus Altenwyl, der Leopold Jordan, die ironische Bemerkung ⟨gemacht⟩ hätte, nach dem Begleiter der Malina, und in der er durchblicken ließ, daß er an so seltsame Unglückliche nicht glaube. Wobei sich wiederum ein andrer Gast gedacht hatte, grade dieser Jordan habe es nötig, solche Bemerkungen zu machen.

Wenn die alten Meister des Romans und des Erzählens uns fürchterliche ⟨Verwicklungen⟩ in Aussicht stellten, dann mag, in erster Linie, sie verschiedenes andre angetrieben ⟨haben⟩, die Wunschvorstellung, etwas Packendes auszumalen, aber man kann sich trotzdem manchmal des Gefühls nicht erwehren, ⟨daß⟩ die ersten Antriebe des Metiers nur etwas Oberflächliches, Spannung betreffen, während in Wirklichkeit hundertmal schlimmre, verwickeltere und grausamere Dinge geschehen. Ein Beobachter dieser Jahre und ihrer Sitten käme zur Beschreibung von Tragödien, die tatsächlich stattfinden, während unsere Erzähler uns weismachen wollen, daß nichts mehr stattfindet oder sich alles, was stattfindet, als zu langweilig und unwichtig erweist, um berichtet zu werden.

Ich bin Ägyptologe, sagte Malina gern, und so hatte er sich auch Jonas vorgestellt, aber da er den kleinen Jonas zu gern hatte, erklärte er herzlich, was er damit meinte.

Der Ka, das ⟨ist⟩ ein Begriff, der mir zuhilfe kommt, und man muß, was man ⟨in⟩ Erfahrung gebracht hat, immer als Hilfswissenschaft für eine eigene schaffende betrachten. Ihr Ka, das ⟨sind⟩ jetzt Sie, wie ich Sie sehe, das sind Sie im Spiegel, das sind Sie als Gerücht, wo jetzt über Sie geredet wird, z. B. ich höre jetzt ihren Verleger sagen (haben Sie ihm übrigens telegrafiert und holt er Sie ab), ich höre ihn jetzt sagen, vom Jonas erwarte ich mir wirklich was, er spricht nämlich reizend von Ihnen, im Ernst.

Wie hören Sie das, fragte Jonas seufzend, resigniert.

Ich höre es eben. Das alles sind Sie. Und so sind wir alle unsre Doppelgänger, aber eben nur wirklich als der Doppelgänger.

Ich komme mir aber wirklicher vor, wie ich mich fühle, sagte Jonas, der schließlich was zu sagen hatte.

Was tun Sie übrigens wirklich, fragte Jonas, denn er brauchte ja vor einem Mann keine Angst zu haben, bloß weil der ihn an der Nase herumführte, und offenbar bloß um mit ihm zu spielen, wie Katzen mit Gegenständen herumbalgen.

Abgesehen ⟨davon,⟩ daß ich keinen Doppelgänger habe, weil ich selbst der von jemand bin (st, machte Malina), das dürfen Sie aber niemand sagen, denn das würde die Leute äußerst mißtrauisch machen, man würde fragen, wo ist der wirkliche, was erlaubt dieser Mensch sich, nur der von jemand zu sein und jemand zu sein.

Jonas mußte lachen, ich meine, was tun Sie so, in Wien, den ganzen Tag.

Tag? Na, das ist ziemlich einfach. Ich sitze im Heeresmuseum, im Arsenal.

Sowas, sowas Kriegerisches hätte ich Ihnen nicht zugetraut.

Sie werden das Heeresmuseum doch nicht für was Kriegerisches halten. Es gibt keinen friedvolleren Platz, und es paßt mir sehr gut, zwischen Schlachtengemälden, abgemalten Kriegen, kommt man sich vor wie in einer Oase des Friedens. Erst wenn ich herauskomme, am Abend, dann merke ich, ⟨⟩

Phase IV: Binnengeschichten

Entwürfe zur Kottwitz-Geschichte und zur Rahmengestaltung

* Wenn Eka mit ⟨ihrer⟩ dünnen zu hohen ⟨Mädchenstimme⟩ etwas rief wie: aber dann kennen Sie doch meine Tante Brentano, wurde Jung von einer so furchtbaren Wut erfaßt, daß Eka es wahrscheinlich nie mehr gewagt hätte, auch nur das Wort Tante in den Mund zu nehmen. Er selber mußte dran denken, daß seine Mutter, die aus Österreich zugewandert war, Putz geheißen hatte und es für ihn also möglicherweise eine Tante Putz gegeben hätte, aber weder hätte er sich so ausgedrückt ⟨noch⟩ wäre damit etwas gesagt gewesen.

Die ganze verfluchte Familie, wie er die Kottwitzens bei sich nannte, vergiftete sein Leben, und zwar doppelt, weil Eka sich nichts daraus machte und nicht einmal die gesamte Familie Kottwitz ⟨⟩ mit allen Ausstrahlungen nach Schleswig-Holstein, Preußen und verarmten Verwandten, die bei Fluggesellschaften (meist viersprachig), arbeiteten. Ekas Bruder Hajo hingegen, der Jungs besonderen Haß, sozusagen eine doppelte belegte Wut bezog, mit seiner Frau Baby, die er nicht einmal grüßte, weil er sie für zu dumm hielt, als daß sie überhaupt zur Kenntnis genommen werden mußte, dieser Hajo, der zweimal im Jahr auftauchte und mit dem öfters telefoniert wurde, Eka mit strahlenden Augen berichtend, was Hajo, warum Hajo, wie Hajo, Hajo hat mir gesagt, läßt grüßen, umarmt Dich, Hajo verehrte seinen Beinaheschwager mit stillem Bangen, und zwar aus folgenden Gründen.

Daß Eka nie jemand von Familie heiraten oder sich auch ⟨nur⟩ vorübergehend liieren würde, das war allen Kottwitzens klar, und alle Kottwitzens waren in Hajo vertreten. Hajo war also beinahe erleichtert, daß nach Ekas unauffälligem Lebenswandel, in dem ab und zu kurze Zeit ein Mann eine Rolle spielte, der immer etwas ganz Unmögliches war, und der von nonnenhaften Zeiten unterbrochen war, weil Eka reiste, Eka einfach nichts für sich tat, weil Eka immer nur im Beruf, immer mit strähnigem Haar, ⟨⟩ und Baby seufzte zu Hajo, ich kritisiere die Eka ja nicht, aber ich bin so krispiert, wenn ich ⟨sehe⟩, wie ⟨sie⟩ sich gehen läßt, eine Frau, die doch ein bißl was ⟨aus⟩ sich machen könnte, sich also dermaßen, aber du sagst ja nie was, und sie hört auf dich. Bitte, wie sie sich anzieht, muß man sich so anziehen, weil man eine berühmte Person ist.

Mit dieser schlecht angezogenen Eka hatte der bedeutende Prosaist, der wie wohl keiner etc., sich aber leicht abgefunden, denn es kümmerte ihn weniger, was auf ⟨dem⟩ Körper war, als was Ekas Körper selber war, er hatte sich mit Eka zusammengetan in einem Moment totaler Erschöpfung, wie er ⟨es⟩ für sich nannte, und einfach um Schluß zu machen mit seinem ⟨Herumstreunen⟩, und fand, da er kaum einen Hafen suchte in jeder Beziehung, sondern auch ein Stimulans, den Hafen in der totalen Langeweile mit Eka, die zu gut erzogen war, um die erotische Ereignislosigkeit zu beklagen, und vielleicht auch meistens zu beschäftigt mit noch einem Buch und noch einem Artikel und noch einmal Vorbereitungen, als daß sie Jung auch nur den stillsten Vorwurf gemacht hätte. Trotzdem war Eka verliebt wie ⟨eine⟩ Fünfzehnjährige aus Trotzköpfchen-Romanen, sie konnte es überhaupt nicht fassen, daß ein Mann mit ihr leben wollte, und sie wäre sofort Frau Jung geworden, ohne die Rechnung zu bedenken, die sich Herr Jung gemacht hatte, denn Frau Jung, ⟨dazu⟩ hätte er einige Frauen machen können, aber er nahm noch einmal eine Frau her, bei deren Namen sofort alle Leute aufstanden, wenn man in ein Haus kam, über die Handküsse gegeben wurden. Allerdings fand Herr Jung das bald störend, obwohl es ⟨ihm⟩ immer wieder schmeichelte, und nach einiger Zeit entdeckte er folgende Nachteile in Eka: sie war verliebt, er war es nicht, sie war ihm zu gescheit, er hatte zwar ausgerechnet das gewollt, aber zuhause strengte es ihn an, sie war zu erfolgreich, das hatte ihn restlos fasziniert, und es machte ihn krank. Wenn ihn noch etwas kränker machen konnte, so war es die Idee, daß man sich nicht so ohne weiteres von Eka Gräfin Kottwitz trennen konnte wie von Hilde, Helli und Marion, nach denen schon, außer seinen engsten Freunden, am nächsten Tag kein ⟨Hahn⟩ mehr gekräht hatte, und so konsultierte er in seiner Verzweiflung, die das einzig Aufrichtige in seiner Beziehung zu

Eka war, seinen Jugendfreund Mosbauer, den Architekten, der immer die ersten oder zweiten Preise gewann, aber zum erstenmal einen Auftrag wirklich bekommen ⟨hatte⟩, der in völliger politischer Abstinenz lebte, und der niemals einen Leitartikel von Eka gelesen hatte und nicht einmal genau wußte, wohin er sie tun sollte, und der von zwei Abenden bei Jung und Eka den vagen Eindruck hatte, daß eine Person, die die Lateranverträge, das Godesbergerprogramm und Regierungswechsel in Algerien in ihrem Mundwinkel bewegte wie er seinen Zeichenstift ⟨⟩ und er hatte ein Einsehen mit seinem alten Freund, wenn auch ein zu einfaches, und riet ihm einfach so: du fährst mit dem Mädchen, sagen wir einmal, nach Spanien oder sonstwohin, wo es schön ist, das freut sie, und dann findest du schonend einen Abschluß, ⟨du⟩ machst ihr das zum Geschenk, eine Reise, das vereinfacht das Ganze, du mußt kein Problem daraus machen, du bist ein unverbesserlicher Problemkonstruierer, wenn dich die Frau aufreibt, dann gib es dir zu verstehen, natürlich, na ja, sicher ist sie recht kompliziert (Mosbauer dachte scharf nach, er hatte an Eka überhaupt nichts Kompliziertes entdecken können, auch nichts Aufregendes, und er war überzeugt, daß hier Jung sich wieder etwas zusammenkonstruierte, immerhin war die Frau ja selbständig, also warum das Getue), und während er die Vorstellung von einem schwebenden Dach hatte, einer Senkung in dem Dach, von einem Material, die neuen Materialien, sagte er noch einmal zu Jung: Eine Reise. Das ist es.

Zu der Reise kam es nicht, denn Jung legte sich mit einer Herzattacke ins Bett und atmete trotzdem auf, jetzt war der Grund da, nach dem er gesucht hatte, er hatte ihn, er, der kein Mystiker war, Coronarschaden, das mußte Eka überzeugen. Er wußte nicht recht, warum Eka davon überzeugt sein müsse, daß ein Coronarschaden einer Spanienreise und Melancholie und wehem Abschied gleichkam, und tatsächlich hatte er sich gründlich verrechnet, denn Eka, die zum erstenmal einen Mann mit Coronarschaden hatte, benahm sich wie eine beliebige Person, sie wich und wankte nicht, es war ihr Coronarschaden, ihr Mann mit Coronarschaden, und sie begriff zwar, daß ein Coronarschaden etwas Furchtbares war und wie dieser Mann litt, meistens lag er da und brachte kein

Wort heraus, in ⟨dem⟩ Moment, wenn ⟨sie⟩ aus dem Zimmer war, einkaufen ging oder in die Apotheke rannte, griff Jung zum Telefon und telefonierte mit Mosbauer und mit Miriam, die ebenfalls davon überzeugt war, daß das der Moment für die Trennung sei, und Jung merkte in solchen Momenten, wie ihn ihre Abwesenheit erleichterte, er war schmerzfrei. Seine Schmerzen waren diese Frau.

Der Spezialist, der Internist, die nicht genau wußten, wie sie Eka ansprechen sollten und also sich in »gnädige Frau« retteten, einer sagte Frau von Kottwitz, um es sehr geschickt zu machen, ⟨⟩ während Eka taubstumm zu diesen Auguren aufblickte und sich alles mögliche erwartete, Komplikationen, Rettung. Liebe gnädige Frau, Herr Jung braucht vor allem völlige Ruhe. Absolute Ruhe. Ja, die hat er, sagte Eka. Nein, die hat er nicht, sagte vorsichtig der Spezialist. Ich bin mit unsrem verehrten Freund völlig darin einig, daß es jetzt nur eines gibt, absolute Ruhe. Kein Wort. Sie dürfen ihn nicht aufregen. Ich rege ihn nicht auf, ich pflege ihn, sagte Eka leise, aber sehr deutlich. Er braucht mich.

Der Arzt zuckte zusammen, liebe verehrte gnädige Frau, wir, meine Kollegen, unser verehrter Patient natürlich, wir halten es für das Beste, wenn Sie abreisen. Es ist der einzige Gefallen, den Sie uns tun können. Eka fing zu lachen an. Aber ⟨er⟩ braucht mich doch, gerade jetzt. Ich habe natürlich alles abgesagt.

Einige Tage später fuhr Eka nach Hamburg. In der Redaktion sagte sie kein Wort. Auf die mitfühlenden Erkundigungen schwieg sie, sie wußte, es ist etwas geschehen, ich weiß nur nicht was.

Was wollen die von mir. Sie fragte sich nicht einen Augenblick, was Jung ⟨von⟩ ihr wollte.

Er hatte, mit trüben Augen, fast tonlos gesagt, Eka, du fährst, gebs Gott, daß wir einander wiedersehen, ich muß dich ja anwidern, wie ich daliege (ihm verschlug es die Stimme), in diesem Moment dachte Eka, die dann zwei Jahre lang nicht mehr dran dachte, ich springe aus dem Fenster. Ich will sterben, sagte sie, als ⟨sie⟩ die Tulpen sah, die Miriam ihm geschickt ⟨hatte⟩ und die grade so vor einem winzigen Tisch und vor dem Fenster standen, daß sie über die Tulpen und den Tisch hinwegstürzen hätte müssen.

Sie ging zum Auto und gab Gas, sie wollte mit 120 Stundenkilometern in den ⟨ ⟩ des Plantengartens fahren, das war es, eine Polizeistreife hielt sie auf, und Eka wäre beinahe, anstatt gegen ⟨die⟩ Parkmauer zu rasen, vor Schreck über das Polizeilicht, in den Polizeiwagen gerast.

Sie stieg zitternd aus, sie sagte: bitte, verhaften sie mich, dann fing sie zu weinen an, sie wollte sagen, ich wollte mich töten, verhaften sie mich. Gott und gerecht.

Ein Polizeibeamter sah den andren fragend an, sie ist betrunken, hieß das, dann sagte man ihr, da sie ⟨so⟩ irrsinnig weinte, daß auch ein Polizist, der nicht grade beauftragt war, jemand unter allen Umständen über den Schädel zu schlagen, nicht wußte, was man mit einer Wahnsinnigen anfangen sollte, die immer wieder sagte, bitte, verhaften sie mich ⟨ ⟩.

Auf der Wachstube war Eka plötzlich ruhig, sie wischte die Tränen ab und sah in ihre Puderdose. Jemand hatte ihr die Papiere aus dem Wagen ⟨genommen,⟩ man studierte sie, einer der Polizisten sagte, sie sind nicht verheiratet, Eka schüttelte den Kopf, Alkohol, fragte er. Eka schüttelte wieder den Kopf.

Ich kann es nicht sagen, murmelte sie. Bitte, fragen sie mich nicht. Es ist mir noch ⟨nie⟩ passiert, es wird nie wieder passieren. Bitte, rufen Sie an im Pressehaus, sie kramte ⟨in⟩ ihrer Handtasche, ich möchte mit jemand dort sprechen, ich bin Journalistin, ich darf doch einen Anwalt, sie sah, daß das falsch ⟨war.⟩ Sie sagte: bitte, helfen Sie ⟨mir⟩, es war so grauenvoll für mich. Ich habe, es ist mir eben etwas Schreckliches passiert, ich habe die Kontrolle verloren.

Der Polizist telefonierte. Bobbsi war nicht mehr da, niemand Richtiges, dann rief sie beim Spiegel an, und dann versuchte sie ⟨es⟩ weiter, und die Polizei war gar nicht so, jedenfalls in diesem Moment war ⟨sie⟩ es nicht, Eka war zusammengesunken, bitte, entschuldigen Sie, mir wird schlecht, sagte sie, und dann kippte sie vom Sessel und merkte, daß jemand sie festhielt.

Eka wurde nicht verhaftet, sie reiste nie nach Spanien, Jung hatte keinen Herzinfarkt, später lebten sie wieder miteinander, außer Mosbauer, der in sein Projekt verwickelt war, und den Ärzten, an die niemand mehr dachte und ⟨die⟩ längst aus Ekas Gesichtskreis entschwunden waren, dachte niemand auch nur einen Augenblick dran, daß Eka und Jung gar nicht seit so und so lang immer und für immer und unzertrennlich miteinander lebten.

Drei Jahre später sprang Eka aus dem Fenster eines Hamburger Hauses und blieb gelähmt.

Als Malina mit seiner Geschichte geendet hatte, zupfte sich der kleine Jonas eine Staubfaser vom Pullover.

Ich weiß nicht, ob ich Sie richtig verstanden habe, sagte er diabolisch, aber was hat das mit Literatur zu tun, ich meine mit dem background, sagte er ironisch, den Background in Anführungszeichen setzend.

Ist das Fräulein vielleicht, pardon, die junge Frau die junge Dame, mit ⟨der⟩ Herr Jung entfleucht ist, nach dem Fenstersturz, via Japan, eine unaufschiebbare Vortragsreise vorschützend.

Nein, das ist eine andre, sagte Malina. Sie haben mich schon richtig verstanden. Es hat nichts damit zu tun. Denn das Wichtigste habe ich ausgelassen.

Der kleine Jonas, dem dieser Satz ausnehmend gefiel und der sofort aus »das Wichtigste habe ich ausgelassen« eine provisorische Theorie machte, einen halben Roman, einen Text in den Zigarettenrauch hineinskizzierte, sah erschreckt auf. Was ist das Wichtigste.

Dreimal dürfen Sie raten, sagte Malina ordinär. Nein, Sie müssen der Sphinx antworten. Aber wissen Sie, daß das mit deren Fragen zwar sehr schön ist. Aber es gibt eine Straße der tausend Sphinxe. Ich habe die glücklichen Jahre ausgelassen und den Grund für den Fenstersturz. Sehen Sie, solche Leute sind nur im Anfang unglücklich. Dann nicht mehr, und deswegen läßt sich der Rest nicht gut erzählen. Warum aber, das frage ich Sie?

Er stellte sein Glas weg und sagte unvermittelt, ich weiß übrigens nicht, warum ich Ihnen das erzählt habe, das heißt, ich weiß es, weil ich die Kottwitz mit Ihnen wiedergesehn habe auf dem Flugplatz. Sie ist nicht eingeladen, Bobbsi, ich meine Herrn ⟨⟩ aber ich denke an eine andre Geschichte, die Sie sicher kennen und die Ihnen den Schlüssel zu dieser Geschichte gibt. Man muß nicht bis nach Hamburg, nicht einmal bis Frankfurt fahren, um solche Geschichten ⟨zu⟩ erkennen. Sie kennen doch, – wie wärs, wenn wir zuhause blieben.

Bei: Sie kennen doch, wurde dem kleinen Jonas wirklich sehr heiß, und er zupfte nicht mehr zufällig an seinem Pullover herum, sondern als er den Namen fallen hörte, Kettenreaktion, fiel ⟨⟩, und wie wenig ihn dieser Jung, diese Kottwitz, ja, diese ganze Bande anging, desto mehr dieser Name.

Naja, sagte Jonas ebenso abfällig, ein schlechter Schriftsteller ist er schon, aber ein ganz lieber Mensch, er hat mich morgen zum Mittagessen eingeladen, und wenn ich recht verstanden habe, dann steh ich schon mit beiden Füßen im Dreck.

Ja, das tun Sie, sagte Malina wieder hochdeutsch. Kommen Sie, gehn wir. Der Pagenkopf blickte intensiv an Jonas vorbei und dann zielbewußt in die Jonasaugen.

Malina: das ist die Sternberg, sie wohnt in unsrem Hotel.

Gehn wir?

⟨Sie⟩ blieben hängen in einer Bar bei der Hauptwache, und ein Fotograf schoß zwei Bilder, die Malina und Jonas, wie ein nachdenkliches Liebespaar, festhielt, in einem einzigen Augenblick von Schweigen. Denn sie redeten bis fünf Uhr früh, und Jonas ärgerte sich, daß er die Sternberg nicht mehr anrufen konnte, aber für das Mittagessen, immerhin, bis dahin blieb ihm noch Zeit. Er konnte sich nicht recht entscheiden zwischen einem Äthiopier, ⟨den er⟩ im Waikiki gesehen hatte, und der Sternberg, und jedenfalls hatte er zuviel getrunken, er ging also mit Malina, und sie fuhren im Lift hinauf, das Inselhotel ist das miserabelste, das mir je, murmelte Malina, dann stieg Jonas zuerst aus, und Malina fuhr in den vierten Stock.

Hajo Kottwitz, der seine Schwester jeden Tag besuchte und immer genau eine Stunde, und dessen Frau Mädi es dann unternahm, die arme Eka, die so störrisch war, zu pflegen, und sich dahin und dahin opferte für die arme Person, erfuhr drei Monate lang nicht »warum hast du das getan«, und sie sagte: ich hab da so einen Verdacht, dieses Schwein, entschuldige, dieser Jung ist dran schuld, aber sie will es nicht sagen. Man soll sich eben mit Leuten, die kein Benehmen und nicht einmal eine Konversation haben, Baby, die eine Konversation hatte, aber nicht genau wußte, worin die bestand, hörte immer mitten in einem Satz zu reden auf und ließ sich beschimpfen, könnt Ihr Wiener denn nie aufhören.

Aufhören, sagte Baby zartfühlend.

Nein, sagte Hajo, ich sage doch, warum könnt ihr denn nie einen Satz zuendereden. Das macht einen doch wahnsinnig. Diese ewige Undeutlichkeit.

Ach ewig, fragte Baby.

Hajo ohrfeigte sie und umarmte sie danach stürmisch und auch zartfühlend, und wenn es einigermaßen mit rechten Dingen und Zahlen zugehen sollte, hatte Baby neun Monate später eine Tochter, und Ekas Befunde waren besser, aber es gab keinen Zweifel mehr, daß sie immer im Rollstuhl liegen müsse.

Die arme Eka, sagte Baby, das wär wirklich nicht notwendig gewesen, ihre Ohrringe, der Wurm kann das gar nicht begreifen, und weißt du, ich habe so eine Idee über das Ganze, und zwar eine sehr bestimmte...! bitte, schau mich nicht an, ich hab eine bestimmte Idee über die Sach, die aber nur sehr sehr unbestimmt ist, ja, bitte, unterbrich mich nicht, sehr unbestimmt, aber ich hab so ein Gefühl. Bitte, Hajo, tu nicht so blauäugig, wenn ich einmal eine Idee habe, dann ist es eben eine Idee, ich glaub die ganze Geschichte nicht so recht mit der Japanreise, natürlich war er dort und mit dieser Person und so weiter, aber das war doch nicht der Grund. Bitte, nicht mich unterbrechen, schau, ist sie nicht herzig, damit meinte sie Maria Beatrix Cordelia, du, das mit dem Namen Cordelia, das war eine schlechte Idee, aber das Kind wirds überstehen, herzig, aber ich glaub nicht, daß ich lange stillen werde, das ist so enorm anstrengend, Ihr Männer habt keine Idee.

Weißt Du, was ich sagen wollte, wegen der Eka. Du meinst, die hat sich aus Liebeskummer und so. Aber das gibts doch gar nicht. Die und Liebeskummer. Und der Jung, dieser Mensch, und die und Liebe. Da freß ich einen Besen. Das wars nämlich nicht. ⟨Da⟩ bin ich schon sicher, es war was anderes. Die Eka und sich aus dem Fenster stürzen wegen einer Person. Ihr seids aber blöd. Denk doch nur ein einziges Mal nach, warum man sich stürzt, natürlich hat sie es auch deinetwegen getan und wegen der Redaktion und halt unsertwegen. Ich summ doch gar nicht, ich und summen, ich mach weder mich noch dich noch das Kinderl nervös, tu ich nicht. Wenn sich jemand aus dem Fenster stürzt, schau. Denk doch nach.

Die ist doch so, Baby suchte nach einem Wort, aber da der Säugling jetzt entschlossen war, doch zu trinken, betrachtete sie liebevoll (eine Mutter muß liebevoll ihren Säugling) die Kreatur und dachte über Eka nach, und daß sie gottseidank nie aus dem Fenster springen würde, weil der gute Hajo ein so schrecklich anständiger Mensch war und so dumm, Baby blickte entsetzt zu ihm hin.

Bitte, Hajo, sagte sie weinerlich, stell dich nicht so blöd – Die Eka hat so eine gewissenlose Ehre, verstehst du mich. Und der Jung hat sie doch nie gern gehabt, der ⟨ist⟩ doch bloß ⟨in⟩ sich selber vernarrt, und sie ist ja auch vernarrt in diese Geschichten, die waren doch nie wirklich zwei Leute wie wir, und von Liebe, nein, hör mir auf. Das täte dir so passen, die beiden und Liebe und Drama – Du bist imstand, so etwas zu glauben. Ich nicht. Weißt Du, was die Eka mir gesagt hat, da staunst du, denn dir täte sie ⟨das⟩ nie sagen.

Die Leute haben ihr die Tür eingerannt, wie bitte, na ja, diese andren Journalisten, nein, nicht wie Eka, nicht der Bobbsi und diese Leute, aber die tun doch sowas nicht, sie möchten schon, wenn sie könnten, aber sie können doch nicht.

Die Eka hat mir gesagt.

Ja, danke vielmals, Schwester, sie sind ein Engel. Nein, bitte, danke, darf mein Mann noch etwas hierbleiben.

Sie sind aber streng.

Bitte, tun sie mir bloß aufpassen auf unser Kinderl. Die Marie Beatrix, die trinkt wunderbar, ja, sie war so brav, kein Laut, gar kein Geplärr. Die liebe liebe Schwester.

Du Hajo, du mußt ja gehen. Ich erklär es dir noch. Ich meine das, wegen der Eka. Mir ist das sonnenklar.

Wie kann grade ihr Bruder ein so dalkerter Mensch sein. Du, ich hab dich ⟨wirklich⟩ lieb. Ja, zufällig dich. Zufällig, ich mein das nicht so, ich sag bloß so.

Hajo setzte zu einem Kniefall an und ließ es dann bleiben.

Elisabeth, ich liebe dich.

Um Gottes willen, wie redst du mit mir, bitte, tu noch so, bitte, mach mich ganz blöd, du Hajo, ich hab dich so schrecklich schrecklich gern. Na ja, wir müssen wohl noch lang warten, aber es macht nichts, bitte, sag, es macht dir auch nichts aus, denn sonst mach ⟨ich⟩ einen irrsinnigen Blödsinn. Ich verlier so leicht den Kopf. Du meinst wohl, ich hab da nicht viel zu verlieren, ja?

Hajo: Baby, meine Baby.

Ende.

* Da hat der Jung eben gedacht, der ⟨Esel⟩ muß gebeugt werden, ja, so, wie ich sag.

Gebeugt.

Verstehst du nicht.

Aber vor allem, wie es so gut gegangen ist, da hat er gedacht, eine beßre Wurzen gibt es nicht. Bitte, schau dir die Eka an und vergiß einmal, daß sie Deine Schwester ist und wer sie ist. Sie ist ⟨so⟩ eine Progressive, und immer mit diesen Leuten, die so progressiv sind. Man sieht ja, was herauskommt – Und dann hat er ihr halt den Dolch von hinten hinein, nein, nicht Dolch, ich red doch, wie es mir kommt, wenn du mich unterbrichst, dann kann ich es eben nicht sagen. Also Dolch. Ein paar Schüsse. Ja, Schüsse, und die Eka, viel zu stolz, ja, hat eine Contenance, und die hat nie gedacht, daß jemand so mit ihr umgehen könnte. Aber dieser Jung ist doch ein Crapule, der würde doch seine Großmutter noch an die Literatur verkaufen.

Wenn er eine hätte. Er hat eben die Eka gehabt – Und die hat er zu Geld gemacht, und der Bobbsi und die andren alle, die wissen es. Das ist mir jetzt eine ganz präzise Idee. Sie haben es nämlich alle gewußt. Und die Eka hat gewußt, daß die das wissen. Und dann hat sie, also so oder so, und ich sag wegen dir, aber wahrscheinlich hat die arme Haut ⟨nicht⟩ mehr denken können, sie hat eben gemeint, so kann man nicht mehr weiterleben. Wenn niemand hingeht und einem sagt, daß er es weiß.

Dann springt man eben.

* Hajo, ich hab dich so schrecklich gern, bitte, nicht mich auf ⟨den⟩ Busen, das macht mich so nervös, nein, nur jetzt, die Mariebeatrix, du, wir sind doch glücklich, vergiß das, ich habe ja gar keine

Ideen, und man muß ja nicht immer an das Traurige der Welt denken, ich möchte nie mehr dran denken, wir werden es doch so gut miteinander haben, nein, natürlich.

Wir werden es noch besser haben. Bitte. Du. Geh jetzt. Bitte, geh nicht. Nein, ich hab doch gesagt, geh. Ja, hab dich lieb.

Ja, aber doch ja. Ja, wer denn schon. Ich. Wie? Ich hab dich lieb.

Ende.

* Jung ist die Kopie eines bedeutenden Menschen.

Rückansicht: die Eka nicht erkennt und darum handelt, als hätte ihr ein Original und nicht eine Kopie ein Unrecht zugefügt.

Hajo, der mit Baby nie mehr darüber sprach, weil Baby vergessen hatte, über Eka weiter nachzudenken und sich Kinderpflege und ⟨Ekapflege⟩ teilte, hatte eine starre und unbeholfene Art, dran zu denken, und er kam bei seinem Nachdenken, wenn auch auf andre Art als Baby, dem Vorgefallenen ziemlich nahe. Vor allem hielt er dran fest, daß ein Mann sich nicht so benehmen dürfte wie sein Quasischwager, schon weil er sich selber jedes Benehmen dieser Art verboten hätte, er hielt dran fest, daß Worte wie Verantwortung, Schutz, Frauundmann unverrückbare Wertbegriffe und Beziehungswerte darstellten, die er nicht zu untersuchen brauchte, und es wäre ihm auch nie in den Sinn gekommen, diese Worte zu untersuchen.

Für ihn war dieser Jung eine gewissenlose »Künstlernatur«, ein Bohemien, der sich einen gewissen Status verschafft hatte, der Eka mit starletts betrog, ein unmännlicher Mann, und damit stockte er auch schon, ja, unmännlich, sagte er sich.

Eine weibische Natur, das war das äußerste, ein Geistesblitz, der einem Kottwitz kommen konnte, und da er sich sonst die Beziehungen ⟨zwischen⟩ Jung und Eka überhaupt nicht vorstellen konnte, blieb er bei gewissenlos stehen, in der dumpfen Erwartung, damit das Richtige getroffen zu haben.

Außerdem mußte er ⟨sich⟩ mit Eka aussprechen, aber Eka, die er eigens drauf vorbereitet hatte, wie man jemand vor hundert Jahren auf einen Heiratsantrag oder die Überbringung einer Todesnachricht vorbereitet hätte, hatte dafür gar kein Gefühl, denn sie schickte zuerst nicht einmal die Studentin weg, die dann aber doch ging, weil sie abends noch als Babysitter sich ein paar Mark verdienen wollte, und dann war er dermaßen verwirrt, weil Eka fröhlich war, weil es Whisky gab, da ⟨er⟩ aber ein Mann war, sich nicht abbringen wollte lassen, steuerte er direkt mit dem ersten Schlukken auf das rote Tuch zu und sagte: Ich muß mit dir sprechen. Du hast das wohl verstanden, ich muß wissen, was zwischen Dir und diesem Menschen vorgefallen ist.

Eka zog belustigt die Augen auf und sagte vorwurfsvoll, aber Hajo. Du mußt das wissen. Darf ich wissen, warum?

Es hat doch etwas zu tun mit uns allen.

In diesem Moment hörte Eka auf, belustigt zu sein, und er dachte, da er Eka nicht in die Arme nehmen ⟨konnte⟩, er müsse etwas ungewöhnliches ⟨tun,⟩ und er küßte ihr plötzlich die Hand, obwohl man seiner Schwester ja nicht die Hand küßte, und dann sagte er ihrer Hand, ich muß es wissen.

Aber ja doch, sagte Eka, natürlich, laß mir nur einen Augenblick Zeit, und setz dich doch bitte wieder hin und trink deinen Whisky, das würde mich enorm erleichtern.

Eka sagte ganz kühl, übrigens habe ich Dich und Baby und Euch alle noch nie um Verzeihung gebeten. Ich habe einen irrsinnigen Blödsinn gemacht. Ich hätte früher etwas sagen müssen.

Er hat mich erpreßt (Sie brach ganz plötzlich ab), nein, bitte, verzeih, ich kann nicht weiterreden, er hat mich in der Hand, wenn dus genau wissen willst, und ich habe das zugelassen. Er hat mir gedroht, daß er meine Briefe veröffentlichen wird.

Hajo sagte mit offenem Mund, und das hast du geglaubt.

Ja, sagte Eka, das ist es eben, ich habe es geglaubt. Und es war da auch ein Zusammenhang.

Kopie eines bedeutenden Mannes: während der bedeutende Mann sein Unglück hat, ist die Kopie des bedeutenden Mannes immerzu auf der Suche nach dem Unglück, da er ⟨für⟩ die Abwesenheit dieses Unglücks glaubt, sich entschuldigen zu müssen, und darüber wirklich unglücklich wird.

Auf der ewigen Suche nach diesem Unglück erwächst ihm aber zum Glück sein Problem.

Die Kopie hat ihr Problem.

Das Original findet die Überwindung. Es hat Tiefe, es sucht sie nicht. Wenn hunderttausend Leser an ein seichtes, mitteltiefes und interessantes Problem stoßen, so reicht es gerade aus, um ihnen wie auf den Leib geschnitten ⟨⟩

⟨⟩ doch zur Not und mancher meint sich sogar wiedererkannt. So konnte eine Frau wie Baby Kottwitz in der Zeit, in der sie Jung noch zur Familie zählte, sich in seinen Büchern wiederfinden, und zwar allen Ernstes, sie hielt diese Probleme für die ihren, und Hajo, dessen Holzschnittmoral und leicht verwirrtes Denken fanden einen ausgezeichneten Halt darin, ja, Hajo wurde sogar frivol für Momente, wenn er Jungs freche Bemerkungen über Mann und Frau las, »sehr gut, sehr gut getroffen«, sagte er dann, obwohl er nie fähig gewesen wäre, seine Erfahrungen nur ⟨in⟩ die Nähe dieses amüsanten Nenners zu bringen oder gar auf Baby oder seine vergangene Friedel in Anwendung zu bringen, ⟨mit⟩ der er ebenfalls wie ein Bernhardiner anfing und sie verehrte wie eine heilige Kuh, daß er sich nicht einmal einzugestehen wagte, daß ihre Figur unmöglich war, daß Achselblätter ihm Übelkeit verursachten und ihre Füße einen noch unerträglicheren Geruch hatten. Es gab nämlich für Hajo Dagmar, den Menschen Dagmar, und der heiligte alle Unannehmlichkeiten dieser kurzen Verlobungszeit, mit seiner, ihrer und ⟨überhaupt⟩ dem Menschlichen, das hatte er wie einen Verband um diese schmerzlichen Stellen gelegt, er war dann aber doch sehr erlöst, als er das Menschliche und in Baby in einer soviel angenehmeren, ja, hinreißenden Verpackung fand, Eka, die eine schlechte Beobachterin war, hatte von Hajos Dagmardrama nichts geahnt, sie war nur sehr erstaunt, als er später Baby brachte, denn sie hätte es nie für möglich gehalten, daß ihr Bruder derartig atemraubende Eroberungen machen konnte. Daß Baby die hübscheste Wienerin war, bei den Hessens wurde sie nur das Donauweibchen genannt, – und sehr rasch vergessen, daß man sich zuerst stirnrunzelnd gefragt hatte, woher sie überhaupt sei, die sagten, eine Kinsky, und es wurde ihnen sofort widersprochen, und die andre Vermutung, ärarischer österreichischer Adel, war wahrscheinlich weitaus berechtigter, jedenfalls hatte der Hajo ein enormes Glück gehabt, und er war ein ganz andrer geworden, womit nichts weiter gemeint ⟨war⟩, als er sei ganz derselbe, nur on his best, wie Eka nachdrücklich sagte, on his best mit Baby.

Ich bin eben ein Flederwisch, so definierte Baby sich selber, und von ruhig und anständig und verläßlich hätte sich niemand einfallen lassen, weil man immerzu abgelenkt war von ⟨⟩

Eka und Jung waren beide schlechte Menschenkenner, aus den entgegengesetzten Gründen. Sie kannte die Gemeinheit nicht und es war ihr auch keine widerfahren, und Jung kannte die Gemeinheit und schätzte von dieser Kenntnis aus alle Menschen falsch ein.

Eka, die das nicht wußte, sagte aber vorsichtig einmal, von einem anderen Schriftsteller, obwohl sie Jung damit meinte: er beobachtet wohl genau, deswegen ⟨wird⟩ jede Person zur Karikatur. Er beobachtet jeden zuende, man kann aber jemanden nicht zuende beobachten und deswegen auch nicht zuende beschreiben, verstehst du mich (natürlich verstand Jung und ärgerte sich schon wieder halb krank über Eka, mußte sie auch noch verstehst du sagen). Er meint, jemand hört dort auf, wo er ihn ⟨⟩ Man ist überhaupt ein schlechter Psychologe, wenn man beobachtet, um zu schreiben, sagte Eka aufgeregt, und das tut er. Es ist nicht nur unanständig, es ist falsches Verfahren, verstehst du.

Meinst du nicht, daß die Menschen viel größer, viel ungeheuerlicher, viel zarter und unberechenbarer sind, fragte Eka erregt, da sie immer nur in ihrem Kopf erregt war und davon etwas in ihr Gesicht ⟨⟩ und es spannend machte, jedenfalls zuhause, denn sie vergaß, daß sie sich grade zuhause am allerwenigsten hätte gehen lassen dürfen, weil sie hier mehr als anderswo beobachtet wurde.

Eine weitere Unannehmlichkeit, die ihre Kehrseite hatte, war für Jung, daß Eka einen erschreckenden Wissensumfang hatte, er hätte sich abgefunden mit ihren politischen und historischen Kenntnissen, die ihr zustanden und von ihr ja verlangt wurden, aber daß sie auch viel größere Quantitäten an Literatur kannte, das kam ihm wie eine Unverschämtheit vor, ⟨gegen⟩ die er ohnmächtig war, und seine anfängliche Bewunderung schlug so unvermutet in Haß um, daß er kein Mittel fand, als das zu zerstampfen und sie im Lauf der Zeit mit einer Methode, Lächerlichmachen, so weit brachte, daß Eka nach einem Jahr kaum mehr den Mund aufmachte und ins Stottern geriet, und nach zwei Jahren war sie sogar soweit, daß sie halbwegs verstanden hatte, was ihr nicht erlaubt war, obwohl sie den Grund ⟨nicht⟩ sah, weil es ihr immer unglaubwürdig vorgekommen ⟨war⟩, auch wenn man es ihr ins Gesicht geschrien oder schwarz auf weiß gegeben hätte, daß Jung sie für all das haßte und daß dieser Haß unauflösbar, endgültig war und einer totalen Ideologie glich.

Jung kam mit ein paar fixen und ein paar veralteten Einflüssen, von denen er sich halbwegs frei gemacht hatte, aus, wie die meisten Schriftsteller, und nun kam Eka daher und gab ihm den Gedanken ein, daß er beschränkt sei, während es seine Beschränktheit war, die ihn sicher machte, die seinen Erfolg ausmachte, der Jung, der von einem erweiterten Jung träumte und versuchte, noch etwas nachzuholen, hätte Fiasko gemacht und die Kritik und seine Leser in eine ebenso heillose Verwirrung gestürzt wie sich selber für eine Weile.

Wenn ihm nicht die Wut aus Selbsterhaltungstrieb zu Hilfe gekommen wäre und der Gedanke, daß dieses Fragezeichen in Gestalt von Eka, das ihm als Prüfung der Himmel ins Haus geschickt hatte, zerfetzt und vernichtet werden müsse. Hätte er vorgehabt, sich von Eka zu trennen, in den ersten Wochen, in denen er weitaus klarer sah als später und seine Verletztheit nur oberflächlich war, aus Hautabschürfungen bestand, aus Herzschmerzen, Kopfschmerzen, anstatt seine ganze Existenz zu treffen, so wäre auch Eka mit einer Hautabschürfung davongekommen, aber Jung hätte dann womöglich gemeint, aus Feigheit geflohen zu sein, und so floh er erst, als er sicher war, daß dort, wo früher Eka war, ein Trümmerhaufen war, dessen Anblick unerträglich war, und daß er bestanden hatte, weil er der Stärkere war. Und der ganze Weihrauch, den Eka tagtäglich streute, um den ins Unendliche vergrößerten Jung zu befriedigen und zu begütigen, der reichte nicht aus, weil ⟨⟩

Jung wußte zwar genau, daß die Krücken, die Eka ihm gab, sicherer waren als die ⟨von⟩ Miriam etwa, die nur eine dümmliche

Wut bekam, wenn sie schlechte Kritiken las, während Eka entweder sehr süffisant diese Kritik zerlegte, ihm daher wirklich schmeichelte, weil sie den Ausgangspunkt oder den Hintergrund verstand, oder wo das nicht möglich war, ihm die Gleichgültigkeit suggerierte, die das Ganze verdiente, indem sie selber von seufzender nachsichtiger Gelassenheit war und, stumm werdend, ihm zu verstehen gab, mein Lieber, es lohnt wirklich nicht, darüber auch nur ein Wort zu verlieren.

Das ist nicht unser Niveau.

Warum Jung sich nach Miriams hausbackenen Urteilen zurücksehnte, die ihn doch auch immerzu an ihr gestört hatten, weil das auch sehr daneben ⟨gehen⟩ konnte, ⟨⟩ so hatte sie ihn, unvergeßlich, einmal enthusiastisch mit einem Schriftsteller verglichen, mit dem er auch nicht ums Verrecken verglichen werden wollte, aber Miriam, natürlich wäre Eka so etwas ⟨auch⟩ passiert, aber immerhin war er bei Miriam sicher, daß es für sie nur einen einzigen Schriftsteller auf der Welt gab und das er war, während Eka, trotz der interessantesten Gespräche, nie das Gefühl geben konnte, daß er es sei, und er es übrigens ja selber nicht glaubte, aber Eka war schuld dran, daß er sich relativiert vorkam, ganz sicher Eka, denn das hatte es früher nicht gegeben, und zehn Dummheiten, ⟨von⟩ Miriam gesagt, konnte er sich eben zehnmal in was Gescheitres übersetzen, das ihm nützlich war, aber von Eka konnte er sich nichts übersetzen.

Was für ihn ein Machtkampf war, das war in Ekas Augen ein schönes, nie langweiliges Beisammensein, und wenn sie immer bedrückter wurde, so hatte sie dafür ⟨die⟩ Erklärung, daß sie überarbeitet sei oder daß es ihr gesundheitlich nicht gut ginge, und kurz vor der Trennung schlug sie Jung vor, ihre Arbeit aufzugeben, zu heiraten, sie würde seine Korrespondenz machen und die Manuskripte tippen.

* So wie Eka die Geschichte der Merowinger und die Bill of Rights etwas Selbstverständliches und auch Verdautes waren, von dem sie nicht mehr hätte sagen können, wann sich dieser Schotter gebildet hatte, über den ihr Kopf ratterte, ohne daß sie dem je eine andre

Bedeutung gegeben hätte als jeder Sache, die durch Bücher zu erfahren war, so kannte Eka in blühender Geläufigkeit das ganze Vokabular der Psychopathologie, der Sexualogie, ja, einiger verschiedener Schulen noch, wenn es hochkam, und unter diesen komplizierten Sachverhalten, der Fetischismus, ⟨⟨Koprolagnie,⟩⟩ Perversionen aller Art, das einzig Komische an ihrem Verhalten war, daß sie vor den einfachsten Worten zurückschreckte und noch mit über dreißig und nun ja so gut wie verheiratet keine Ahnung hatte, was der Orgasmus sei, und in ihr schieden sich also papierene Vorstellungen, in denen alles erlaubt und verstanden war, von einem so schmalen erfahrenen Bereich, daß ihr ⟨niemand⟩ über diesen Abgrund helfen konnte.

Jung hatte sie ein paarmal geküßt, in der ersten Zeit, das war die letzte Zärtlichkeit, die ihm eingefallen war, sonst fiel er gelegentlich über sie her, und Eka gestand sich nicht ein, daß es ihr unerträglich war, daß sie etwas andres erwartete, sie wußte bloß nicht was, und manchmal bekam sie närrische Anfälle, stürzte sich auf ihn wie ⟨ein⟩ Kind und umarmte ihn und drückte sich ⟨an⟩ ihn, in der verzweifelten Hoffnung, daß ihm dazu etwas einfallen würde. Entweder schob Jung sie lachend weg ⟨oder⟩ nannte sie seinen närrischen Backfisch, während Ekas Züge immer grauer und überanstrengter wurden und mit einem Backfisch nichts gemeinsam hatten. Dann kam die Zeit der Schlaflosigkeit, und Eka verstand einfach nicht mehr, was sie hatte, sie ging zum Arzt, berichtete dort stockend, daß sie, »Verkehr sagte dieser Mensch«, Schmerzen habe, aber sie war natürlich so gesund, wie sie es vermutet hatte, und plötzlich weinte sie, sie wollte keine Schmerzen haben, nicht diese Torturen aushalten, das konnte doch einfach nicht das Leben sein.

Später fragte sie sich, ob für Jung diese gelegentlichen »Anfälle« auch so unangenehm gewesen seien und warum sie trotzdem jemand so gern haben konnte, der sie wie ein Stock behandelt hatte und sich außerdem noch was drauf zugute hielt, viel von Frauen zu verstehen.

Diese Widersprüche waren Eka schon in der »guten Zeit«, in den glücklichen Jahren, die es eigentlich gegeben hatte, nicht entgangen, aber ⟨sie⟩ war so entschlossen, keinen Widerspruch zu dulden, ihre Beziehung vollkommen zu finden und im übrigen zu denken, daß eine so tiefe geistige Freundschaft wie zwischen ihr und Jung unmöglich in einer banalen körperlichen Anziehung einen Ausdruck hätte finden können.

Als die glücklichen Jahre vorbei waren und Eka die Landschaft überblickte und sich sagen mußte, daß ⟨es⟩ ihr besser getan hätte, mit einem Analphabeten oder einem Hamburger Hafenarbeiter anständig gelebt zu haben, als einen Krampfzustand mit Jung über Jahre der Hypokrisie und andauernden Heuchelei und auch noch selber dran zu glauben.

Jung erwies sich auch noch, wie alle Männer von Format, die keines haben, als weitaus ungünstigerer Abschiednehmer, als es dieser erdachte Hafenarbeiter je zustande gebracht hätte, denn vor allem hatte er vor, weil es ihm peinlich war, Eka zu verlassen, einmal die Szenerie so vorzubereiten, daß das Stück auch nach seinen Wünschen gespielt werden konnte.

Es stand für ihn fest, daß er, mit einiger Anstrengung, aus der Sache gut herauskommen müsse.

Der Aufwand war allerdings ungewöhnlich, den er trieb, denn wahrscheinlich hätten die Leute höchstens drei Monate darüber geredet und kaum einer hätte ihn verurteilt, denn die Männer sind zu komplicenhaft, um nicht zu gratulieren, wenn ein Mann eine unscheinbare Primadonna gegen ein knusprigeres Huhn eintauscht, und die Frauen waren kaum zu fürchten, denn sie fanden, selbst Baby, eine Existenz wie die Ekas so bedauernswert und unverständlich, daß man ihr beinahe gratulieren mußte, daß sie überhaupt einmal eine Weile einen Mann gefunden hatte.

Inzwischen ⟨ließ⟩ Jung da und dort Sätze ⟨fallen⟩, die auf eine tiefe Krise und große Verzweiflung schließen ließen. Zuerst sparte er Eka dabei aus, flocht sie dann ein, entdeckte seine tiefere Einsamkeit, entschuldigte Eka schon, bevor er sie beschuldigte, und vor der Japanreise war er so weit, daß schon einige Personen ⟨fest⟩ davon überzeugt waren, daß Jung ein Martyrium an Ekas Seite durchgemacht hatte, daß diese Frau dermaßen besessen von ihrer Arbeit ⟨war⟩, daß sie ihn, wann, wußte zwar niemand mehr, sogar, als er todkrank war, allein gelassen hatte, um ihren ehrgeizigen Plänen nachzurennen, und überhaupt war sie meistens unterwegs, andre wiederum legten sich die Sache so zurecht, daß stille Wasser eben tief seien, und da sie immer auf Reisen war, und man wußte ja, bei solchen Empfängen und Pressekonferenzen in Paris und Washington, das konnte sich schließlich jeder vorstellen, und Jung hatte also aus größter Verzweiflung, da Eka doch nie Zeit für ihn hatte, natürlich einen Trost gesucht und gefunden. Daß Eka Bobbsi fast ⟨das⟩ Reisen überlassen hatte und in den letzten Jahren kaum mehr weggekommen war, fiel dabei wenig ins Gewicht, weil die Leute Zeiträume anders sehen als die Betroffenen und die generelle Vorstellung ausreichte, daß alle Leitartikel und Berichte, deren Ursachen und Inhalte längst vergessen waren, von ihr gezeichnet waren.

Wie man bei manchen Toten nach einiger Zeit nicht wahrnimmt, daß sie nichts mehr veröffentlichen, weil ihre Bücher zirkulieren, und man einige noch gar nicht gelesen hat, so zirkulierte noch immer die Vorstellung, daß Eka die Hauptperson im Forum war, zu einer Zeit, als im Forum selber niemand, am wenigsten Eka selber, an ihre erste Rolle glaubte.

Sie war vollkommen erschöpft, als sie ⟨den⟩ Zusammenbruch ihrer Existenz, ihres ganzen Kartenhauses mit Jung sah, und zog sich angeblich zur Erholung zurück, während sie in ihrer Wohnung hockte und wie ein hilfloses Kind tagelang vor sich hin weinte und sich die unsinnigsten Pläne ausdachte, um ihr Gesicht zu retten oder sich und Jung zu retten, und obwohl der einzige Zwischenfall, der diese Schübe von Depressionen unterbrach, mit dem weitren Verlauf nichts zu tun hatte, verdient er doch, seiner wirren Bedeutungslosigkeit wegen, notiert zu werden.

An einem Abend hatte Eka einen Vortrag in der Universität, den sie nicht mehr hatte absagen können, und es war das letzte Mal, daß sie in der Öffentlichkeit erschien, am Gang wurde sie von zwei Freunden abgefangen, ein paar Studenten standen herum und mokierten sich, ein Fräulein im Regenmantel neben einem Neger, Eka versuchte nach drei Seiten zu antworten und den Gang weiterzukommen, sie sagte abwechselnd, rufen Sie mich doch bitte an, das Fräulein im Regenmantel verwirrte sie vollends, weil es mit einem Manuskript dastand, aber nicht zu sagen vermochte, was sie wollte, ob Eka das Manuskript in die Hand geben oder sie anrufen, der Frankfurter Kollege sagte, gehen wir noch wohin, also wohin, dann umarmte Eka den Buchhändler Jancke, weil sie ihn zwei Jahre nicht gesehen hatte, schrecklich nett, daß Du gekommen bist, sie wußte nicht mehr genau, ob sie sich duzten, der Lehrbeauftragte wartete auch hartnäckig, und Eka dachte plötzlich voller Verzweiflung, heute ist der in Kioto, ich möchte in Kioto sein, und in dem Moment hatte der Neger ⟨sich⟩ in sie verhakt, und er studierte also ⟨die⟩ politischen Wissenschaften, Eka nickte und verstand einen Moment lang nicht, wie man so schlecht deutsch und trotzdem hier studieren konnte, Somaliland, in welchem Semester, fragte Eka zerstreut, und sie sah zwei goldene Ringe ⟨an⟩ seiner Hand, die schmal und lebhaft und elegant sich hob und senkte, dann griff die Hand nach ihr, es war ihr der Mantel verrutscht, sie bedankte sich, lächelte, 5. Semester, sie standen endlich auf dem Vorplatz, und sie stieg mit dem Frankfurter in ein Auto und saß noch eine Stunde in der Bar von den Vier Jahreszeiten, grüßte hin und her und dachte, Kioto, etwas Zerlegbares, papierene Wände, die über Jung und ein Fräulein fielen, eine Blume in einer Bodenvase, ein ganz zartes winziges Japan, ein Filigranland schluckte sie bei einer White Lady, ein abscheuliches Gesöff, sagte sie kühn und errötete wieder, heute hatte sich ganz Hamburg verschworen, der junge Zwinger kam rasch herüber und sagte, hören Sie, Contessina, ich kann den ganzen ⟨⟩ nicht finden, und auf Ihrem Schreibtisch liegt bloß der vordere Orient, und der nicht ganz, können Sie morgen vorbeikommen. Um elf, gut.

Eka ging mit ihm im Korridor auf und ab, und nachher sagte sie, so kommen Sie doch einmal zu mir. Ein paar Tage später rief er sie an, und er hatte angeblich ein Problem und eine Seminararbeit, und sie sagte, so kommen Sie doch herauf, ich habe grade nichts zu tun. Er hatte keine Seminararbeit mit und gar nichts, und Eka saß in ihrem Lehnsessel und wippte mit den Füßen gegen den kleinen Tisch, und sie redeten hin und her, und sie war, wenn überhaupt sie es war, mit ihm, wie sie mit jedem gewesen wäre, sie hatte bloß mehr ⟨Schwierigkeiten⟩, weil er so schlecht deutsch sprach. Er war aus Somaliland, und Eka gestand sich ein, daß sie nicht genau wußte, einmal nicht genau, während sie alles genau wußte, wo Somaliland und was mit Somaliland, sie hatte eine düstre dumpfe Vorstellung, sie hätte gerne den Weltatlas geholt, aber dann nahm er sie an der Hand, und sie sah seine schöne schwarze Hand, ihre schöne weiße Hand, beides schöne Hände, schmal, zu lang, zu lange Hände, zu sehr Hände.

Eka sagte noch etwas, aber er lächelte, und sie lächelte auch, weil ihr das abhanden gekommen war. Im nächsten Augenblick hatte der Somalistudent sie von dem Lehnstuhl heruntergerissen, vielleicht nicht so sehr gerissen, aber so genommen, daß sie ⟨merkte,⟩ sie war nicht mehr in diesem Lehnstuhl, und jetzt hatte sie eine Binde vor den Augen und die nahm ihr jemand weg, und sie hatte ihre blassen Augen mit den blassen Zeichnungen unter seinen genauen festen braunen Augen, und dann merkte sie, daß er sie auf den Teppich legte, und sie sagte noch immer nichts, ich bin sprachlos, ich muß etwas sagen, sie war so benommen, nicht angetan, nur benommen, und sie hatte ihr Jerseykleid an, denn Ekas Kleider waren immer aus Jersey oder aus einem Stoff, der einen ähnlichen Namen verdient hätte, und er drückte ihre Brust, aber sie wollte keine Brust gedrückt haben, sie sagte, nein, bitte, lassen Sie mich doch, und dann war ihre Konversation zuende, denn er drehte sie herum, und während sie noch dachte, das sei ein sehr peinlicher Scherz, sie, mit ⟨einem⟩ Studenten, und während sie noch benommen in dieser Situation ⟨war⟩, die ihr einfach grotesk vorkam, und ich hätte es wissen müssen, er hat ⟨mich⟩ mißverstanden, in dem Augenblick hörte sie sich schreien, und sie war so entsetzt, daß sie nur noch schreien konnte, und sie weinte vor sich hin und schrie wieder und weinte, und sie schrie immerzu, nein, nein, und dann hörte sie auf, nein zu sagen, und sie schrie trotzdem wieder, es war bestialisch, das war nicht mehr sie und niemand mehr, es war einfach das Ende aller Vorstellungen, die sich eine Gräfin Kottwitz und eine Frau von fünfunddreißig Jahren, die mit ⟨einem⟩ bedeutenden Mann gelebt hatte und Kleinmädchenspiele getrieben hatte, ⟨⟩ es ist bestialisch, ich sterbe, ich sterbe, dachte ⟨sie⟩, aber das gibt ⟨es⟩ nicht, und nicht für sie, für

Eka konnte es das nicht geben, und sie wollte es eben wirklich nicht, und dann hörte sie auf zu schreien, sie wollte es fühlen und ganz fühlen, und dann fing sie wieder zu schreien an, weil es zu furchtbar war, und sie merkte, daß er gar ⟨nichts⟩ merkte, nicht weil er ein Sadist war, dem ihre Tränen, ihre Verzweiflung ein Vergnügen machten, sondern weil sie überhaupt niemand für ihn war, keine Person, nur ein Objekt, und sie legte sich besser auf den Boden, sie wollte nicht sterben, nicht solche Schmerzen haben, ich muß diese Schmerzen überwinden, ich muß es nicht mehr fühlen, ich muß, ich muß etwas andres, und ich muß, und es ging immer einige Stöße lang gut, und dann schrie sie wieder, und er hörte sie nicht, er mußte taubstumm sein, vielmehr er war so einig mit sich, mit seinem Körper, mit seinem Willen, daß er diese Eka, diese blinde Frau gar nicht mehr hörte und ⟨fühlte,⟩ und dann ließ er sie einen Augenblick lang ⟨los⟩ und benutzte sie anders, dann war sie einen Augenblick lang erleichtert und enttäuscht, weil das alle Männer taten, und sie schrie wieder, weil es auch so nicht ⟨ging,⟩ sie wollte nicht, und er hörte es wieder nicht, und er tat einfach mit ihr, was er wollte, und sie versuchte immer wieder mitzukommen, und sie konnte nicht mitkommen, und dann legte er sich hin, nach zwei Stunden, und sagte zu ihr, während er ihr sein Gesicht ⟨an die⟩ Brust preßte und sie noch einmal drückte, zu ihrem Entsetzen, ich bin heute sehr müde, bitte, verzeih mir, und Eka starrte ihn an, sie meinte, sie habe keine Augen und keinen Mund mehr, nur noch etwas Verquollenes in ihrem Gesicht, das einmal sie selber gewesen war.

Sie wußte nicht, was sie sagen sollte, und sie hoffte, er werde ⟨gleich gehen,⟩ sie machte mit ganzer Kraft eine Anstrengung und überwand sich, du ⟨⟩ bitte, willst etwas, eine Zigarette, aber er sagte nichts, und dann sagte er munter: Liebst du mich. Ich liebe dich.

Liebst du mich? Eka antwortete nicht, dann sagte sie, gewissenhaft, ich weiß nicht, was du meinst, sie stolperte über dieses Du.

Er sagte: Liebchen.

Noch nie hatte jemand Liebchen zu Eka gesagt, und sie setzte sich ⟨auf und⟩ sagte, ich glaube, es ist sehr spät.

Liebchen, sagte er.

Die Gräfin Kottwitz, die keine Lady Chatterley war, sagte gar nichts, versuchte auch nicht zu denken. Er ist ⟨mir⟩ vollkommen gleichgültig, er war der schönste Mensch, den sie je gesehen hatte, und sie ⟨empfand überhaupt⟩ nichts. Sie sagte, es ist wirklich sehr spät.

Schlafen wir, Liebchen.

Eka stand auf, und mit ihr schlafen, das war nun wirklich die Höhe, und ⟨sie sagte,⟩ du gehst jetzt bitte, ich muß morgen arbeiten.

Nachdem er sie noch einmal vergewaltigt hatte, ging er. Eka sagte, wenn du nicht gehst, gehe ich. Und ich komme nicht wieder.

In ihrem Vorzimmer sah er eine Nagelschere und er schnitt ihr ein Stück Haar ab, er legte es ⟨in⟩ seinen Paß oder zwischen seine Familienbilder. Ich liebe Dich. Wir lieben uns, sagte er.

Eka hielt ihm, vor der Tür, ihr Gesicht hin, und dann war er doch ⟨gegangen.⟩

Drei Tage später hatte sie einen Nervenzusammenbruch, sie weinte ⟨ununterbrochen,⟩ sie sagte, ich kann nicht mehr, ich will nicht mehr.

Herr Jung war immer noch in Japan, und Eka dachte, das wenigstens ist geschehen, und ich habe das. Sie wollte den Somalistudenten nie wiedersehen.

Acht Tage lang rief er an, und sie ließ sich verleugnen, sie legte ⟨sich ins⟩ Bett, dann merkte sie, daß sie völlig verwandelt war, sie wußte ⟨auch⟩ warum. Sie war ganz sicher, daß der Somalistudent eine Bestie ⟨⟩ war und nicht, wie sich an der Literatur und was immer für »progessiven« ⟨gesundheitlichen⟩ Vorstellungen orientierenden ⟨⟩ bewirkt hatte. Ich bin zerstört.

Dann merkte sie, daß sie nicht zerstört war, sondern völlig verändert war, ihr Herz klopfte, wenn sie aufwachte, sie sagte sich, das gibt es nicht, ich kann nicht so leben, ich kann nicht so verfolgt werden, es ist in meinem Fleisch, ich meine nicht den Neger, ich meine Jung. Ich werde von ihm verfolgt. Der Unfall hat mich völlig verdreht. Sie ging herum und dachte immerzu ⟨⟩ in den sie niemals verliebt war, und sie dachte, wenn er nicht sofort käme, wenn er nicht sofort, sie legte sich immerzu hin, und sie war eben so verändert, es ⟨schüttelte sie⟩ ununterbrochen, sie war verliebt in Jung, zum erstenmal, sie wünschte ihn herbei, sie wollte ihn, nur ihn, sie war so verrückt, daß sie nicht mehr denken konnte, sie zitterte den ⟨ganzen⟩ Tag.

Wenn er nicht kommt, bringe ich mich um.

Eka: ich bin nicht mehr, wer ich war, aber ich liebe nicht diesen Neger, ich liebe Jung.

Manchmal ging sie, wie eine seltsame schwierige Lektion genau dies durch, und sie wußte plötzlich, das war es, das hat mich vollkommen verändert, aber nicht zu der Veränderung hin ⟨⟩ ich bin für Jung verändert. Ich kann ihn jetzt wirklich lieben.

Sie sah Jung nie wieder, er ließ sich entschuldigen, er war zu Schiff nach Frankreich.

Einige Wochen später, ohne ersichtigen Anlaß, sprang sie aus dem ⟨Fenster.⟩ Sie schrieb keinen Brief.

Später fing sie sich an zu schminken, als sie längst im Rollstuhl saß, ⟨⟩ ihr Haar regelmäßig, und sie dachte nicht mehr an den Unfall, nur an Jung und den Fenstersprung.

Es gibt nichts zu sagen, ich hätte ihn lieben können.

Ich habe ihn nie geliebt, wie seltsam.

Vor dem Sprung war sie herumgelaufen wie eine Katze, sie sah den ganzen Tag nur Männer, überall Männer, sie wäre mit jedem ins Bett gegangen, und sie wollte keinen, sie wollte Jung wiederhaben.

Zu Hajo, der sie überhaupt nicht verstand, sagte sie: es gibt eine ⟨⟩ Liebe. Es gibt sie. Ich habe sie erlebt.

Es gibt die Vollendung. Mehr kann man nicht haben. Ich habe meinen Körper umgedreht vorher, und ich habe ihn nicht ⟨wiedererkannt,⟩ es war die Vollendung.

Dann habe ich es getan.

Jung hat mich vorher angerufen und mir gesagt, daß er nicht mehr ⟨zurückkommt⟩ und daß er die Schlüssel möchte, für diese, wie heißt sie noch, er ⟨meinte⟩ die Schlüssel für unsre Wohnung, ich habe sie noch abgeschickt, und ⟨ich bin⟩ von dem Postamt zurückgekommen und ich habe mich gekrümmt, ich war ⟨nicht⟩

⟨⟩, ich war plötzlich eine Frau, ich habe nicht gewußt, was ich ⟨⟩ ich war ein Körper, ich war kein Mensch mehr, ich war ein Tier. Der Somali hat mich wieder und wieder angerufen, und ich habe den Hörer aufgelegt. Ich wollte ja nicht ihn, ich war nur nicht mehr fähig, das noch einmal zu wollen, zu können, was vorher war, und ich habe die Schlüssel für unsre Wohnung hergegeben, und dann habe ich hinausgeschaut, es ⟨war⟩ dunkel, aber immer ist jemand vorbeigegangen, und dann war es plötzlich ⟨still⟩ und ich war eine Frau, am Ende bin ich eine geworden, aber ich weiß nicht, warum ich eine geworden bin, ich weiß es wirklich nicht. Ich wollte mich ins Bett legen und das noch einmal genießen und noch ⟨einmal⟩ so zittern, und das hätte ich nicht mehr können, weil alles in mir nur Frau war, und dann bin ich gesprungen.

Warst du in der Ger.. diesem armen Hajo verschlug es sowieso die Sprache. Eka sagte, aber nein, überhaupt nicht, es war doch bestialisch, ich war ⟨nur⟩ anders danach, aber nicht gleich danach, ein paar Tage danach. Danach ⟨hätte⟩ ich jemand sein können.

Hajo konnte sich nicht vorstellen, was Eka meinte, und wie das mit diese ⟨⟩ mein Gott, das war doch zu entsetzlich, und seine Schwester, und warum ⟨⟩ er konnte sich das einfach nicht vorstellen.

Es war eben anders. Das hat niemand gemacht mit mir. Es war bestialisch. Ich habe nichts gefühlt, ich wollte nur, daß es aufhört, daß er ⟨endlich aufhört⟩.

Ich bin sehr froh, daß es so war, sagte sie, und ich bin froh, daß es ⟨⟩ Vorher war es nicht, dann war es bestialisch, und ⟨ich⟩ will nicht mehr.

* Eka: sie hat nicht eine Erschütterung ihres Körpers erlebt, sondern eine Gehirnerschütterung, ihr Ich ist ausgestrichen worden, sie schüttet, während das Somaliland diese Erschütterung bewirkt, noch ein paar Gedanken aus, die ihr aber nur kommen, um sofort verloren zu gehen, sie hat noch Anhaltspunkte, sie denkt an eine Wüstenei aus Büchern, an die zwanzig Tage von Sodom, an Querelle, an etwas Inbrünstiges, und hat dann keine Vergleichsmöglichkeiten mehr.

Ein paar Tage später ist Eka noch immer dabei, ihr Ich wiederherzustellen, und geht auch wieder herum wie früher, aber sie zuckt zusammen, nicht in der Erinnerung daran, sondern sie merkt, daß sie ⟨vollkommen⟩ verändert ist. Hohn auf Jung und der unausgesetzte Wunsch, ihn sofort hier zu haben, damit sie so verändert zu ihm sein kann, es wird etwas Wunderbares sich zwischen ihnen beiden zutragen, diese Langeweile, diese Knechtschaft der Gewöhnlichkeit, dieser Dualismus wird verschwinden. Daß Jung in Japan ist, fängt an sie zu befremden, es wird ihr unverständlich. Er muß das merken, was mit ihr geschehen ist, und sie wird es ihm in der ersten Stunde zu verstehen geben, sie wird sich auflösen, sie wird ihn und sich erlösen. Eka legte sich mehrmals am Tag auf das Bett, und sofort war diese Veränderung wieder da, sie hatte mit 35 Jahren einen Körper bekommen, ein zuckendes, unruhiges Tier, das ⟨⟩

Malina: was bedeutet jemand wie Eka. Hinter den Handlungen, Zufällen ⟨und⟩ Gefühlen liegen noch andre Dinge, die sich mit den dahinter liegenden andren Dingen verknüpfen, das würde ich für eine Geschichte halten, eine auseinanderfallende, konsequenzlose, fantastische Geschichte, von einer maßlosen Verschwendung.

Aber diese Geschichten werden ausgesaugt, es wird trocken an dem Platz, wo sie entstanden, wenn die Wolken sich erleichtern, selbst wenn es lange regnet, wenn es schüttet, gießt, wenn das Wasser abstürzt, wenn es eine Überschwemmmung gibt, das Land wird trocken daliegen. So enden die Geschichten.

Die Frau auf dem Flugplatz hat keine Geschichte mehr, die Verbrechen, die hier nicht festzustellen sind, sie sind geschehen, aber wer möchte zu Jung oder Marek gehen und ihnen die Hand auf ⟨die⟩ Schulter legen und sagen, kommen Sie mit, und ihm die Kennmarke zeigen, auf der zwar nicht Kriminalpolizei steht, ⟨sondern⟩: ich weiß alles.

Jonas fragte: warum sagen ⟨Sie⟩: »und Marek«, was hat denn dieser Schmutzfink damit zu tun.

Das ist nett, daß Sie den so nennen, denn sehen Sie, es gibt nur graduelle Unterschiede zwischen Jung und Marek, und jeder ist trotzdem geneigt, in den beiden etwas ganz andres zu sehen, in dem einen den bedeutenden Mann, in dem anderen einen notorischen ehrgeizigen Kriecher, der sich mit Frechheit und Anschmeißerei erhofft, in der feineren Gesellschaft der Literatur aufgenommen zu werden. Und Sie werden sehen, er erreichts noch. Denn er schreibt auch schon besser.

Die dämmrigen Stellen im Erzählen. Malina erklärt Jonas, warum nicht an jeder Stelle genau gesagt wird, was jeder tut oder sagt oder denkt oder begreift oder fühlt etc. Es hängt nicht damit zusammen, daß Malina an dieser Stelle weniger weiß, sondern daß das Erzählte, am Erzähler haftend, seine Dunkelstellen, seine Obskuritäten hat, wenn ich sage, es war unklar, was Jung in dieser Zeit dachte, während ich anderswo behaupte, es genau zu wissen, so ist das so zu verstehen: in uns selber ist es taghell bis dunkel mit allen Schattierungen, oder in die Dunkelheit dringt ein Scheinwerfer, und dem entsprechend haben die Vorgänge, alles betreffend, ihre ⟨sonnigen⟩, hellen, ⟨naheliegenden⟩ Stellen bis zu ihren tiefen Verwirrungen, ihrem Halbgewußten, nicht Gewußten. Es gibt keine Perspektive, nur die Totale, und nach deren Verlust, dem Abdekken der Stellen, die Augen, das ⟨⟩

Späte Entwürfe zu den Binnengeschichten

Späte Entwürfe zur Rottwitz-Geschichte

* Daß Aga nicht nur etwas über Triebkräfte erwerbswirtschaftlicher Kooperation schrieb und etwas über die Verkürzung der Gebrauchsdauer von Produkten, was ihm eingestandenermaßen gar nichts sagte, sondern, um ihn zu ärgern, ungefähr in sechs Literaturen sich gründlich auskannte, Erstausgaben sammelte und von jeder Reise aus Paris und Zürich mit Büchern zurückkam, von denen er nicht einmal wußte, daß es sie gab, das war allein ein Grund, um ihr einen Platz zwischen Neid und Bewunderung, alles, was eines Tages in einen blinden Haß ausarten sollte, zu sichern. Hätte sie allein ihre politischen und soziologischen Abhandlungen geschrieben, und dazu drängte er sie wirklich, auch ihr Buch, ihre »Studien zu einer Soziologie des Rechts« endlich

fertigzuschreiben, wozu sie dann genügend Zeit haben sollte, ihr Vielwissen verursachte ihm einen derartigen Ekel, und vor allem, das Selbstverständliche, mit dem sie darüber verfügte, während sie staunend feststellte, daß der große Mann, an den sie geraten war, außer Joyce und den Brüdern Mann ⟨und⟩ Döblin kaum etwas kannte und unausgesetzt auf diesem Fundament einer etwas kargen Kenntnis herumritt, im Anfang meinte sie einfach, das beschäftige ihn so sehr oder gerade im Moment, nach einem Jahr wußte sie, daß es ⟨ihn⟩ nur beschäftigte, weil er nicht viel kannte. Lesen war ihm eine grauenhafte Beschäftigung, und Aga fand das besonders rührend und liebenswert an ihm, denn sie las immerzu und ⟨brauchte⟩ also in seiner Andersartigkeit nur Vorzüge undeutlicher Art sehen, um sie lieben zu können. Sie neckte ihn ein wenig, erzählte ihm, wie ihr ihre Mutter immer Filme erzählt hatte, was sie gelesen hatte, aber sie merkte nicht, daß Jung das nicht freute, sondern ihm als ein immerwährender Vorwurf erschien, und in der Zeit, in der ⟨er⟩ seine Wut nicht mehr verbergen konnte und nächtelang auf sie einschrie, kam ⟨in⟩ der Wortflut ihre ganze verfluchte Vielwisserei, ihr Hochmut, ihre Überheblichkeit vor, und dieses verdammte Weib hatte sich das überhaupt nur ausgedacht, um ihn zu erniedrigen, ihn, einen Welterfolg oder jedenfalls jemand, der gerade in Frankreich auf der Bestsellerliste stand, eine moralische Institution in Zeitfragen war, obwohl ⟨ihm⟩ das hauptsächlich gelang, weil Aga ihn mit Erklärungen versorgte.

Außerdem war Aga immerzu verwandt, und Jung haßte dieses Familienpack, sie hatte nämlich nicht bloß, wie er, eine Tante Berta oder eine Tante Ida, sondern sie hatte, ja, sie mußte geradezu eine Tante Kottwitz haben, einen Vetter Blankenhagen, einen andren Vetter, und daran merkte er, daß er gar keine richtige Familie hatte, und Aga hatte eine.

Was, da kennen Sie doch meinen Vetter Rapp, womit sie Rapp von und zu oder sowas meinte, und natürlich waren die dann etwas höchst Ehrenhaftes im Juli 44 gewesen und auch gehenkt worden, oder sie waren Schulenburgs, oder nicht direkt ein Vetter, aber eine Cousine, die war natürlich eine Stauffenberg, und somit darf man wohl sagen, daß Aga einfach verwandt war und Jung sich drüber grün und blau ärgerte.

Auch andre Ausdrücke kamen in dieser Familie vor, die er für vollkommen lächerlich hielt, jemand war eine beauté, oder man machte beauté, was einfach hieß, daß jemand sich anzog und sich schminkte oder sich kämmte, und manches wurde zwar schon ironisch gesagt, vielleicht sogar das meiste, aber Jung fühlte es, daß dieses Pack, also diese ganzen Rottwitzens, ihn immer hineinlegten. Was, aber kennen Sie doch Margaret, und da sollte er sich auskennen und wissen, daß es die Prinzessin von Hessen und bei Rhein war, und das ging schlechterdings in sein Hirn nicht hinein. Und er mokierte sich seinerseits über diesen ganzen Clan und warf Aga vor, nicht konsequent zu sein, sie könne doch nicht als die rote Gräfin herumlaufen und immer noch diesen Ballast mit sich tragen.

Aga konnte das aber sehr gut, und sie wußte nie, was er ihr vorwarf und was ihn so sehr störte.

Noch weniger wußte sie, daß sie, ohne die rote Gräfin zu sein, ihn niemals gefesselt hätte, oder sie vermutete es erst, als es zu spät war. Denn jeder Mensch ist erst zu Tod getroffen, wenn er merkt, warum er gewählt worden ist und daß das niemals um seiner selbst willen geschehen ist, sondern wegen eines Vermögens, wegen eines Namens. Trotzdem fesseln Menschen immer wieder durch diese Akzidenzien und ⟨weniger⟩ durch sich selber, denn wenn sie wie das attraktive Fräulein Schmitt gewesen wäre, dann ⟨hätte⟩ Jung eben nie dran gedacht, sich mir ihr zu zeigen. Mit den Fräulein Schmitts zeigte er sich erst, als er genug Erfolg hatte und es nicht mehr nötig hatte, mit Aga zu glänzen.

Die Menschen sind, was die andren nicht wissen, nicht sehr konsequent, oder eben doch, sie sind eines Tages frei und gehen ihren Bedürfnissen nach, wenn sie genug erreicht haben.

* Aga tat überhaupt sehr viele Dinge nicht, die Jung von ihr erwartete, und dafür andre, die er keineswegs erwartete.

Wenn jemand Jung drauf aufmerksam gemacht hätte, daß die Art von Agas Hereinkommen und Weggehen weitaus mehr ihre Herkunft zu verstehen gab als ihre Aufmachung, die eben keine war, so hätte ihm das nie eingeleuchtet, denn ihn ärgerte es höchstens, wenn Leute ewig nicht gingen oder noch zwanzig Minuten in der Tür standen, weil er todmüde oder erschöpft war, aber Agas Kommen und Gehen und das aller Rottwitzens und ihrer verästelten, nach oben und unten, Verwandtschaft, die ihren Tiefpunkt bei einer Klavierlehrerin aus Hannover erreichte und über fünf Ecken zu den Herzögen von Oldenburg und einer Nebenlinie der Hohenzollern führte, ⟨⟩ so hatten sie höchstens das gemeinsam, daß sie auf eine Weise kurz angebunden waren und auf eine unauffällige Art sicher im Auftreten und Abtreten, und was Jung als norddeutsch abtat, hatte nichts mit Barschheiten und Härten zu tun, sondern wäre ebenso in Wien inmitten der größten Langsamkeit noch mit Schnelligkeit abgelaufen.

Sie hatten eine Art, sich wegzudrehen und aus den Türen zu eilen, die ⟨für⟩ niemand beleidigend war, ohne die Entschuldigung von gehetzten Menschen, sie taten einfach, was sie als nächstes zu tun vorhatten, und standen immer ganz rasch auf, wenn sie irgendwo eingeladen waren, und erreichten sozusagen, ohne ein Wort auszulassen, mit absolviertem Dank und Rottwitzschen Redensarten die Tür.

Aber die Rottwitzens wußten das natürlich nicht, daß sie diese Besonderheit hatten, aber sie errieten natürlich instinktiv, wer sie nicht hatte, und so konnte man ihnen eben nie etwas vormachen, es sei denn halbwegs durch Geist, worunter sie unglücklicherweise Jung verstanden, weil der grade noch verständlich war, ihnen aber doch schon Mühe machte, grade berühmt genug und grade nicht unangenehm bekannt, daß man sich genieren mußte.

Hajo, der im Auswärtigen Amt ohne Ehrgeiz und etwas mühsam auf der Stelle trat, war manchmal so geschmeichelt und verlegen wie Jung, der auch nie wußte, sollte er sich nun dieser halben Verwandtschaft wegen in Grund und Boden genieren vor seinen Zunftgenossen oder besonders stolz drauf sein, daß er einen Quasischwager im Auswärtigen Amt hatte, wohin er natürlich nie den Fuß setzen würde, und der obendrein ein Graf war und auf dem spiegelnden Parkett, das Jung irgendwo zwischen Bonn und Paris vermutete, ganz natürlich dahinglitt, während es Jung immer Mühe machte, mit Ironie seine Unsicherheit zu verstecken, Hajo hingegen war ebenfalls manchmal gerührt, daß seine Schwester mit dieser Persönlichkeit lebte, dann aber wieder fielen dermaßen üble Bemerkungen über denselben Mann, daß er sich genierte und bedachte, immerhin seien die beiden doch nicht verheiratet, und ⟨wenn⟩ nun der Baron Gottschalk fand, daß sei eben eine zersetzende und wenig aufbauende Literatur, die er niemals zu lesen gedenke, schwieg Hajo verlegen, er hatte ja kein Urteil, da war nur Aga kompetent, mit ihrer formidablen Intelligenz, und die mußte ja schließlich wissen, mit wem sie sich eingelassen hatte.

Hajo wußte ja auch, daß er ohne Aga nie mit einem Menschen wie Jung zusammengetroffen wäre, nicht einmal gewußt hätte, ob der etwas Zersetzendes und Unterwühlendes schrieb oder nicht, und wenn er es erfahren hätte, so wäre es doch immer so geblieben, wie es die wenigen vermuten und es in der Mehrzahl wahr ist. Die Menschen denken nämlich nicht wirklich über die Bücher nach und über die Personen, die sie schreiben, sondern über das, was darüber gesagt wird, und er wurde wirklich verwirrt, als er einen gewissen Ka kennenlernte, der unter dem Namen Kasimir Ka etwas ganz andres schrieb, wirklich blitzverrückte Sachen, aus denen auch Baby nicht klug wurde, die immer klug war, auch wenn sie nichts verstand, und dieser Ka behauptete doch, daß der Jung ein konventioneller liberAler Idiot und Volltrottel sei, der weder Sprache als Sprache verstanden habe noch einen gesellschaft⟨ ⟩

* Aga hatte längst aufgehört, sich zu wundern über die verschiedenen Arten, wie man sie anredete, Bobbsi sagte ja du zu ihr und vermied Anreden, bekanntmachen konnte er sie richtig, und da sie immer zerstreut war, achtete sie auch nicht sehr darauf und zuckte höchstens nervös, wie jemand, der sich dauernd in einer Straßenbahn befindet, in der ihm einmal auf die Füße gestiegen, dann wieder mit einem Ellenbogen in den Bauch gestoßen wird, oder wie jemand, der sich eben dran gewöhnt hat, daß andre Menschen nicht wissen, wie man Spargel ißt oder Schnecken oder Austern, und so gab es zwei oder drei Leute, die Frau von Rottwitz sagten,

andre, die Frau Doktor sagten, ein paar Freunde, für die sie die Contessina war, ⟨weil⟩ einmal einer in Italien gewesen war, Jung sagte wie zwanzig andre Frau Gräfin zu ihr, tat, als wäre es im Spaß, ein paar sagten Gräfin, würden Sie bitte so gut sein und einen Moment herüberkommen, und so war sie in diesem Durcheinander, das ihr Beruf mit sich brachte, nur einmal sehr erstaunt, als der kleine Hilfsredakteur zu ihr Gräfin Rottwitz sagte, und es kam ihm immer an der richtigen Stelle über die Lippen, und auch darüber dachte sie nicht nach, aber sie fühlte sich ganz wohl und brachte ihm ein Wohlwollen entgegen, das sie sonst vielleicht nicht gehabt hätte.

Daß sie ihn deswegen mochte, wußte sie selber nicht, es war ihr blinder Fleck, so wie es ihre Wunde war, daß Jung sie immer aufs dümmste neckte, und sie sagte nur einmal ärgerlich, es ist doch mein Name, du wirst dich so dran gewöhnen, wie ich mich an Jung gewöhne.

Jung gewöhnte sich aber nie daran, denn es gibt nichts, was einem Mann wie Jung täglich gegenwärtiger ist als ein Name, und wenn Aga selbst es längst nicht mehr war, ihr Name war es, denn der Snobismus, der wie die Herkunft des Worts auf das sine nobilitate noch immer festzulegen ist, bleibt das einzige Unrecht, das der Adel heute noch demjenigen antut, der sich mit ihm einläßt. Daß Jung von einer so wachsenden Wut gegen Aga erfüllt wurde, das hatte allein mit Snobismus zu tun, und Aga sah geflissentlich darüber hinweg, manchmal hätte sie ihn gern korrigiert, aber er gab ja nichts auf Äußerlichkeiten, andrerseits fand sie es keine, weil es ja nur eine Richtigstellung war. Nun wäre alles ganz gut gegangen, wenn Jung wirklich der Mann gewesen wäre, für den er sich hielt, nämlich völlig unbeeinflußbar, unabhängig, immer mit dem Schädel durch die Wand, ohne Komplexe, keinen Millimeter zu bewegen, ein Naturereignis von Person. Jung war aber nichts als ein hartnäckiger Krüppel, der seine scharfsinnigen Beobachtungen durch eine Deformation sah. Er war durchaus scharfsinnig, das wirklich, er hatte sehr bald herausgefunden, daß diese verdammten Rottwitzens, wie er sie insgeheim nannte, lächerlich waren, aber er sah nicht, daß er sie lächerlich sah, weil er es selber war, und daß sie um nichts mehr die Sklaven ihrer Vorstellungen waren als er der Sklave seiner Wut und seiner Unfähigkeit, diese Geheimwissenschaft zu begreifen, diese Geheimgefühle, er wußte auch nicht, warum das Donauweibchen eine charmante Hochstaplerin war, nicht, was die Qualitäten von Hajo waren, den er für einen Quadratschädel und Holzkopf hielt, und er verstand nie, was Aga unter schlechtem Geschmack verstand, wenn sie in ein Haus kamen, warum es sie beinah zurückschlug, wenn sie manche Möbelstücke oder Blattpflanzen sah, und sie beteuerte ihm, es sei nichts Äußerliches, nichts Angelerntes, nein, sie empfinde es eben so, und sie könne ja nichts dafür, wenn soviele intelligente Leute heute einen so grauenvollen Geschmack hätten, bzw. überhaupt keinen, ein abat-jour oder ein Schwedenmöbel von vor fünf Jahren, sowas verursachte ihr Kopfschmerzen, eine Bibliothek, die keine war, ebenfalls, ein verkehrt gedeckter Tisch machte sie beinahe stumm, aber diese kleinen Momente von Verzagtheit tauchten nur selten auf, sie wurden nur gesammelt von Jung, der gewissermaßen einen Prozeß gegen Aga vorbereitete und jedes Zusammenzucken notierte, andrerseits aber nicht verstand, warum sie sich nicht besser anzog, wie die kleine Schmidt von der Redaktion, die wirklich nach was aussah, mit der Mode ging, wozu Aga unfähig war, und Aga aß übrigens keine Austern und meistens ein Stück Brot in der Küche oder in der Kantine, und dazu äußerte sie sich nicht, sie hatte überhaupt wenig Wünsche, sie reiste wie ein vernünftiger Mann mit zwei Kleidern und einem Trenchcoat, oder immer mit etwas, was praktisch war, vor allem mußte es praktisch sein.

Ihre schüchternen Versuche, für Jung neue Kleider zu kaufen und sie ihm vorzuführen, gab sie bald auf und fing wieder an, so herumzulaufen wie früher, er sagte, es sei ihm gleich, wie sie aussehe, und das war es auch, denn sie sah ja nicht anders in diesen damenhaften Fetzen aus, eher etwas unglücklich, und er sagte vor allem, eine Frau in deinem Alter zieht sich doch nicht an wie ein junges Mädchen, und so fing Aga an, noch unscheinbarere Sachen zu tragen, am Ende stellte sie fest, daß alles, was sie besaß, dunkelbraun oder grau oder schwarz war, höchstens noch dunkelblau, und zu der Zeit war sie dreiunddreißig Jahre alt.

Außerdem war sie totenbleich, verwelkt, völlig ahnungslos,

warum sie schlecht aussah, warum sie nicht mehr schlief, es mußte ein Vitaminmangel sein.

Als sie Abdu kennenlernte, der in einer einzigen Nacht aus ‹der› Aga dieses Jung eine Frau, ein weinendes und stöhnendes und schreiendes Etwas machte, der ihr Dinge sagte, die sie nie gehört hatte, sie in einer Flut von Ausdrücken untergehen ließ, und sie zwang, zu wiederholen, was er ihr sagte, während sie nicht mehr wußte, wie er oder irgendjemand auf den Gedanken gekommen war, sie könne das ertragen oder so sein, und sie gehorchte ihm, sie weinte vor Schmerz, und er strich ihr übers Gesicht, freute sich und fragte sie, ob sie sehr leide, sehr, sagte sie, das wird dir gut tun. Sie dachte einen Moment, daß es weniger war wie vergewaltigt werden, sondern wie eine Geburt, eine Tortur, die mußte sich wohl auf sie selber beziehen.

Am nächsten Tag hatte sie ein so großes Verlangen, daß er wiederkäme, und er kam auch, aber sie ließ sich verleugnen, sie zitterte und ‹ ›

Späte Entwürfe zur Goldmann-Geschichte

* Wenn man sagt, jemand sei die schönste Frau Wiens, so ist damit natürlich nichts gegen die Frauen, die auch schön sind, gesagt, oder die es vielmehr waren zu dieser Zeit, aber ‹man› meint damit offenbar, daß man nicht umhin könne, dem einen und anderen älteren Herrn rechtzugeben, wenn er, bei einem Ausruf, ist die aber schön, melancholisch abwinkte, mein Lieber, da haben Sie leider nie die Fanny Goldmann gesehen, wie jemand, der, ohne einen richtigen Eindruck beschreiben zu können, doch zu verstehen gibt, daß wir wirklich niemals etwas so Großes wie die Duse sehen werden oder die Pawlowa tanzen, und man muß sich zufrieden geben, schon in zehn zwanzig Jahren sagen zu können, nie werdet ihr euch vorstellen können, was die Callas wirklich war.

Eine schöne Frau nun ist viel heikler und weniger langlebig als eine bedeutende Frau, grade dann, wenn sie eine Schauspielerin ist. Es gab eine stillschweigende Übereinkunft, daß die Goldmann nicht zu kritisieren sei, aber auch eine, nach der man sich doch klar war, daß man sich eine schönere edlere Iphigenie nicht vorstellen konnte, aber ihr Griechischsein so damenhaft war, daß man darüber Goethe vergaß, und am besten war sie doch in Boulevardstücken wie »Danke für die wundervollen Rosen« und ähnlichen Stücken, wo in englischen Landhäusern Tee getrunken wurde, und das gefiel ausnehmend in Wien, wo man noch Neskaffee trank, und Finden Sie, daß Constanze 〈〉 Es war eine Zeit, in der die Kritik alle aufforderte, nachzuholen, dabei war es höchst seltsam, was gespielt und gelesen wurde, und während in einigen Studentengruppen Horváth von Nestroy aus probiert wurde, lasen andre vor allem katholische Schriftsteller, als gäbe es einen Katholizismus nachzuholen, der doch nicht in sieben Jahren einfach verschwunden sein konnte, und jedenfalls war es ein neuer, und es gab Predigten am Sonntag, die man ganz gut Predigten für Intellektuelle oder für das bessere Wien nennen konnte, wo man Rouault und damit überhaupt moderne Kunst zuließ und sich so weit vorwagte, über Picasso zu reden, als wäre er die Hl. Therese von Abilla.

Zwischendurch gab es andauernd Auseinandersetzungen über Heidegger und Ernst Jünger, den Existenzialismus in Deutschland und Frankfurt, aber auch das war den Katholiken vorbehalten, die sich kokett angegriffen und ins Gespräch gezogen sahen, aber die Koketterie nahmen sie selber nicht wahr, und die Leute gaben sich auch alle Mühe, diese Artikel zu lesen und sie zu verstehen.

Zwanzig Jahre später erscheint es jedem lächerlich und unwahrscheinlich, wie Menschen sich in einer bestimmten historischen Situation verhalten haben, welchen Wert es etwa hatte, in den Ruinen von Wien am laufenden Band Claudel oder O'Neill zu spielen oder Eliot. Wie es aber eine offizielle geistige Vorbereitung gibt, so gibt es auch eine geheime in jeder Stadt, und man hätte damals wie zu jeder Zeit überall mehr auf die hören sollen, die nicht den Mund aufmachten.

Die Wichtigkeit, L'annonce faite à Marie zu sehen, die sonst jedem klar war, auch den Leuten von der KP, die sich noch freundlich in den Foyers drängten und in der Scala wiederum gutmütig um sich winkten zu den ersten »kalten Kriegern« der Literaturpolitik, die aber noch nicht wußten, wie die andren, daß die nächste Periode nun der Kalte Krieg genannt werden würde, was ⟨ihn⟩ in den Köpfen zwar heißer machte als den heißen, aber das heißt, er wurde mit Worten gemacht und einigen tödlich ausgehenden Freundschaften, wie man später sehen wird, und man soll also nicht sagen, daß es kalte Kriege ⟨in der⟩ Zeit des permanenten Glaubenskriegs gebe, die keine Opfer forderten ⟨⟩. Deutsch, der damals noch nicht wußte, daß er an die vordersten Linien geraten würde, saß noch einträchtig mit den Kramers beisammen, und niemand hätte gedacht, daß er zu Kramers Tod führen würde, d. h. daß man mit Worten töten könnte.

Er schrieb aus Wien, man müsse unbedingt zurück, sei ⟨es⟩ aus New York oder aus der Schweiz, hier sei das Leben, hier sei eine herrliche Jugend, hier fange die Neue Zeit an, hier werde einem zwar nichts wiedergutgemacht, aber es sei die Wiedergutmachung. In New York und London las man diese Briefe mit spöttischen und sarkastischen Bemerkungen untermischt vor, aber hie und da tat einer unfreiwillig seine Wirkung, aus London reiste Heer zurück und Stecke kam auch wieder, er ließ sich anstecken von der Freude einer ganz kleinen Gruppe. Der größere Rest blieb weg, und die wirklichen Vorstellungen über die Fruchtlosigkeit und die Fruchtbarkeit der Emigration ⟨⟩

Wenn man meint, die Zeit nach einem Krieg sei die richtige, um mit allem von vorne anzufangen und die Gesellschaft zu verändern, so irren zwar nicht die ⟨⟩ aber das Bedürfnis, an die vorletzte Vergangenheit anzuknüpfen, muß größer gewesen sein, und man müßte vor allem feststellen, daß es kein Gegenwartsbewußtsein gibt, sonst wäre nicht jede Gegenwart so vollkommen mißlungen, wie die von ⟨der⟩ hier die Rede ist als von einer Vergangenheit. Sechzigjährige forderten in gutem Glauben die Jugend auf, in sich zu gehen, die auch zu einem Teil wenigstens sich bemühte, in irgendwas zu gehen, was sie nun wirklich kaum etwas anging, und wie man sich bemühte, die Häuser zusammenzuflikken, so flickte man seine Gedanken zusammen, die es in den Jahren vor Hitler gegeben hatte, die aber keinem mehr so recht bekannt vorkamen. Warum Gedanken und Ideen schon nach sieben Jahren so außer Kurs geraten, ist noch zu untersuchen, und da die äußre Wendung eine »Währungsreform« wurde, so kann man die andre auch kaum anders bezeichnen, es wurde versucht, während man noch von einem Jahr Null in der Weltgeschichte sprach, ein Jahr 1946 oder 1949 zu machen, und das sind die Jahre auch wirklich viel gültiger. Die gerichteten Badeöfen, die Wasserleitungen, die ersten Heizungen, die Vertilgung der Wiener Ratten, gingen Hand in Hand mit ersten Kugelschreibern und einem Ersetzen des Ersatzes, das aus Sacharin wieder Zucker machte und aus mageren Leuten langsam dickliche, bis sie wieder die ersten Abmagerungskuren machen mußten und dem Gewicht der vierziger Jahre nachtrauerten.

Dem engen Miteinander, das auch nur sieben ⟨Jahre⟩ währte, um wieder einem Gegeneinander Platz zu machen, wurde vierzehn Jahre später auch wieder nachgetrauert, als sei es die beste Zeit gewesen, damals ohne Licht und Wasser und in Decken gewickelt bei einem schweizer Kaffee aus einem Carepaket.

Die jungen Leute übrigens, wie die Maria Malina und andre, von denen man erst später mehr hörte, hatten füreinander so viel nicht übrig, obwohl sie auch beisammen saßen, andererseits gingen sie gerne zu den Älteren, um sich Geschichten erzählen zu lassen, aus einem ⟨⟩

Karel Deutsch, der am Aufstieg der Malina nicht ganz unschuldig war, oder Goldmann wunderten sich, wie eine Person, die doch mitten drin aufgewachsen war, keine Ahnung hatte, wie auch nur die Männer hießen oder wer sie waren, die in Nürnberg verhandelt wurden, und sie mußte sozusagen, wie viele andre, die Geschichte, in der sie wie in einem Wirbelsturm gelebt hatte, sich von Außenseitern erklären und bekunden lassen.

Noch Jahre später wußte sie nicht genau, was Sturmbandführer waren oder Reichswarte und Gaue, und sie las es immer mit einem kleinen Gruseln, wie manche amerikanischen Kriminalromane, wo sie auch nie ganz verstand, was District Attorney und Privatdetektive zwischen Santa Monica und Los Angeles alles tun durften oder nicht.

Für Fanny Goldmann, die etwas älter war, sah es anders aus, aber sie wiederum wußte nicht recht, was Wienerisch war und österreichisch, und sie lernte es von Harry Goldmann, der sich in Hollywood eine so genaue Vorstellung davon bewahrt oder erst gemacht haben mußte, daß es ihm gelang, aus einer etwas inkoloren Fanny den Inbegriff einer Wienerin zu machen, ihr die richtigen Pausen beizubringen, das Lässige, das Vague, das Merkwürdige, in dem sie es dann wirklich zu einer Perfektion brachte, die Goldmann dann aber nicht mehr gut als sein Werk würdigen konnte, weil er, als sein Ziel erreicht war, nicht mehr Fannys Mann war, und Fannys andre Männer von den Auswirkungen der Goldmannschen Schule zwar betroffen wurden, aber nicht wissen konnten, daß man das nicht am Reinhardt-Seminar lernte und auch damit nicht direkt vom Himmel gesegnet war, aber an Fanny schien alles so natürlich und der Kern ihres Wesens zu sein, daß kein Mensch sich mehr Fanny als Flakhelferin hätte vorstellen können, nicht einmal ein Wort wie Flak hätte man sich aus ihrem Mund vorstellen können, sie hätte zumindest gesagt, Herrschaft, wie haben die damals gesagt, nun, du weißt schon, womit sie diese Flieger da herunterholen wollten, also so ein Dings.

Was, gibts das heute noch? Ja, wo denn?

* Daß derselbe Harry Goldmann, den Malina am Frankfurter Flughafen in eine Maschine der El Al umsteigen sah, einmal von Israel nichts wissen wollte, daß ihm Worte wie Kibbuzim peinlich waren und ⟨er für⟩ diesen ganzen Heroismus, den man anstaunte, sich überhaupt nicht erwärmen konnte, erst als älterer Mann seinem Vater ähnlich wurde und überhaupt darauf kam, daß er ein Jude war, den das Wiener Paradies mit der schönsten Wienerin an seiner Seite nicht mehr entschädigen konnte für eine furchtbare Leere, die sich aus einer Reihe von Premieren und Premierenfeiern zusammensetzte, das konnte zu der Zeit auch niemand wissen, und wenn Fanny bei ihrem letzten Zusammentreffen mit dem von ihr geschiedenen Goldmann, dessen Namen sie sozusagen allein weitertrug für die Stadt, nicht so hilflos und traurig gewesen wäre, hätte sie als einzige vielleicht bemerken können, daß nicht nur sie

um zwanzig Jahre älter und eine andre geworden war, sondern auch dieser strahlende US-Offizier und Frauenheld, auf den sie einmal eifersüchtig gewesen war wegen der kleinen Malina, aus der Theaterwelt herausgefallen war wie sie selber und nicht mehr in Wien »daheim« war, sondern erst jetzt ins Exil ging, weil ⟨sich⟩ ja überhaupt unser Schicksal nicht in den großen Zeiten an uns erfüllen kann, wie im Exil oder im Krieg, sondern wenn niemand mehr drauf achtet und davon spricht. Goldmanns Exil in Amerika war sozusagen etwas, das offiziell dafür galt und in seine Biografie eingetragen war, aber sein wirkliches Exil fing nach einer mißlungenen Regie am Habimah Theater an, in Tel Aviv, und obwohl ihm dort alles genau mißfiel, wie er es sich schon vorgestellt hatte, verwirrten ihn die jungen Israeli mehr als das Zusammentreffen mit seinen ehemaligen Mitschülern in Wien, unter denen er einmal gelitten hatte und in deren Clubs er nicht hineindurfte. Da er hier nicht hineindurfte, aus ganz andren Gründen, ⟨aus⟩ der Perspektive einer jungen Welt, in der er alt war, fing er an, sich damit zu beschäftigen, und er, der nie etwas von der Geschichte Israels oder Dies ist mein Volk gewußt hatte, sondern mehr Geschichten über Bassermann oder Kainz oder die Thimigs wußte, fing an, sich Gedanken über das Rote Meer und die Diaspora zu machen, über Gottes eigenes Land, über Synagogen und Pogrome, und davon konnte er seiner Fanny nun nichts mehr sagen, auch nicht, daß er jetzt zu leiden anfing und jedes Buch, jedes Dokument ihm so ungeheuerlich vorkamen, während das Vergessen sich ausbreitete und Israel ein Staat wie alle Staaten geworden war.

Warum tust du dir das an? fragte Fanny, die einen lichten Moment hatte, als sie seinen Schreibtisch ansah, er zuckte mit den Achseln und versuchte zu lächeln wie früher, wenn sie ihn fragte: Gell, du tust dir doch nichts an, wegen meiner Dummheiten?

Ich versteh dich nicht, sagte Fanny leise, und sie dachte, er versteht mich nicht. Er merkt wirklich nicht, warum ich zu ihm gekommen bin, zu wem sollt ich denn sonst noch gehen, wenn nicht zu ihm. Die Ehe, die ist doch unauflöslich, das wollte sie sagen, aber da sie und Harry nie über Ehe so gedacht und geredet hatten, würde er überhaupt nichts mehr verstehen. Sie lächelte vage, das Gefühl, mit dir verheiratet zu sein, gewesen zu sein, das ist ⟨das⟩ einzige, was gehalten hat, sagte sie, weißt du das.

Aber schau, Fanny, du warst doch immer frei, ich hab dich doch nie angebunden.

Ja, leider nicht, sagte sie.

Das wäre aber besser gewesen.

Aber Fanny.

Doch.

Das ist lieb von dir, aber wir wollen doch darüber nicht mehr reden. Es tut mir leid, daß ⟨ich⟩ so gar keine Zeit habe, weil ich noch einen Besuch kriege und dann gleich zum Flugplatz muß, aber sag mir, wenn dir was fehlt.

Fanny fing lautlos zu weinen an. Mir fehlt nichts, sagte sie, mir fehlt ja nichts.

Geht etwas nicht mit dem jungen Marek, fragte er mitleidig. Natürlich weiß ich davon.

Fanny sagte: das ist doch nicht wichtig. Nein, es geht etwas nicht, aber ich komm schon zurecht.

Das meinte Goldmann auch, denn er konnte sich keine Fanny vorstellen, die mit einem jungen Herrn Marek nicht zurechtkam, so erhaben und gottvoll leichtsinnig war sie immer für ihn geblieben. Gehts Deiner Mutter und Deiner Schwester gut? fragte er. Die Tante Aida ist gestorben, sagte sie, aber das war ja auch Zeit.

Gestorben konnte man das kaum nennen, denn sie war halt nicht mehr, wie Tante Paulette und Tante Mary nicht mehr waren, die einmal alle Fannys Verehrer kritisiert hatten und Fannys Unterwäsche kommentiert hatten und strickten und häkelten und petit point stickten für Fannys Abendtasche.

Die gute Tante Aida, sagte Goldmann, und er mußte ein wenig lachen. Er hatte die junge Fanny mit ihren unglaublichen Tanten auferstehen ⟨sehen⟩ und der Frau Oberst, die jetzt bei Maria Pilar lebte und die Enkelkinder hütete.

Die Mama ist immer die gleiche, sagte Fanny, sie fragt immer nach Dir. Ich werde sie grüßen lassen, ist es dir recht. Ich hab ihr bis heute nichts von der Scheidung gesagt, komisch, nicht wahr.

Spielst du wieder.

Ach, sagte Fanny, während es läutete, und stand auf und holte ihre Handtasche vom Boden herauf in ihren Schoß, ich mache da so ein Fernsehspiel, irgendwas Neues, sie experimentieren so herum, ich habe kein Wort davon verstanden, es soll sehr progressiv sein, es ist eine interessante Rolle, also wenn man das noch Rolle nennen kann.

Wie gehts dir finanziell.

Oh, es geht, sagte Fanny, ich soll auch einen Film machen, ich muß noch die Edelmann anrufen, diese hysterische Nocken, die ist mir als Kreuz geblieben, alle drei Monate hat sie einen Film für mich, aber dann wird doch nie etwas daraus.

Ich bin kein Typ mehr, heute, aber ich war auch keiner früher, komisch, das hast du auch schon damals gesagt, du bist kein Typ von heute.

Ich weiß nicht, wann für mich je heute war, damals war ich zu griechisch und jetzt bin ich zu reif, aber alt genug auch nicht für die alten Rollen, und von denen gibt es eine Menge.

Heute, was ist das?

Heutig war die Malina gewesen, mit ihrem brennenden Ehrgeiz und ihrer zitternden Gegenwart auf der Bühne, die alle bis in die letzte Reihe zum Atemanhalten bringen konnte, und zu ihr hatten immer nur alle bewundernd heraufgesehen, Gott, was ist diese Frau für ein Bild, die ist einfach bildschön.

Eine wirkliche Schauspielerin war ich nie, das hast du immer gewußt, nicht wahr. Deswegen versteh ich auch, was du an der Malina gefunden hast, es war nicht sie, es war etwas, und deswegen hast du ihr immer geholfen. An sie hast du geglaubt und mich hast du eben gern gehabt.

Ja, was hätt ich mir eigentlich wünschen sollen, ihr Leben oder meines? Ein Jammer waren beide, und sie hätte ich auch nicht sein mögen, und ein Hai, ja, für jeden von uns gibt es den Hai, nur bei ihr ist es vielleicht schmerzlich und schnell gegangen, und für uns ist der Hai nicht so sichtbar unser Mörder, es geht langsamer und er kommt verkleidet und ist grausamer, die verkleideten Haie tun es langsamer mit uns. Wer ist dein Hai, das sehe ich nicht? Ich bins doch hoffentlich nicht gewesen, ich habe dir doch nichts angetan, oder doch, manchmal ja, aber das kann nur etwas vorbereitet haben, was ich dann nicht getan habe.

Goldmann war der einzige Mann, der gut zu ihr gewesen war, und deswegen hatte sie seinen Namen schon angenommen, ehe sie ihn geheiratet hatte, für ihr erstes Auftreten, was damals alle etwas seltsam berührt hatte, warum mußte die sich Goldmann nennen, nach ihrem Liebhaber und Protektor, und manche sagten einfach, das sei barer Philosemitismus, jetzt möchte eben jede gern einen jüdischen Namen haben und nicht mehr Huber oder Moser heißen, aber für Fanny war das anders gewesen, sie wollte, daß der Name ihr Glück bringe, und einige Jahre später schon, als von Goldmann niemand mehr sprach, sondern nur noch von der Goldmann, waren Leute, die die Vorgeschichte nicht oder verzerrt kannten, davon überzeugt, sie sei eine Jüdin, und sie hatte die meisten das glauben lassen, wie sie mochten, und Mama fand das zwar extravagant und auch ein Unrecht den Wischnewskis gegenüber, allenfalls eine Laune von einer schauspielernden Tochter, und die Tanten Aida und Paulette und Mary, die sich an das neue Vokabular nie hatten gewöhnen können, sagten zu ihren Freundinnen, aber unsere Nichte Wischnewski ist keine Israelitin, ich bitte Sie, sie hat sich eben in diesen Mann verschaut und das kommt dann eben dabei heraus, Theater, und die ganzen Vormittage verschlafen und nachts bis drei Uhr aufbleiben und irgendwo herumtrinken, na bitte, dieser Goldmann war ja ein Genre, das man nicht gutheißen konnte, eine Art Hochstapler für Fannys Tanten, der ein Auto mit Chauffeur hatte, und wer waren die Goldmanns eigentlich gewesen, sie wußten es jedenfalls noch, der alte Goldmann hatte in Niederösterreich eine Strickwarenfirma gehabt, und schließlich war Fanny die Tochter eines Obersten, eines Patrioten gewesen, der ein so tragisches Ende gefunden hatte bei dem Einmarsch der Deutschen. Denn es hatte eben doch österreichische Offiziere gegeben, die nach Schuschniggs letzter Rede, es lebe Österreich, gewußt hatten, welche Konsequenzen sie zu ziehen hatten, er wollte nicht seine Leute opfern, er hatte sich selbst geopfert.

In Wirklichkeit war der Oberst Wischnewski ebenso wie Fey keineswegs ein Opfer gewesen und so großer Patriot, sondern er hatte eine so zwielichtige Rolle gespielt ⟨bei dem⟩ Dollfußmord, und sein Selbstmord war keine Heldentat gewesen, sondern ein Akt der Verzweiflung, der Dissimulation, damit das nie an die

Öffentlichkeit komme, welche drei- und vierfache Rolle Leute wie er in der ersten Republik gespielt hatten.

Die heldenhaften Selbstmorde sind wie die meisten Selbstmorde nur deswegen etwas höher zu bewerten als die Anpassung, weil Menschen wie dieser Wischnewski, trotz ihrer unseligen Rollen, die sich auch überbewerten, sensibel sind und ⟨für das⟩, was sie für eine Schande halten, wenn es aufkommt, aber nicht für eine Schande, wenn es geheim bleibt, bereit sind, sich zu erschießen.

Es ist das eine sublime Feigheit, die von einem sublimen Stolz nicht so weit entfernt ist, und jeder, der, wie später seine Tochter, unter ganz andren und lächerlicheren Umständen und ohne die Begleitung historischer Daten wieder an Selbstmord denkt, tut es, weil er eine Schande für unüberwindbar hält, weil er, unter dem, was er unter der Achtung und Selbstachtung versteht, tatsächlich wie unter einem Schwert lebt. Fanny Goldmann, als sie sich der öffentlichen Schande preisgegeben glaubte, obwohl die nur sehr vorübergehend gewesen wäre und ihr – wenn sie eben nicht Fanny gewesen wäre, sondern jemand andrer – nichts ausgemacht hätte, war insofern die Tochter ihres Vaters, den sie kaum gekannt hatte, als ihr Wertsystem so eigentümlich war, sie wollte sich vielleicht preisgeben lassen, aber nicht ihren Mann und nicht ihre anderen Männer, und vor allem nicht, ⟨was⟩ sie in ⟨⟩

Was sie sich zuletzt nicht vergab und warum sie todkrank wurde, das war ihr Fall, daß sie unter ihr Niveau gefallen war und einem kleinen ehrgeizigen Streber aus Mattersburg in glücklichen Nächten Dinge erzählt hatte, dumm und redselig vor Glück, die sie nie sagen hätte dürfen. Daß sie ein paar Scherze über Harry gemacht hatte und ihm erzählt hatte, wie sie ihn kennengelernt hatte, das verwand sie dann nicht mehr, als sie gelesen hatte, was er daraus gemacht hatte.

Goldmann sagte zu ihr: Sag einmal, Dein Rosenkavalier, gibt der nicht ein Buch heraus.

Fanny: O ja, ich glaube, ja, er ist sehr begabt.

Goldmann, der sie an die Tür begleitete und ihr die Hand küßte, lächelte wieder traurig: Ja, wenn er nur begabt ist. Das ist sicher schön für Dich, man sagt, Du hättest eine ganze Menge für ihn getan. Ich hätte es ihm, offen gestanden, nie zugetraut, ich habe ihn aber nur einmal getroffen, da hat man wohl kein Urteil.

Damals sah Fanny Goldmann zum letzten Mal, und Goldmann, der es zu ahnen meinte, als sie gegangen war, und ihren Schritten nachhörte, meinte nur, er werde sie nicht mehr wiedersehen, weil für ihn alles auf ein Ende zutrieb. Daß er Fanny aber nicht wiedersehen würde und weiterleben würde, daß er sogar zu spät kommen würde zu ihrem Begräbnis, das hatte er nicht gedacht in dieser Stunde.

Später sagten die Leute: Goldmann ist völlig verändert, seit dem Tod von der Fanny. Er muß sie wahnsinnig geliebt haben, aber sie hatte ja immer andre Männer und dann noch diesen kleinen Marek, der schließlich eine Beleidigung für ihn gewesen sein muß, und jedenfalls hatte sie ihn ja immer schon nach Strich und Faden betrogen, und der Marek soll ja auch völlig vernichtet sein. Andre Leute sagten, ja, die Goldmann, die hat eben immer Pech gehabt, zuerst dieser Goldmann, der sie doch andauernd betrogen hat, und dann noch diese Affaire mit dem Marek, der ihr mit der kleinen Krause auf und davon ist, das ist unwahrscheinlich, wie die schönsten Frauen oft das unwahrscheinlichste Pech und immer mit den blödesten Männern haben. So entfernen sich die Beobachtungen der Leute, die so nah nebeneinander leben und in manchen Momenten ganz gut sehen, unendlich weit von der Wahrheit weg, und nie hätte jemand, auch nicht alle zusammen, auch nur halbwegs die Wahrheit herausgebracht über Fanny und Goldmann und Marek und so vieles, was dazwischen lag, und weil die Menschen eben nur Zusammenfallen und Trennungen notieren, aber nicht die Gründe dafür, die manchmal heiter, manchmal tragisch und unglaublich sind, und wie jedes Leben war das der Fanny Goldmann so unglaublich, daß es von keinem Psychologen, keinem Behavioristen, keinem Statistiker in seiner monströsen Tiefe und seiner scheinbaren Leichtigkeit zu begreifen gewesen wäre.

Auch die freiwilligen Lügen, mit denen jeder sich umgab wie mit den freiwilligen Geständnissen, erschwerten es den anderen, auch nur ein Element richtig zu sehen. Die Regie, die alle diese Leben, kaum verbunden, so im Dunkeln agieren ließ und sozusagen nur die Aktschlüsse für das Publikum freigab und im Licht sehen ließ, ist eine ganz andere, keineswegs eine höhere, sondern eine unbeachtete, die in den Menschen selbst und ihrer Verdammtheit liegt. Daß Fanny Goldmann auch zuletzt nicht sagen konnte, was sie von ihm wollte, wie sie Marek nicht sagen konnte, was sie von ihm erwartete, daß Goldmann Fanny nicht mehr rufen konnte, wie er sie gebraucht hätte, und Marek sie nicht rechtzeitig abschütteln konnte, das ist eine so langsame und nächtliche und unerzählbare Geschichte, unerzählbar wie alle wirklichen Geschichten, und man muß sich schon an das Handgreifliche halten und auf die Finger schauen, in die Augen zu sehen versuchen, die Sätze aufschreiben, die gesagt wurden, damit etwas davon herauskommt, damit eine Ahnung von dem wach wird, was wirklich geschehen ist.

Unvollendete Erzählungen zum »Simultan«-Band

Rosamunde

Textstufe I

* ⟨⟩ obwohl alles in sie hineinging wie ⟨in⟩ einen Vielfraß und sie ein unfehlbares Gedächtnis hatte für Literatur und Sekundärliteratur, für Schulen, Strömungen, Neubestellungen, Fachzeitschriften, kam ihr nie der Gedanke, was sie damit zu tun habe, sie hätte auch in einer Bank sitzen und Zahlen ansehen können, die sie nicht betrafen.

Sie überlegte, ob sie eine Analyse machen solle, eine Lehranalyse natürlich, obwohl das am Institut nicht so gern gesehen war, aber es hatte schon Präzedenzfälle gegeben, und dann tat sie es doch nicht, denn sie hatte das stumpfe staunende Gefühl, daß sie nichts hergab, daß man ⟨bei⟩ ihr nicht einmal einen Kastrationskomplex oder Ödipales oder eine neurotische Disposition irgendwelcher Art hätte auffinden können.

Ich bin mir kein Problem, sagte sie sich kopfschüttelnd, das ist ja so fatal, und was macht man da. Sie studierte die »Fälle« und wunderte sich aus beruflichen Gründen über gar nichts, sie selber wunderte sich, wie man sich über Marsmenschen wunderte, also solche Verheerungen in diesen andren Leuten, und jeder Mensch scheint ja die reinste Katastrophe zu sein, und für sich nannte sie es »da wird einem ja schwummerlig«, und sie selber hatte nur beim Hochbahnfahren im Prater etwas Angst, aber das hatten ja schließlich alle, oder daß ihr die Eier zerbrochen ⟨waren,⟩ oder daß sie eine Strumpfmasche hatte, oder nicht mit ⟨dem⟩ Geld auskommen würde zu Weihnachten, aber das war einfach zu wenig, und sonst hatte sie »Träumen«, und sie sagte hartnäckig nicht, was sie darunter verstand.

Sie lebte an Wawra wie an seinen Vorgängern so vorbei, daß sie sie kaum wahrnahm, weil sie ja träumte, ⟨⟩

Sie geht ins heereswissenschaftliche Museum und trifft Malina. Eisiger Schock. Dann die Ohrfeige.

Textstufe II

* Rosamunde

Zwanzig Soldaten in graugrünen Uniformen hatten sie vergewaltigt, und sie schwamm in vielem Wein, der aus allen Kellern kam, und dann stand sie vor der Roßauer Lände, es kamen nur zwei Offiziere heraus, sie brachten sie nach oben, wie sie alle Frauen nach oben brachten, und sie lag in einem Zimmer, in dem sechs Offiziere waren, in der Mitte war ein siebentes Bett, und von Zeit zu Zeit sagte einer, er wolle sie dort haben, sie solle sich hinlegen, und sie ließ sich wieder vergewaltigen, aber diesmal war es nicht die Vergewaltigung, es war nur ein ohnmächtiges Wort dafür, es war das, was sie wollte, und sie, gerufen, legte sich hin, und die zogen sich nicht aus, nur sie lag nackt da, und sie war friedlich und stumm und seufzte und tat, was man von ihr wollte, sie drehte sich um, sie legte sich auf die Seite, es war eine einfache demütige Sache, und sie fühlte sich gar nicht schlecht dabei.

Ganz Wien schwamm im Wein, und die Frauen, die einen Paß hatten, trieben im Weinstrom und manche wurden gerettet, andre ersoffen, und Rosamunde hörte eine herrliche Musik, eine wehe Musik, die ihr aber nicht weh tat, und sie folgte ihren Herrn, ihren Okkupanten, sie wollte so leben, nie mehr anders.

In der Zeit hatte Rosamunde, die am psychologischen Institut in der Liebiggasse Hilfsassistentin war, Bücher auszugeben, Studenten zu beraten, die ins Rigorosum mußten, und dann hörte sie plötzlich unten die Pferde, sie rannte hinunter, jemand hob sie auf ein Pferd, und sie galoppierte mit dem Reiter, den sie noch nie gesehen hatte, aus Wien heraus, in die Donau⟨ ⟩ aber sie hatte die Schüchternheit, die die Prinzessinnen auf der Erbse ⟨haben,⟩ sie wartete die ganze Zeit auf ihren Prinzen und daß man sie anerkennen würde, denn wie die meisten Frauen wartete sie darauf, ⟨auf⟩ die Krönung, auf einen Akt, ja, in dem ihnen gesagt wurde, wer sie waren, und ⟨auf die⟩ Entdeckung. Aber niemand entdeckte Fräulein Ranner. Fräulein Ranner wurde ⟨von⟩ einigen für raffiniert gehalten, ihrer Schüchternheit wegen, und sie hatte viele Männer, lauter pöbelhafte, unmögliche Wesen, die ihr auf die

Schulter klopften, mit ihr in einem Ton wie mit einer Wahnsinnigen sprachen, die einen sowieso nicht verstand, und sie dachte, oh Gott, das ist doch nicht möglich, es ist einfach nicht möglich, es kann nicht immer so weitergehen, es muß doch einen geben, der nicht so ist, dem man sich unterwerfen kann, dem man gehorchen kann, den man bewundernd ansehn kann, so kann doch nicht mein ganzes Leben vergehen, und sie arbeitete am psychologischen Institut als Assistentin, man hätte also denken dürfen, daß ihr daher eine Hilfe kam, und alle die Männer, die ⟨sie⟩ sich vorstellen konnte, gab es einfach nicht mehr, nur Studenten, Professoren, keinen großen Räuber.

Sie war dreißig Jahre alt und sah manchmal hübsch aus, sie hatte einen Wawra zum Liebhaber, nach etwa dreißig anderen Männern, und keiner dieser zweieinhalb Dutzend und auch nicht Herr Wawra, dem es beschieden war, längere Zeit mit ihr eine Liaison zu haben, ahnte im geringsten etwas von den hochfliegenden Gefühlsstrapazen seiner Rosamunde, einer Märtyrerin dieses Jahrhunderts, in dem Männer gewöhnlich Berufe hatten und gescheiteltes Haar trugen und graue Anzüge und Krawatten.

Auch von diesem Herrn Wawra fühlte sich Rosamunde aufgerieben, er entsetzte sie jedenfalls, wenn er sich ihr näherte, und wenn er ihr wirklich nah war, dann kam sie, wenn sie die Augen zumachte, ganz gut drüber hinweg und entdeckte sozusagen in der allernächsten Nähe etwas Erträgliches, weil sie ihn dann nicht ganz sah, sondern nur seine Augen, die sie ⟨⟩ und der sich dann mit einem hilflosen Satz begnügte wie »jetzt komme ich, willst du«, und Rosamunde traten die Tränen in die Augen über soviel Ungerechtigkeit, denn was hatte dieser Wawra zu ihr zu kommen, und was bildete der sich denn ein. Das schreit ja zum Himmel, sagte sich Rosamunde, aber tagsüber war sie eine ⟨meist⟩ freundliche Frau Doktor, die sehr oft am Apparat sagte »hier psychologisches Institut« und die einigermaßen mit den Leuten zurechtkam und Bücher ausgab und Ratschläge erteilte und über Dinge mitredete, die ihr zum Staunen vorkamen, wie ein Automat, eine Gefangene, die ihren Kerkermeister nicht erzürnen will, bis der Tag ihrer Befreiung kommt. Aber da sie nicht wußte, wie und woher in diesen Jahren sie jemand wegnehmen sollte und wer ihr diesen Teufel ins Gehirn gesetzt hatte, der sie ritt, andere Gefühle zu haben, andere Dinge zu wünschen, die Ideen ganz andrer Jahrhunderte mit sich zu schleppen, und der es nie erlaubt war, sich in den großen Sätzen zu bewegen, mit denen die großen Heldinnen, ⟨⟩

Niemals würde ein Pferd vor dem Institut halten und jemand rufen. Nie würde sie zitternd die Stufen hinunterlaufen können, denn in dem Institut lief man höchstens, weil man zu spät zu kommen drohte, weil man jemand nachrennen mußte, zum Beispiel dem Breitinger, der immer seine Autoschlüssel vergaß und einfach damit rechnete, daß Rosamunde idiotisch genug sein würde, sie ihm nachzutragen.

Niemals mußte sie in die Burgkapelle, niemals zur Beichte, und kein Beichtvater sprach ihr ins Gewissen und befahl ihr, niederzuknien, nie hatte sie zu zeigen, wer sie wirklich war, eine Prinzessin auf der Erbse, die durch den 1. und 9. Bezirk irrte und sich ein Schinkensemmerl kaufte und in den Himmel starrte.

Herr Wawra war kein Fürst, er beherrschte sie nicht, er machte sie nicht erzittern, sondern er ⟨war⟩ meistens ganz lieb zu ihr und öfters auch nervös, lauter Dinge, die Rosamunde noch einmal einen Schlag versetzten, da ihr das nichts mit einer Frau und einem Mann zu tun ⟨zu⟩ haben schien, und wenn sie von berufswegen die Leben und das Unterholz freudianisch oder behaviouristisch oder sonstwie sah und die Netze ausbreiten konnte, so wußte ⟨sie⟩ doch mit all dem Wissen die Blöße ihrer Sehnsucht gar nicht zu bedecken.

Ich will einen wirklichen Mann, aber in den Büchern und der Analyse war zwar alles vorgesehen, aber nicht die Abwesenheit des wirklichen Manns und wie man damit fertigzuwerden hatte. Sie war bald am spanischen Hof verheiratet und betete ihren Mann an und gehorchte ihm, oder sie war in Italien im fünfzehnten Jahrhundert oder in Byzanz oder in China, sie liebte aber nur dort, in der Vergangenheit, und in der Gegenwart nie, und man konnte auch nicht gut sagen, Romane hätten sie behext, weil Frauen wie Rosamunde nicht viele Romane lasen und auch da ⟨sie⟩ die Gefangenen ihrer ⟨Diktatur⟩ waren, sie hatte einmal den halben Ulysses gelesen und behauptete natürlich, ihn ganz gelesen zu haben, aber sie wußte einfach nicht, was das sollte, sie eine große Heroine, die durch die Banalität des Wiener Alltags watete, aber wirklich watete, mit dem ganzen Abscheu einer Frau, die einem Sultan, einem Wilden, einem Halbgott oder einem Prinzen zuzugehören hatte. Rosamunde, die von Herrn Wawra Mausi genannt wurde, so daß sie öfters nicht zuhörte, wenn er mit ihr redete, und nicht grade, weil sie im Escorial Furchtbares durchmachte, sondern weil sie nichts Besonderes dachte, und ⟨wenn⟩ er dann scharf sagte, Maus, hörst du mir eigentlich zu oder nicht, so fuhr ⟨sie⟩ zusammen und lächelte ihr harmloses stumpfes Lächeln, aber doch, natürlich, was denn sonst, und an einem Abend, als sie vergessen hatte, für Wawra zu telefonieren, was sie versprochen hatte, weil er von Linz noch unterwegs nach Wien war, und als er dann ankam, eine solche Fremdheit zeigte, als wüßte sie einfach nicht, wer dieser Mann vor ihr ⟨war,⟩ und sie vor ihm her in die Zimmer stolperte und er sie plötzlich anschrie: »Das ist doch ein Minimum, das man verlangen kann«, und sie wußte nicht, wer mit ihr schrie, und drehte sich plötzlich um und sagte hilflos, aber mit einer lauteren Stimme als sonst: Was reden Sie denn da, und sie merkte es selber nicht, daß sie ihn mit Sie ansprach, ich weiß gar nicht, wer Sie sind, da geschah das, was Herr Wawra, der über keine großen Tiefen verfügte, Handausrutschen nannte, und Rosamunde wußte mit Blitzesschnelle, wie ein Unglück geschieht, das man erleidet und das man noch beobachtet, daß er sie ohrfeigte, und erstarrte, und eben da hatte Herr Wawra sich wieder gefaßt und kehrte in seine Haut zurück, aus der er gefahren war, weil er übermüdet und nervös war, und er war eben daran einzulenken und sogar zu einer Geste, die um Versöhnung, um Nachsicht, um Nachsicht mit seinem Zustand, (in einem durchgefahren, von Linz bis Wien, in einem furchtbaren Verkehr, dachte er, kein Wunder) ⟨ ⟩ da merkte er, daß Rosamunde weder floh noch in Tränen ausbrach, sondern plötzlich sanft und nachgiebig ihren Kopf ihm entgegenschob und an seiner Hand herunter und ihm die Hand küßte, was er nun vollends nicht verstand und ihn irritierte, da er nicht wußte, wie er bei dieser eigenartigen Reaktion um Verzeihung bitten sollte, und er sagte bestürzt, aber Rosamunde, denn plötzlich war ihm seine

Mausi abhanden gekommen, sogar sprachlich, und sie grub ihr Kinn in seine Handinnenfläche und murmelte etwas, was er nicht verstand, und er sagte immer wieder, so sag doch etwas, hab ich dir weh getan, und Rosamunde schüttelte den Kopf und sah ihn verwundert an, da dieser wunderbare Moment vorüber war und nie mehr kommen würde, warum sagst du denn das, und dann dachte sie, zu ihrer eigenen Bestürzung, er ist wirklich ein Esel, ⟨⟩

* Kann man einen einsilbigen Männernamen lieben? Rosamunde, die sich selbst auf ⟨eine⟩ einsilbige Maus von Herrn Wawra zusammengekürzt sah, versuchte es, Karl zu verlängern, zuerst auf ⟨Karel⟩, ohne darüber befriedigt zu sein, und so vermied sie es, ihn je anzusprechen. Kann man einen Mann lieben, der hereinkommt, eine Zeitung hinlegt und auf die Wange küßt oder ⟨die⟩ Hand ⟨auf die⟩ Hüfte legt, dies alles ging für Rosamunde nicht, und die Begrüßungen, Servus, Maus, wie gehts dir denn, oh Rosamunde, oh Rosamunde, es gibt Demütigungen, die kein Handbuch der Erniedrigung, der Humiliation je aufgedeckt hat, und jedesmal wand sich Rosamunde, schaute scheu weg, ja, ihre ganze Scheuheit setzte sich zusammen aus Augenschließen, Ohrenschließen vor Herrn Wawra, und wenn den Toten der Atem entweicht oder die Gehirnströmungen aussetzen, so setzte in Rosamunde etwas aus, ihre Rosamundeseele, ⟨in⟩ Dunst gewirkt, ⟨etwas,⟩ das sie wirklich war, und sie hantierte und ging herum und antwortete auf Fragen und bestätigte, ⟨daß⟩ der Handl oder ein andrer ein Rindvieh oder ein Schwein sei, aber nie entdeckte Herr Wawra, daß Rosamunde erst bei solchen ⟨Worten,⟩ von denen sein liebstes Arschloch war, mit dem er so ziemlich alle seine Wiener Kollegen und Bekannten bedachte, nichts mehr als ein zitterndes Fleisch war, aufgehängt auf ihrem Knochengerüst, und daß sie ⟨zu⟩ lächeln versuchte, wie die Heiligen, die auf dem Rost nicht nur gebraten ⟨werden⟩, sondern aus Höflichkeit ihre Peiniger noch gebeten haben, sie umzudrehen, da sie genug gebraten waren. Jeden Tag, an dem Rosamunde Herrn Wawra treffen mußte, fand diese Rostsp⟨⟩ sie sah mit einer himmlischen Geduld sich zuerst von der einen, dann von der anderen Seite verbrannt, verdorben, und sie nickte und hörte ihm zu

und bestätigte ihn, die Währung für Stunden anerkennend, die die seiner Gedanken, Ausdrucksmöglichkeiten, Bewegungen und Gesten war, und jedesmal wenn Herr Wawra am Morgen in Rosamundes Bett lag und sie vor ihm aus dem Haus lief, um um neun im Institut zu sein, oder er nachts, was ihr lieber ⟨war,⟩ wegging, dann saß sie da und schenkte sich noch ein Glas Wein ein in der Küche und rauchte, und setzte sich aufs Bett und rauchte und trank ein wenig, und wartete, bis sie wieder Rosamunde war und sich, wiederhergestellt, hinfallen lassen konnte, um dann ganz kurz vor dem Einschlafen sich aus allen Zeiten zusammengeholt zu haben, ⟨⟩

Textstufe III

* ⟨⟩ schon bald einmal einen Namen geben wird, aber niemand nun konnte verschiedener sein als Sigurd und Rosamunde.

Denn während Sigurd seiner Zeit immer ein halbes Jahr voraus war, und zwar von den Jazzplatten angefangen, Coltrane rotierte jetzt hinter ihnen auf dem Boden, wo Rosamunde, absichtlich, immer eine kleine malerische Unordnung anordnete, aus den letzten Büchern, die halbaufgeschlagen dalagen, Essays, die ihr Sigurd brachte, und den Platten, und sie wußte auch rechtzeitig zu wechseln, denn so egal ihr Albee und Coltrane, Beckett oder der russische Imaginismus und Majakowski waren, seltsamerweise, aber sie hielt es für richtig, ihm dies kleine Vergnügen ⟨⟩, denn sie machte ihm doch das größre, mit ihm ins Theater zu gehen, aber so gern sich Rosamunde beneiden ließ im Institut, weil schließlich jeder wußte, daß sie zu allen Premieren Freikarten hatte, für sie war dieses Theatergehen so, wie wenn sie ihren Mann hätte in die Fabrik oder zum Pferderennen begleiten müssen.

Und obwohl sie wenig darüber nachdachte, weil Nachdenken nicht ihre Stärke war, fing sie an, in der letzten Zeit ihre »Zustände« sehr viel öfter zu haben, sich also auch zu fragen, was mit ihr denn los sei. Denn es war schon ungewöhnlich genug, daß sie an diesem Herrn Wawra, der in kühner Verachtung nach zehn oder zwölf Semestern, sie wechselten je nach seiner Laune, dem Kraus seine Dissertation hingeschmissen hatte, buchstäblich, einmal weil er ein Nazi gewesen war, dann wieder, weil er keine hatte, ⟨⟩ und alles miteinander hatte schließlich dazu geführt, daß dieses Bürschchen, wie ihn die älteren Herren zuerst giftig nannten, alle die Professoren und Doktoren, die an den Wiener Theatern Kritik übten, nach einem Jahr mitschrieb und sich gar nicht schlecht hielt.

An diesen Wawra (nicht den anderen, weil es deren noch fünf oder sechs gab) war also Rosamunde gekommen, und obwohl sie bis dahin nie länger als zwei drei Wochen, einmal einen Sommer lang mit jemand beisammen gewesen war, blieb sie an ihm picken, obwohl er sich für sie von niemandem unterschied, den sie vorher gehabt hatte, na ja, schon, wie alle sich eben unterscheiden, aber in ihren Gefühlen war wirklich kein Unterschied, höchstens daß es sehr mühsam war, mit Wawra zu leben, dieser ewigen Theaterabende wegen, und ausgerechnet einmal, als ihr etwas in Maria Stuart so gut gefallen hatte, war Wawra entsetzt, und nachher waren sie, weil er sofort schreiben und nicht erst in die Linde gehen wollte, zuhause gesessen und ⟨er⟩ hatte beinahe gerast vor Wut über das Burgtheater, den Kerl stürze ich, wenn ihn niemand andrer stürzt, und ⟨nach⟩ dem Regisseur, der bereits tot zu Rosamundes Füßen lag, fiel jetzt der Direktor, die Amati, die eine Funzen war, aber keine Schauspielerin, und ungefähr aus dieser Zeit rührten auch die ersten bitteren Erfahrungen des Wawra mit seinen älteren Kollegen, nämlich als er die Worte spektakulär und epochal in die Wiener Kritik eingeführt hatte, nahm der alte Simmerer sie wie ein geschickter Falschspieler, der eine Karte mitrutschen läßt, an, und so hatte später niemand mehr den Eindruck, daß es Wawra gewesen sei, und ebenfalls blieb es unklar, wer den Angriff auf das Burgtheater geblasen hatte, jedenfalls wurde kaum je Wawra unter den Erstürmern genannt, und Rosamunde, die ihn anhörte, mit ihrer reizenden Aufmerksamkeit, bei der ihr zwei kleine schwarze Schnecken, schneckige Lockerln, wie Sigurd sie nannte, zuhilfe kamen, die sie unentwegt an den Ohren drehte, einmal mit dem linken Finger links, dann mit dem rechten Finger links, sie saß da, und sie hörte Mortimers Stimme: Nennt mir doch die Anstalt, Die Ihr gemacht, ihr Leben zu erhalten.

Sigurd schrie: das wird eine Bombe, ich ⟨möcht⟩ dem sein Gesicht ⟨sehn⟩, wenn die Zeitung morgen ⟨auf⟩ dem goldenen Tablett hereingebracht wird.

Rosamunde hörte: Maria hofft. Kehr ich mit leerem Trost zu ihr zurück?

Und nun, hoffte sie nicht, und was tat Sigurd Wawra, er saß schon an ihrer kleinen Olivetti, und sie richtete ihm ein Glas Wein und ein Butterbrot, schon geschnitten, wie ers gern hatte, und nein, mehr könne er, wolle er, er war jetzt der Asket, der Fanatiker, den Rosamunde fürchtete, und sie setzte sich still auf die Bettbank, auf der Wawra manchmal schlief, und überlegte, ⟨ob⟩ sie heute genug Bettzeug hatte, und dann überließ sie sich ihren Gedanken, denn der Wawra hatte eine Art, sich ⟨zu⟩ konzentrieren, und sie auch, in dem waren sie einander ähnlich. Rosamunde schlug ihre Seminararbeiten auf, die sie nach Haus gebracht hatte, legte sie dann wieder hin, nach vier Jahren schon dachte sie, es sei nicht möglich, daß die Leute es noch nicht begriffen hatten, ohne zu merken, daß es immer neue waren, die es nicht begriffen.

Nun ja, einen Schein wollten sie haben, sie seufzte, dann nahm sie aus dem Literaturschrank, den Giftschrank nannte sie ihn, ihre psychoanalytischen Lehrbücher, damit sie ihr Examen machen konnte, ob in Wien was zu machen war, wußte sie sowieso nicht, und nun war sie schon seit kurzem wirkliche Assistentin, aber die Chancen waren doch gleich Null, und mit Recht, denn sie konnte ja nicht viel, und sie verdankte alles ihrem ungeheuren Gedächtnis, ihrem kleinen Fleiß, ihrer Ordnungsliebe, ihrer Pünktlichkeit, ihrem ruhigen Leben mit Sigurd Wawra und einigen Männern vorher, während die Stepanek sich jedes Jahr einmal umbrachte und sich damit alles ruinierte, aber sonst standen ihr natürlich die zwei Männer im Weg, und die würden nie weichen, im Grund war es Rosamunde gleichgültig, wer in der Liebiggasse nach oben kam, denn sie würde es bestimmt nicht sein, und sie hatte ja ihre kleine Eigentumswohnung, ein Zimmer mehr wäre schön gewesen, aber man konnte schließlich nicht alles haben, und sie sah hinunter und freute sich wieder einmal, sie sah auf die Garage, so eine Lage, und wenn man es sich nur vorstellte, dann würde dort drüben der Stadtpark sein, und morgens lief sie hinunter und durch den Park, wenn es noch halbdunkel war, und dann war sie immer die erste im Institut, was die Stepanek ihr jetzt endlich nicht mehr übel nahm, ich bin eben ein matinaler Typ, aber laß schon, Uschi, ich weiß ja, und im Grund war die Stepanek froh, daß sie, die als zweite kam, da die Herren ja ständig eine Stunde zu spät ins Institut kamen, noch mit der Uschi 〈〉, nein, siehst du süß aus, ehrlich, du müßtest immer so kleine Kragerln und unter einer Weste, ehrlich, Uschi, dann ließ sich die Stepanek fallen, und Rosamunde fragte aufmerksam, habt ihr gestern gesprochen?

Nein, du kannst nicht 〈mit〉 ihm sprechen (Rosamunde starrte bestürzt auf die Stepanek, natürlich wollte sie nie mit diesem Stepanek sprechen), das ist es ja eben, du willst und weg ist er, er rutscht durch die Worte, durchs Schweigen, wenn ich ein einziges Mal wüßte, was in diesem Mann vorgeht, ein einziges Mal, schrie die Stepanek, in dem Moment kam der erste Student herein und fragte zögernd nach Rosamunde, und sie murmelte, ich komme dann, bitte, hier, und die Stepanek ging hinaus und warf dem Studenten einen Blick zu, der ihre entsetzlichen Leiden im Moment ablud auf jemand, der sich aufs Philosophikum vorbereiten wollte und nur über Denken Wollen Sein ein paar kurze Informationen brauchte.

O Gott, dachte Rosamunde, wie hängt denn das alles zusammen. Denken. Wollen. Sein.

Dann fing sie zu lesen an und schob die Post auf, sie mußte noch rasch mit dem Reich fertigwerden, dann auf die Sekundärliteraturliste ein paar Notizen: siehe Alexander, siehe Horney, siehe ebd., und erlaubt war es zwar nicht, aber sie war ja immer die erste, und im ganzen nützte es ja doch und der Chef war froh, daß er wieder eine 〈Außenseiterin〉 dabei hatte, so konnte schließlich niemand sagen, daß das Institut einseitig sei.

Rosamunde starrte vor sich hin, die Orgasmustheorie. Schon sehr interessant, andrerseits kannte sie keinen Menschen, der Orgasmusschwierigkeiten hatte, aber in Deutschland oder in Amerika sollte es das wirklich geben, diese armen Männer, aber natürlich, sie trinken dort auch sehr viel, und sie mögen wahrscheinlich gar nicht. Ja, die Männer mögen ja nicht mehr, eigentlich nirgends mehr, und es fing ja sogar hier an, und Wien war nun wirklich eine der letzten Säulen, weniger der Fortpflanzung, aber der Unkeuschheit, in denen den Leuten das alles sehr natürlich vorkam, aber sonst, oh mein Gott, Rosamunde fand es nur schlimm, daß es auch in Wien keine Männer mehr gab, denn sowas wie Sigurd oder die anderen vorher, das war doch unmöglich, man genierte sich ja beinahe, mit ihm zu reden, sich mit ihm sehen zu lassen, und ihr war es am liebsten, wenn sie zuhause waren, obwohl er ihr dann erst richtig ⟨auf⟩ die Nerven ging, aber dort sah ihn wenigstens niemand, außer ihr selber.

Schön war er wirklich nicht, und damit war für Rosamunde eigentlich alles gesagt, und sie war doch eine sehr hübsche Person, und sie wollte auch nicht einsehen, warum Sigurd nicht ihr zuliebe etwas schöner wurde, sein Gesicht war so schon so flach, so breit, er zog sich auch noch schlecht an, diese immer ausgebeulten Hosen, die sie gar nicht oft genug bügeln konnte, und außerdem war er noch böse auf sie, wenn sie etwas an ihm ordnete, wenn sie ihm die Fingernägel putzte, aber für ihn war das offenbar nicht einzusehen, daß sie jedesmal zitterte, wenn er sie mit seinen dreckigen Fingern anrührte, und daß sie jedesmal überlegen mußte, wie lang hat er sich jetzt wohl die Hände nicht gewaschen. Und darüber sollte eine hübsche und sehr gescheite Frau wie Rosamunde hinwegkommen, also eben gerade darüber nie.

Das müssen ja gräßliche Schwierigkeiten sein, aber vielleicht sind jetzt beinah alle Männer impotent, sie kannte auch zwei, sie hatte es absichtlich weiter versucht, weil sie dachte, es sei bloß zufällig passiert, und weil sie neu gewesen war, ⟨⟩

aber wie war das mit ihr, jetzt studierte sie, assistierte sie fast zehn Jahre, und seit sie achtzehn war, hörte sie nichts mehr andres, und wenn sie auch belustigt lachen mußte über die Leute, die in Gesellschaft so daherredeten, nach dem Theater, zum Beispiel, dieser Schauspieler, dieser Schriftsteller, die, na diese ganzen Halbgebildeten, da war es ihr schon lieber, wenn sie was Komisches vom Theater erzählten, aber sie fand nichts richtig komisch und galt daher noch nach zwei Jahren als die Kleine vom Wawra, jetzt sagten alle Frau Doktor zu ihr, das war ihr peinlich, und am schlimmsten war es, als sie herausbekam, daß Wawra sie überall, obwohl sie nie den Mund aufmachte, anpries und von ihrer ungeheuren Intelligenz redete und, ob absichtlich oder aus Aufschneiderei, ihre Arbeit am Psychologischen Institut in einer Weise übertrieb, die nur an einem so übertriebenen Tisch nicht auffallen konnte.

Zu Rosamundes Schmerzen gehörte, daß sie nicht nur das Theater nicht genießen konnte, weil alle diese Stücke ihr dermaßen langweilig vorkamen, jedesmal nahm sie zwei Vitamintabletten vorher, die man abends nicht nehmen soll, weil sie einen wach halten, 〈〉 und sie freute sich nur auf die Pausen, wo alle sich über das Stück hermachten und die Aufführung, als sei es ein fetter Braten, und Rosamunde bekam ein Glas Wein und ein Sandwich und sah sich die Kleider der Frauen an, und hier fing ihr wirkliches Unglück an, denn Sigurd wollte nicht einsehen, daß Theater kein Vergnügen war, jedenfalls nicht am laufenden Band, wenn man nicht die Kleider dafür hatte, sie hatte das eine mit der Goldborte, das schwarze, und im Sommer noch ein weißes, aber daraus eine Abwechslung 〈〉 war unmöglich, und sie konnte nicht am Dienstag im Akademietheater mit der Goldborte stehen, und wenn zwischendurch ein Kellertheater kam, stand sie drei Tage später wieder in der Burg mit der Goldborte, und ob sie sich das Haar aufsteckte, ob sie es fallen ließ, jeder hatte es schon hundertmal so oder so gesehen, und sie konnte sich so nicht herzeigen, und darauf wärs doch angekommen.

Aber Maus, aber Uschilein, du siehst doch immer hinreißend aus, du bist einfach die hübscheste kleine Person, und ich muß das doch wissen, denn er ließ es sie schon merken, daß er doch einige junge Schauspielerinnen, und von den älteren gar nicht zu reden, haben könnte wie nichts, während er freiwillig bei Rosamunde hängenblieb, die nur zwei Kleider 〈für〉 Abendereignisse besaß, und die für Sigurd immerhin auch eine Kommodität war, da sie nie mehr als ihr Sandwich aß und ihr eines Glas Wein trank und nachher vielleicht noch eines oder einen Kaffee, um nicht in den Tisch zu fallen, alle diese Kritiker und Schauspieler, die konnten ja ausschlafen, aber sie, die im Institut ⟨⟩ und sie saß starr da, von einigen schon verdächtigt, entweder ein Ausbund an Arroganz zu sein oder eben doch strohdumm, denn dieser Blick, bitte, na ganz nette Augen, gab der Simmerer zu, der scheinheilig Wawra seinen Schutz angedeihen ließ.

Eine fade Person, war das Urteil, zu dem man schließlich kam, und eine so nette bescheidene kleine Person, die andre Hälfte.

Wawra ließ durchblicken, daß seine Unterhaltungen mit Rosamunde Gipfelwanderungen waren, Rosamunde selber aber verstand nie, was Sigurd meinte, denn sie sagte doch nichts, sie dachte sich auch nichts zu seinen verstiegenen Begeisterungen und Abneigungen, die doch den Rest der Menschheit nicht interessieren konnten, schon die Stepanek, oder der Professor oder der junge Riesling, der jetzt ⟨seine⟩ Habilitationsschrift machte, niemand hatte doch Zeit, auch ihre Hausmeisterin, ihre Greißlerin, einfach niemand, darüber nachzudenken, ob der zweite Akt von »Der amerikanische Traum« sehr schleppte, wegen der völligen Unfähigkeit des Regisseurs, ein adäquates Konzept zu entwickeln.

Aber Rosamunde fragte sich, ob denn das, was sie und die andren im Institut taten, jemand interessierte, obwohl es in allen Illustrierten breitgetrampelt wurde, die hatten natürlich keine Ahnung und verblödeten die Leute mit ihrem Aufklärungswahn mehr als je zuvor, ja, das war ein sehr guter Satz von Friesling gewesen, der wirklich brillant war, immer, Friesling würde natürlich nach Amerika gehen, aber nachher, bei der kleinen Gruppenkonferenz, im Abendseminar, das sie jetzt eingerichtet hatten, um nicht steckenzubleiben, las Rosamunde vor, sie interpretierten, diskutierten, und plötzlich merkte sie, wie etwas in ihr stillstand, wie viele Male schon etwas stillgestanden war,

wo bin ich denn?

Das Verhältnis Suggestion – Autosuggestion. Ah, damit sind wir fertig. Psychohygiene, Projektionen, Riesling mokierte sich grade über sinnliches und leibliches Sein und ⟨geistiges⟩, na ja, das war natürlich ein furchtbarer Käse, und im geistigen und sexuellen Bereich, wo war der denn eigentlich, also zum Beispiel sie selber und Sigurd Wawra, sie hatten das beide offenbar nicht, denn man konnte doch wohl nicht von einem sexuellen Bereich reden, wenn er zweimal in der Woche noch bei ihr blieb, und vorher ging es immer ungefähr gleich zu, sie hörten noch etwas Musik und er erzählte ihr etwas, wieder von diesem Beckett, das wußte sie ja nun schon, aber Meyerhold blieb ihr ein Buch mit sieben Siegeln, und sie konnte nie dahinterkommen, wer dieser Mensch gewesen war, und fragen wollte sie nicht, und sonst hatten sie keine Schwierigkeiten, jedenfalls nichts von so schrecklichen Ausmaßen wie all das, was hier besprochen wurde und wovon sie jahrelang las. Und Rosamunde dachte, es liege daran, daß sie einen andren Namen habe als die andren Frauen, sie war anders getauft, und eine hatte sie einmal getroffen, die hatte Gioconda geheißen, im Ernst, Gioconda, eine herrliche Frau, nein, die konnte auch keinen sexuellen Bereich haben, und diesen ganzen Riesenquatsch, ob die Störungen in der persona, Geschlechtsbegegnung hatte, sicher genauso wenig wie Rosamunde, und Orgasmusschwierigkeiten, was war das denn, ihr war sowas nie untergekommen, sie hielt es zuerst für eine amerikanische Erfindung, und insofern unterstützte sie Sigurd, der das alles für deutsche oder amerikanische Erfindungen hielt, na aber, sagte Rosamunde gekränkt, aber wenn doch die Wiener alles erfunden haben.

Erfunden schon, sagte er gerecht, aber doch nicht für sich selber, so eine Humorlosigkeit wirst du unsren Leuten doch nicht zutrauen. Na und diese Selbstmördereien.

Ich kann da keinen Widerspruch sehen, ⟨wann⟩ begeht man Selbstmord, Frau Doktor.

Bei endogenen Depressionen, bei reaktiven zum Teil auch, sonst ziemlich unwahrscheinlich.

Also.

Sigurd, warum haben wir keine Schwierigkeiten? Rosamunde verschlang die Neurosenberichte und versuchte, etwas zu entdekken, was sie selber betraf, aber darin war nichts, nur manchmal ging etwas auf sie über, bis an die Haut, nicht weiter, und sie fühlte es kribbeln, vielleicht habe ich das auch, es ist nicht ausgeschlossen, aber sonst fand sie, wie ihre Großtante in Stockerau, daß man einfach über einiges nicht redete, weil es sich nicht gehörte und niemand was anging, auch den Mann nicht, noch weniger die anderen, und dann erklang in ihr der Satz: er stand da und trug einen Mentschikoff.

Diese Erschütterung war für Rosamunde sehr groß, denn sie entdeckte plötzlich, daß sie eine unbefriedigte Frau war, wenn auch nicht nach der Art der Lehrbücher und Analytiker, sondern es war ⟨ein⟩ riesiger freier Raum in ihrem Leben, rechts lag das Institut, links dieser Wawra mit seiner Theaterkritik und dazwischen ging sie und stolperte über Traumworte, wie: er trug einen Mentschikoff.

Konnte Sigurd, konnte der Chef, konnte der brillante Friesling einen Mentschikoff tragen, nein, sicher nicht.

Es war ausgeschlossen.

Rosamunde ging unruhig auf und ab und legte sich wieder hin.

Und: er ging vor den Klostermauern und sah sie an, seine Augen, unverwandt.

Aber wo war die Klostermauer, hinter der Rosamunde versteckt war, und niemand konnte unverwandt zu ihr hinaufsehen, wer in der Zedlitzgasse machte sich diese Mühe, in der Liebiggasse schon gar niemand, und nun rannte sie plötzlich die Stiegen hinunter, allerdings nur, um denen im Philosophischen Institut zu sagen, daß die Leitung kaputt war, oder daß sie zu telefonieren aufhören sollten, er trägt einen Mentschikoff, und in diesem Moment ⟨wurde⟩ Rosamunde auf ⟨der⟩ Stiege aufgehalten von einem Fels aus Wintermantel und Bart, und sie lehnte einen Augenblick lang an der fetten Brust von Professor Wiesel und stammelte, Pardon, und er auch, Pardon, und dann starrte sie die Stiege hinunter, die er kopfschüttelnd ⟨hinaufging⟩, und starrte und starrte, was ist denn mit mir, er trug einen Mentschikoff.

Er schaute unverwandt.

Und sie saß das nächstemal in der Loge, zufällig, in der Josefstadt, und sie hoffte, das Theater würde zu brennen anfangen, und er würde dastehen und sie retten aus den Flammen, und in dem Moment flüsterte Sigurd, was sagst du zu diesem repressiven Stück.

Und in den Flammen trug sie nicht das kleine schwarze mit den Goldborten, sondern ein herrliches Zeug aus Schleiern.

Und Rosamunde stand auf einer Wiese, der größten Wiese und das Land ⟨⟩

Einmal werden Menschen goldene Schuh und Augen anhaben, und ihre Schuhe werden aus Gold sein und ihre Kleider auch.

Rosamunde sagte: Verzeih bitte, ich bleib sitzen in der Pause, ich habe eine Laufmasche.

Er ließ sie wütend sitzen und winkte ⟨⟩

Wenn man über eine Laufmasche nicht hinweggeht, aber ich komm doch drüber hinweg, sagte Rosamunde, nur es ist so blöd, du bist leider blöd, nein, verzeih, also denk gefälligst früher daran, es ist ⟨doch⟩ lächerlich, daß man wegen einer Laufmasche, aber es waren doch mindestens acht, nicht nur eine, widersprach Rosamunde, und nun hatten sie ihren ersten Streit.

Und sie saß allein in dem leeren Theater und sie sah zum erstenmal das leere Theater, ganz zufrieden, daß darin nichts stattfand, und es gefiel ihr zum erstenmal, sie blätterte im Programmheft, noch vier Bilder, na Gute Nacht, dann würde es elf Uhr werden, das war nun das längste Stück seit Monaten, und Sigurd hatte ihr schon zu verstehn gegeben, daß man heute solche Konversationsstücke, mit seichter Psychologie, ⟨⟩

Psychologisch. Sigurd hatte aber auch eine Art, mit dem Wort psychologisch umzugehen, das war wohl für seinen Gebrauch zurechtgemacht, die Psychologie auf dem Theater ist zuende, ⟨⟩

Die Psychologie hat doch noch gar nicht angefangen, dachte sie, und ⟨⟩

Textstufe IV

* Zärtlich ist die Nacht

Gewiß ist der Leser schon gewarnt, ⟨halb⟩ abgeschreckt, weil manche Titel so unerwartete Schrecken in uns auslösen, uns behexen mit Vorahnungen, und ⟨mit⟩ seiner Befürchtung, daß von einer entsetzlichen Peinlichkeit berichtet wird, hat er nicht unrecht.

Um wieviel peinlicher ist es, von einem Land berichten zu müssen, also eine Geographie benutzen zu müssen, die so wenig dafür kann, daß der Avernersee noch heute ⟨⟩

Wer hat nicht die Worte Zürich und Thalwil und Meilen mit Schrecken gehört, wer hat nicht, auf diesen staubgesaugten Wiesen und polierten Bergen, in Abgründe geblickt, die so wenig sichtbar waren, und die doch einen Menschen aus einem anderen Land in ein Gebrüll ausbrechen ließen (natürlich ein sehr gedämpftes, weil eine Kuh einen Kuhfladen hinterließ), aber nur sehr kurze Zeit.

Ich glaube nicht, wenn ich von Rosamunde spreche, daß sie es nicht bemerkt hat. In sie sind manche Worte schon gefahren, vergiftete Pfeile, die niemand mehr zu verstehen vermag, aber wahrscheinlich ist niemand empfindlicher als ein Ausländer, ein verschlagener ⟨Exilant⟩, ein Hilfesuchender, der eine Einbürgerung nicht nur nicht erwartet, sondern ihr ebenso mit Entsetzen entgegensieht.

Es gibt Länder, die in einer so tadellosen Ordnung, Kleinordnung, Größenordnung verharren, daß jeden schon bei der Grenzüberschreitung das Grausen ankommt, Ihr, die ihr, laßt alle Hoffnung fahren.

Solche Personen, und Rosamunde war früh in dieses Land gekommen, dessen Namen Bleuler und Jung es schmücken, ⟨⟩ und sie haben es nicht nur mit einer Fahrkarte dritter Klasse (die es ⟨nicht⟩ mehr gibt) verlassen, sondern mit einem Fahrpreis, der ebenso das Portemonnaie ihrer Eltern wie ihre Einbildungskraft und Leidenskraft überstieg.

In Thalwil hatte sie sich zwei Tage lang herumgetrieben, sie war auf einem Terrassenhotel gesessen, später hatte sie ein Zimmer im Baur au Lac, und dann wohnte sie in einem Gasthof in Meilen, oder sie kam bis Rapperswil, sie chauffierte einen kleinen Austin und aß Forellen in Rapperswil. Zwischendurch hatte sie einen Anfall von stummer wilder Wut am Aegerisee, wo es auch Fische gab, aus diesem See, die vermutlich Aegeriseefische hießen oder anders, aber später erinnerte sich Rosamunde nicht mehr daran.

Eine Stadt wie Zürich verursachte ihr solche Schmerzen, daß sie in einer Tramway oder in einem Taxi so wahnsinnige Kopfschmerzen bekam, daß sie am ⟨Paradestrand⟩ ausstieg und Blumen kaufte und an jemand schickte, und plötzlich hilflos zu schreien anfing, bis ⟨sie von⟩ einem Rot-Kreuzwagen, herbeigerufen durch den dreißigsten Passanten, einen jungen Mann, dem ihre Schreie auffielen, in eine Klinik gebracht wurde.

Die ausländischen Frauen

* Die ausländischen Frauen

Bei den Italienerinnen bin ich mir nicht sicher, sagte er, und er beugte sich noch einmal über die Speiskarte, willst du nicht doch auch einen Tafelspitz, er ist einfach das beste hier. Und sie sah ihn mit den Mozartkugelaugen an und hatte ein solches Gefühl von Salzburg, ja, wir sind hier in Salzburg, ich bin wieder hier, weiß Gott, es kommt mir vor, als wär ich zum erstenmal hier. Und sie meinte, sie habe sich ⟨in⟩ eine Serenade verwandelt, in etwas ganz Zauberleichtes, Schönes, das hier vor ihm saß und ihn jetzt wunderbar fand, ihm zuhören durfte, und zwischendurch fiel ihr ein, während sie nickte und ihrer Freude über seinen Vorschlag in diesem Nicken stärker als in Worten Ausdruck geben wollte, daß Mozart hier von der Treppe mit einem Fußtritt hinuntergeflogen war, aber sie wußte natürlich viel zu wenig, es war gut, daß sie ihn fragen konnte, und morgen würde er ihr alles erklären, für heute abend blieben vielleicht nur ein paar Schritte an die Salzach, Festung festbeleuchtet.

Was ich gar nicht verstehn kann, daß ich mir eingebildet habe, hier, zuhause, gäb es nichts, was mich interessieren könnte, ich war zuerst ja in eine Inderin verliebt, eine bezaubernde Person, und dann in Amerika, das läßt sich schwer schildern, aber da ist eine Engländerin meine Rettung geworden, denn ich hatte noch ein paarmal genug.

Am schönsten war es trotzdem immer in Paris, aber du weißt, daß ich dir keine Gemeinplätze zumute, es war nur für mich so, und weil ich eben so lange dort war. Und weil es humaner ist, du weißt, was ich meine, und sprechen kann man auch darüber, weil es Worte gibt dafür, na, das brauche ich dir nicht zu sagen, bei uns geniert man sich ja, ein Wort in den Mund zu nehmen, wenn man im Bett liegt, weil so ziemlich jedes danebengehen kann, so oder so, entweder es wird eine Vulgarität oder man schwebt sofort in die Wolken einer Sprache ab, die man sowieso nicht braucht und ⟨die⟩ auch zu nichts taugt. Und sie nickte wieder und nahm ihren

Löffel, sie dachte, warum schreiben die hier lauter deutsche Ausdrücke in die Speiskarte, wir sind doch nicht im Ausland, und sie sah flehend einen Augenblick zu dem Kellner, weil kein Brot auf dem Tisch war, und er setzte ihr auseinander, welche Richtigkeit es mit dem Kinseyreport hatte und wie die Wirklichkeit war, und was french kissing bedeutete, und sie lachte ein wenig und sagte, aber du übertreibst wohl, das kann doch nicht wahr sein, daß die nicht küssen können, ja, das meint man, daß jedem Kind das sofort einfällt, aber nun, du siehst ja, wenn die sogar einen derartigen Ausdruck haben, um ⟨auf⟩ eine Besonderheit anzuspielen, in ihren Augen. Nein, wahrscheinlich sind die slawischen Frauen doch das erstaunlichste ⟨⟩

Sissi-Fragment

* Möchtest du jetzt nicht zu den Kindern gehn, sagte Barbara, und sie sah sie auch hereinkommen, und sie mußte die ganze Zeit denken, wie merkwürdig das war, daß sie und Barbara sich so gerne mochten und die Kinder auch sie, und daß es jedesmal gut ging. Und Tissi sagte mit einer Stimme, die ihr selber unwahrscheinlich leicht und souverän vorkam, na, ob die noch fünf Minuten warten können.

Du mußt Peter die Geschichte fertigerzählen vom letzten Mal, er sagt, das mit den Erzmäusen und den ⟨Erzbergen⟩ und diese ganze Erzgeschichte. Was ist das mit dem vielen Erz, das du den Kindern erfindest.

Barbara setzte sich ⟨an den⟩ Tisch und stöhnte, ich hätte die Kinder heute ermorden können, wirklich ermorden. Tissi lachte, eine erheiterte Zuschauerin, und sie dachte, jetzt wird Lajos wahrscheinlich gleich zurückkommen, mit den Zigaretten, aber es war besser, wenn sie im Kinderzimmer nicht rauchte. Trink doch einen Schnaps, Barbara, sagte ⟨sie⟩, ich hol ihn dir aus der Küche, ich weiß doch, den brauchst du, und sie ging also, was ihr nicht richtig vorkam, so selbstverständlich in die Küche ⟨wie⟩ sie dann zu den Kindern hinaufgehn würde, die jetzt zu brüllen anfingen, Tissi, Tiss, komm sofort, wo bist du denn. Und plötzlich hörte sie die Wohnungstür gehen, und als sie mit dem Schnaps und dem Glas aus der Küche kam, stand sie Lajos gegenüber in der Tür, und ⟨sie⟩ sahen einander an mit diesem ⟨Ausdruck⟩ von unaussprechlicher Zurückhaltung, jedenfalls sie hatte ein Verbotsschild in den Augen, das hieß in jedem Augenblick, hier, in diesem Haus, bei dir zuhaus hast du mich nicht so anzusehn, und sie sagte, Barbara fällt ja um vor Müdigkeit. Die Kinder sind ja die reinsten Banditen, ja, bitte, es ist doch wahr. Wie sich Peter aufgeführt hat. Barbara, die jetzt ein Stamperl getrunken hatte und so tat, als könnte sie einfach nicht mehr, sagte, also ich sags euch, wie es ist, ich kann ganz einfach nicht mehr.

Als Tissi bei den Kindern war und mit einer automatischen Stimme zu erzählen anfing, während sich Peter um sie ringelte und Felicitas mit den Beinen die Decke hochstemmte und mit ihrem pausbäckigen Gesicht Tissi ignorierte, bitte Peter, laß das oder ich gehe, hörte sie sich sagen, entweder hörst du zu oder, was sind ⟨das⟩ für Faxen.

Und Tissi dachte an Barbara und Lajos und sich und an dieses Gewölk, während sie an das Erz anknüpfte, meinte sie plötzlich losweinen zu müssen, und sie dachte mit einer ⟨Abneigung⟩, oh wie ungerecht bin ich, wie ungerecht, an beide, ja, an beide, und die haben Kinder und sie finden es ganz selbstverständlich, daß ich ihre Kinder anbete, denn ich bete doch diese Kinder an, und wie grausam ist das, und sie werden es eben nie verstehen, wie grausam ist das, und plötzlich war sie es, die Peter zwischen den Hals und die Schulter küßte und ihm das Pyjamajäckchen zuknöpfte, während sie es ihm immer verbot, sie abzuküssen, und sie tauchte ihre Nase in diesen frischen Badegeruch und sein feuchtes Haar und hielt ihn an sich gepreßt.

Jetzt stieß Peter sie weg, und sie fing gehorsam wieder zu erzählen an und verirrte sich in der Erzählung, die ihr ein einziges Kauderwelsch zu werden schien, und ging zu Felicitas hinüber und setzte sich so hin, wie ⟨sie⟩ meinte, daß Mütter an den Betten ihrer ⟨Kinder⟩ sitzen müßten, und schaute sie liebevoll an und redete und redete, während das nicht aufhörte und immer dieses Schluchzen aus ⟨ihr⟩ herauswollte, am besten, ich würde nie wiederkommen, wirklich nie wieder, und mit Lajos, das muß sofort aufhören, das darf einfach nicht sein, es ist widerwärtig, was ist eigentlich widerwärtig, dachte sie, sie sah ihn sowieso kaum, nur letzte Woche war er plötzlich zu ihr gekommen, noch einmal, sicher zum letzten Mal, und hatte gar nichts gesagt, nur, er müsse einmal schauen, was sie so mache, und: Ich habe deinen neuen Flirt getroffen, Siss, was, sie hatte gestammelt, sie wisse nicht, wen er meine, und sie wußte es natürlich, aber er verstand doch weder die Zusammenhänge und auch ⟨nicht,⟩ daß sie es so erscheinen lassen wollte, sie hatte sich auch absichtlich einmal von Franz anrufen lassen bei Lajos und Barbara, und Barbara hatte erstaunt gesagt, es ist für dich, Sissi, der Werner, und Sissi war wirklich rot geworden und war mit einer verhuschten Stimme am Telefon, ach ja, was nein, was morgen, ja doch, und dann hatte sie sich zum Abendessen gesetzt und einen Moment verlegen nach ihrer Serviette gesucht, und jetzt dachten also beide etwas, das heißt, sie hoffte es. Und sie bettete die Kinder noch einmal richtig hin und stand da, in einer unendlichen Entfernung von ihnen und zu ihrem eigenen Ich, dazwischen, und starrte auf diese fremden Kinder und auf ihre fremden Schuhe und dachte, sie müsse auf dem Gang in den Spiegel schauen und ihr Gesicht rasch sehen, weil sie nicht mehr wußte, was für ein Ausdruck in ihr war. Es ist eine unhaltbare Situation, sagte die eine Sissi, und die andere sagte: und so sind aus den Erzgründen dann Erzschlünde geworden, und wer nicht zu den Erzschläfern gehört, und sich seinen Erztraum 〈〉

Herztraum, was was was? rief 〈mit〉 überhoher Stimme Peter. Ruhe, sagte 〈sie〉 streng, als wäre sie seine Gouvernante, jetzt herrscht sofort absolute Erzruhe.

Sissi ging hinunter und setzte sich 〈zu〉 Barbara und Lajos, der sie plötzlich ansah und sagte, Barbara, findest du nicht, sie ist hübscher geworden. Sie wird immer hübscher. Sissi hatte vergessen, ihr Gesicht anzusehn im Spiegel, und jetzt schien ihr Gesicht schmetternd zu Boden zu fallen, das ist nett, daß du das findest, sagte 〈sie〉 tonlos, und sie dachte, ich hasse ihn, ich hasse ihn.

Barbara möchte ins Kino, sie sagt, sie möchte den Wilden Westen sehen, irgendetwas Aufregendes, was sie ablenkt, und Sissi ging plötzlich zu ihr hin und berührte sie sanft mit der Hand und sagte, wie du das fertigbringst, ich weiß nicht, ja komm, gehen wir, und sie lachte Lajos zu, ihm mitten in die Augen, herausfordernder also 〈als〉 sonst. Aber du mußt uns ein Eis spendieren, ja, und was du für ein Glück hast, du kommst noch ins Kino, mit zwei so Schönen. Willst du 〈Kronenberg〉 anrufen und ihn fragen, sagte Barbara eifrig, und Sissi lachte, ach nein, gehn wir, es ist netter so, er ist ein solcher Geistesspießer, er würde doch nie in einen Wildwestfilm gehen. Und dann lasen sie das Kinoprogramm und lachten. Es muß immer was Höheres sein, und während Sissi weiterredete, schob Lajos die beiden Frauen, jede an einer 〈Hand〉 haltend, zur Tür hinaus, kramte den Autoschlüssel hervor, und vorne stieg Barbara ein und Sissi zwängte sich auf den schmalen

Rücksitz, und sie dachte, während ihr Hochgefühl, daß irgendwas gut ausgegangen war, was denn? nicht nachließ, ich werde also immer hinten sitzen, und sie sagte dann noch: ich kann aber bei den Kindern bleiben, wenn euch wohler ist, ich bleibe gern.

Freundinnen

* Freundinnen

Gisi stellte die Koffer ab, und dann flog sie, wie sie es seit jeher tat, Marietta um den Hals, und zuerst küßten sie einander ab und dann sagten sie einander, wie herrlich es sei, daß sie endlich einmal und nach so langer Zeit miteinander sein könnten, und sie fuhren einander in die Haare und schoben die Koffer bis zum Zimmer, das Marietta für Gisi freigemacht hatte, alles wie immer und ein Margueritenstrauß mit Mohnblumen auf dem Tisch, obwohl Marietta sich gar nichts aus Blumen machte, und Gisi fand es rührend, himmlisch, einzigartig, und sie war irrsinnig glücklich, wieder in Wien zu sein, nein, es war kaum mehr auszuhalten gewesen in den letzten Wochen, und nun war es schon sicher, daß sie einander unendlich viel zu erzählen hatten, Gisi mußte ja Furchtbares durchgemacht haben, dachte Marietta noch einmal, fand aber, daß Gisi so schlecht gar nicht aussah, wie eine Frau, die kurz vor der Scheidung oder am Ende oder in der Mitte eines Martyriums stand.

Gisi zog eine Kette hervor, die es nur in London gab, und Marmelade, die sie immer mitbrachte, und Marietta band sich den Gürtel um die Mitte und verschwieg, daß sie entschlossen war, ihn nie anzuziehen, aber sie fiel noch einmal Gisi um den Hals und fand alles herrlich, aber am herrlichsten, daß Gisi endlich da war.

Sie sagte nicht, daß sie völlig erschöpft war von den Vorbereitungen, weil Fritz unbedingt heute mit ihr reden wollte oder zumindest morgen und diese Gisi schon zum Teufel wünschte, ohne sie zu kennen, wie gehts denn Fritz, fragte Gisi, oh danke, sagte Marietta, und sie standen in der Küche und setzten das Teewasser auf, also was ist nun.

Nun, eigentlich geht es mir schon besser, sagte Gisi, erleichtert, ich habe einen unwahrscheinlichen Flirt auf dem Frankfurter Flughafen angefangen. Ich hätte gar nicht gedacht, daß ich zu sowas imstande bin, aber wieso denn nicht, sagte Marietta harmlos, und Gisi verfiel nun ⟨in⟩ ihr merkwürdiges Nachdenken, warum sie dies oder jenes nicht könne, zum Beispiel sei es ihr immer unmöglich gewesen, mit einem Mann, bloß weil er so oder so aussah, einfach unmöglich. Er mußte unbedingt intelligent sein, ja, das und interessant, das war ihr das Wichtigste, aber nun kam diese Geschichte in Frankfurt störend in ⟨⟩ und Marietta sagte, obwohl sie es nicht dachte, einfach so, weil sie seit der Zeit mit Lucien doch alles anders sah, aber an einem Mann ist es doch nur wichtig, wie er aussieht, intelligent kann man schließlich selber sein, das interessiert mich überhaupt nicht, was er macht, Gisi starrte sie zweifelnd an und sagte, das habe ich schon oft nicht an dir verstanden, wie grade du nur aufs Äußere gehen kannst, du müßtest doch unbedingt jemand haben, der dich versteht.

Aber um Himmels willen, rief Marietta, nur das nicht, ich will nicht verstanden werden, ich lege gar keinen Wert darauf, ich will etwas davon haben, einen schönen Mann ansehen können, nun ja, und so weiter.

Dabei hatte sie alles verkehrt gemacht bis zu der Zeit mit Peter, sie war tatsächlich auf dieses Charakterfach hereingefallen, das auch zu nichts führte und nur anstrengend und scheußlich war, bei einem schönen Mann erwartete man sich wenigstens nicht mehr, als man schon sah, und man kam immer noch auf seine Kosten.

Nachdem Marietta diese Ansichten kühn entwickelt hatte, Gisi beinahe überzeugt war, daß Marietta ihr Leben verpfuschte auf diese Weise, während sie mit Symon grade nur leben konnte, weil er einen so ausgeprägten und markanten Charakter hatte, ⟨⟩ sie sang auf einmal ein Loblied auf Symon, und Marietta schwieg hartnäckig, denn sie konnte an Symon weder feststellen, daß er einen Charakter hatte, noch daß irgendwas an ihm interessant war und wie man mit einem solchen Mann eine Krise haben konnte, in dieser Beziehung war Gisi offenbar völlig blind, sie liebte diesen Mann mehr als ⟨sie⟩ wahrhaben wollte, und dieser Symon sah ja in Gisi auch etwas, was sie überhaupt nicht war, na ja, na ja, das war Mariettas liebster Satz, sie hoffte, Gisi würde sich nun endlich setzen und danach erst die Koffer auspacken, aber sie setzte sich nur einen Augenblick und sprang dann gleich wieder auf, weil sie ihr Beautycase auspacken mußte, das zumindest, das hat doch Zeit, jetzt setz dich doch einmal ruhig hin, flehte Marietta, wir trinken jetzt den Tee, nein Milch hatte sie ausgerechnet heute keine, zu dumm, sie hatte das mit der Milch vergessen, sie trank den Tee immer ohne Milch und Fritz und Lucien ja auch, und nun solle Marietta auch die Marmelade kosten, denn die ⟨sei⟩ besser als die vom letzten Mal, und Marietta wollte sie nicht kosten, sie sagte, sie sei überzeugt, ja, und die letzte war doch hervorragend gewesen, sowas gabs in Wien eben nicht, und auch einen Tee wie diesen niemals, das war eben noch der letzte Rest von Gisis Weihnachtsgeschenk, und dann kehrten sie an den Flughafen zurück. Also Symon hat mich hingebracht, er läßt dich vielmals grüßen, my love to her, nein, er mag dich wirklich, und Marietta fragte sich zweifelnd, ob Symon sie überhaupt je hatte leiden können, und dann fiel ihr mit Schrecken ein, daß sie nun drei Tage wahrscheinlich nur über Männer reden würden, und über Gisis alte Lieben und ihre eigenen, und sie hatte eine unbändige Lust, auszuziehen, denn sie wollte nicht über ihre alten Lieben und schon gar nicht über die Situation heute reden, mit Fritz und Lucien und diesem ganzen Durcheinander, denn heute abend hatte sie zur Mutter von Fritz müssen, aber das war nun auch wieder nichts, dabei war die alte Dame endlich einmal bei guter Laune und bereit, mit Marietta Frieden zu schließen, und eine Stunde später standen sie in der Küche, und Gisi griff in den Schrank, hast du kein Gemüsemesser, welches nimmst du denn, ich hab keine Ahnung, sagte Marietta, ich glaube, wir haben keines, du mußt dir sofort ⟨⟩ kaufen, aber nein, man darf keine Messer schenken, bitte nicht, ich brauch es auch nicht sehr, aber Gisi fand es irrsinnig, daß Marietta kein solches Messer hatte, und sie fingen miteinander zu kochen an.

Symon hat mir eine Szene gemacht, du ahnst es nicht. Also stell dir vor, der Mensch hat mein Tagebuch gelesen, aber jetzt wirst du wirklich einmal staunen, denn ich habe das kommen sehen, und ich habe das ganze Tagebuch gefälscht, es steht einfach drin, was überhaupt nicht wahr ist. Aber es hat mir trotzdem nichts genützt. Das ist ja nun der wirkliche Irrsinn. Ich habe hineingeschrieben, Furcht Simon zu verlieren, heute lange geweint und versucht, Marietta zu erreichen, die nie zuhause ist.

Aber ich bin doch immer zuhause, sagte Marietta erstaunt.

Gisi wurde nervös, ja, hast du denn nicht verstanden, ich habe dich weder angerufen, noch geweint, noch habe ich Angst gehabt, daß Simon mich verläßt, ich wollte bloß, daß er endlich aufhört, in meinen Sachen herumzukramen, und mich nicht verfolgt die ganze Zeit, als hätte ich einen Bankraub vor.

Aber um Himmels willen, sagte Marietta, was will er denn von dir.

Ja, wenn ich das wüßte. Es ist so eine Art von Eifersucht, keine richtige, denn warum sollte er denn auch eifersüchtig sein, aber er muß sich irgendwas erfinden, wahrscheinlich damit er explodieren kann oder ich ihm interessant werde, denn er muß doch vor Langerweile mit mir am Einschlafen sein, er ist es aber nicht, er hat diese kluge Eifersucht eingebaut, die stellt er einfach an, wenn er sie braucht.

Marietta fing nun an, über das Tagebuch nachzudenken: Hast du es da, fragte sie. Gisi starrte vor sich hin. Was, nein, natürlich nicht, er hat es doch. Er war wütend, weil er gelesen hat, versucht Marietta anzurufen. Er findet, ich habe kein Vertrauen zu ihm. Also bitte, wie soll man zu einem Menschen Vertrauen haben, der einem ununterbrochen mißtraut.

Marietta überlegte, wann sie Fritz anrufen solle, es war noch zu früh.

Nein, zwischen uns ist alles ganz gut, wie immer, murmelte sie, und sie dachte, warum erzähle ich ihr denn nicht, wie es wirklich ist, und warum lasse ich Gisi andauernd im Glauben, ich sei mit Fritz zusammen, wenn ich doch jeden dritten Tag Lucien treffe, aber schließlich seh ich doch nicht ein, warum ich das dieser Frau erzählen soll, es geht schließlich nur uns beide was an. Und mit Fritz gab es wirklich nur eine Tragödie, jedesmal wenn Gisi nach Wien kam. Denn ausgerechnet dann brauchte Fritz sie, und die beiden miteinander, das war nun wirklich undenkbar, Fritz fand Frauen dieser Art vulgär, ohne Klasse, und wirklich hatte Gisi sehr viel mehr Charme, wenn man mit ihr allein war als in der Gesellschaft, in der Marietta fand, daß dieses blöde Gemisch aus Englisch und einem schlechten Hochdeutsch etwas ergab, was sie an Braten mit Ananas und roten Kirschen erinnerte oder andre Kombinationen, die man in neureichen Restaurants herstellte.

Sie selber schwieg darüber, ließ Fritz wüten und verteidigte so halbwegs ihre Freundin, obwohl sie manchmal auch tiefverletzt zurückblieb, wenn Gisi ohne viel Antennen die unmöglichsten Sachen sagte, Marietta plötzlich an eine Affaire von vor zehn Jahren erinnerte, die für Marietta noch immer nicht geheilt war, und dabei hell zu lachen anfing, na ja, eigentlich kann man den Hubert ja auch verstehen, aber wie er damals herumgerannt ist und jedem erzählte, die Marietta würde ohne ihn ja verhungern, er hat wirklich jeden glauben lassen, er hält dich aus, und Marietta zerteilte die Kohlrabi, mit finsterem Gesicht, wurde plötzlich ganz rauh, ihre Stimme, sie bekam jetzt gleich Halsweh, sie bekam jedesmal Halsweh, wenn jemand ihr etwas »antat«, sie sagte mit krächzender Stimme, dieses Schwein, ich habe immer gehofft, daß er dafür noch einmal wirklich bestraft wird, einfach so, ich hätte es ja tun können, aber ich habe mir gedacht, das Leben denkt sich viel beßre Dinge aus, und die Leute sind übrigens immer ihre eigenen Henker. Dieser abscheuliche Heuchler, ich habe so einen Komödianten wirklich nie wieder getroffen, und das hinter der Maske eines evangelischen Pastors.

Solche Typen gibt ⟨es⟩ doch hier sonst gar nicht, deswegen glaubt ihm ja jeder. Was ich froh bin, daß ⟨ich⟩ wieder zu den leichtsinnigen Männern zurückgekommen bin, weißt, der Fritz betrügt mich zwar andauernd, aber er weiß, daß ich es weiß, und es gibt überhaupt nie Mißverständnisse, und ich könnte mich amüsieren, wie ich will, das ist doch für ihn selbstverständlich.

Gier

Textstufe I

* Ein reiches Mädchen

Elisabeth bekam die Kleine erst nach einigen Tagen zu sehen. Die Kleine war über einssiebzig groß, schwarzhaarig, finster und ⟨scheu⟩, ihr schmaler Körper duckte sich auf den langen schlaksigen Beinen, sie trug einen schwarzen Pullover und einen schwarzen Kittel, einige Ketten um den Hals. Meine Tochter Sibilla, sagte er, bitte sagen Sie ja nicht Sibille zu ihr, das nimmt sie übel, sie ist italienischer als ihre Mutter und alle Italiener miteinander. Die Tochter Sibilla ruckte mit dem Kopf und schwenkte ihre langen Haare, sie lachte nicht, gab keine Hand und sagte kurz, guten Tag, dann war sie verschwunden. Ein freundliches Kind, sagte er, er versuchte ironisch zu sein, na, was sagen Sie, Elisabeth.

Vor dem Wochenende fuhr Elisabeth zum Friseur nach Klagenfurt, mit Milo und Radmilla, sie sagte immer noch vorsichtig, Frau Radmilla, zu Milo sagte sie nichts, sie wußte nicht, wie die Leute hießen, für Herrn Geldern hießen sie eben nur Radmilla und Milo. Radmilla war Slowenin, Milo Kroate, soviel wußte sie, und beide waren schon achtzehn Jahre im Haus. Am Sonntag hatte Sibilla Geburtstag und Elisabeth suchte in Klagenfurt verzweifelt nach einem Geschenk, sie kaufte Bücher und fand schließlich ein Badetuch, das sich halbwegs im Haus sehen lassen konnte. Alle Sachen im Haus waren natürlich nicht aus Klagenfurt, sondern aus Wien oder Deutschland, vieles aus Italien, die Signora war immer nach Venedig einkaufen gefahren, erläuterte Radmilla, denn hier gab es ja nichts, auch angezogen hatte sie sich nur in Mailand, und Elisabeth überlegte, ob ihre Kleider, die nicht aus Mailand waren, sie hier nicht schon längst decouvriert hatten.

Sie schrieb ein Kärtchen, und zwei Zeilen, für Sibilla, Elisabeth. Es war der sechzehnte Geburtstag. Herr Geldern schenkte seiner Tochter nichts, denn sie war aus der Schule geflogen, Frau Radmilla sagte allerdings, er schenke ihr nie etwas, und wenn sie nicht die kompliziertesten Rechnungen veranstaltete, hätte Sibilla auch nichts zum Anziehen und kein Taschengeld, denn Herr Geldern war der Meinung, daß sie alles habe und nichts brauche, auch er brauche prinzipiell nichts, kaufe nie etwas ein und seine Kinder, die kleinere Afdera war in der Schweiz bei Freunden, sollten sich zu Zeiten daran gewöhnen, auch nichts zu brauchen.

Wenn armen oder weniger armen Leuten etwas zustößt, so nennt man das Unglück, wenn reichen Leuten etwas zustößt, so hat das einen Geruch von Schicksal oder Fluch, und Elisabeth, der schon einiges zugestoßen war, und die zum erstenmal versuchte, den Reichtum zu ergründen, wurde immer unbehaglicher, denn über der Familie Geldern lag sozusagen ein Fluch. Er ruhte aber so hell und sommerlicht über ihr, daß davon nichts wahrzunehmen war, Herr Geldern war ein breiter hünenhafter Mann, den sie noch keine Minute unglücklich gesehen hatte, und eines Abends beteuerte er ihr auch, er habe sich in seinem ganzen Leben weder gelangweilt, noch unglücklich gefühlt, noch deprimiert, krank auch nicht, und so kam Elisabeth zu dem Schluß, daß alle ihre Vorstellungen grundverkehrt waren, an wirklich reichen Leuten nagte kein Kummer, und alles, was gespenstisch erschien in dem Haus, war die Kleine, also Sibilla, die Haftschalen in ihren düsteren Augen trug und angeblich nicht einmal ihrer Mutter glich. Der Fluch bestand sozusagen in dem Nichtvorhandensein der Kleinen, die Elisabeth auf ⟨einer⟩ Party oder beim Schwimmen oder mit Freunden vermutete, während sie mit Herrn Geldern Ausflüge machte, aber nach einiger Zeit kam sie dahinter, daß Sibilla überhaupt nie ausging, sondern entweder in der Küche bei Radmilla saß oder in ihrem Zimmer lag und Schallplatten hörte, neapolitanische Lieder von Múrolo oder Opern, Bellini, Verdi, und ihr Zimmer war austapeziert mit Fotografien von Neapel, von Florenz und Sizilien, und im Vorübergehen hörte man sie manchmal summen, aber nicht singen, und Elisabeth fragte eines Tages Herrn Geldern, ob Sibilla keine Freunde habe und den Sommer über allein sei. Weiß der Teufel, wo die sich versteckt, natürlich hat sie Freunde, aber sie will ja niemand sehen, das gnädige Fräulein kommt ja nicht einmal zum Essen, aber das wird sich jetzt ändern. Übermorgen kommt die Antoinette Altenwyl, die kommt immer, wenn grade was schiefgeht in ihrer Ehe, und meistens ist das nicht ernst, sie fährt sowieso wieder weg, dummes Weib, aber sonst eine ganz vernünftige Person. Dann mußte Sibilla mit ins Eßzimmer heraufkommen.

Nach der Abreise von Antoinette Altenwyl, die nur eine knappe Woche geblieben war und dann nach St. Wolfgang zurückkehrte, wurde es wieder ruhig in Maiernigg, Sibilla war immer am Tisch gewesen, ohne ein Wort mitzureden, hie und da antwortete sie freundlich auf die Fragen des Gastes, auch Elisabeth wurde mit Pflichtantworten abgefertigt, dann verschwand sie wieder.

Elisabeth mußte nach Wien für zwei Wochen, und als sie zurückkam, hatte Herr Geldern sie in das Zimmer der Florentinerinnen umquartiert. Es war voll mit alten Bauernmöbeln aus Kärnten und Bayern, auch einige italienische Stücke waren darunter, aus dem Friaul, und das war also das Zimmer, in dem, so hoffte sie, die beiden Florentinerinnen nicht gestorben waren. Sie konnten aber gar nicht hier gestorben sein, denn die erste Frau war vom Pferd gestürzt und hatte sich das Genick gebrochen, als Sibilla und Afdera noch sehr klein waren, acht und fünf Jahre alt, und die zweite, ihre Cousine, war im See ertrunken, mit einem Tau, das sich um ihren Hals gewickelt hatte, als sie in der Nacht mit dem Motorboot und dem Bootsmann zurückgekommen war. Elisabeth wunderte sich, daß Herr Geldern dieses Haus nicht verkauft hatte, denn sie hätte nicht auf diesen See schauen mögen, mit einer erwürgten, ertrunkenen Frau, und die andere war allerdings in Oberkärnten auf der Jagd umgekommen, aber immerhin mußte dieses Land doch von Schrecken erfüllt sein für diesen Mann, und nachts wachte sie manchmal auf und zitterte, sie hoffte, nicht auf so schreckliche Weise umzukommen wie alle Geldernschen Frauen. Aber warum dachte sie das bloß nur, denn sie war doch keine Frau Geldern und würde es auch nie werden.

Vor Sibillas siebzehntem Geburtstag heiratete Herr Geldern Elisabeth und kaufte keine Eheringe. Sibilla fragte, ob sie weiterhin Sie sagen dürfe, und Elisabeth bat darum, Elisabeth genannt zu werden.. Der Klatsch über diese Heirat zog sich von Wien über Kitzbühel bis St. Wolfgang und nach Salzburg, aber erreichte Maiernigg am Wörthersee nicht, und Elisabeth verregnete es nur den halben Sommer, sie fuhr manchmal mit Radmilla nach Klagenfurt und hörte sich alte Geschichten an, von den florentinischen Gräfinnen, die zwar verarmt, aber für würdig befunden wurden von Geldern, Häuser einzurichten. Herrn Gelderns Vater war kurz vor dem Ende des ersten Weltkriegs für die Verdienste um die Erbauung der Bahn Linz-Budweis geadelt worden, aber wenige Jahre später hatte ihn die Republik wieder in einen Herrn Geldern zurückverwandelt, aber geschickter als sein Vater, der nur ein treuer Diener des Kaisers gewesen war, und unternehmungslustiger als die Generation unter der Monarchie, war Herr Geldern zum größten Bierbrauer Österreichs und ⟨⟩ einer Kette andrer Unternehmen in der Lebensmittelbranche des Landes geworden. Daß er reich war, wußte sie, aber sie erfuhr erst nach der Heirat, daß sie einen der drei reichsten Männer Österreichs geheiratet hatte, und obwohl ein österreichischer Reichtum, gemessen an einem deutschen, einem amerikanischen, englischen, nicht viel bedeutete, war sie vermutlich mit einem wirklich reichen Mann verheiratet.

Elisabeth hatte von ihrer Mutter noch 50.000 Schilling auf der Bank, die sie vorsichtig für Strümpfe, Wäsche und Kleider ausgab, denn Herr Geldern schien nicht nur Sibilla und Afdera kurz zu halten, sondern sich auch keine Gedanken zu machen, was seine dritte Frau anzog, was ihr fehlte, und als sie zum Zahnarzt mußte und eine verlegene Bemerkung machte, sagte er lachend, aber Du ⟨bist⟩ mir eine, das ist doch lachhaft, was, wovon das bezahlt wird, das geht doch einfach auf die Zahnarztrechnung. Elisabeth ließ sich beruhigt behandeln und wußte nicht, wie hoch die Zahnarztrechnung war, vermutlich fünfmal so teuer, als wenn sie sie selbst bezahlt hätte und unter ihrem Mädchennamen.

Die Reisen nach Wien kamen auf ⟨das⟩ Fahrkartenkonto, aber zwischen diesen Konten, von denen sie wußte, gähnte für sie ein unheimlicher Zwischenraum, sie wußte nur, wo man einkaufen konnte, in welchen Geschäften sie Zutritt hatte, aber nicht, woher ⟨sie⟩ das Geld für etwas nehmen sollte, das ihr gefiel. Sie hatte auch nie daran gedacht, in dem florentinischen Zimmer zu bleiben, aber nun war nichts zu machen, denn umgestellt werden durfte nichts, Sibilla kam einmal herein und spielte mit der Schreibgarnitur ihrer Mutter, die wolle sie später einmal haben. Elisabeth sagte, aber bitte, Sibilla, warum nehmen Sie denn die nicht gleich, wenn sie Ihnen gefällt, sie ist doch von Ihrer Mutter. Sibilla nahm die Garnitur nicht fort, aber Elisabeth rührte sie nie mehr an, sie saß hier einfach unter lauter Gegenständen, die ihr nicht gehörten, und sie stellte sich vor, wie sie selbst an Sibillas Stelle diesen Eindringling hassen würde.

Im Haus Geldern hatte sie niemand rauchen oder trinken sehen außer Antoinette Altenwyl, die mit ihr in das Gastzimmer gegangen war, dort mit ihr rauchte und trank, denn sie sagte, das kenne sie schon, lernen Sie mir den Bertold kennen, der Bertold ist doch notorisch geizig und gegen alles, nicht einmal eine Bierflasche von seinem eigenen Bier darf ins Haus, bitte sagen Sie doch Antoinette zu mir, eines müssen Sie wissen, auf diesem Haus liegt einfach ein Fluch, was die Sibilla, die Afdera ist ja zu klein, alles schon hat ansehen müssen, das können Sie sich in Ihren kühnsten Träumen nicht, nein, das Kind ist ja irrsinnig unglücklich, und der Bertold sieht nichts, nichts, der ist doch blind, aber die Sibilla wird ihm noch was aufführen, und bitte, seine Weibergeschichten, glauben Sie, daß die Sibilla nicht alles weiß, die haßt doch diese Weiber, mich auch, aber ⟨da⟩ tut sie mir sehr unrecht, haben Sie gesehen, wie sie über die Hetti Marburg die Gabel hingelegt hat und geschaut hat, nein, Sie haben keine Ahnung. Meine liebe Elisabeth, da müssen Sie noch viel hinunterschlucken, na, ich hätte ja nie gedacht, daß er je zu einer so anständigen Person wie Sie, nein, ich habe doch Augen im Kopf, der Bertold hat ja einen grauenhaften Geschmack, aber nicht wenn er heiratet, so, Sie haben die Maria Teres und die Giovanna nicht gekannt, ganz große Klasse, aber da sind Sie im Irrtum, denn die Kleine hat ja nicht ihre Mutter so abgöttisch geliebt, sondern die zweite Frau, die Vanna, eine Cousine von der Maria Teresa war sie, eine unglaubliche Person, verarmt waren sie ja, aber verwandt mit den Calvi di dingsda, und praktisch mit allen, mit den D'Adda Brandolin und so weiter, teilweise waren sie ja Venezianer in der Familie, aber dann hat sich herausgestellt, so verarmt waren sie gar nicht, und die Sibilla wird ja noch ein Vermögen von da unten auch erben, wenn die Großmama stirbt, die lebt nämlich noch, in Florenz, ja, so, Sie haben Archäologie, aber einen beßren Zugang, nein, da werden Sie ja die Sibilla im Sturm erobern, in Florenz waren Sie und in Neapel, das hat mir der Bertold gar nicht gesagt, nein, er interessiert sich überhaupt nicht, da ist, wie schon gesagt, Hopfen und Malz, oder aber sie sollen auch mit den Medici verwandt gewesen sein, da muß ich den Atti fragen, wenn es Sie interessiert, jedenfalls über seine Frauen kann man nichts sagen, nur daneben, aber der Bertold kommt halt in die Jahre, und er ist immer ein so bescheidener Mensch gewesen, Geiz kann man da nicht sagen, es ⟨ist⟩ sowas wie ein Prinzip, er hat eine Abneigung gegen Geld, haben Sie ihn je mit auch nur hundert Schilling gesehen, ich nicht, er gibt doch keinen Groschen für sich aus, und vielleicht ist das auch gut so für die Kinder, ich meine, die könnten ja sonst überschnappen, wenn sie das Geld wie Heu, und er hat eben Prinzipien, wir sind nicht so befreundet wie Sie denken, aber der Vater vom Atti und sein Vater waren wirklich Freunde, der Bertold hat doch keine wirklichen Freunde, scheu ist er, sagte sie nachdenklich und inhalierte, dann ging sie zum Fenster und riß es auf, Herrgott, ich will ihm ja nicht sein keimfreies Haus verrauchen, er mags nicht leiden, aber wenn man aufmacht, dann kommen diese dreitausend Fliegen und Mükken und Falter angeschwirrt, ärger als bei uns in Wolfgang, Sie müssen uns unbedingt besuchen, er reist ja nie, aber Sie müssen einfach, bitte, ja, ist das ein Versprechen. Sie küßte Elisabeth und überlegte sich, was für eine Geborene die sein könne, und entschied, daß sie niemals eine sein könne, sonst hätte man das einfach gewußt, aber die Frau war wirklich das Schlimmste nicht und achtzehn Jahre jünger als der Bertold, ihre Sorgen waren das nicht. Ein Lamm war die obendrein. Ja, ein Lamm. Und als Antoinette heimkehrte nach St. Wolfgang, war von Elisabeth kein Name übriggeblieben, sie hieß dort Bertolds Lamm.

Textstufe II

* Das Geldern Bier

Die Jagdgewehre sah Elisabeth zum ersten Mal mit Grauen, sie dachte auch jede Nacht daran, daß sie in einem Haus mit Waffen schlief, aber dann erklärte ihr Bertold, daß sie jetzt nach Ferlach müßten, und sie begleitete ihn zu seinem Büchsenmacher, ein Kipplaufgewehr, er nahm das Zielfernrohr ab und er zeigte ihr, daß der zweite Hahn nicht funktionierte, den hier müssen Sie einstellen, und ⟨dann⟩ drücken Sie ganz leicht auf den ersten, er zeichnete ihr einen Bock auf und erklärte ihr, warum die Schüsse, außer wenn sie in den Pansen gingen oder auf die Füße, unbedingt tödlich sein müßten und wie man warten mußte, wenn ein Tier getroffen war, damit es sich niederlegen und sterben könne in Ruhe, weil man es sonst aufschreckte, und Elisabeth nickte verständnisvoll, jetzt begriff sie es einigermaßen, ein Kopfschuß, ein Schuß, der die Wirbelsäule oder die Lunge durchschlug, der mußte tödlich sein, und er hielt ihr eine Patrone hin, ach, das ist eine Kugel, sagte sie, sie habe sich die anders vorgestellt, nämlich rund, und er hielt dieses Metallstück und erklärte ihr, wie sich einer seiner Teile im Körper aufsplitterte und nicht etwa ⟨durch⟩ einen gewöhnlichen Durchschuß, sondern durch hunderte von Splittern außer dem Metallprojektil, das wirklich durchschlage, tötete.

Elisabeth erfuhr etwas über den Platzhirsch und den Beihirsch, über die Zeit, in der der Platzhirsch ⟨⟩, das war eben die natürliche Selektion.

Und eine Geiß, die sie sahen, an einem Nachmittag, mit zwei Kitzen, da deutete Herr Rapatz aufgeregt hin, die dürfe nur ein Kitz über den Winter behalten, das zweite konnte sie nicht durchbringen, und das schwächere mußte man abschießen.

Bei der Bezirkshauptmannschaft mußte er den Wildstand angeben, und in diesem Jahr ⟨waren ihm⟩ drei Hirsche und zwei Böcke und noch einiges bewilligt worden, drei Hirsche, die Hirschjagd, das war die edelste, so, sagte Elisabeth und schaute beklommen drein, aber sie ging nun schon ⟨mit,⟩ und sie starrte das Gewehr nicht mehr an wie eine Schußwaffe, sondern deutete auf das Holz, was ist das für ein Holz, Nuß, sagte Herr Rapatz, französische, das französische Nußholz war das beste, sehen Sie, wie es gemasert ist, und dem Lauf zu war ein weniger schönes Stück verwendet worden, sehen Sie, sagte er, das ist weniger schön, nichts Besonderes, das ist einfach Nuß.

Textstufe III

* Der Großvater von Bertold Rapatz war unter den vier Erbauern der Eisenbahn Linz-Budweis gewesen und ebenso wie F. Musil dieser Verdienste wegen geadelt worden, und ⟨durch⟩ das rasche Dazwischenkommen der Republik hatten die Rapatz nur wenige Jahre das Vorrecht, sich Edle von Rapatz zu nennen. Ob Bertold Rapatz den Verlust des großväterlichen und äußerst jungen Adels empfand oder nicht, hatte noch niemand feststellen können, denn er ließ sich prinzipiell nie wie andere Österreicher Herr von Rapatz nennen, sondern Herr Kommerzialrat, Herr Diplomkaufmann, das Personal hatte Anweisung, Herr Rapatz zu sagen, und er betonte, daß er bis ins Mark Republikaner sei. Von den Parteien wollte er aber erstaunlicherweise nichts wissen und das Parlament hielt er für einen Sauhaufen, und da die Ausdrucksweise des Edlen von Rapatz einem Fräulein Mihailovics nicht nur rüde und ordinär vorkam, hörte sie vor Verwirrung nach einigen Tagen kaum mehr, daß er rundherum alles schweinisch, säuisch fand und seine Partner, Bankiers und Angestellten als Trottel, Deppen und das lauthals bezeichnete, denn das Republikanische drückte sich in Herrn Rapatz sozusagen durch eine nicht gewöhnliche Art aus, alle Menschen gleich zu finden. Seine Cousine, die tatsächlich mit einem dieser Grafen verheiratet war, von denen Elisabeth träumte, schimpfte er eine dumme Kuh, ebenso aber auch Radmilla, aber wenn er Radmilla dumme Kuh nannte, die schließlich seine Köchin war, so stand Elisabeth immer einen Moment das Herz still, denn sie wußte, daß man niemand mehr dumme Kuh nennen durfte, und sie wunderte sich, daß Radmilla nicht sofort kündigte, aber Radmilla kündigte nicht nur nicht, sondern hatte wie ihr Mann Milo beschlossen, ihr Leben dem Herrn Rapatz zu weihen,

und sie ließ sich bereits sechzehn Jahre lang beschimpfen, schlecht bezahlen und zum Teufel jagen.

Über diese Zusammenhänge sollte Elisabeth noch oft nachdenken, über die Herrschaft und die Dienenden, denn nie war sie in Wien in solche Situationen gekommen, und sie kannte auch niemanden, der noch sieben »Angestellte« hatte, so drückte sich Radmilla aus, die zweifellos das Oberkommando hatte, und dann hörte sie noch von Förstern und dem Oberförster und dem alten Chauffeur Peppi, und dann kam eine Karte aus Italien von dem Kinderfräulein, und da Elisabeth keine Frau Rapatz sah, auch kein Rapatzkind, das sie hätte unterrichten können, unterhielt sie sich allein beim Abendessen mit Herrn Rapatz, in der größten Verwirrung, weil niemand ihr etwas erklärte. ⟨Eine⟩ Resi servierte, einmal tauchte Radmilla auf und machte nur Resi ein Zeichen, Herr Rapatz lachte dröhnend: Kunstgeschichte, ausgerechnet Kunstgeschichte, na ja, das paßt zu Ihnen, Sie sehen ja selber wie so ein Kunstgegenstand aus, Sie Wiener Porzellandame, haben ⟨Sie⟩ wenigstens anständige Schuhe mit und was Gescheites zum Anziehen, und Elisabeth lachte verlegen, sie würde ganz gern spazierengehen. Spazieren, schrie Herr Rapatz, spazieren, die Wiener Dame will hier spazierengehen. Sie sind ja zum Brüllen. Zum Brüllen. Herr Rapatz führte sie in einen andren Raum, und langsam fing Elisabeth an, das Haus zu verstehen, es waren schwere Holzmöbel, ziemlich häßlich, eine Bar, ⟨aus der⟩ Herr Rapatz Steinhäger und Enzian herausholte und ihr ein großes Glas einschenkte. Elisabeth wehrte erschrocken ab, aber bitte, nein, das ist viel zu ⟨stark⟩ für mich, wenn ich einen Schluck...

Elisabeth liebte das Cinquecento, sie sagte verdeutlichend, das sechzehnte Jahrhundert, da Herr Rapatz nicht verstand. Sie schaute sich zwanghaft nach Büchern um, sie entdeckte keine. Herr Rapatz sprach von der Pirsch, er wolle um fünf Uhr früh losgehen, Elisabeth liebte die französische Literatur, die englische weniger, sie vermochte nicht Fielding oder Sterne zu lieben, es war ihr nicht gegeben. Sie adorierte die Frauenfiguren in den französischen Romanen, sie kannte die Herzogin von Langeais oder die ⟨Fürstin⟩ von Turre-Cremata besser als Frl. Novotny oder alle

Frauen, die ihr begegnet waren. Männer suchte sie nicht in den Büchern, für die war die Gegenwart da, Toni Marek hatte mehr Gegenwart als Lucien de Rubempré, und Herr Rapatz war gewaltiger und mysteriöser als der Herzog von..., sie konnte ohne Bücher nicht einschlafen, manchmal nicht ohne Männer, und sie dachte, daß Toni nun bald in Frankfurt sein würde und doch mit seiner Frau, aber wenn er seine Worte zurücknahm, dann hatte sie ein direktes Flugzeug nach Frankfurt von Klagenfurt aus, und sie rief die AUA in Klagenfurt an, sie erfuhr, daß alle Flüge ausgebucht seien.

* Herr Rapatz gab keine Feste und er lud niemanden ein, denn er ging auf die Jagd, und die Jagd war alles, was ⟨er⟩ in seinem Kopf hatte, und Elisabeth lernte nicht junge Grafen von umliegenden Schlössern kennen, sondern saß neben dem zigarrenqualmenden Herrn Rapatz, der von Gemsen und Hirschen, Rehböcken und Geißen, Schonzeiten, Abschüssen sprach, und sie hörte ihm nachlässig zu, alle Flüge ausgebucht nach Frankfurt, sie fragte, wann werde ich Ihr Kind unterrichten, wenn Sie mich auf die Jagd mitnehmen wollen, Herr Rapatz lachte: Kind! Wo zum Teufel ist dieser Teufelsbraten denn – Radmilla! Wo ist der Spatz, er soll sofort, sofort, verstanden, herauskommen aus seinem Loch, und daß mir die Tür nicht mehr abgesperrt wird.

Eine Viertelstunde später, als Herr Rapatz die Kleine vergessen hatte und Elisabeth ein Gewehr zeigte und das Zielfernrohr abhob, stand die Kleine in der Tür. Elisabeth stand auf, die Kleine war mindestens einen Meter achtzig oder fünfundachtzig lang, hochaufgeschossen, mager, vornübergebeugt, sie starrte finster, kurzsichtig vielleicht, und sagte leise Guten Abend.

Das ist Sibilla, sagen Sie ja nicht Sübülle zu ihr, denn sie ist italienischer als ihre Mutter und die ganze Bagasch zusammen, und tatsächlich hätte man sich nichts Fremderes auf einem Kärntner Jagdhaus denken können als dieses lattendünne gebeugte schwarze finstere Mädchen, das einen uralten Gesichtsschnitt von ⟨der⟩ ältesten Schönheit herübergerettet hatte in diese Zeit, sie sah aus wie die Prinzessinnen Carafa, die Elisabeth noch gesehen hatte, mit ihren edlen Hälsen und Nasen, und das stand jung und geduckt und wild vor ihr, Sibilla, der Herr Rapatz auf die Schulter schlug, duckte sich noch einmal und verschwand nach einem Nicken.

Na, was sagen Sie zu meiner liebenswürdigen Tochter.

Elisabeth schwieg und sah zum erstenmal Herrn Rapatz genau an, seine derbe hünenhafte Gestalt, er mußte braune Haare gehabt haben, seine Augen waren braungrün, nein, außer der Größe konnte nichts auf die Kleine übergegangen sein, und Elisabeth sagte zaghaft: Ihre Tochter ist sehr schön. Schön, schön, schrie er, diese Spindel, hören Sie bloß auf, die bildet sich schon genug ein. Essen soll sie, damit sie was ansetzt, die heiratet mir ja keiner.

Drei Wochen später kam Elisabeth um vier Uhr morgens in ihr Zimmer zurück. Sie setzte sich auf ihr Bett und legte die Hände um die angezogenen Knie, sie atmete die Nachtluft, wollte nicht schlafen, sie starrte vor sich hin und wischte sich, eh sie herausrinnen konnten, einige Tränen aus den Augenwinkeln.

Wie würde sie beim Frühstück aussehen, was sagen, würde ⟨es⟩ die Kleine bemerken oder nicht.

Sibilla traf sie erst im Wald, sie sah sie im Zickzack den Waldrand entlanggehen, mit einer gelben Bluse über den Reithosen, Sibilla grüßte nicht, hob aber ihre Hand: Haben Sie ihn vielleicht gesehen! Elisabeth wollte antworten, dann entdeckte sie aber das Pferd, Sibilla meinte nicht Herrn Rapatz, sondern ihren Haflinger, sie standen vor dem Pferd, das abwechselnd gegen Sibilla und Elisabeth den Kopf hob, und sie wußte nicht, wie sie einen Biß verhindern konnte, Sibilla hatte er auch schon ein paarmal gebissen. Milo kam dazu und führte es weg, um es zu satteln, und Sibilla kam nach einer Viertelstunde zurück, sie war gestürzt, hatte Kopfweh, Elisabeth schaute in ihr Zimmer. Sibilla sagte aufgeregt, ich bin aber sofort wieder aufgestiegen, damit er merkt, daß ich mich nicht fürchte, man darf ihn das nicht merken lassen. Herr Rapatz riß die Tür auf, Sibilla! Er brüllte und sah Elisabeth nicht, ich hab dir doch hundertmal gesagt, daß deine Haltung schlecht ist, du kannst dich nicht mit dem Gewicht darauf fallen lassen, ganz leicht und immer kerzengerade gefälligst, hörst du mir zu? Ja, Papa, sagte

Sibilla, ich habe aber kein Gewicht auf ihm gehabt, ich schwör es dir, schwör nicht, wie oft soll ich dir noch, du bist mir zum letzten Mal auf das Pferd gestiegen, hörst du, Elisabeth ging aus dem Zimmer und hörte ihn schreien, nach einer Weile kam Sibilla zu ihr und sagte wild: er will mich nicht mehr reiten lassen, er nimmt mir auch noch den Strolch weg, er nimmt mir alles, ich hasse ihn, ich hasse ihn, ich muß hier unbedingt weg. Verstehen Sie, ich muß hier weg, ich gehe hier doch zugrund. Elisabeth sagte: bitte legen Sie sich sofort hin, Radmilla soll Ihnen Umschläge machen und ein Pyramidon geben, sie suchte in ihrer Handtasche, und ich rede mit Ihrem Vater, er wird es Ihnen nicht nehmen, ich versprech es, ich bringe es fertig, ich rede mit ihm. Sie wollte nur Sibilla rasch loswerden, bitte gehen Sie, sagte sie ängstlich, denn sie sah Herrn Rapatz herauskommen. Gehen Sie, sagen Sie ⟨es⟩ Radmilla. Sibilla hatte ihn nicht gesehen, aber sie wußte, was Elisabeths Blick bedeutete und sie verschwand lautlos, dann trat Herr Rapatz ein und blieb vor ihr stehen. Er war nicht mehr rot angelaufen, sondern lächelte und hob zärtlich ihr Kinn hoch, so so, Sie sind aber ein schlimmes Mädchen, wer hätte das gedacht. Elisabeth ließ sich in die Arme nehmen, sie brachte kein Wort heraus, sie hoffte, daß er Sibilla nicht gesehen hatte. Wo waren wir denn heute nacht, gnädige Frau. Wie sehen wir denn aus, er flüsterte zärtlich Schimpfworte, schlimm, sehr schlimm, und Elisabeth dachte zitternd, daß Marek doch nie so etwas zu ihr gesagt hatte, entweder weil er ein Schriftsteller war oder weil Leute in Wien nicht so redeten und weil Herr Rapatz etwas ganz anderes war als alle Menschen, die sie kannte, und sie kam sich klein vor, von einem Raubtier gefangen, und sie fürchtete ihn körperlich, das Gewalttätige und die Gewehre, die Rehböcke, die sich überschlugen und die er in die Wirbelsäule traf oder in die Lunge, sie sah sie zusammenbrechen, und als Herr Rapatz die Tür absperrte und sie zum Bett drängte ⟨⟩ sie sagte, erregt, aber Radmilla und Sibilla und Resi, es kann doch jeder kommen. Ja, was meinen Sie denn eigentlich, daß ich in meinem eigenen Haus nicht tun kann, was ich will. Aber Sibilla, sagte Elisabeth, das wäre entsetzlich. Wieso Sibilla. Die weiß doch alles. Um Himmels willen, nein, sagte Elisabeth, doch nicht Sibilla, und was soll sie denn wissen. Die ist doch nicht von gestern.

Aber es wird sie kränken, Sie dürfen sie nicht verletzen, sie ist so verletzbar, ich muß überhaupt mit Ihnen einmal über Sibilla sprechen, Sie behandeln sie doch grundverkehrt, und lieblos und hart und und und.

Halt doch endlich den Mund, sagte Herr Rapatz, und: mein Kleines.

Nach Weihnachten desselben Jahres fuhren Bertold Rapatz und Elisabeth nach der Hochzeit zurück nach Kärnten, es blieben noch die letzten Jagdtage bis zum 31. Dezember, und er freute sich auf d⟨ ⟩

* Er hatte keine Ringe gekauft, Elisabeth bekam auch keinen Sportwagen und überhaupt kein Geschenk, und sie wußte nicht, was geschehen würde, wenn sie Herrn Rapatz eines Tages um Geld für Strümpfe bitten würde müssen, sie hatte noch 50.000 Schilling auf der Creditanstalt und kaufte sich Fäustlinge und eine Pelzmütze aus Hasenfell, sie hatte zum erstenmal Angst vor dem Armsein, denn sie bekam jetzt auch nicht mehr 2.000 Schilling im ⟨Monat⟩ für Sibillas Unterricht, und manchmal trank sie in Ferlach Kaffee in dem Wirtshaus, in dem sie zuerst gesessen war, und zahlte vorsichtig aus ihrer Börse. In dieser Woche trank Herr Rapatz wieder sehr viel, aber obwohl sie manchmal dachte, er würde nach einem Rausch nicht mehr aufwachen oder es würde ihn der Schlag treffen, wenn er stundenlang in den Wäldern herumrannte und danach einen Liter Schnaps trank, dachte er nicht daran, krank zu werden oder umzufallen, und Anfang Jänner hatte er den Abschuß vollzählig, zwei Hirsche, einen Rehbock und ein Kitz, dann feierten sie seinen Geburtstag und Elisabeth schenkte ihm Bücher und eine Dunhillpfeife, die Bücher sah er nicht an, die Pfeife war nicht die richtige, er benutzte sie nie, und Sibilla kam nach dem Dreikönigstag, und Elisabeth sagte zu ihr allein, Sie werden sich vielleicht wundern. Worüber, sagte Sibilla kalt, ich wollte Ihnen erklären, ich meine, ich wollte, daß Ihr Vater mit Ihnen spricht, oder ich wollte es ⟨auch⟩ tun, ich hielt es aber für richtiger, daß Ihr Vater zuerst mit Ihnen. Das wird er doch nie tun, sagte Sibilla. Ich habe es mir gedacht. Er tut doch, was er will.

Ich meine, sagte Elisabeth und rückte die Kissen zurecht in dem Florentinerzimmer, daß wir schon irgendwie... auskommen werden, und Sie und Afdera, ich meine, Sie denken vielleicht, daß ich Ansprüche stelle, aber Sie können ganz sicher sein.

Was macht er denn für ein Testament, fragte Sibilla. Ich weiß es nicht, sagte Elisabeth, ich habe ihn gebeten, mir nichts zu geben, damit Sie und Afdera. Ach, hören Sie schon auf, er wird uns noch enterben, Sie natürlich auch, wir brauchen gar nicht darüber zu reden, ich gehe zur Nonna.

Elisabeth war jetzt nicht mehr sicher, daß Sibilla herauswollte aus dem Gefängnis, sie verstand es nicht, aber sie war ja selbst gefangen und verstand es nicht.

*

Herr Rapatz liebte derbe Witze, Geschichten, die Elisabeth nicht komisch fand, die aber seinen ganzen riesigen Körper ⟨ins⟩ Wakkeln brachten vor Lachen, und er wiederholte sie alle drei vier Tage, ohne zu merken, daß er sie schon erzählt hatte. Er liebte Steinhäger, Slibowitz, Enzian weniger, Quetsch, Calvados, Grappa, und Elisabeth schüttelte sich besonders bei Grappa, den Rest fand sie trinkbar, sie lernte in kleinen Schlucken mitzutrinken, und sie erwachte betäubt in den Quetsch-Düften, Calvadosausdünstungen, sie umarmte ihn dann manchmal heftig, wenn sie getrunken hatte, und um fünf Uhr morgens war sie sicher, ihn nicht mehr in ihrem Bett zu finden, weil er die Kraft hatte, aufzustehen, auf die Pirsch zu gehen, auch nach einer halben Flasche Quetsch, und Elisabeth dämmerte bis in den frühen Vormittag hinein, bis sie aus ihrer Narkose erwachte.

Der Förster, der aus Montenegro stammte, und den man dann einfach Sascha nannte, weil er einen unaussprechlichen Namen hatte, wurde eingestellt, nachdem der alte Morokutti sich nicht mehr zurechtfand. Herr Rapatz behauptete, Sascha sei der schlechteste und ungelernteste Förster, den er je getroffen habe, behielt ihn aber. Er kam zum erstenmal nicht auf die Idee, daß er ihn Elisabeth anbieten könne. Die aus Montenegro sind krank, sagte er außerdem.

Es sei notorisch.

Lauter Syphilitiker.

Wie kannst du das behaupten, sagte Sibilla scharf.

Laß es dir gesagt sein, antwortete Herr Rapatz.

Elisabeth sah sich nach dem Syphilitiker um, lächelte zu oft, kam ihm nahe, aber der Montenegriner kam nicht auf die Idee, er war hoffnungslos dumm, und da mußte sie Rapatz recht geben. Im Frühling lernte Elisabeth schießen, und sie ritt noch immer schlecht, sie hatte Angst vor den Pferden. Wenn die ein Freund des Menschen sind, dann weiß ich nicht, sagte sie zu Herrn Rapatz, redete aber nicht weiter, weil sie an Donna Vanna dachte. Sie nannte sie jetzt gerne so für sich, mit Herrn Rapatz sprach sie manchmal per »deine Frau«, obwohl es schwer war, bei drei Frauen herauszufinden, wer mit seiner Frau gemeint war.

* Elisabeth sagte: ich habe solche Muskelschmerzen, daß ich nicht einmal mehr Fliegen fangen kann.

Radmilla wedelte mit einem Fliegenschläger, sie war gegen Fliegenpapier.

Milo, Andi und Sascha tranken Kaffee und aßen Zwetschkenkuchen, Sibilla aß ein halbes Kilo frisches Brot auf, während Radmilla manchmal nach ihr schlug, du wirst zu dick. Sibilla lachte und fraß sich weiter durch das Brot, das eigens für ⟨die⟩ Rapatzfamilie gebacken wurde im Gasthof Eber, das waren die einzigen, die noch Brot buken.

Essen Sie auch gern frisches Brot? Elisabeth verneinte, nahm aber ein Stück, da es von Sibilla kam. Sie suchte jede Gelegenheit, Sibilla nah zu sein, sie zu berühren, und dann dachte sie, sie würde nie, wie Radmilla, sie in die Arme nehmen dürfen, sondern immer die Fremde, diese Frau Mihailovics bleiben, manchmal schon »Elisabeth« genannt, dann wieder nicht, und warum blieb Sibilla, wenn sie so sehr weg wollte, was hatte Herr Rapatz an sich, das alle hielt und alle auseinanderstieben ließ, wenn er sich auch nur dem Haus näherte, er mußte jetzt bald zurücksein.

Er hatte einen Rehbock geschossen, den ganzen Abend wurde gefeiert, er brachte Peppi mit, sie tranken, und Elisabeth hörte sich jedes Detail an, wie der Rehbock zuerst gesichtet worden war, wie er der Geiß nachging, wie er verschwand, wiederauftauchte, und Herr Rapatz hatte ihn in den Kopf getroffen, ein vorzüglicher Schuß, alle Schüsse waren vorzüglich, Herr Rapatz war unfehlbar, und sie freute sich nun beinahe ⟨auch⟩ schon, wenn er einen Rehbock erlegt hatte.

Es gab Kärntner Nudeln und Schweinsbraten, Wild aß Herr Rapatz nicht gern, am liebsten Schweinsbraten, den es zweimal in der Woche gab.

Was gelernt, fragte er Sibilla, wie weit seid ihr.

Darüber sprechen wir nicht, sagte Elisabeth, wir kommen schon weiter.

Sie hatte Sibilla die Französische Revolution erklärt, und jedenfalls in großen Zügen Direktorium und Jakobinerherrschaft, das Konsulat, und sie waren nun bald über Napoleons Anfänge hinausgekommen.

Napoleon, schnaubte Herr Rapatz, und weiß sie nun endlich, wer ⟨der Löwe von Aspern ist.⟩ Weiß ich, sagte Sibilla.

* Reisen stellte Elisabeth sich schön vor, nach Afrika vor allem oder Ostasien, aber Herr Rapatz reiste nicht und auch nicht ihretwegen, er war mit allen Frauen gereist, die genug Geld hatten, auch allein zu reisen, nur mit ihr eben nicht.

Dann sagte sich Elisabeth, es sei keine Liebe, auch keine Leidenschaft, obwohl sie ihm unentbehrlich war, er liebte nicht mehr, Herr Rapatz hatte vor langer Zeit aufgehört, außer Begierden etwas zu empfinden, und er liebte nur noch die Jagd, seine Jagd, und nicht mehr Frauen und die Welt und Reisen, und er liebte seine Geschäfte, aber das begriff sie noch nicht, denn er tat, als gingen sie ihn nichts an. Elisabeth hatte nur Menschen gekannt, die unausgesetzt von ihrem Beruf sprachen und wie schwierig es war, Handarbeitslehrerin oder Schriftsteller oder Kunsthistoriker zu sein, aber sie wußte nicht, zweifelte sogar daran, daß es schwierig war, Millionen zu verdienen, es war ein Geheimnis für sie, sie meinte, Herr Rapatz interessiere sich nicht für Geld und auch nicht für sein Aspern-Bier, das er nicht trank, sondern er sagte nur wegwerfend, da sag ich doch zu dem Idioten, warum trinken Sie Bier, es schwemmt auf, und er sagt mir, was geht Sie das an, und ich sage, es geht mich was an, denn ich bin Bierbrauer.

Dann hörte sie ihn einmal schreien, in der niederösterreichischen Fabrik, wegen eines neuen Entwurfs für ein Etikett, und nur weil er so furchtbar schrie mit einem ganzen Stab von Leuten, dachte sie, es interessiert ihn doch, wie die Flaschen aussehen, mit denen das Rapatzsche Geld hereinkam.

Es ist ganz klar, daß der Löwe darauf muß. Die wollen den Löwen weg.

Elisabeth starrte ihn an. Wie kannst du denn zwischen dem Erzherzog Karl und dem Bier eine Verbindung herstellen.

Ja, du gebildeter Trampel, sagte er, ich kann das eben und ich habe mir auch was dabei gedacht.

Gute Lust hatte sie, sich mit dem Aspernbier zu beschäftigen, aber sie fürchtete, daß Sibilla es mißverstehen könne und immer noch von der Idee des Enterbtwerdens besessen sei.

* Im Wald traf sie Sascha, sie ging ein Stück neben ihm, er entfernte sich etwas von ihr, tat, als suchte er etwas, untersuchte Spuren, hier war ein Hirsch gewesen, und Elisabeth tat, als suchte sie auch, sie schrie leise auf, sie waren in Brombeeren hängen geblieben, und sie sagte, so helfen Sie mir doch hier heraus, aber Sascha stand stumm da und sah ihr ⟨zu⟩, wie sie versuchte herauszukommen, sie hatte zerkratzte Beine und sah ihn zornig an, dann lief sie auf einem Weg, der ihr Weg war, nachhause.

Sascha ist wirklich ein Idiot, sagte sie zu Bertold, der nach Radmilla brüllte, Sie streuen Penicillinpulver auf die Kratzer, und Rapatz befahl, kein Alkohol, weil Radmilla doch für Alkohol war.

Am nächsten Tag, als das Gewitter noch immer auf sich warten ließ, ging Elisabeth wieder ihren Weg, und sie sah sich nach allen Seiten um, sie hatte ein paar Feldblumen in der Hand und hatte Tränen in den Augen, es mußte von der Schwüle kommen, sie wußte nicht mehr, was sie hier tat, warum sie hier in den Bergen war und eine Gefangene von Bertolds Nächten und er ein Gefangener ihrer Unersättlichkeit, für die sie keinen Grund wußte, und plötzlich neigte sie ganz rasch den Kopf und legte zu den Blumen der Bauern und der Förster ihre Blumen, und sie hatte vielleicht auch ein wenig die Knie gebeugt und dachte an ihr Glück und ihr Unglück, und daß ihr Glück sie nicht glücklich machte, aber ihr Unglück beinahe schon zu einem Glück wurde, und dann erschrak sie, weil Sascha aufgetaucht war, sie sah ihn sprachlos an, überrascht bei einer obszönen Handlung, der sie selber keinen Sinn zu geben wußte, und er kam langsam näher, er sagte: Sie fromm? Ich fromm sein. Hier wenig fromme Leute, ich kommen von fromme Leute.

Elisabeth wußte keine Antwort, sie schüttelte den Kopf, er bekreuzigte sich vor dem Marterl, und sie sah rasch weg, dann ging er neben ihr, anders als an den Tagen zuvor, wenn er mit ihr gehen mußte.

Ehe sie einbogen zum Schranken vor dem Besitz, wo ein paar hohe Stauden standen, küßte er sie rasch, dann machte er ihr ein Kreuzzeichen auf die Stirn.

Sie schön und fromm.

Er ließ sie allein weitergehen und Elisabeth lief zum Haus hinauf, sie fand niemanden, sie holte sich etwas zum Trinken, einen Enzianschnaps, und als Rapatz kam, sagte er, du kannst es wohl nicht erwarten. Er griff ihr unter den Rock, und sie sagte schnell, gehen wir zu dir, bei mir ist vielleicht Resi oder Radmilla, sie wollen aufräumen oder die Vorhänge abnehmen oder was weiß ich.

Wie findest Du die Hetti. Nette Person, obwohl sie eine dumme ist, aber die Marburgs sind das alle, ich meine die Frauen, sie mag Dich, würdest Du, was mein Kleines, stell Dich nicht so an.

Es macht mehr Spaß mit zwei Frauen, mir jedenfalls.

Elisabeth sagte, ohne Entrüstung: mir aber nicht, ich kann es nicht. Ich kanns mir nicht einmal denken, es ist schwer, Dir das zu erklären, ich möchte nicht, daß eine andere Frau das sieht, sie dachte krampfhaft nach, es machte ihr nichts aus, was die Leute dachten, aber das konnte sie nicht.

Du bringst dich wirklich um ein Vergnügen, sagte er, aber laß dir Zeit. Dann setzte er lachend hinzu, aber mit zwei Männern, wie wäre das? Elisabeth sagte zögernd, das ja, das schon eher. Doch, ich könnte es mir vorstellen.

Wen willst du denn? fragte er.

Aber laß doch, niemand, komm, sagte sie, und sie war es nun, die ihn immer öfter dazu brachte, mit ihr ins Bett zu gehen, am Vormittag, am Nachmittag, in der Nacht, für sie zählten nur mehr diese Stunden, und sie wollte alle die ordinären Worte hören, die er ihr sagte, wie um eine Sprache zu erlernen, und hie und da sprach sie eines nach, aber es kam gequält aus ihr wie die ersten französischen Vokabeln in der Schule vor Jahren.

Hie und da sagte er streng, heute nicht, Porzellandame, heute nicht. Aber nachts kam er doch zu ihr, und sie wußte nicht, ob er seines Alters wegen meinte, jede Nacht mit ihr schlafen zu müssen, denn Marek hatte nie daran gedacht, sondern sie oft nach drei Wochen besucht, als wäre eine Zeit von drei Wochen das natürlichste von der Welt, und er war schließlich dreißig Jahre jünger, sie hatte also mit einem merkwürdigen Problem zu tun, mit einem unersättlichen Mann, der sie unersättlich machte, und er liebte sie nicht und sie liebte ihn nicht. Einmal sagte sie, der neue Förster. Oh, sagte er, und er drückte sie zärtlich an sich, der neue Förster, na schön, wir werden ja sehen.

Ich habe es nur gesagt, weil ich gehofft habe, du ohrfeigst mich, nur deswegen. Viel zu hübsch, um geohrfeigt zu werden, mit dir macht man etwas anderes, mein Kleines, sagte er, und sie schrie entsetzt auf und er sagte wieder diese unverständlichen Worte, an die ⟨sie⟩ sich doch nie gewöhnen würde.

Mitten in der Nacht, vor dem Einschlafen, sagte er, du gehst morgen mit ihm in den Wald, hörst du, hier im Haus passiert mir das nicht. Ich gehe nicht, sagte sie, und weil ich nicht will.

Du gehst und am Abend will ich es wissen, und ganz genau und jedes Detail.

Er hatte nie so mit ihr gesprochen, er war viel furchtbarer, als wenn er schrie, und sie fürchtete, er würde sie erwürgen, und als hätte er ihre Furcht erraten, umklammerte er mit beiden Händen ihren Hals, den drücke ich dir zu, mein kleines Vögelchen, wenn du nicht parierst, aber du wirst ja gehen. Du sollst deinen Spaß haben.

Ich werde keinen haben, sagte sie. Ich kann nicht.

Du wirst, weil es ein Spaß für mich wird, unsere Späße, die sind meine, hast du verstanden.

Elisabeth stand mit Sascha in der Lichtung, sie wußte nicht, wie sie es anfangen sollte, sie sagte, Sascha, bitte, einen Augenblick, ich muß Ihnen etwas sagen. Da er sich nicht rührte, kam sie näher und legte ihm die Arme auf die Schulter, ihr Gesicht an sein Gesicht, sie flüsterte, bitte, Sascha. Es war sehr heiß und schwül und diese stechende Sonne, die sie nur kannte, wenn man zwischen Bäumen und deren Schatten war, es war nicht mehr so absurd, wie sie es sich gedacht hatte, mir ist sehr schwindlig, sagte sie, er nickte, sie sah, daß er auch diesen Blick hatte, der anzeigte, daß sich jemand schlecht fühlte, daß jemand zu heiß war, daß sie beide daran waren, ohnmächtig zu werden, und sie küßte ihn zwischen das Hemd, wo es offen war, die vielen dunklen Haare, es war ihr wirklich übel, aber sie wußte nicht mehr warum, nur daß es ihm ähnlich ging, und nun sagte er etwas Schreckliches: Signora. Für sie war es der Name der früheren Rapatzfrauen, und sie hielt inne, sie starrte ihn ungläubig an, sie murmelte, ich heiße Elisabeth, sag Elisabeth. Er hielt sie plötzlich fest und sanft zugleich, und sie spürten im Stehen ihre Körper endgültiger als in einer Vereinigung, und sie standen nur da, aneinandergepreßt wie ⟨die⟩ Verurteilten, die man nackt vor Jahrhunderten an einen Pfahl gebunden hatte, um sie zu verbrennen, und dieses Verbrennen war mehr als jedes andere Gefühl, das Elisabeth je gespürt hatte, und es gab nichts darüber hinaus.

Und verbrannt lösten sie sich voneinander und gingen zurück, sie kam totenbleich nachhause und legte sich in ihr Zimmer, und nach einer Weile kam Resi und sagte, der Herr sei gekommen, er lasse sie bitten, zu ihm in die Stube zu kommen, sie machte sich langsam zurecht, zog sich dann um, sie suchte unter ihren Kleidern, sie wollte nicht in diesen Hosen und in diesem Pullover hinuntergehen, sie zog ein ganz helles rosiges Kleid an, das sie vorher nie getragen hatte, weil es hier keine Gelegenheiten dafür gab, und sie fand Rapatz in der Stube vor und sah zum erstenmal Sascha sitzen und nicht stehen vor ihm, er holte ein drittes Glas und schenkte für sie einen Schnaps ein, er sprach mit Sascha über das Wild, er scherzte, gab ihr das Glas mit seinem Quetsch und nahm das ihre, sie hörte sich auch etwas sagen, sie wußte nicht, was dieses Reden bedeutete, er war so gut aufgelegt und war grade mit einem seiner Witze zuende, den sie schon kannte, über Tito auf der Jagd, und dann sagte er: und nun zu Euch beiden, und Elisabeth, die selber nicht wußte, woher sie den Mut nahm, sagte, was soll das heißen bitte, von wem sprichst du. Und nun zu uns dreien, sagte er, er trank noch einen Schluck, und alles andere ging so schnell, daß niemand später es zu rekonstruieren versuchte, denn er mußte das Gewehr genommen haben und auf Sascha gezielt haben, und ebensoschnell mußte sich Elisabeth vor Sascha geworfen haben, denn der Tisch fiel um und der erste Schuß traf sie (tödlich, wie die Kommission feststellte), dann erst zielte er noch einmal, zweimal, dreimal, und wenn es nach den Ohrenzeugen gegangen wäre, dann müßte man von einem Massaker sprechen, aber es hatte nur ⟨ein⟩ Schuß Elisabeth getroffen, drei Sascha, und dann hatte Bertold Rapatz sich mit einem fünften Schuß selbst erschossen.

Das Unbegreifliche war, daß niemand in die Stube kam, später sagten Resi, auch Peppi, der vor dem Haus war, sie hätten Schüsse gehört, Radmilla war beim Einkaufen mit Milo gewesen, er hatte sie weggeschickt unter einem Vorwand, weil nichts Wirkliches einzukaufen war, und es kam auch niemals zutage, warum Rapatz seine Frau, diesen Förster und sich erschossen hatte. In den Zeitungen hieß es, aus Eifersucht, denn ein anderes Motiv war undenkbar, aber niemand konnte diese These bestätigen, Radmilla schrie und schluchzte stundenlang, es sei nicht möglich, die gnädige Frau, ganz undenkbar, und dieser unselige Sascha, der hätte natürlich sofort entlassen werden müssen, wegen Unfähigkeit, aber nie habe etwas zwischen ihm und der gnädigen Frau, ⟨⟩

* Und Herr Rapatz wäre überhaupt der letzte Mensch auf der Welt gewesen, der einen so unchristlichen Tod gewählt hätte, der vi-

talste und lebenshungrigste Mensch, den man sich denken könne, und die Öffentlichkeit erhielt also ein krauses und unbegreifliches Bild von der schaurigen Geschichte im Jagdhaus, und alle Zeitungen waren sich zumindest einig, daß die beiden jungen Töchter ein furchtbares Unglück getroffen hatte, und eine Wiener Zeitung zeigte die Millionenerbin Sibilla Rapatz kaum kenntlich, mit herüberfallendem Haar – das sie aber immer so trug – als vom Schmerz gebrochen, das Begräbnis fand in aller Stille statt, ohne Freunde und Verwandte, Afdera blieb in der Schweiz und Sibilla wurde sofort zu den Altenwyls an den Wolfgangsee geschickt, das Jagdhaus wurde an einen rheinischen Industriellen verkauft, der es dann nicht mehr haben wollte, als er von dem Doppelmord und dem Selbstmord erfuhr, konnte aber legal keine Schritte unternehmen, um das Haus wieder loszuwerden, obwohl seine Frau einen Nervenzusammenbruch bekommen hatte, als sie wenige Tage nach ihrem Einzug die Geschichte erfuhr. Toni Marek, der einzige, ⟨der⟩ Elisabeth Mihailovics näher gekannt hatte, konnte sich ⟨nicht⟩ genug tun, an Abenden in der Linde oder beim Heurigen oder bei Freunden in Wien von dieser Frau zu erzählen, die ⟨ein⟩ seltsames, höchst seltsames Wesen gewesen war und die ihm peinlicherweise nachgelaufen war, obwohl er zu der Zeit schon verheiratet war, und die er zu entziffern versuchte, es habe sie einfach ihr irrsinniger gesellschaftlicher Ehrgeiz, der ein wenig im Widerspruch zu ihren Neigungen stand, in dieses Drama geführt, erläuterte er nachdenklich, denn es sei ihm völlig klar gewesen, daß sie nur auf Geld aus war, und was hatte sie nun von dem Geld, und das wagte nun ausgerechnet ein Streber und vom Ehrgeiz zerfressener Mensch zu sagen, dem diese träumerische Gans auf die Nerven gegangen war, die nicht begreifen konnte, daß er schließlich andere Chancen hatte in seinem Leben und eine Fanny Goldmann verrückt gemacht hatte, die Tochter eines Universitätsprofessors geheiratet hatte und daß ihm eine Person ohne Geld und Einfluß wenig nutzen konnte, sondern ein beliebiges Abenteuer war. Erst der sagenhafte Reichtum eines Mannes, wie er nie einen getroffen hatte, gab ihr nachträglich eine Gloriole, die sich für Anekdoten und Studien eignete, und so ⟨kommen⟩ die Menschen, von Zufall zu Zufall stolpernd, plötzlich unter ein nicht vorhandenes Gesetz, nachdem sie ihr Leben ⟨⟩

Paralipomena

* Hochstand / Hier Ruht / Unser Lieber / Vogel / Edelweiß, Enzian / und Feldblumen.

Privatweg, Waldgut Rapatz / Durchgang verboten. (rot extra) / Schranke, wie Bahndammschranke. / Heustadel, Bauernhaus, (Hube.) / Gutshaus

Am 31. Dez. endet die Hirschjagd, nach Weihnachten immer große Spannung wegen der ersten Hirsche. / Jagdblut.

* Bertold Rapatz, einer der drei reichsten Männer Österreichs, wenn nicht der reichste, erschießt einen slowenischen Forstgehilfen, seine dritte Frau Elisabeth Mihailovics, die dreißig Jahre jünger ist, und sich selbst auf seinem Jagdhaus in Kärnten. Die Zeitungen berichten von einem »Eifersuchtsdrama«, das überall Aufsehen erregt, aber die wirkliche Geschichte wird in »Gier« erzählt, die Geschichte eines über sechzigjährigen Mannes, ⟨⟩

* Gier

Ingeborg Bachmann, (als Lyrikerin wie als Erzählerin ausgewiesen,) hat für die Bibliothek Suhrkamp eine neue Erzählung geschrieben. »Gier« knüpft an einen Vorgang in der letzten Erzählung von Ingeborg Bachmann, »Drei Wege zum See«, an. Eine Starphotographin, eine Frau von 50 Jahren, die in Kärnten ihre Ferien verbringt, liest in einer Provinzzeitung die Nachricht eines angeblichen Eifersuchtsdramas: Der 62jährige Diplom-Ingenieur Bertold Rapatz hat seine 33jährige Frau, deren Liebhaber und sich selbst erschossen. Die Erzählung »Gier« enthüllt, wie diese Geschichte wirklich verlief. Sie entlarvt ⟨auch⟩ eine Doppellüge, die die Armen über die Reichen und die Reichen über sich selbst verbreiten. Im Mittelpunkt der Erzählung, die auf einer österreichischen Jagdhütte spielt, steht der Multimillionär Bertold Rapatz. Scott Fitzgerald hat einmal gesagt, daß ein Schriftsteller, der mit der Darstellung eines Individuums beginne, einen Typus schaffen könne; der, der mit einem Typus beginne, schaffe – nichts. Bertold Rapatz, in seiner Besonderheit und nur ihm eigenen Zügen, ist ein Typus unserer Zeit, Rapatz will alles und bekommt alles. Seine Gier ist Gier nach Geld, nach Macht, nach dem Besitz von Frauen, nach Leben. Doch diese Gier zerstört die Menschen, die in seiner Gewalt sind, und sie zerstört letztlich auch ihn.

Anhang

Sacherläuterungen

Requiem für Fanny Goldmann

9,24 Anouilh] Jean Anouilh (1919–1987), französischer Schriftsteller

9,24 Wilder] Thornton Wilder (1897–1975), amerikanischer Schriftsteller

9,25 Spiel im Schloß] Es dürfte Jean Anouilhs Erfolgsstück »L'invitation au château« (1947) (dt. unter dem Titel »Einladung ins Schloß« 1948) gemeint sein.

10,17 Goldmann] Max Goldmann war der (bis 1904 geführte) bürgerliche Name des österreichischen Theaterregisseurs Max Reinhardt (1873–1943), der 1937 nach Amerika emigrierte.

10,18–10,19 »Die Jüdin von Toledo«] Historisches Trauerspiel in fünf Akten (1872) von Franz Grillparzer

10,20 »Danke für die Rosen«] nicht nachgewiesen

12,33 Minister Fey] Emil Fey, österreichischer Heimwehrführer (1886–1938), 1933–35 Vizekanzler und Innenminister der österreichischen Republik, verübte beim Einmarsch der deutschen Truppen zusammen mit seiner Familie Selbstmord.

12,33–12,34 Dollfuß] Engelbert Dollfuß (1892–1934), von den Nationalsozialisten ermordeter österreichischer Bundeskanzler (1932–1934)

12,34–12,35 Fey ein Mitwisser des Attentats] Anspielung auf die bis heute umstrittene Rolle Feys (vgl. Kommentar zu S. 12,33) bei dem nationalsozialistischen Putsch im Bundeskanzleramt am 25. Juli 1934.

13,3 Planetta] Otto Planetta, »ein ehemaliger Stabswachtmeister des Bundesheeres«, war der Mann, der sich nach der Ermordung von Engelbert Dollfuß am 25. Juli 1934 »als Kanzlermörder bezeichnete«. »Er wurde, obwohl auch die Richtigkeit dieser Selbstbezichtigung angezweifelt wurde, ⟨...⟩ von einem Militärgericht verurteilt und am 31. Juli gehängt« (zitiert nach dem in Ingeborg Bachmanns Bibliothek erhaltenen Buch von Hanns

Leo Mikoletzky: Österreichische Zeitgeschichte. Vom Ende der Monarchie bis zum Abschluß des Staatsvertrages 1955. Wien, München: Österr. Bundesverlag, 2. Aufl. 1964 ⟨1. Aufl. 1962⟩, S. 300).

19,9 Eichmannprozeß] Adolf Eichmann wurde 1960 als Naziverbrecher vom israelischen Geheimdienst aus Argentinien nach Jerusalem entführt und am 15. Dezember 1961 zum Tode verurteilt.

20,14 Siedler] Die Schauspielerin Annerose Siedler wirkte u. a. in dem Film »Mordprozeß Dr. Jordan« von Erich Engels (BRD 1949) um den authentischen Fall eines Justizirrtums mit, den die Titelgestalt, der wegen Mordes an seiner Schwiegermutter zu lebenslanger Haft verurteilte Tropenarzt Dr. Jordan, nach vorzeitiger Entlassung öffentlich aufklärt. Möglicherweise handelt es sich jedoch auch um einen Tippfehler für den Namen »Seidler«. Dann könnte die Schauspielerin am Wiener Burgtheater Alma Seidler, verheiratete Eidlitz (1899–1977), gemeint sein.

20,15 Holzmeister] Judith Holzmeister (*1917), Schauspielerin, Tochter des Architekten Clemens Holzmeister, zweite Frau des Schauspielers Curd Jürgens

22,27 gegen drei Uhr früh, als es hell wurde] Sachfehler (im September in Wien nicht möglich)

24,18 Italo Svevo] Italo Svevo (1861–1928), italienischer Schriftsteller

28,11 Iphigenie] Tragödien von Euripides, Jean Racine (1674), Johann Wolfgang von Goethe (1779–87), Gerhart Hauptmann (1941, 1943)

28,13 Medea] Dramen u. a. von Euripides, Pierre Corneille (1635), Franz Grillparzer (1821; dritter Teil der Dramentrilogie »Das goldene Vlies«), Hans Henny Jahnn (1926), Jean Anouilh (1948)

34,33–34,36 daß man wirklich einiges mit den Deutschen gemeinsam hatte ⟨...⟩ natürlich mit Ausnahme der Sprache] Wahrscheinlich Anspielung auf Oscar Wildes Märchen »Das Gespenst von Canterville«: »⟨...⟩ ein ausgezeichnetes Beispiel dafür, daß wir heutzutage tatsächlich alles mit Amerika gemeinsam haben, ausgenommen natürlich die Sprache« (zitiert nach der Ausgabe, die sich auch in Ingeborg Bachmanns Bibliothek befindet: Oscar Wilde: Werke in zwei Bänden. Hrsg. von Rainer Gruenter. München: Hanser 1970, Bd. 1, S. 348).

37,1–37,4 Inquisition ... sublimen Verbrechen] Anspielung auf J. A. Barbey d'Aurevillys Erzählung »Die Rache einer Frau«; in Anlehnung an Barbeys poetologische und kulturkritische Überlegungen formuliert Ingeborg Bachmann in den Entwürfen zu einer Vorrede zu dem Roman »Das Buch Franza« ihre »Todesarten«-Poetologie.

37,17–37,18 Krankheit zum Tod] Anspielung auf die religionsphilosophisch-psychologische Schrift Søren Kierkegaards »Die Krankheit zum Tode« (1849), deren Titel wiederum Goethes Roman »Die Leiden des jungen Werthers« (1774) zitiert.

38,2–38,6 Renaissance, zu vergiften ... Gegenstände] Zitat aus Oscar Wildes Roman »The Picture of Dorian Gray« (1891), dessen Held in einem »gelben Buch« liest, das auf Joris Karl Huysmans Roman »A rebours« (1884), einen Klassiker der literarischen Décadence, anspielt, und von dieser Lektüre gefangen genommen wird: »Sie alle [die Gestalten des Buchs im Buch, Hrsg.] besaßen eine furchtbare Faszination. Er sah sie bei Nacht, und am Tage verwirrten sie seine Phantasie. Die Renaissance verstand es, auf geheimnisvolle Arten zu vergiften – durch einen Helm oder eine brennende Fackel, einen bestickten Handschuh oder einen juwelenbesetzten Fächer, ein vergoldetes Riechdöschen und eine Bernsteinkette. Dorian Gray war durch ein Buch vergiftet worden.« (zitiert nach der Ausgabe, die sich auch in Ingeborg Bachmanns Bibliothek findet: Oscar Wilde: Werke in zwei Bänden. Hrsg. von Rainer Gruenter. München: Hanser 1970, Bd. 1, S. 273) Vgl. Ulrike Marquardt und Lothar Bluhm: Das vergiftete Buch. Zu einem intertextuellen Spiel in Ingeborg Bachmanns zweitem »Todesarten«-Roman. In: Wirkendes Wort, 47 (1997), S. 353–358. Vgl. darüber hinaus Honoré de Balzacs Roman »Katharina von Medici«: »In Florenz hatte diese gräßliche Kunst einen solchen Hochstand erreicht ⟨...⟩. Ein Paar parfümierter Handschuhe infiltrierte durch die Poren eine tödliche Krankheit« (zitiert nach: Honoré de Balzac: Die menschliche Komödie. Gesamtausgabe in zwölf Bänden. Hrsg. und eingeleitet von Ernst Sander. Lizenzausgabe Gütersloh: Bertelsmann o. J., Bd. 12, S. 278).

38,8 das chinesische Buch] Anspielung auf das »Kin Ping Meh« (Djin Ping Meh), einen Klassiker der chinesischen erotischen Literatur aus dem 16. Jahrhundert, der dem Staatsmann und Schriftsteller Wang Shih-Chên zugeschrieben wird. Dieser soll sich an einem verfeindeten Zeitgenossen gerächt haben, indem er ihm ein vergiftetes Manuskript seines Buches überließ. »Er kannte die Gewohnheit seines Gegners, bei der Lektüre vor dem Umblättern den Finger mit der Zunge anzufeuchten. Also präparierte er die Blatt-Enden seines Manuskripts mit einem langsam und tödlich wirkenden Gift. Er dosierte es so, daß der Leser das ganze Opus zu Ende lesen konnte, ehe das Gift seine tödliche Wirkung voll verrichtete.« (so Franz Kuhn im Nachwort zu der Ausgabe: Kin Ping Meh oder die abenteuerliche Geschichte von Hsi Men und seinen sechs Frauen. Aus dem Chinesischen übertragen von F. Kuhn. Wiesbaden 1950, S. 918. Vgl. auch Ulrike Marquardt und Lothar Bluhm: Das vergiftete Buch. Zu einem intertextuellen Spiel in Ingeborg Bachmanns zweitem »Todesarten«-Roman. In: Wirkendes Wort, 47 [1997], S. 353–358, hier S. 356)

43,6 Holzmeister] vgl. Kommentar zu S. 20,15

44,32–44,33 Charakter ... Talent] Die Gegenüberstellung von Talent und Charakter steht wahrscheinlich im Zusammenhang mit Ingeborg Bachmanns Balzac-Rezeption. Das – selten ausgewogene – Verhältnis von Charakter und Talent zieht sich leitmotivisch durch Honoré de Balzacs »La comédie humaine«, und zwar bezeichnenderweise vor allem dann, wenn Schriftsteller beschrieben werden; vgl. z. B. in dem Roman »Modeste Mignon«: »Nur außerordentlich selten waltet ein Einklang zwischen Talent und Charakter« (Bd. 1, S. 646), oder in »Glanz und Elend der Kurtisanen«: »Deshalb kann man jene, deren Charakter auf der Höhe ihres Talents steht, niemals genug loben« (Bd. 6, S. 874) (zitiert nach der Ausgabe Honoré de Balzac: Die menschliche Komödie. Gesamtausgabe in zwölf Bänden. Hrsg. und eingeleitet von Ernst Sander. Lizenzausgabe Gütersloh: Bertelsmann o. J.).

46,4 Schwester von einem Hai] Das Motiv des »perfekte[n] Mord[s]« (S. 85,7) an Malinas Schwester, die in Griechenland beim Schwimmen von einem Hai zerrissen wird, dürfte auf den tragischen Unfall der österreichischen Schriftstellerin Helga Pohl (geb. 1921) zurückgehen, die am 31. Mai 1963 bei der Insel Python durch einen Hai ums Leben kam. Die österreichische Zeitung »Die Presse« (4.6.1963) schreibt dazu: »Hai zerriß badende Österreicherin / Tragischer Tod der Schriftstellerin Helga Pohl / Volos (upi, reuter). Die 42jährige österreichische Schriftstellerin Helga Pohl aus Zeltweg, Steiermark, fiel in der Ägäis ⟨sic!, im Pagastikos Kolpos⟩ einem schrecklichen Unfall zum Opfer: Sie wurde beim Baden von einem Haifisch zerrissen. Frau Pohl hatte ihren Urlaub in einem kleinen Touristenhotel auf der griechischen Insel Irikerit ⟨sic!, d. i. Trikeri⟩ verbracht. Am Freitag unternahm sie in Begleitung eines deutschen Ehepaars namens Vigel mit einem Motorboot einen Ausflug nach Python, einer unbewohnten Insel, südlich von Volos. Als das Boot nur noch wenige Meter vom Ufer entfernt war, beschloß Frau Pohl, noch einmal ins offene Meer hinauszuschwimmen. Ihre Begleiter warteten im Boot auf ihre Rückkehr. Zu ihrem Entsetzen bemerkten sie plötzlich, daß sich das Wasser an der Stelle, wo sich eben noch Frau Pohl befunden hatte, rot färbte. Gleichzeitig sahen sie einen Hai, der die Schwimmerin mit sich ins offene Meer hinauszog. Man nimmt an, daß die Österreicherin sofort tot war. Wie die Hafenmeisterei von Volos bekanntgab, dürfte es kaum möglich sein, die Leiche zu bergen.«

⟨Goldmann/Rottwitz-Roman⟩

49,23 Accra] Vgl. das Eröffnungsgedicht von Paul Celans Band »Mohn und Gedächtnis«, »Ein Lied in der Wüste« (Gesammelte Werke in 5 Bänden. Hrsg. von Beda Allemann und Stefan Reichert unter Mitwirkung von Rolf Bücher. Frankfurt/M.: Suhrkamp 1983, Bd. 1, S. 11), in dem der Name der ghanesischen Hauptstadt eine Art Kehrreim bildet.

50,3 denkt an den Hai] vgl. Kommentar zu S. 46,4

50,6 anima] Vgl. Carl Gustav Jung: Die Syzygie: Anima und Animus. In: Aion – Beiträge zur Symbolik des Selbst (Gesammelte Werke, Bd. 9.2). Olten und Freiburg: Walter 1976, S. 20–31.

50,12 Hikmet] Nazim Hikmet (1902–1963), führender Repräsentant der modernen türkischen Literatur, dessen Verbindung von Modernismus und Materialismus ihm eine zwölfjährige Haftstrafe (1938–1950) eintrug und ihn dann ins Exil zwang. Sein Hauptwerk, die epische Dichtung »Menschliche Landschaften« (1941–50), wurde 1961/65 in Mailand mit italienischer Parallelübersetzung erstveröffentlicht.

51,13 Brace und Harcourt] Gemeint ist der Verlag Harcourt, Brace & World (New York, Chicago, Bulingame).

52,4 Rosegger] Peter Rosegger (1843–1918), steirischer Erfolgsautor

52,8 etablierte Literatur vor den Kopf gestoßen] Anspielung auf Peter Handkes Auftritt bei der Gruppe 47 im Frühjahr 1966 in Princeton

55,18 Jedermann] Hugo von Hofmannsthals Adaption der Mysterienspiele vom »Jedermann« (1911) wird traditionell zu den von Hofmannsthal mitinitiierten Salzburger Festspielen gegeben.

57,2 Duse] Eleonora Duse (1858–1924), italienische Schauspielerin

57,13 von einem Haifisch gefressen worden] vgl. Kommentar zu S. 46,4

57,19 Kennedymord] Der amerikanische Präsident John F. Kennedy wurde am 22. November 1963 ermordet.

58,7 Gehirn einen Saumagen nannte] Im X. Buch seiner »Confessiones« bezeichnet Augustinus das Gedächtnis u. a. als den Magen des Geistes (»venter animi«).

61,35 den allertraurigsten Geschichten] Anspielung auf den Roman »Die allertraurigste Geschichte« von Ford Madox Ford (1962)

62,24 Reinhardtseminar] renommierteste Schauspielschule Österreichs, 1929 eröffnet, benannt nach Max Reinhardt (vgl. Kommentar zu S. 10,17)

68,22 Picasso] Pablo Picasso (1881–1973), spanischer Künstler

71,25–71,26 Heutzutage gehört es sich zu sagen, sie sei nicht wahr. Aber meine Geschichten sind wahr] Anspielung wohl nicht zuletzt auf Max Frischs Roman »Mein Name sei Gantenbein« (1964) und insbesondere auf das der Poetologie dieses Romans entsprechende Zitat: »Jede Geschichte ist eine Erfindung« (in: Max Frisch: Gesammelte Werke in zeitlicher Folge. Frankfurt am Main: Suhrkamp 1976, Bd. V.1, S. 48).

75,26 Über allen Gipfeln ist Ruh] Das sind die ersten beiden Zeilen von J. W. Goethes Gedicht »Ein gleiches«.

76,8 Rosegger] vgl. Kommentar zu S. 52,4

81,17 Thielallee] vgl. Kommentar zu S. 81,27

81,25 Lise Meitner] österreichisch-schwedische Kernphysikerin (1878–1968)

81,27 Hahn] Der Kernforscher und (nach dem 2. Weltkrieg) Kritiker der Kernforschung Otto Hahn (1879–28.7.1968) war ab 1912 Mitarbeiter und von 1928 bis 1945 Direktor des Kaiser-Wilhelm-Instituts für Chemie in der Thielallee in Berlin-Dahlem, wo er von 1907 an mit Lise Meitner zusammengearbeitet hat. Ingeborg Bachmanns Bibliothek enthält Hahns Autobiographie: Otto Hahn: Mein Leben. München: Bruckmann, 4. Aufl. 1969.

83,11 Meitner] vgl. Kommentar zu S. 81,25

84,10 von einem Haifisch gefressen worden] vgl. Kommentar zu S. 46,4

88,11 die »rote Gräfin«] Den Beinamen »roter Graf« führte der Diplomat und Mäzen Harry Graf Kessler (1868–1937). In Ingeborg Bachmanns Bibliothek befindet sich ein Exemplar der »Tagebücher 1918–1937« (hrsg. von Wolfgang Pfeiffer-Belli. Frankfurt am Main: Insel 1962), in dem im Vorwort des Herausgebers dieser Beiname erwähnt wird (S. 9).

88,33–88,34 mit ein wenig Rechnen ... die X und Y aufklären] Möglicherweise Anspielung auf eine Textstelle in dem Roman »Ein moderner Liebhaber« von D. H. Lawrence über Menschen, »die in ihrer Einfalt Kinder sind und zwei und zwei zusammenzählen können, jedoch niemals xy und yx« (Zürich: Diogenes 1975, S. 144).

89,35–89,36 sammle ... Geschichten mit letalem Ausgang] Anspielung auf F. M. Dostojewskis Roman »Die Brüder Karamasoff«: »Du fragst mich, was das soll? Sieh mal, ich bin ein Liebhaber und Sammler gewisser Tatsachen und 〈...〉 notiere mir und hebe aus Zeitungen, Büchern, Broschüren oder einerlei woraus eine gewisse Art von Geschichten auf. Ich habe schon eine ganze Sammlung von solchen Blättern« (München: Piper 1985 〈Neuausgabe〉, S. 388).

90,9 die allertraurigste Geschichte] vgl. Kommentar zu S. 61,35

90,36 Fey] vgl. Kommentar zu S. 12,33

91,4 Die rote Gräfin] vgl. Kommentar zu S. 88,11

92,30–92,31 Metaphysik eines Menschen] Möglicherweise Anspielung auf eine Textstelle der 1964 erschienenen Reisebeschreibung »Leuchtende Orangen – Rhodos, Insel des Helios« von Lawrence Durrell: »〈...〉 einer falschen Metaphysik, einer bestimmten Einstellung zum Leben 〈...〉« (Reinbek bei Hamburg: Rowohlt 1964, S. 34).

96,32–96,33 von einem Haifisch gefressen worden] vgl. Kommentar zu S. 46,4

97,23–97,25 Ein Beobachter dieser Jahre und ihrer Sitten käme zur Beschreibung von Tragödien, die tatsächlich stattfinden] Die poetologischen Formulierungen spielen auf das Projekt der Literatur als einer kritischen Sittengeschichte der modernen Gesellschaft bei Balzac und Barbey d'Aurevilly an, auf die sich Bachmann unter anderem auch in ihrer Vorrede zu dem Romanfragment »Das Buch Franza« und in poetologischen Entwürfen zum »Simultan«-Band bezieht (siehe Ingeborg Bachmann: »Todesarten«-Projekt. Kritische Ausgabe. Unter Leitung von Robert Pichl hrsg. von Monika Albrecht und Dirk Göttsche. 4 Bde. in 5 Bdn. München, Zürich: Piper 1995, Bd. 2, S. 71–78, Bd. 4, S. 3–20). Vgl. Honoré de Balzac: La comédie humaine. (Ed.) Marcel Bouteron (Bibliothèque de la Pléiade). Paris: Gallimard 1951, Bd. 1, S. 5–16; Jules A. Barbey d'Aurevilly: Les Diaboliques. Paris: Flammarion 1987, S. 279–282 (Einleitung zu »La vengeance d'une femme«).

97,32 Der Ka] Vgl. Egon Friedell: Kulturgeschichte Ägyptens und des Alten Orients. München: C. H. Beck 1989, S. 179f.: »Der

Ka ist der Doppelgänger, der ›Double‹ des Menschen, der sich von diesem im Tod, in der Ohnmacht, im Schlaf zu trennen vermag, aber auch im Wachen, denn er ist ja imstande, einem anderen im Traume zu erscheinen.«

101,7 Lateranverträge] Das sind die Verträge zwischen Italien und dem Hlg. Stuhl, in denen der Hlg. Stuhl die Souveränität über die Vatikanstadt erhielt und die Beziehungen zwischen Staat und katholischer Kirche in Italien geregelt wurden (1929).

101,7–101,8 Godesbergerprogramm] Grundsatzprogramm der SPD, das 1959 das Heidelberger Programm von 1925 ablöste (endgültiger Abschied der SPD von marxistischen Theoremen und Hinwendung zur sozialen Marktwirtschaft und Westbindung der BRD).

101,8 Regierungswechsel in Algerien] Wahrscheinlich Anspielung auf Sturz und Internierung des Staatspräsidenten und Unabhängigkeitshelden Ahmed Ben Bella 1965 durch Houari Boumedienne, einen der führenden Funktionäre der Staatspartei Algeriens (FLN), der in der Folge Präsident wurde.

111,33–111,34 Donauweibchen] Der Sage nach eine oder mehrere Nixen, die am Grund der Donau leben und – dem »romantisch-komischen Volksmärchen mit Gesang in drey Aufzügen« »Das Donauweibchen« von Karl Friedrich Hensler (1798) zufolge – »große Neigung zur Vereinigung mit hübschen Männern tragen« (zitiert nach: Die romantisch-komischen Volksmärchen. Hrsg. von Otto Rommel. Leipzig: Reclam 1936, S. 119). Ludwig Tieck bearbeitete den Sagenstoff in dem Fragment »Das Donauweib« (1801–1808).

121,1 Lady Chatterley] Anspielung auf D. H. Lawrence' Roman »Lady Chatterley's Lover« (1928)

122,13–122,14 er war zu Schiff nach Frankreich] Schlußvers von Friedrich Schillers Trauerspiel »Maria Stuart«: »Der Lord läßt sich / Entschuldigen, er ist zu Schiff nach Frankreich.«

126,5 Joyce ... Döblin] James Joyce (1882–1941), Heinrich (1871–1950) und Thomas Mann (1875–1955), Alfred Döblin (1878–1957), Repräsentanten der literarischen Moderne

127,8–127,9 Hessen und bei Rhein] deutsches Adelsgeschlecht

127,16 die rote Gräfin] vgl. Kommentar zu S. 88,11

131,3 Donauweibchen] vgl. Kommentar zu S. 111,33–111,34

132,28 Duse] vgl. Kommentar zu S. 57,2

132,28 Pawlowa] Anna Pawlowna Pawlowa (1882–1931), Ballerina des Kaiserlich Russischen Balletts

132,30 Callas] vgl. Ingeborg Bachmanns »Hommage à Maria Callas« (Ingeborg Bachmann: Werke. Vier Bände. Hrsg. von Christine Koschel, Inge von Weidenbaum, Clemens Münster. München, Zürich: Piper 1978, Bd. IV, 342f.)

133,9 Finden Sie, daß Constanze] Anspielung auf die Komödie in drei Akten »The Constant Wife« (1926; deutsch: »Finden Sie, daß Constanze sich richtig verhält«) von Somerset Maugham

133,12 Horváth von Nestroy aus] Ödön von Horváth (1901–1939) und Johann Nepomuk Nestroy (1801–1862), österreichische Schriftsteller und Dramatiker

133,18 Rouault] Georges Rouault (1871–1958), frz. Maler

133,19 Picasso] vgl. Kommentar zu S. 68,22

133,19–133,20 die Hl. Therese von Abilla] Theresa von Avila (Abilla) (1515–1582), Mitbegründerin der ›Unbeschuhten‹ Karmelitinnen, eines Reformzweiges des Karmeliterordens

133,22 Heidegger] Martin Heidegger (1889–1976), deutscher Philosoph, über den Ingeborg Bachmann promoviert hat; vgl. ihre Dissertation: Die kritische Aufnahme der Existentialphilosophie Martin Heideggers (Dissertation Wien 1949). Aufgrund eines Textvergleichs mit dem literarischen Nachlaß hrsg. von Robert Pichl. Mit einem Nachwort von Friedrich Wallner. München, Zürich: Piper 1985.

133,22 Ernst Jünger] Ernst Jünger (1895–1998), deutscher Schriftsteller

133,30 Claudel] Paul Claudel (1868–1955), französischer Schriftsteller

133,30 O'Neill] Eugene O'Neill (1888–1953), amerikanischer Schriftsteller

133,31 Eliot] George Eliot (1819–1880), englische Schriftstellerin

133,35 L'annonce faite à Marie] geistliches Drama von Paul Claudel (1911/12, dt. 1912 unter dem Titel »Verkündigung«)

134,1 Scala] Wiener Bühne der Nachkriegszeit, 1908 als »Strauß-theater« errichtet, 1931 unter dem Namen »Scala« zum Kino umgebaut, nach dem Krieg bis 1955 Theater der russischen Besatzungsmacht, 1956 abgerissen

136,13 Reinhardt-Seminar] vgl. Kommentar zu S. 62,24

136,23 El Al] d. i. die staatliche israelische Luftlinie

137,11 Habimah Theater] d. i. seit 1958 das israelische Nationaltheater (1917 in Rußland gegründet, seit 1928 in Israel)

137,20 Bassermann] Albert Bassermann (1867–1952), deutscher Schauspieler

137,20 Kainz] Josef Kainz (1858–1910), österreichischer Schauspieler

137,20 die Thimigs] Helene Thimig (1889–1974) u. a., österreichische Schauspieler-Familie

139,28 für jeden von uns gibt es den Hai] Möglicherweise Anspielung auf Balzacs Roman »Die ›Fischerin im Trüben‹«: »Philippe hat Max getötet ⟨...⟩, und er tötet auch mich. ⟨...⟩ wir alle haben unsern Philippe« (zitiert nach: Honoré de Balzac: Die menschliche Komödie. Gesamtausgabe in zwölf Bänden. Hrsg. und eingeleitet von Ernst Sander. Lizenzausgabe Gütersloh: Bertelsmann o. J., Bd. 4, S. 769).

140,33–140,35 Fey ... Dollfußmord] vgl. Kommentar zu S. 12,33 und S. 12,33–12,34

Unvollendete Erzählungen zum »Simultan«-Band

Rosamunde

150,37–151,1 Ulysses] Roman von James Joyce (1882–1941)

151,8 im Escorial Furchtbares] Vermutlich Anspielung auf die große, ursprünglich königliche Bibliothek des ›Escorial‹, des Klosters San Lorenzo in El Escorial bei Madrid, das geschichtlich mit der Inquisition assoziiert ist.

153,21 Albee] Edward Albee (*1928), amerikanischer Dramatiker

153,21 Coltrane] John Coltrane (1926–1967), amerikanischer Jazz-Musiker und Mitbegründer des Free Jazz

153,21 Beckett] Samuel Beckett (1906–1989), irischer Schriftsteller

153,22 Majakowski] Wladimir Majakowski (1893–1930), russischer Schriftsteller

155,1–155,2 Nennt mir doch die Anstalt, Die ... erhalten] Zitat aus dem 8. Auftritt des 2. Aufzugs von Friedrich Schillers Trauerspiel »Maria Stuart« (1801). Mit der Großschreibung nach dem Komma übernimmt Ingeborg Bachmann die im Druck übliche Großschreibung am Versanfang.

155,6–155,7 Maria hofft. Kehr ich mit leerem Trost zu ihr zurück?] Zitat aus dem 8. Auftritt des 2. Aufzugs von Friedrich Schillers Trauerspiel »Maria Stuart« (1801)

156,28–156,29 Sekundärliteraturliste ... siehe Alexander, siehe Horney] Franz Alexander (1891–1964) und Karen Horney (1885–1952), amerikanische Psychoanalytiker

159,19–159,20 der zweite Akt von »Der amerikanische Traum«] Anspielung auf Edward Albees Drama »The American Dream« (1961), das in Ingeborg Bachmanns Bibliothek erhalten ist. Der Roman ähnlichen Titels von Norman Mailer – »An American Dream« (1965) – ist in der Bibliothek Ingeborg Bachmanns nicht erhalten.

160,8 Meyerhold] vermutlich Wsewolod Meyerhold (1874–1940), sowjet. Theaterregisseur, 1939 interniert

160,15 Gioconda] Anspielung auf Leonardo da Vincis unter dem Namen »Mona Lisa« berühmtes Porträt der Gattin des Florentinischen Patriziers Francesco del Giocondo und dessen Funktion für den ›dekadenten‹ Renaissancismus des 19. Jahrhunderts

163,2 Zärtlich ist die Nacht] Der bekannte Roman von F. Scott Fitzgerald (1896–1940) ist in Ingeborg Bachmanns Bibliothek in folgender Ausgabe erhalten: Tender is the Night. A Romance. With the Author's Final Revision. Preface by Malcolm Cowley. Harmondsworth: Penguin 1966 (Penguin Modern Classics 906).

163,29 Bleuler] Eugen Bleuler (1857–1939), Schweizer Psychiater

163,29 Jung] Carl Gustav Jung (1875–1961), Schweizer Psychologe und Psychiater

164,3 Baur au Lac] Hotel in Zürich

166,5 Kinseyreport] der unter Leitung des amerikanischen Biologen und Soziologen Alfred Kinsey (1894–1956) erstellte Bericht über das Sexualverhalten des Menschen, dessen zwei Teile in deutscher Ausgabe 1954 und 1955 erschienen

Gier

180,27 Múrolo] d. i. Ernesto Múrolo (1876–1939), Autor von Gedichten, Liedern und Volksstücken im neapolitanischen Dialekt oder Roberto Múrolo, bekannter Sänger Neapolitanischer Canzoni

180,35 Antoinette Altenwyl] Die Kontraktion zweier Figurennamen aus Hugo von Hofmannsthals Lustspiel »Der Schwierige« (1917) – Helene Altenwyl und Antoinette Hechingen – stellt diese zentrale Gestalt des Figurennetzes der »Todesarten« in den Kontext der Gesellschafts- und Sprachkritik der österreichischen Moderne.

183,35 D'Adda Brandolin] Anspielung auf den Familiennamen Brandolin (Brandolini) D'Adda, hervorgegangen aus der Ehe von Leopolta D'Adda mit dem Grafen Annibale Brandolin, der 1914 den Namen Brandolin (Brandolini) D'Adda annimmt

187,33 Fielding oder Sterne] Henry Fielding (1707–1754) und Laurence Sterne (1713–1768), englische Romanciers

187,35 die Herzogin von Langeais] Titel einer Erzählung von Honoré de Balzac (zuerst 1833)

187,36 die ⟨Fürstin⟩ von Turre-Cremata] Mädchenname der Heldin in J. A. Barbey d'Aurevillys Erzählung »Die Rache einer Frau« aus dem Band »Les Diaboliques« (1874) (vgl. Kommentar zu S. 97,23–97,25)

188,3 Lucien de Rubempré] Protagonist von Honoré de Balzacs Roman »Les illusions perdues« (1837/43)

189,1 Carafa] neapolitanische Adelsfamilie

194,18 der Löwe von Aspern] Erzherzog Karl Ludwig Johanns österreichisches Heer besiegte in der Schlacht von Aspern

(21./22.5.1809) Napoleon, der am 13. Mai 1809 in Wien einmarschiert war, und er wurde trotz der definitiven Niederlage Österreichs in der Schlacht bei Wagram (5./6.7.1809) daraufhin als »Überwinder des Unüberwindlichen« (H. v. Kleist) gefeiert.
195,12 Erzherzog Karl**]** vgl. ebd.

Nachwort

Der vorliegende Band stellt nachgelassene Erzählprosa Ingeborg Bachmanns aus den Jahren 1966 bis 1970 vor, die den späteren Phasen jenes großangelegten »Todesarten«-Projekts angehört, das seit 1962/63 im Mittelpunkt von Bachmanns literarischer Arbeit stand. Es handelt sich um fragmentarische Texte, die zu Lebzeiten der Autorin weder zum Druck gelangten noch – wie beispielsweise das Romanfragment »Das Buch Franza« – von ihr in der Form von Lesungen vorgestellt worden sind. Gleichwohl dokumentieren die Texte auf faszinierende Weise die intensive Arbeit der Autorin an unterschiedlichen Möglichkeiten, die zentrale Problemstellung der »Todesarten« – die geistigen und moralischen Verbrechen der modernen Gesellschaft und die subtilen Gewaltstrukturen des sozialen Alltags – in literarisch adäquater Form zur Darstellung zu bringen. In der Erzählung »Requiem für Fanny Goldmann« und in dem Goldmann/Rottwitz-Roman fungiert das literarische Leben der Zeit – die Wiener Theaterwelt der ersten Nachkriegszeit und der Literaturbetrieb der sechziger Jahre – in diesem Sinne als kritischer Spiegel der zeitgenössischen Gesellschaft und damit als die Grundlage für ein literarisches »Bild der letzten zwanzig Jahre«.[1] In den unvollendeten Seitenstücken zu den »Simultan«-Erzählungen konzentriert sich die kritische Phänomenologie des sozialen Alltags in Figurenporträts und Situationsskizzen, während in der Erzählung »Gier« die dargestellten gesellschaftlichen Gewaltstrukturen in einem spektakulären Mordfall aufbrechen. Die Erzählung »Requiem für Fanny Goldmann« war bereits 1966 Gegenstand von Verlagsverhandlungen, der Goldmann/Rottwitz-Roman und die Erzählung »Gier« sind in den letzten Jahren immer wieder als Folgepublikationen des »Malina«-Romans diskutiert worden. Dieses letzte »Todesarten«-Fragment »Gier« war im Mai 1973 sogar schon als Band 347 der Bibliothek

[1] Ingeborg Bachmann: Wir müssen wahre Sätze finden. Gespräche und Interviews. Hrsg. von Christine Koschel und Inge von Weidenbaum. München, Zürich: Piper 1983, S. 66.

Suhrkamp angekündigt, doch hat Bachmann die Entwürfe nicht mehr zu der geplanten großen Erzählung ausarbeiten können.

Nach Bachmanns Tod wurden die fragmentarisch gebliebenen Erzählungen »Requiem für Fanny Goldmann« und »Gier« sowie – unter dem Titel »Aus den Entwürfen zur Figur Malina« – Teile der Rahmenerzählung des Goldmann/Rottwitz-Romans in der vierbändigen Ausgabe der »Werke« (1978)[2] bzw. in dem Essay-Band »Der dunkle Schatten, dem ich schon seit Anfang folge« (1982)[3] erstmals veröffentlicht. Im Rahmen der kritischen Edition von Bachmanns »Todesarten«-Projekt (1995)[4] sind diese Texte auf der Grundlage aller verfügbaren Nachlaßtexte und Zeugnisse einer historisch-kritischen Revision unterzogen worden, die u. a. zur Rekonstruktion des bis dahin unerkannten Goldmann/Rottwitz-Romans führte und jetzt der neuen Einzelausgabe zugrunde liegt. Die vorliegende Neuausgabe der Erzählungen »Requiem für Fanny Goldmann« und »Gier« sowie die Edition des Goldmann/Rottwitz-Romans und der übrigen in diesem Band vorgestellten Erzähltexte beruht mithin auf der gesicherten, im Fall der posthum bereits publizierten Texte zum Teil erheblich erweiterten bzw. veränderten Textgestalt in der kritischen Edition.[5] Die Anordnung

---

[2] Ingeborg Bachmann: Werke. Vier Bände. Hrsg. von Christine Koschel, Inge von Weidenbaum, Clemens Münster. München, Zürich: Piper 1978, Band 3, S. 483–524, 525–554.

[3] Der dunkle Schatten, dem ich schon seit Anfang folge. Ingeborg Bachmann – Vorschläge zu einer neuen Lektüre des Werks. (Hrsg.) Hans Höller. Mit der Erstveröffentlichung des Erzählfragments Gier. Aus dem literarischen Nachlaß hrsg. von Robert Pichl. Wien, München: Löcker 1982, S. 17–61.

[4] Ingeborg Bachmann: »Todesarten«-Projekt. Kritische Ausgabe. Vier Bände in fünf Bänden. Unter Leitung von Robert Pichl hrsg. von Monika Albrecht und Dirk Göttsche. München, Zürich: Piper 1995.

[5] Das aus der Ausgabe »Werke« bekannte, dort vier Seiten lange Fragment »Die gestohlenen Jahre« etwa gehörte zu jenen frühesten Texten des ersten »Todesarten«-Romans (vgl. I. Bachmann: »Todesarten«-Projekt, Bd. 1, S. 117–126), mit dem Bachmann 1962/63 ihre Arbeit an dem »Todesarten«-Projekt begonnen hat. Zusammen mit einem weiteren, in der Ausgabe »Werke« ebenfalls gekürzten Entwurf aus dem ersten »Todesarten«-Roman (I. Bachmann: Werke, Bd. 3, S. 517–524; vgl. I. Bachmann: »Todesarten«-Projekt, Bd. 1, S. 151–164) wurde der Entwurf »Die gestohlenen Jahre« um eine Figur namens Fanny, die allerdings weder Schauspielerin noch die der Fiktion nach berühmte Fanny Goldmann ist, dort allerdings fälschlich der Erzählung »Requiem für Fanny Goldmann« zugeordnet (vgl. I. Bachmann: Werke, Bd. 3, S. 513–517). Auf der an-

der Texte entspricht der Folge ihrer Entstehung bzw. (bei parallel entstandenen Fragmenten) dem Beginn der literarischen Arbeit. Aus der Konzeption der Taschenbuchausgabe als Lese- und Studienausgabe ergibt sich gegenüber der kritischen Edition allerdings der Unterschied, daß die kritischen Apparate, die Überlieferungsbeschreibung und die detaillierte Rekonstruktion der Textentstehung entfallen. Die Sacherläuterungen basieren in bearbeiteter Form auf dem Sachkommentar der kritischen Edition, der stellenweise durch jüngste Forschungsergebnisse ergänzt werden konnte.

Obwohl Ingeborg Bachmanns literarischer Ruhm in den fünfziger und sechziger Jahren vor allem auf ihrer Lyrik beruhte, war sie von Anfang an auch Erzählerin. Auch ihre kontinuierliche Bemühung um die Großform Roman reicht bis in die späten vierziger und frühen fünfziger Jahre zurück. Hierzu sagte sie 1969 in einem ORF-Statement rückblickend: »Schon ehe ich die Erzählungen geschrieben habe, diesen Erzählungsband ›Das dreißigste Jahr‹, hab' ich gewußt, daß es ein Buch für mich geben wird, das man später natürlich einen Roman nennen wird«, und zu diesem Zeitpunkt wußte sie auch schon: »Für mich ist es kein Roman, es ist ein einziges langes Buch. Es wird mehrere Bände geben, und zuerst einmal zwei, die wahrscheinlich gleichzeitig erscheinen werden. Es heißt ›Todesarten‹ und ist für mich eine einzige große Studie aller möglichen Todesarten, ein Kompendium, ein Manuale«.[6] Bachmanns literarische Arbeit in dem Jahrzehnt vor ihrem überraschenden Tod 1973 galt diesem »einzigen langen Buch«, jenen erzählenden Prosatexten, in denen sie das Spannungsverhältnis von Individualgeschichte und Zeitgeschichte, von alltäglichem Leben und gesellschaftlichem Bewußtsein und insbesondere das Zusammenleben der Geschlechter im Zeichen fundamentaler Verlet-

---

deren Seite kürzte die Ausgabe »Werke« die dort unter der Überschrift »Aus den Entwürfen zur Figur Malina« zusammengestellten Bruchstücke der Rahmenerzählung des Goldmann/Rottwitz-Romans (vgl. I. Bachmann: Werke, Bd. 3, S. 525–554) u. a. um die Anschlußstellen für die beiden Binnenerzählungen um Fanny Goldmann und Eka Kottwitz/Aga Rottwitz und zerstörte so den strukturellen Zusammenhang der Entwürfe. Damit war der Zugang zu diesem Romanfragment bis zu seiner Rekonstruktion in der kritischen Ausgabe des »Todesarten«-Projekts« verstellt.

[6] I. Bachmann: Gespräche und Interviews, S. 66.

zungserfahrungen gestaltet hat. Neben den zu Lebzeiten veröffentlichten »Todesarten«-Texten – dem Roman »Malina« (1971), den »Simultan«-Erzählungen (1972) und dem Prosatext »Ein Ort für Zufälle« (1964/65) – entstanden Entwürfe zu drei weiteren Romanen (»Todesarten«, »Das Buch Franza«, Goldmann/Rottwitz-Roman), zu mehreren Erzählungen (»Requiem für Fanny Goldmann«, »Rosamunde« u. a.) und zu anderen Prosatexten (»Wüstenbuch« u. a.), die im Nachlaß erhalten sind. Diese Prosatexte aus den Jahren 1962 bis 1973 sind durch die vielfältige Wiederaufnahme und Variation rekurrenter Themen, Motive, Situationen und Figuren aufs engste miteinander verflochten (vgl. die Übersichtsskizze am Ende der vorliegenden Ausgabe). Einige dieser Texte sollten der Intention der Autorin nach darüber hinaus einen engeren »Todesarten«-Zyklus bilden, als dessen »Ouvertüre« der 1967 begonnene und 1971 veröffentlichte Roman »Malina« konzipiert war.

Die hier vorgestellten Erzähltexte datieren aus den späteren Arbeitsphasen des »Todesarten«-Projekts nach dem Abbruch des ersten »Todesarten«-Romans. Das »Requiem für Fanny Goldmann« (1966), der Goldmann/Rottwitz-Roman (1966/67ff.), die nachgelassenen kleinen Erzählfragmente aus dem Umkreis des »Simultan«-Bandes (1967–1969) und die Erzählung »Gier« (1970ff.) sind parallel zu der sehr weit vorangetriebenen Arbeit an dem Romanfragment »Das Buch Franza« (1965/66) bzw. zur Fertigstellung des Romans »Malina« (1967–1971) und der »Simultan«-Erzählungen (1967/68–1972) entstanden und dokumentieren in besonderer Weise den für das »Todesarten«-Projekt charakteristischen Prozeß der immer wieder neu ansetzenden literarischen Arbeit an einem Gewebe ineinandergreifender Themen, Motive und Figurengeschichten. So ist beispielsweise die Geschichte der Wiener Schauspielerin Fanny Goldmann eine Neubearbeitung des Fanny-Stoffs aus dem ersten »Todesarten«-Roman und entsteht Anfang 1966 zunächst als »Nebenprodukt«[7] zu dem Roman »Das Buch Franza«. Daß die Autorin Martin Ranner, den Bruder der Protagonistin des »Buchs Franza«, in späten Entwürfen zur Fanny

---

[7] Brief an den Piper-Verlag vom 4.4.1966.

Goldmann-Erzählung mit deren Titelfigur in Kontakt treten läßt (S. 44–46), ist eine besonders deutliche Spur dieser Gleichzeitigkeit. Bereits im Winter 1966/67 entwickelte Bachmann jedoch aus der Erzählung den Plan zu einem Roman um die Fanny Goldmann-Figur, der die Arbeit an dem Roman »Malina« begleitet hat. Auch wenn die Ausgestaltung dieses Romans offenkundig immer wieder zugunsten des »Malina«-Romans in den Hintergrund trat, erfuhr der ursprüngliche Romangrundriß im Laufe der Arbeit eine erhebliche Erweiterung, und zwar insbesondere durch die Einführung einer Parallelgeschichte, der »Todesart« der deutschen Journalistin Eka Kottwitz/Aga Rottwitz, deren Schicksal nun mit dem der österreichischen Schauspielerin Fanny Goldmann in ein Verhältnis wechselseitiger Spiegelungen tritt. Mit dieser Konzeption sowie mit einer Fülle wieder aufgenommener Themen, Figuren und Motive hat sich Bachmann im Goldmann/Rottwitz-Roman zuletzt auf neuer Ebene wieder dem Roman-Konzept des ersten »Todesarten«-Romans aus den frühen sechziger Jahren genähert, der bereits als ein Wiener Gesellschaftsroman der Nachkriegszeit angelegt und durch das Prinzip sich wechselseitig spiegelnder Figurenschicksale gekennzeichnet war. Dieser ständige Umschichtungsprozeß kann auch an den zunächst »Wienerinnen«[8] genannten Erzählungen beobachtet werden, jenen ab 1967/68 entstandenen Erzähltexten, von denen fünf in den 1972 erschienenen »Simultan«-Band eingegangen sind. Auf der einen Seite hat Bachmann diese »Reihe von Frauenporträts«,[9] die sie jahrelang als »Nebenprodukt« betrachtet hat, zu einem bestimmten Zeitpunkt zur ›Hauptsache‹ werden lassen, auf der anderen Seite wurden einige dieser ›Porträts‹, die zunächst in den »Simultan«-Band aufgenommen werden sollten, wieder zurückgestellt und offenkundig zum Gegenstand weiterführender Pläne.

---

[8] I. Bachmann: »Todesarten«-Projekt, Bd. 4, S. 3.
[9] Ebd., S. 8.

»Requiem für Fanny Goldmann«

Wann genau Bachmann sich entschlossen hat, eine der Figurengeschichten des ersten »Todesarten«-Romans zu einer eigenständigen Erzählung auszuarbeiten, ist nicht mehr zu rekonstruieren. Erste briefliche Äußerungen über die Fanny Goldmann-Erzählung finden sich Anfang April 1966, bald nach der Vortragsreise, bei der Bachmann aus dem Romanfragment »Das Buch Franza« gelesen hat (22.–25. März). In diesem Frühjahr 1966 hatte Bachmann offenbar schon recht genaue Vorstellungen über den Umfang der Erzählung. Diese würde, wie sie an Siegfried Unseld schreibt (dem sie den Text bereits ein Jahr vor ihrem Bruch mit dem Piper-Verlag anbieten möchte), diesbezüglich »sehr gut in die edition [suhrkamp] passen«.[10] Die Erzählung wird in diesem Brief explizit als Bestandteil des »Todesarten«-Projekts bezeichnet. Ihr Titel – »Requiem für Fanny Goldmann« – ist zwar erst durch einen Brief von Siegfried Unseld an Bachmann vom 12. September 1966 bezeugt, stand vermutlich jedoch auch schon im Frühjahr 1966 fest.

Im Sommer arbeitete Bachmann neben dem Franza-Roman weiter an der Erzählung, die Anfang Juli anläßlich eines Besuchs von Klaus Piper bei Bachmann in Rom Gegenstand des Gesprächs ist.[11] Über eine der späten Episoden (S. 38), in der auf die Legende um das Buch »Kin Ping Meh« des chinesischen Staatsmannes Wang Shih-Chên, einen klassischen Sittenroman aus dem 16. Jahrhundert, angespielt wird,[12] hat Bachmann offensichtlich mit Marie Luise Kaschnitz gesprochen, denn diese notiert unter dem Datum 22. September (1966) in ihrem Buch »Tage, Tage, Jahre«: »I. B. erzählte mir, daß eine Episode ihres neuen Buches von einer chinesischen Geschichte angeregt sei. In der Geschichte schenkt ein Mann einem andern ein Buch, dessen Seiten mit Gift durchtränkt sind. Wenn der Beschenkte das Buch zu Ende gelesen, also alle Seiten umgeblättert hat, hat das Gift seine Wirkung getan, er stirbt.«[13] Die letzten, wahrscheinlich schon am Übergang zum

---

[10] Brief an Siegfried Unseld vom 21.4.1966.

[11] Brief von Klaus Piper an Ingeborg Bachmann vom 12.10.1966.

[12] Vgl. Ulrike Marquardt und Lothar Bluhm: Das vergiftete Buch. Zu einem intertextuellen Spiel in Ingeborg Bachmanns zweitem »Todesarten«-Roman. In: Wirkendes Wort, 47 (1997), S. 353–358.

[13] Marie Luise Kaschnitz: Tage, Tage, Jahre. Frankfurt/M.: Suhrkamp 1984 (1968), S. 128.

Goldmann/Rottwitz-Roman stehenden Entwürfe zu der Fanny Goldmann-Erzählung sind im Spätherbst 1966 entstanden. Spätestens gegen Ende 1966, also etwa zeitgleich mit der Aufgabe des Franza-Romans, wird die Arbeit an der Erzählung »Requiem für Fanny Goldmann« zugunsten des neuen Roman-Projekts abgebrochen, in dessen Mittelpunkt zunächst ebenfalls die Figur Fanny Goldmann steht.

Inhaltlich weicht die Erzählung »Requiem für Fanny Goldmann« in einigen wesentlichen Aspekten von dem Grundriß der Fanny-Geschichte des ersten »Todesarten«-Romans ab. Insbesondere die geschichtliche Vertiefung der Nachkriegszeitdarstellung, die im Goldmann/Rottwitz-Roman anschließend noch weitergeführt wird, bedeutet einen auffallenden Neuansatz gegenüber dem ersten »Todesarten«-Roman. Der Konzeptionswandel betrifft auch die Lebensumstände der weiblichen Figur, die nunmehr zur Protagonistin wird und von einer Wiener PEN-Sekretärin zu der berühmten Schauspielerin der fünfziger Jahre avanciert. Die literarische Ausbeutung Fannys durch den Schriftsteller Anton Marek, ein wichtiger Bestandteil der »Todesarten«-Thematik in dem aufgegebenen Roman und insbesondere in dem Fragment »Die gestohlenen Jahre«, wird in den Entwürfen zu der Erzählung »Requiem für Fanny Goldmann« zwar kaum noch bearbeitet, da dieser Aspekt jedoch nicht völlig wegfällt (vgl. S. 38), ist mit einiger Sicherheit davon auszugehen, daß er – vermutlich auf der Grundlage der bereits im Kontext des ersten »Todesarten«-Romans geschriebenen Entwürfe – zur weiteren Ausgestaltung vorgesehen war. Für die weitere Entwicklung des Materials im Rahmen des Romanprojekts um die Figuren Fanny Goldmann und Eka Kottwitz/Aga Rottwitz ist einerseits die Tatsache bedeutsam, daß die Fanny-Figur in der Erzählung »Requiem für Fanny Goldmann« nun nicht mehr allein Österreicherin ist, sondern Symbolfigur eines untergegangenen Österreich und seines eigentümlichen Wertsystems. Andererseits kommt als wichtigste neue Gestalt jetzt die im ersten »Todesarten«-Roman noch nicht auftretende Schauspielerin Maria Malina hinzu. Mit dieser Figur greift Bachmann auf den Schluß der fragmentarisch gebliebenen Erzählung »Zeit für Gomorrha« aus den späten fünfziger Jahren zurück.[14]

[14] I. Bachmann: »Todesarten«-Projekt, Bd. 1, S. 63–69.

Die geplante Verlaufsstruktur der Erzählung ist anhand der überlieferten Entwürfe kaum zu rekonstruieren. Vermutlich war ursprünglich der deutlich als Einführung konzipierte Text über »die Mareks« (S. 10) – und nicht die dann mehrfach erprobte Einleitung über die »längstvergangene Zeit« der ersten Nachkriegsjahre – der Beginn der Erzählung. Im übrigen sind zwar Grundzüge einer Handlung zu erkennen, die Entwurfseinheiten weisen jedoch vielfache Überschneidungen in dem Sinne auf, daß einzelne Entwurfsfolgen die Handlung anderer voraussetzen. Ob die Entwürfe nur eine Sammlung von Material darstellen oder ob die Autorin mit dem episodenhaften, von der Handlungsführung abweichenden Erzählen ein neues Verfahren erprobt hat, ist jedoch nicht zu entscheiden. Wahrscheinlicher ist allerdings, daß die Arbeit an der Verlaufsstruktur der Erzählung beim hinterlassenen Zustand der Entwürfe noch nicht begonnen war.

Am Ende ihrer Arbeit an der Erzählung »Requiem für Fanny Goldmann« hat Bachmann den »perfekte[n] Mord« (S. 85) an der Schauspielerin Maria Malina in den Handlungsrahmen eingebracht und dieser Figur den Bruder Malina, den späteren Chronisten der »Todesarten«, zur Seite gestellt. Eine Geschwister-Konstellation, in der der Tod der Schwester für den Bruder zu einer sein Leben verändernden Erfahrung wird, erweist sich damit als eine der gemeinsamen Wurzeln des Goldmann/Rottwitz-Romans und des »Malina«-Romans. Das neue Geschwisterpaar wird in beiden Texten vom Ende einer fiktiven Vorgeschichte her beleuchtet, das mit dem Ende des Franza-Romans vergleichbar ist: Die Schwester ist tot, der Bruder bleibt allein zurück. Während die »Todesart« der Schwester für Martin Ranner im »Buch Franza« aber ohne gravierende Folgen bleibt, wird Malina zum Sammler von »Geschichten mit letalem Ausgang« (S. 89) und damit zur poetologischen Zentralfigur des »Todesarten«-Projekts.

Goldmann/Rottwitz-Roman

Das letztgültige Figurenensemble der Fanny Goldmann-Erzählung wird vom Winter 1966/67 an im Rahmen des Plans, die Goldmann-Geschichte zu einem Roman auszuweiten, umbesetzt und der Handlungsgrundriß entscheidend erweitert: Die in der Erzählung in einer Nebenrolle agierende Figur Malina erhält, noch bevor sie zur Titelfigur der »Todesarten«-Ouvertüre wird, die im Kontext des »Todesarten«-Projekts völlig neue Rolle eines als Figur auftretenden Erzählers, eine Rahmenhandlung verknüpft die Wiener Theaterwelt Fanny Goldmanns im Sinne erweiterter Zeit- und Gesellschaftsdarstellung mit dem literarischen Leben in Deutschland, und die bislang als Gegenspielerin Fanny Goldmanns angelegte Figur Maria Malina wird im Hinblick auf ihre Funktion als Symbolfigur der »Todesarten« verändert. Die Geschichte der Schauspielerin Fanny Goldmann bekommt in dieser Konstellation zunehmend exemplarischen Charakter; ihr wird in der Folge die Geschichte der Journalistin Eka Kottwitz/Aga Rottwitz als eine zweite Binnengeschichte mit Spiegelfunktion zur Seite gestellt, die Malinas Erzählen in »Analogie[n]« (S. 90) begründet. Die damit erreichte Struktur einer um Malina und das Szenario der Frankfurter Buchmesse konzentrierten Rahmenhandlung, in die die sich wechselseitig spiegelnden »Todesarten« der Figuren Fanny Goldmann und Aga Rottwitz eingebettet sind, stellt den letzten überlieferten Stand des fragmentarischen Goldmann/Rottwitz-Romans dar.

Ein verbindlicher Titel für dieses Romanfragment, das zuletzt als nächster Roman nach »Malina« geplant war, ist weder im Verlagsbriefwechsel noch im überlieferten Nachlaß dokumentiert, so daß davon auszugehen ist, daß ein solcher auch noch nicht gefunden war. Obwohl die Arbeit am Goldmann/Rottwitz-Roman sich vom Winter 1966/67 bis mindestens 1970 erstreckt, hat sie in der Verlagskorrespondenz auch nur wenige Spuren hinterlassen. Nach dem Wechsel zum Suhrkamp-Verlag (im Frühjahr 1967) schreibt Bachmann an Siegfried Unseld: »Ich habe jetzt das Franza-Buch und das Goldmann-Buch weggelegt und schreibe nur noch an ›Malina‹, das heißt den Beginn.«[15] Ein weiterer indirekter Hinweis erscheint danach erst wieder in der letzten Arbeitsphase an dem Roman »Malina«: »Im Klappentext, aber nirgends sonst, kann man vorsichtig schon einmal das Wort ›Todesarten‹ erwähnen,

[15] Brief an Siegfried Unseld vom 26.6.1967.

sonst braucht der Leser noch nicht zu wissen, daß er damit nur den ersten Band in der Hand hat.«[16] Im August 1970 beginnt Bachmann in Klagenfurt mit der Erzählung »Gier«, die in der Folge der Grund für die – dem Plan nach temporäre – Zurückstellung des ›Goldmann-Buchs‹ ist; im Gespräch mit Siegfried Unseld im Oktober 1970 wird jedoch zunächst noch verabredet, daß der Goldmann-Text auf den »Malina«-Roman folgen sollte. In Anlehnung an den bis zuletzt beibehaltenen Titel »Das Buch Franza« und den im Sommer 1970 noch erwogenen Titel »Das Buch Malina«[17] ziehen Verleger und Autorin vorübergehend den Titel »Das Buch Goldmann« in Erwägung.[18] Nach dem Erscheinen des »Malina«-Romans arbeitet Bachmann in erster Linie an den »Simultan«-Erzählungen, mit denen sie die für das »Buch Franza« bestehende Option beim Piper-Verlag ablöst. Kurz vor Erscheinen dieses Erzählbandes (September 1972) faßt sie ihre weiteren Arbeitspläne in einem – undatierten, möglicherweise nicht abgeschickten – Brief an Siegfried Unseld zusammen: »Ich könnte dann, erholt, die Geschichte [»Gier«] [...] fertigschreiben im August und September [...]. Dann kommt natürlich das Riesenproblem des nächsten Romans. Wenn ich im Oktober beginne, das Buch ins Reine zu schreiben, von dem ja der größte Teil existiert, also die ›Goldmann‹-Todesart, dann ist das nicht so leicht abzuschätzen, wann ich fertig werde.«[19] Der Plan, mit der Reinschrift des Romans »im Oktober« zu beginnen, wurde jedoch wahrscheinlich nicht ausgeführt; es ist auch nicht zu rekonstruieren, ob Bachmann nach dem Erscheinen des »Malina«-Romans und des »Simultan«-Bandes noch an dem Goldmann/Rottwitz-Roman weitergearbeitet hat. Möglicherweise sind die jüngsten überlieferten Entwürfe zum Goldmann/Rottwitz-Roman schon 1970 entstanden.

Die Bemerkung, die ›Goldmann‹-Todesart sei der »größte Teil des nächsten Romans«, deutet einerseits darauf hin, daß der Ge-

---

[16] Brief an Siegfried Unseld vom 17.6.1970.

[17] Ebd.

[18] Diktierte »Besuchsnotiz« von Siegfried Unseld anläßlich seines Aufenthalts in Rom vom 10.–13. Oktober 1970.

[19] Undatierter, im Sommer/Herbst 1972 geschriebener Brief an Siegfried Unseld im Besitz der Erben.

schichte der Figur Fanny Goldmann in dem geplanten Roman ein zentraler Stellenwert zukommt, andererseits jedoch auch, daß sie nicht den ganzen Roman ausmachen sollte. Die Autorin beschreibt hier indirekt den in der mittleren Arbeitsphase erreichten Grundriß des geplanten Romans: Während die Arbeit an der ›Goldmann‹-Todesart nach der Orientierungsphase vom Sommer/Herbst 1966 zunächst durch Entwürfe zu einer Rahmenerzählung gekennzeichnet ist, die unter dem Vorzeichen einer umfassenden Kritik am Literaturbetrieb als Einführung für die ›allertraurigste Geschichte‹ (S. 61), die Geschichte der verstorbenen Fanny Goldmann, geplant sind (Phase 2), kommt etwa ab 1967/68 eine zweite Figurengeschichte hinzu, die zunächst offensichtlich nur als ein Beispiel der vielen Fälle von »Opfer[n] der Literatur« (S. 61) fungiert, in der Folge jedoch zu einer »Analogie« (S. 90) der Goldmann-Geschichte ausgefaltet wird (Phase 3). Zwar ist der Stellenwert der Geschichte der zunächst Eka Kottwitz, ab 1969 dann wie im »Malina«-Roman[20] Aga Rottwitz genannten politischen Journalistin nicht eindeutig zu bestimmen. Über den Status einer bloßen Episode – »da uns die fremden Geschichten nie so liegen« (S. 90) – wächst sie jedoch deutlich hinaus. Es unterstreicht ihre strukturelle Bedeutung, daß eines der zentralen Themen der Rahmengeschichte, die Gegenüberstellung von Deutschen und Österreichern, auf der Ebene der Binnengeschichten in der Konstellation der österreichischen Schauspielerin und der deutschen Journalistin und ihres jeweiligen Figuren-Umfeldes wiederholt wird.

Die geplante Verlaufsstruktur des Romanprojekts um die Figuren Fanny Goldmann und Aga Rottwitz ist im hinterlassenen Stadium nicht rekonstruierbar. Sehr viel deutlicher als im Fall der älteren »Todesarten«-Fragmente zeichnet sich hier jedoch die Arbeit an der Rahmenhandlung ab, in der durchaus Züge des intendierten, wenngleich in immer neuen Variationen erprobten Grundrisses erkennbar sind: Zwei Personen – Malina und ein junger Schriftsteller – sind anläßlich der Buchmesse in Frankfurt am Main, lernen sich kennen, und der Ältere erzählt dem Jüngeren von den Hintergründen des Literaturbetriebs. Aus der Begegnung

[20] I. Bachmann: »Todesarten«-Projekt, Bd. 3, S. 473.

der beiden Personen erwächst die Einführung einer dritten Figur, die zwar nicht auftreten wird, aber als Triebfeder von Malinas Erzählen dargestellt wird: Malinas Schwester, deren Tod ein früher Entwurf bereits als mutmaßlichen Mord apostrophiert (S. 85). Malina wird damit als ein Mann eingeführt, dessen Schwester ermordet wurde und der seitdem »Geschichten mit letalem Ausgang« (S. 89) sammelt. Dieser Grundriß wird in allen Entwürfen durchgehalten, allerdings immer wieder variiert und besonders hinsichtlich der zu erzählenden ›Geschichten‹ verändert. Die vorliegende Rekonstruktion des Goldmann/Rottwitz-Romans folgt in der Anordnung der Entwürfe den Phasen dieses Strukturwandels.

Eine erste oder Orientierungsphase bringt Entwürfe zur Figur Malina hervor, die im Sommer/Herbst 1966 den Abbruch der Arbeit an dem Franza-Roman und der Erzählung »Requiem für Fanny Goldmann« begleiten. Von einem späten, etwa gleichzeitig entstandenen Entwurf zur Goldmann-Erzählung abgesehen (S. 45), taucht hier erstmals die Figur Malina als Bruder der Schauspielerin Maria Malina und vor allem als Schriftsteller auf. Die Tatsache, daß der Schriftsteller Malina bei Recherchen zu der Figur eines Geologen namens Martin Ranner gezeigt wird, dürfte darauf hindeuten, daß Bachmann auf der Suche nach einem neuen Grundriß für das in dieser Zeit in seiner Grundkonzeption verworfene »Buch Franza« gewesen ist. Die Idee, Malina als Erzähler des Franza-Materials auftreten zu lassen, scheint jedoch ein einmaliger, nicht weiter verfolgter Einfall gewesen zu sein. Malina wird in der Folge nicht Franzas Geschichte erzählen, sondern zunächst die der Fanny Goldmann, und dies der Fiktion nach aus »Rache« für seine ermordete Schwester (S. 50).

In der zweiten Phase der Romangenese entstehen vom Winter 1966/67 an erste Entwürfe zu einer Rahmenerzählung für die Fanny-Goldmann-Geschichte und Entwürfe zu dieser Geschichte selbst. Der erste Einleitungsentwurf zu der auf der Frankfurter Buchmesse angesiedelten Rahmenerzählung kreist erneut um den Tod von Malinas Schwester und um die Figur des überlebenden Bruders. Der geplante Grundriß der Rahmenerzählung wird hier, anders als in den nachfolgenden Arbeitsphasen, von der Figur Maleta/Matejka (später: Jonas) aus erprobt, der – wie Peter Handke im Frühjahr 1966 auf der Tagung der Gruppe 47 in Princeton – »ein halbes Jahr zuvor mit einem Pamphlet die ganze etablierte Literatur vor den Kopf gestoßen hatte« (S. 52). Im Gegensatz zu späteren Romaneinleitungen ist der Ausgangspunkt der Romanhandlung hier die »Party« des »Verleger[s] Gernreich im Frankfurter Hof« (S. 51). An einem der Schauplätze des Erinnerungsexkurses zu Malinas Schwester, dem Hotel Fondachhof in Salzburg/Parsch, hat Bachmann sich selbst – wie aus einem Brief an Hans Rössner vom 27.6.1966 hervorgeht – Anfang August 1966 aufgehalten.

Die Szenerie auf der Frankfurter Buchmesse fungiert in einem frühen Dialogentwurf (S. 60ff.) als Rahmenerzählung für eine einzelne, von Malina zu erzählende Geschichte, die Geschichte der Schauspielerin Fanny Goldmann. Während spätere Hinführungen zu »Geschichten mit letalem Ausgang« immer schon beide Figuren, Fanny Goldmann und Eka Kottwitz, im Zusammenhang nennen, steuert die Erzählführung hier noch allein auf die Goldmann-Geschichte zu, die mit der bekannten Wendung »In einer längstvergangenen Zeit« einsetzt (S. 62). Die wenigen bis Ende 1968 entstandenen Entwürfe zur Fanny Goldmann-Geschichte werden diesem von Textverlusten betroffenen Anfang zugeordnet. Sie sind einerseits durch die Wiederaufnahme des Materials der Erzählung »Requiem für Fanny Goldmann« gekennzeichnet, andererseits jedoch durch eine veränderte Erzählerhaltung, die dem erzählten Schicksal exemplarischen Charakter verleiht. Während in der Goldmann-Erzählung Generalisierungen – wie etwa: »Und dies ist vielleicht der erste Anhaltspunkt zu etwas, was werden kann« (S. 14) – zu den Ausnahmen gehören, tritt in den Entwürfen zu der Roman-Binnengeschichte der auch für die Rahmen-Entwürfe charakteristische diskursive Erzählgestus in den Vordergrund: Vergleiche werden angestellt – »weil man das Betragen solcher Frauen [...] weitaus öfter antrifft« (S. 64) –, Begebenheiten in einen größeren gesellschaftlichen Zusammenhang gerückt – »Man darf nicht vergessen« (S. 65) – und Schlußfolgerungen gezogen: »Nichts ist darum verwerflicher als die Freundschaft, die meint, den andren zu erkennen« (S. 66).

Der längere Entwurf zu einem Romanschluß dürfte (im Gegensatz zu dem im Zusammenhang der Kottwitz-Geschichte erprobten »Ende«) ebenfalls recht früh entstanden sein, da die Frage, die Malina hier Jonas stellt – »Wie finden Sie meine Geschichte« (S. 71) –, noch das Konzept einer einzelnen Binnengeschichte impliziert. Bemerkenswert ist, daß Malinas Rolle als Erzähler zumindest in diesem frühen Stadium noch nicht genau festgelegt scheint: Ein Entwurf zur Fanny Goldmann-Geschichte beispielsweise läßt Malina (in der dritten Person) als handelnde Figur der Binnenerzählung auftreten (S. 67). In der ersten Einleitung der Fanny Goldmann-Geschichte bleibt zudem offen, ob Malina diese Geschichte tatsächlich selbst erzählt, sich mit der Einleitung »In einer längstvergangenen Zeit« also an seinen Gesprächspartner Klaus Jonas richtet – der Satz: man müßte »zuviel erklären, um sie [die Geschichte] heutzutage noch jemand plausibel machen zu können« (S. 62), scheint dagegen zu sprechen –, oder ob auch das Erzählen der Binnengeschichte dem auktorialen Erzähler überlassen werden sollte. Immerhin – und dies gilt für die Entwürfe aller Arbeitsphasen – unterscheidet sich der Gestus des Erzählers in der Rahmengeschichte, in der Malina als handelnde Figur auftritt, nicht von dem der Binnengeschichten, die Malina als Erzähler zugeschrieben werden könnten.

In der dritten Arbeitsphase am Goldmann/Rottwitz-Roman erfolgt 1967/68 die Erweiterung der Rahmenerzählung durch das Konzept der Spiegelung der Fanny Goldmann-Geschichte im Schicksal der politischen Journalistin Eka Kottwitz. Auch hier erwächst in einem Dialogentwurf aus der Begegnung von Malina und Jonas ein Exkurs zu Malinas ermordeter Schwester (S. 83). Während in der ersten Dialog-Studie der zweiten Phase – die allerdings bereits drei weitere ›Mordfälle‹ nennt – noch allein von der einen »allertraurigsten Geschichte« (S. 61) die Rede ist, führt dieser spätere Dialog-Entwurf bereits die Geschichte der »rote[n] Gräfin« exemplarisch als »so eine wirkliche Geschichte« ein (S. 88) und leitet erst anschließend zu Fanny Goldmann über. Zwei weitere Einleitungsentwürfe erproben demgegenüber jeweils einen Neuansatz. Der frühere, der die Geschichte von Eka Kottwitz im Überblick skizziert, führt am Ende erneut zu einer Gesprächssituation, in der Malina vom Schicksal der Frau im Rollstuhl (Kottwitz) zu der »allertraurigste[n] Geschichte« Fanny Goldmanns überleitet (S. 95). Der spätere, letzte Einleitungsentwurf führt den intendierten Grundriß dann gleich zu Beginn des Romans durch eine expositionsartige Konstellation der Figuren ein: Die Protagonistinnen der »Geschichten mit letalem Ausgang« – beziehungsweise (im Fall der verstorbenen Fanny Goldmann) ihr Stellvertreter in Gestalt des geschiedenen Mannes – befinden sich zum selben Zeitpunkt wie Malina und der junge Schriftsteller Jonas auf dem Frankfurter Flughafen, ohne zusammenzutreffen. Nur Malina registriert die gleichzeitige Anwesenheit der Repräsentanten zweier »Todesarten«, die durch das Thema »Literatur und Verbrechen« (S. 90) miteinander verbunden sind. Ein kurzer Wortwechsel zwischen ihm und Jonas über den »Mann von der Goldmann« führt dann erneut zu einem Erinnerungsexkurs über Malinas ermordete Schwester. Dieser Grundriß wird in den später entstandenen Entwürfen zu den beiden Binnengeschichten nicht mehr verändert; noch die letzten, nach Anfang 1969 entstandenen Entwürfe zur Goldmann-Geschichte greifen hierauf zurück (vgl. den Anfang des letzten Entwurfs, S. 136). Im übrigen verdeutlicht diese letzte Romaneinleitung den Rückbezug des Romanfragments zur »Todesarten«-Ouvertüre. So bezeichnet Malina sich hier zum Beispiel selbst als »Doppelgänger [...] von jemand« (S. 98). Wie auch immer die Rückbindung an den »Malina«-Roman in einer Endfassung des Goldmann/Rottwitz-Romans im einzelnen hätte aussehen können: Allein durch das Auftreten Malinas und seine Funktion als poetologische Zentralfigur der »Todesarten« war der zyklische Zusammenhang der Texte vorgegeben.

In der vierten und letzten, zwischen 1967/68 und mindestens 1970 anzusetzenden Arbeitsphase am Goldmann/Rottwitz-Roman konzentriert sich Ingeborg Bachmann auf die Binnengeschichten, auf die Geschichte einer »schöne[n] Frau« und auf die einer »bedeutende[n] Frau« (S. 132), sowie auf deren Anbindung an die Rahmenerzählung. Der erste der entsprechenden Entwürfe zur Kottwitz-Geschichte (S. 99ff.) umkreist aus der Perspektive des Schriftstellers Jung eines der zentralen Probleme der Beziehung zwischen den Protagonisten, ihre unterschiedliche soziale

Herkunft. Als Kontrastbild ist die Ehe von Eka Kottwitz' Bruder zu werten, auch wenn das ›Schlußbild‹ einer glücklichen jungen Familie mit konventioneller Rollenverteilung vermutlich ironisch gemeint ist (S. 108f.). Ein zweiter Entwurf geht von hier aus erneut zu den Reibungspunkten in der Beziehung zwischen Eka und Jung über, die sich als Resultat ihrer Herkunft aus unterschiedlichen soziokulturellen Welten erweisen.

Die Thematisierung des erotischen Verhältnisses zwischen Eka und Jung zu Beginn eines weiteren Entwurfs (S. 114ff.) ist als Einleitung zu der längeren Episode über Ekas Vergewaltigung durch einen Studenten aus Somalia zu lesen, mit der (in der problematischen Brechung typischer exotistischer, ja rassistischer Klischees) erotische Phantasien als ein neuer Aspekt der »Todearten«-Thematik hinzuzukommen scheinen. Die Vergewaltigungsepisode fällt jedoch nur auf den ersten Blick aus dem Repertoire der Bachmannschen Themen und Motive heraus; sie ist im Zusammenhang eines Motivkontinuums zu sehen, zu dem unter anderem auch die Ohrfeigen in der Erzählung »Rosamunde« (S. 151) und der Kottwitz-Geschichte (S. 106) gehören. Die Bearbeitung von Motiven im Spannungsfeld zwischen erotischer Phantasie und Gewalt zwischen den Geschlechtern setzt bereits in den späten fünfziger oder frühen sechziger Jahren mit einigen fragmentarisch gebliebenen Entwürfen ein (vgl. dazu den Gala-Entwurf und das Fragment »Die Geschlagene« in diesem Nachwort, S. 243–246), wird in den arabischen Orgien im »Wüstenbuch« und im Franza-Roman weiterentwickelt und kulminiert in jenen Passagen des »Malina«-Romans, in denen das Ich Malina gegenüber behauptet, »daß eine normale Frau ganz normal vergewaltigt werden möchte«.[21] Abgesehen von den entsprechenden Szenen des »Wüstenbuchs« und des Franza-Romans weisen sowohl die früheren Texte als auch die Vergewaltigungsepisode in der Kottwitz-Geschichte alle Anzeichen erster Entwürfe auf, so daß die Frage nach der Funktion des Vergewaltigungsmotivs nicht letztgültig zu beantworten sein dürfte. Während es den Anschein hat, als wolle die Kottwitz-Episode die Behauptung des »Malina«-Romans bestätigend illustrieren,[22]

[21] I. Bachmann: »Todesarten«-Projekt, Bd. 3, S. 614.

[22] Vgl. dazu neuerdings Sara Lennox: »White Ladies« und »Dark Continents«. In-

dreht es sich vor allem in dem Gala-Entwurf um die Erzeugung von Phantasien, die die offenkundig unbefriedigende Wirklichkeit einer Figur ergänzen, und damit um Texte, die den Unterschied zwischen Phantasie und Wirklichkeit deutlich herausstellen. Hier könnte also vermutet werden, daß Bachmann auf die Diskrepanz zwischen sexuellen Unterwerfungsphantasien und realen Wünschen abzielt. Die – allerdings sehr knappe – Wiederaufnahme des Vergewaltigungsmotivs in den Entwürfen zur Rottwitz-Geschichte nach Anfang 1969 scheint sich dagegen – nicht zuletzt wegen des Rückgriffs auf den Namen Abdu aus dem »Buch Franza« (S. 132) – wiederum der Thematisierung des Eros unter jenem utopischen Aspekt zu nähern, der in den arabischen Nächten des »Wüstenbuchs« ausgeformt wurde und in den Franza-Roman übernommen werden sollte.

Ein letzter Entwurf zur Rahmenhandlung (S. 123ff.) knüpft an Ekas Begegnung mit dem somalischen Studenten an und leitet – diesmal indirekt – zu Fanny Goldmann über: Malina nennt Jung und Marek in einem Atemzug und provoziert damit die Frage, was denn Marek »damit zu tun« habe (S. 124). Die Weiterarbeit an der Geschichte der nunmehr Rottwitz genannten Figur nach Anfang 1969 (S. 125ff.) ist dann durch die Wiederaufnahme und Ergänzung bereits bestehender Motive gekennzeichnet, wie beispielsweise Ekas Belesenheit gegenüber Jungs Unkenntnis (S. 125) oder ihre Familienbindung gegenüber seiner Abwendung von der Familie (S. 126). Auch in den Goldmann-Entwürfen aus dieser Zeit verbindet sich die Weiterführung früherer Motive mit einer teilweise sehr dichten Ausfaltung vor allem der unmittelbaren Nachkriegsjahre (S. 132–136). Die zeitgeschichtliche und gesellschaftskritische Dimension des Goldmann/Rottwitz-Romans als eines »Bild[s] der letzten zwanzig Jahre«[23] tritt hier besonders deutlich hervor. Gleichwohl hat Bachmann es hier noch nicht tatsächlich unternommen, »das Buch« vom Anfang her »ins Reine zu schrei-

---

geborg Bachmanns »Todesarten«-Projekt aus postkolonialer Sicht. In: »Über die Zeit schreiben«. Literatur- und kulturwissenschaftliche Essays zu Ingeborg Bachmanns »Todesarten«-Projekt. (Hrsg.) Monika Albrecht und Dirk Göttsche. Würzburg: Königshausen & Neumann 1998, S. 13–31.

[23] I. Bachmann: Gespräche und Interviews, S. 66.

ben«, wie sie es im Sommer/Herbst 1972 ihrem Verleger gegenüber angekündigt hat.[24]

Unvollendete Erzählungen zum »Simultan«-Band und »Gier« (Überblick)

Nicht nur die Entwürfe zum Goldmann/Rottwitz-Roman haben die Arbeit an dem Roman »Malina« begleitet, in dem nachgelassenen Entwurf einer Vorrede charakterisiert Bachmann auch jene Erzählungen, aus denen später der »Simultan«-Band hervorging, als Nebenarbeiten der »Todesarten«: »In einer Zeit, in der ich finster und angestrengt versuchte, mit dem Buch Todesarten zurechtzukommen, vor allem mit dem ersten Band und dessen unsinnlichen Partien, habe ich angefangen, daneben eine Geschichte zu schreiben, dann noch eine, wie mir schien, waren es komische Geschichten, von Frauen, für ⟨mich⟩ habe ich sie manchmal ›Wienerinnen‹ genannt, obwohl das keine erschöpfende Charakterisierung dieser Figuren ist.«[25] Der Umschlag von der »Banalität ihrer Existenz« in ein »Abstürzen in die letzten Dinge«[26] rückt die »Wienerinnen« allerdings schon in diesem frühesten Vorrede-Text deutlicher in den Horizont der »Todesarten«, als die Formulierung ihrer Entstehung als »komische Geschichten« *neben* dem Roman »Malina« es nahelegt. In einer späteren Reflexion mit dem Titel »Brief an den Verlag« tritt der Zusammenhang der neuen Erzählungen mit dem »Todesarten«-Projekt entsprechend schärfer hervor. Zum einen verweist die dortige Formulierung, »Thema« der »Wienerinnen« sei »das simultane Denken und Fühlen der Personen, die zusammenhängen«,[27] auf jene zyklische Struktur zurück, die das »Todesarten«-Projekt im Laufe der sechziger Jahre annimmt. Zum anderen entspricht der Versuch, »die wahren Geschichten zu erkennen, die sich hinter den gespielten abspielen«,[28] der in den

---

[24] Undatierter, im Sommer/Herbst 1972 geschriebener Brief an Siegfried Unseld im Besitz der Erben.

[25] I. Bachmann: »Todesarten«-Projekt, Bd. 4, S. 3.

[26] Ebd.

[27] Ebd., S. 7.

[28] Ebd., S. 9.

Vorreden zum »Buch Franza« in Anlehnung an J. A. Barbey d'Aurevilly formulierten »Todesarten«-Poetologie der literarischen Auseinandersetzung mit den verborgenen Gewaltstrukturen der modernen Zivilisation. Der Arbeitstitel »Wienerinnen« spielt zunächst zwar auf einen österreichischen Nachkriegsfilm von Kurt Steinwender aus dem Jahre 1951 mit dem Titel »Wienerinnen (Schrei nach Liebe)« an; mit dessen Struktur einer Konstellation von Frauenporträts hat die poetologische Konzeption der entstehenden Erzählungen Ähnlichkeit. Die literarische Kritik dessen, »was die Franzosen les moeurs nennen«,[29] durch den Versuch, »die Mores einer Zeit durch eine Reihe von Frauenporträts zu zeigen«,[30] rekurriert als Entwurf einer literarischen Sittengeschichte poetologisch jedoch vor allem auf den französischen Realismus des 19. Jahrhunderts und insbesondere auf Balzac und seinen großen Zyklus »La comédie humaine«, auf dessen Vorrede Bachmann sich hier bezieht. Balzac erläutert dort seinen Plan einer literarischen »histoire des moeurs« der französischen Gesellschaft des 19. Jahrhunderts in der Form eines Zyklus von »*Études de moeurs* qui forment l'histoire générale de la Société, la collection de tous ses faits et gestes«.[31] Auf Balzacs »Comédie humaine« spielt Bachmann im Jahre 1969 auch in der Beschreibung ihres »Todesarten«-Projekts als »eine einzige große Studie aller möglichen Todesarten« an, die zugleich ein »Bild der letzten zwanzig Jahre [...], immer mit dem Schauplatz Wien und Österreich« geben soll.[32] Wenn die Autorin bezüglich der »Wienerinnen« das »Unglück, das in allen diesen Geschichten so klein erscheint«, »ein großes Unglück« nennt,[33] gibt sich die Poetologie der literarischen Sittengeschichte zugleich als eine durch die Balzac-Lektüre bekräftigte Metamorphose jener Arbeit an der Verflechtung von Individual- und Zeitgeschichte, ›kleiner‹ und ›großer‹ Geschichte zu erkennen, die im Zentrum der »Todesarten« steht. In einem Interview hat Bachmann die »Si-

---

[29] Ebd., S. 8.

[30] I. Bachmann: Gespräche und Interviews, S. 140.

[31] Honoré de Balzac: La comédie humaine. (Éd.) Marcel Bouteron. Paris: Gallimard 1951 (Bibliothèque de la Pléiade), vol. I, S. 7, 14.

[32] I. Bachmann: Gespräche und Interviews, S. 66.

[33] I. Bachmann: »Todesarten«-Projekt, Bd. 4, S. 11.

multan«-Erzählungen in diesem Sinne jener Darstellung der Gesellschaft als »Mordschauplatz« zugeordnet, deren »Ouvertüre« der Roman »Malina« sei:[34] »Zu sagen, was neben uns jeden Tag passiert, wie Menschen, auf welche Weise sie ermordet werden von den andern, das muß man zuerst einmal beschreiben, damit man überhaupt versteht, warum es zu den großen Morden kommen kann.«[35] Die vermeintlichen »Abfälle« der »Todesarten«[36] stellen also sowohl durch die motivische Verflechtung mit den »Todesarten«-Romanen und die Einbindung der Figuren in deren Figurennetz als auch poetologisch einen Teil des übergreifenden »Todesarten«-Projekts dar, indem sie dessen Dimension einer kritischen Geschichtsschreibung des Alltags in den Mittelpunkt rükken.

Bei näherer Hinsicht ergeben sich darüber hinaus im einzelnen aufschlußreiche Rückbezüge zu älteren »Todesarten«-Texten. Die Entstehung der Erzählung »Rosamunde« aus der Wiederaufnahme eines Entwurfs aus dem Jahr 1964, das Wiederauftreten des in dem »Todesarten«-Figurennetz seltenen Namens Geldern aus dem Fanny-Komplex des ersten »Todesarten«-Romans in dem Fragment »Gier« und später dann die Verwendung von Elementen des »Buchs Franza« in der Erzählung »Das Gebell«, diese und andere Rückbezüge sind Indizien des Zusammenhangs der »Simultan«-Erzählungen, ihrer hier vorgestellten unvollendeten Seitenstücke sowie des Fragments »Gier« mit den älteren »Todesarten«-Texten. Eine Vorgeschichte, die spezifischer als der übergreifende Gesamtzusammenhang des »Todesarten«-Projekts ist, besitzt die Poetologie der aus dem Neuansatz der »Wienerinnen« entstehenden »Simultan«-Erzählungen auch als eine literarische Sittenkritik in Gestalt einer Reihe von Frauenporträts. Nicht zufällig greift die Erzählung »Rosamunde« Motive aus der Erzählung »Porträt von Anna Maria«[37] aus den mittleren fünfziger Jahren wieder auf, in der die Problematik des Blicks von außen, des Verhältnisses von »Gerüchtfiguren« und »wahren Figuren« – wie es später in »Mali-

---

[34] I. Bachmann: Gespräche und Interviews, S. 95.
[35] Ebd., S. 116.
[36] I. Bachmann: »Todesarten«-Projekt, Bd. 4, S. 17.
[37] I. Bachmann: Werke, Bd. 2, S. 48–58.

na« heißen wird[38] –, eine frühe Darstellung findet. Zugleich stellt der – sowohl dem frühen Arbeitstitel »Wienerinnen« als auch dem späteren Bandtitel »Simultan« eingeschriebene – Gedanke einer zyklischen Konstellation sich gegenseitig erhellender Porträt-Erzählungen eine relativierte Fortführung jener Struktur sich wechselseitig beleuchtender ›Geschichten‹ dar, die bereits die Arbeit am ersten »Todesarten«-Roman bestimmt und in dem mittleren Stadium des Goldmann/Rottwitz-Romans zur zentralen Struktur wird.

Im Gesamtzusammenhang des »Todesarten«-Projekts bringt der Neuansatz der »Wienerinnen« eine Fülle neuer Handlungsentwürfe, Figuren und Motive hervor. Zugleich entstehen mehr Erzählungen, als 1972 schließlich in den »Simultan«-Band eingehen, der sich aus den Erzählungen »Simultan«, »Probleme Probleme«, »Ihr glücklichen Augen«, »Das Gebell« und »Drei Wege zum See« zusammensetzt. Die wenigen erhaltenen Fragmente aus der mit dem Arbeitstitel »Wienerinnen« bezeichneten Anfangsphase der Arbeit am »Simultan«-Band dürften nur einen kleinen Teil der 1967/68 entstandenen Entwürfe ausmachen. In unmittelbarem Anschluß an die Erzählung »Simultan« entstanden der Selbstdarstellung Bachmanns zufolge bereits weitere »Skizzen zu mehreren Geschichten«, die jedoch »nicht alle fertig geworden sind«.[39] Hierzu gehören die ›Skizze‹ »Die ausländischen Frauen«, die offenbar nicht weiterbearbeitet wurde, ein Fragment um eine Figur namens Sissi sowie die Erzählung »Rosamunde«, die in motivischer Hinsicht u. a. als eine wesentliche Vorarbeit für die »Geheimnisse der Prinzessin von Kagran« in dem Roman »Malina« betrachtet werden muß und dennoch mindestens bis in den April 1971 zur Aufnahme in den »Simultan«-Band vorgesehen war. Etwas jünger ist das frühestens Anfang 1969 entstandene Fragment »Freundinnen«.

Die Anfänge der Erzählung »Gier« lassen sich bis in einen längeren Klagenfurt-Aufenthalt im Sommer 1970 zurückverfolgen. In einer Pause vor der abschließenden Redaktion des Romans »Malina« zeigt sich Bachmann Mitte August 1970 »verbissen in die

---

[38] I. Bachmann: »Todesarten«-Projekt, Bd. 3, S. 290.
[39] I. Bachmann: »Todesarten«-Projekt, Bd. 1, S. 7.

neue Erzählung«, deren »Milieu« »das der wirklich ›Reichen‹, die in diesem Land ihre großen Jagden und Jagdhäuser haben«, sei.[40] In diesen Klagenfurter Sommeraufenthalt fällt auch der Übergang von dem Nebenprojekt unter dem Arbeitstitel »Wienerinnen« zu dem Erzählungsband »Simultan«, den Bachmann dem Piper-Verlag zur Einlösung von dessen Option auf das zurückgestellte bzw. aufgegebene »Buch Franza« anbietet,[41] so daß die »Fortsetzungen« der »Todesarten«-Ouvertüre »Malina« wie dieser Roman selbst bei Suhrkamp erscheinen können.[42] Die genaue Gestalt des »Simultan«-Bandes bleibt jedoch zunächst noch unklar. Im Januar 1971 ist die Rede von »insgesamt etwa fünf oder sechs Erzählungen [...], vielleicht sogar sieben«,[43] im April hat Bachmann offenbar »folgende Erzählungen vorgesehen: Simultan, Ihr glücklichen Augen, Rosamunde, Probleme Probleme (Die Faule), Die Freundinnen [...]. Die 6. Erzählung handelt von einer alten Frau. Möglicherweise wird noch eine 7. Erzählung geschrieben.«[44] Auffälligerweise fehlen also die auf den Sommer 1970 zurückgehende Erzählung »Gier« und die jüngere Erzählung »Drei Wege zum See«, während die Notiz zugleich den einzigen Datierungsanhalt für die Erzählung »Freundinnen« liefert, die keine Aufnahme in den »Simultan«-Band findet.

Die Erzählung »Gier« bleibt auch weiterhin außerhalb des »Simultan«-Bandes und wird im Laufe des Jahres 1972 für eine eigenständige Publikation in der Reihe »Bibliothek Suhrkamp« vorgesehen.[45] Das Vorhaben, »die Geschichte, circa 130 bis 150 Seiten, fertig[zu]schreiben im August und September [1972]«,[46] hat die Autorin jedoch nicht durchgeführt, und der Verleger drängt bis zum Schluß vergeblich auf die Fertigstellung der Erzählung, von

[40] Brief aus Klagenfurt an Hans Rössner vom 12.8.1970.

[41] Briefe an Klaus Piper vom »August 1970« aus Klagenfurt und vom 14.11.1970 aus Rom.

[42] Brief aus Klagenfurt an Siegfried Unseld vom 1.8.1970.

[43] Brief an Klaus Piper vom 25.1.1971.

[44] Verlagsnotiz Hans Rössners »nach Angaben von Frau Bachmann« vom 14.4.1971.

[45] Vorschlag Siegfried Unselds in einem Brief an Ingeborg Bachmann vom 14.2.1972, undatierter Brief Ingeborg Bachmanns an Siegfried Unseld aus dem Sommer 1972.

[46] Ebd.

deren geplanter Ausweitung über das vermutlich im Sommer 1970 geschriebene Material hinaus nur noch einzelne Paralipomena zeugen. Wann auf eine Überarbeitung der Erzählung »Rosamunde«, deren überlieferte Fassungen in den Zeitraum vom Herbst 1967 bis zum Jahresanfang 1969 zurückgehen, verzichtet und stattdessen die Erzählung »Drei Wege zum See« in den »Simultan«-Band aufgenommen wurde, ist nicht eindeutig zu entscheiden. Da das biographische Motiv der Hochzeit des Bruders (August 1971) in alle erhaltenen Entwürfe zu der Erzählung »Drei Wege zum See« bereits eingeht, dürfte der Beginn der Arbeit an diesem Text nicht vor dem Sommer/Herbst 1971 anzusetzen sein. Es ist zu vermuten, daß auf die Aufnahme der Erzählung »Rosamunde« in den »Simultan«-Band erst dann endgültig verzichtet wurde, als »Drei Wege zum See« sich zu einer so umfangreichen Erzählung entfaltet hatte, daß der bei der Verlagsbesprechung im April 1971 festgelegte Umfang des Erzählbandes – »Textumfang ungefähr wie das ›30. Jahr‹«[47] – durch eine zusätzliche Erzählung überschritten worden wäre. Dennoch dürfte es kein Zufall sein, daß Bachmann gerade die Erzählung »Rosamunde« aus dem »Simultan«-Zyklus herausgenommen hat (s. u.). Nicht nur »Gier«, sondern auch die anderen Erzählungen, die nicht im September 1972 in dem Band »Simultan« erschienen, dürfen nicht als endgültig aufgegeben angesehen werden. In dem gesperrten Entwurf einer Antwort auf Marcel Reich-Ranickis Verriß des »Simultan«-Bandes (»Die Zeit«, 29.9.1972) fällt neben anderen Namen auch der Vorname von Rosamundes Freund Sigurd Wawra, so daß sich der Gedanke an den Plan einer Wiederaufnahme zumindest der Erzählung »Rosamunde« im Zuge der weiteren Entfaltung des »Todesarten«-Figurennetzes aufdrängt. Allerdings liefert der Nachlaß diesbezüglich nur Indizien und keine eindeutige Bestätigung.

---

[47] Brief von Klaus Piper an Ingeborg Bachmann vom 18.4.1971.

»Rosamunde«

Die Erzählung »Rosamunde« gehört zweifelsfrei zu jenen »Skizzen zu mehreren Geschichten«, die Bachmann zufolge kurz nach der Erzählung »Simultan« entstanden, die jedoch »nicht alle fertig geworden sind«.[48] Die Anfänge der Erzählung scheinen allerdings vor den Neuansatz des Winters 1967/68 bis in das Jahr 1964 zurückzugehen, in dem Bachmann nach ihrer Ägyptenreise an dem »Wüstenbuch« und dem ersten »Todesarten«-Roman arbeitete. Der erste Entwurf beschreibt in personaler Erzählhaltung eine junge Frau, die sich beruflich mit psychologischer Forschung beschäftigt, zu ihrem eigenen Leben jedoch in einer als »Träumen« bezeichneten Distanz steht, die sie auch gegenüber ihrem derzeitigen Partner Sigurd Wawra wahrt. Während spätere Entwürfe die Tagträume als inneren Monolog gestalten, verrät der Begriff »Träumen« in dem frühen Text vielleicht am deutlichsten die Quelle dieses Motivs: Honoré de Balzacs Roman »Modeste Mignon«, der eben jenes »Träumen« als Eingangsdisposition der Titelheldin vorführt: »Die Dumays schliefen, wenn Modeste ihr Fenster aufmachte und sich ausmalte, es könne ein Mann vorübergehen, der Mann ihrer Träume, der erwartete Ritter, der sich nichts aus Dumays Schüssen machte und sie auf die Kruppe seines Pferdes nahm.«[49] Die handschriftlichen Notizen, die sich an den typographischen Text des ersten »Rosamunde«-Entwurfs anschließen, lassen sich bei einer Datierung der typographischen Grundschicht auf 1964 als Zeichen seiner späteren Wiederaufnahme in der Zeit der Arbeit am »Malina«-Roman werten, dessen Ich zwar nicht am Psychologischen Institut der Universität forscht, dort jedoch zumindest studiert hat.[50] Die Notiz »Sie geht ins Heereswiss. Museum und trifft Malina« (S. 147) rückt – wie auch der spätere Name Rosamunde Ranner (S. 148) – die Figur Rosamunde in den engeren Kreis jener Figuren, die für einen umfangreicheren »Todesarten«-Text in Frage kommen.

---

[48] I. Bachmann: »Todesarten«-Projekt, Bd. 4, S. 7.

[49] Honoré de Balzac: Die Menschliche Komödie. Gesamtausgabe in zwölf Bänden. Hrsg. und eingeleitet von Ernst Sander. Gütersloh: Bertelsmann o. J. (Lizenzausgabe), Bd. 1, S. 631.

[50] I. Bachmann: »Todesarten«-Projekt, Bd. 3, S. 654.

Die weiteren »Rosamunde«-Entwürfe lassen sich in die Zeit zwischen dem Oktober 1967 und Anfang 1969 datieren. Die Vergewaltigungsphantasien, mit denen der erste Entwurf zu der Erzählung aus der Zeit der Wiederaufnahme des Stoffs im Rahmen der »Wienerinnen« beginnt (S. 148), stellen eine deutliche Verarbeitung des »Donnerstagtraum[s]« der Figur Gala aus dem Umfeld der Entwürfe zu einem Drehbuch nach der Erzählung »Porträt von Anna Maria« dar, die parallel zum ersten »Todesarten«-Roman in dem Zeitraum 1962/63 entstanden:

> Gala:
> Hatte ihren Donnerstagtraum. Die mochte sie nun ⟨gar⟩ nicht am liebsten, aber donnerstags oder in einem bestimmten Rhythmus kehrten eben diese Träume wieder, die ein einziger Traum waren. Das war aber kein Traum, der nachts über sie herfiel und für den sie nichts konnte. Sie konnte alles für ihren Traum, sie war schuldig an dem Traum und ihr Tag war schuldig, daß der Traum herausmußte aus ihr, daß sie ihn abspielte wie ein Stück im Repertoire, während das Licht schon dunkel war und sie sich abkehrte vom Tag und ihre Hand in ihr Haar legte, während sie ihr Haar zu zausen begann, zauste sie den Traum hervor. Sie ging um die Bismarckschule, vorbei an dem großen Sportplatz, und alle Gassen waren leer, und Sommer war, nur die Militärautos fuhren durch die Stadt und eines hielt an und nahm sie auf. Sie ließ sich widerstandslos in den Wagen zerren und kam auf die Knie der Männer zu liegen. Die Männer waren vielleicht dabei, mit ihr etwas anzustellen, aber sie fuhren vor die Kommandantur und sie wurde herausgestoßen und in ein Stockwerk gebracht. In ein Zimmer mit vier Offizieren.
> Sie war nun da für alle vier. Und jeder tat es und einer noch einmal, und jeder anders, sie war zu erschöpft, um ihre Gesichter wahrzunehmen, ihre Besonderheiten, sie kannte keine Besonderheiten an Männern, sie kannte sich nur mehr als Objekt einer anonymen Brutalität, sie schlief darüber nicht gerade ein, aber ehe sie einschlief, war der Traum zuende und sie wußte wieder, wo sie war, und Autos, Offiziere, Kommandantur, die leeren Gassen waren wie nie gewesen.

Wie nie gewesen war auch das Haus aus dem Freitagtraum, im Haus aus dem Freitagtraum, ein Haus, das sie kannte, und sie wußte nie, warum dieses Haus das Haus dieser Besonderheit war ⟨⟩, sie ging die Treppe hinauf, es war ein Tag, an dem jeder, der hinter ihr die Treppen hinaufging, ihren Rock aufhob und sie auf der Stiege hatte (haben), sie war ⟨halb⟩ ohnmächtig, als ⟨sie⟩ oben ankam in der Wohnung (Wohnung von Eugen, mein Gott, warum bloß die Wohnung von Eugen).

In Eugens Vorzimmer war sie eine andre, das war nicht geschehen auf der Treppe, dafür kam jetzt ein Handwerker, der das Bad (Eugens Bad) reparieren wollte. Er ging zwei- dreimal an ihr vorbei, um aus der Werkzeugtasche etwas zu nehmen und die Lichtschalter (Sicherungen) zu probieren. Spätestens beim dritten Mal drängte er sie an die Wand, er riß sie mit sich zu Boden, er war schon in ihr, ehe sie sich wehren konnte, sie genoß es, daß er ⟨⟩

Die Männer im Traum waren ohne Zärtlichkeit, sie fielen über ⟨sie⟩ her, sie waren die Hunnen, die Mörder, die Uniformierten, die an die Macht gehenden Arbeiter, sie waren der Triumph einer andren Klasse als der ihren, sie kannten weder ihre Gedanken, noch ihre Manieren, noch ihre Bedürfnisse, sie gingen über sie hinweg und in sie ein in einem, sie waren der Schmerz, die Gewalt, das Zahllose, das Gesichtslose, hatten nichts mit Eugen zu tun, nichts mit irgend jemand, und es war eher so, daß sie mit Eugen ihn manchmal zurückverwandelte in einen ihrer Traummänner.

Ihr Sonntagstraum aber war: Daß in Wien an gewissen Tagen plötzlich auf der Straße, in der Straßenbahn, in den Hausfluren alle Männer zugreifen konnten, sie liebte die Öffentlichkeit dieser Überfälle, sie zählte darauf, daß in der Straßenbahn jeder sah was sie tat, daß sie im Park, nur wenig abseits, gesehen wurde, sie litt nicht einmal besonders darunter, gesehen zu werden, es war selbstverständlich, es war so selbstverständlich, daß jeder das tat und daß das mit ihr geschah nicht innerhalb von vier Wänden oder auf einem Bett, sondern irgendwo. Sie liebte ihre Träume, von der Öffentlichkeit, von dem Plan der Begattungen, sie liebte den Montagtraum: es war eine Art Ministerium,

> ein Begattungsministerium, bei dem sie sich einzufinden hatte. Das war ihr liebster Traum, daß der Staat diese gefühlige Sache in die Hand nahm, jedes Gefühl draus verbannte und die Frauen den Männern zuteilte wie Rationen. Sie liebte sich als Ration, als Sexualobjekt, sie liebte, was sie bei Tag Erniedrigung genannt hätte, als etwas, das es dem Mann ersparte, mit der Erde in Berührung zu kommen, wenn er sich auf sie fallen ließ, sie war ja ⟨da⟩, sie gestoßen, gebraucht, verbraucht, erschöpft und erfrischt vor Erschöpfung.

Darüber hinaus geht das Motiv der Ohrfeige, mit der die Erzählung einer der Inhaltsangaben zufolge enden sollte,[51] auf ein kurzes Erzählfragment mit dem Titel »Die Geschlagene« aus der Zeit der Arbeit an dem Band »Das dreißigste Jahr« zurück:

> Die Geschlagene
>
> Die Frau, die sich eines Tags schlagen ließ von einem Mann und zwar nicht nur zuhause, sondern auch in einem Restaurant in der blitzenden neuen Ordnung, in der sie Anrecht auf eine eigene Rechnung und etwas Höflichkeit, Teilnahme am allgemeinen Gespräch über lumpige Minister, Vorverträge und Tarifverhandlungen, ⟨Höhlenzeichnungen⟩ und maximale Temperaturen in fernen Ländern gehabt hätte, muß man sich näher ansehen. Sie kam mit dem Mittagszug und war zuvor ihrer Wege gegangen. Sie hinterließ Wellen von Sympathie und hatte schon viel Wohlgefallen gefunden, ganz Distanz, aber sie stand mit stummen Göttern gut und hatte ein phänomenales Gedächtnis ganz aus Flimmerhaar für verlorene Zeit und eine verlorene Erde, in der Röte ihre Wangen bedeckte und sie sich verneigte vor jedem Mann, der des Wegs kam, und auf ihre Erwählung wartete. Als ihr das geschah und ihre Freunde voll Furcht meinten, sich beweisen und diesen Wahnsinnigen fortweisen zu müssen, stand sie ruhig auf und ging ruhig mit ihm weg, daß auch nicht der leiseste Zweifel entstand, sie wisse, was

---

[51] I. Bachmann: »Todesarten«-Projekt, Bd. 4, S. 4.

> sie zu tun habe. Sie ging an den Kellnern vorbei, am Türsteher vorbei, der entsetzt den Filzvorhang von dem Tor zerrte, und blieb erst auf der Straße stehen.
> »Ja«, sagte sie und sie errötete wirklich.
> Er umarmte sie, mit der größten Nichtachtung, die ihm der Augenblick eingab, und sie wußte, daß sie nie wieder so geliebt werden würde, blieb bei ihm und ließ sich für jede Lüge, für jeden Fehler, den sie beging, für jeden Unverstand, schlagen.

Andererseits verleiht die große motivische Nähe der »Rosamunde«-Erzählung zu dem »Malina«-Roman der Erzählung mehr als den anderen »Wienerinnen« den Charakter eines Seitenstücks der »Todesarten«-Romane. Neben Ortsmotiven wie das »psychologische Institut in der Liebiggasse« (S. 148), »Stockerau« (S. 161) und der »Stadtpark« (S. 156) stiften die Musikmotivik (S. 148), das Geist-Motiv »Denken. Wollen. Sein« (S. 156)[52] und Rosamundes Faszination durch den »Satz: er stand da und trug einen Mentschikoff« (S. 161)[53] eine enge Beziehung zwischen »Rosamunde« und »Malina«. Das von Balzac inspirierte Wunschmotiv, von einem märchenhaften Ritter aus dem Psychologischen Institut und ihrem Leben in Wien befreit und auf seinem Pferd in die Donauauen hinausgetragen zu werden, läßt darüber hinaus vor allem den ersten zusammenhängenden Entwurf, der den Titel »Rosamunde« führt, wie eine Vorarbeit zu den »Geheimnisse[n] der Prinzessin von Kagran« erscheinen, deren erste Fassung – die Entwurfsreinschrift mit dem Titel »Die Geheimnisse der Prinzessin von Ungarn« aus dem Frühjahr 1969[54] – deutlich an die Befreiungsvision Rosamundes anschließt. Auch die utopischen Hoffnungen, die das Ich gegen sein Wissen um die Vergeblichkeit solcher Visionen aufrecht erhält, sind in der »Rosamunde«-Erzählung vorformuliert: »Einmal werden Menschen goldene Schuh und Augen anhaben [...]« (S. 162).[55] Und nicht zuletzt wird mit dem Motiv der Tagträume ein Aspekt der sich entwickelnden Poetik

[52] Vgl. I. Bachmann: »Todesarten«-Projekt, Bd. 3, S. 571.
[53] Vgl. ebd., S. 390.
[54] Vgl. ebd. (Kommentar), S. 844–846.
[55] Vgl. ebd., S. 448–449.

des »Malina«-Romans ausgefaltet, der dort in einem Entwurf der mittleren Hauptentwurfsphase ebenfalls mit dem Stichwort »Träume« angesprochen ist. Während im Zusammenhang der »Malina«-Genese die »Träume« eines schreibenden Ichs, »die die Welt nach innen ergänzen«,[56] über das allgemeine Verhältnis von Realität und Phantasie hinaus auf den Zusammenhang von Phantasie und dichterischer Einbildungskraft verweisen, bleibt es im Fall der Rosamunde-Figur zwar bei »aufgetürmte[n] Geschichten [...] auf der Großleinwand« der Phantasie.[57] Im Spiegel des »Malina«-Entwurfs sind Rosamundes Tagträume jedoch als mehr denn eine Flucht aus der Realität zu werten; sie enthalten gleichzeitig ein kreatives Moment.

Angesichts dieser Motivüberschneidungen hätte die zumindest bis in den April 1971 geplante Aufnahme des Rosamunde-Stoffs in den »Simultan«-Band[58] eine erhebliche Überarbeitung der überlieferten Entwürfe erfordert, auf die Bachmann jedoch zugunsten anderer Erzählungen verzichtet hat. Ob die Fülle von Parallelen zum »Malina«-Roman – in Verbindung mit dem handschriftlichen Stichwort »Sie geht ins Heereswiss. Museum und trifft Malina« – als Hinweis darauf zu lesen ist, daß die Geschichte der Figur Rosamunde zu einem umfangreicheren »Todesarten«-Text ausgeweitet werden sollte, muß allerdings offen bleiben. Die motivische und genetische Verschränkung der Erzählung »Rosamunde« mit dem Roman »Malina« entspricht jedoch ihrem besonders deutlichen thematischen Bezug auf die »Todesarten«-Poetologie. Die Figur der »Psychologieassistentin«,[59] die mit dem »etwas bizarre[n] Abgrund zwischen ihrem Alltag und ihren Tagträumen« lebt,[60] erlaubt – wie die »Todesarten«-Protagonistinnen – die Darstellung von »Demütigungen, die kein Handbuch der Erniedrigung [...] aufgedeckt hat« (S. 152). Dem entsprechen die Verbindungen, die durch die Vergewaltigungs- und Okkupations- (S. 148) sowie die Theatermotivik (S. 162) auch zwischen »Rosamunde«, dem »Buch

---

[56] Vgl. ebd., S. 97.
[57] Ebd.
[58] Verlagsnotiz Hans Rössners vom 14.4.1971.
[59] Vgl. I. Bachmann: »Todesarten«-Projekt, Bd. 4, S. 5.
[60] Vgl. ebd., S. 4.

Franza« und dem Romanprojekt um Fanny Goldmann und Aga Rottwitz bestehen.

Das überlieferte Material zu der Erzählung »Rosamunde« gliedert sich nach dem diskutierten ersten Entwurf doppelter Datierung in zwei größere Ansätze. Der erste mit dem Titel »Rosamunde« führt die Skizze bis zu dem Punkt, an dem die Erzählung auch den deutlich später entstandenen »Inhaltsangabe[n]« zufolge enden sollte (S. 151),[61] zu dem »kurzen Zwischenfall« mit der Ohrfeige, der »wieder ein Mißverständnis zwischen den beiden« ist, nach dem aber »wohl alles so weiter gehen wird wie eh und je«.[62] Auffällig ist, daß die Vergewaltigungsphantasien, mit denen diese Fassung der Erzählung einsetzt, nicht weiter ausgefaltet werden; die Tagträume der Protagonistin nähern sich stattdessen – besonders in dem Motiv des Reiters, der Rosamunde aus dem Institut befreit (S. 148) – in ihrer konkreten Ausgestaltung als Identifikation mit literarischen Figuren wieder der Quellenvorlage, Balzacs Roman »Modeste Mignon«.[63]

In diesem ersten zusammenhängenden Entwurfskomplex wird die Nähe der Figur Rosamunde zur Franza-Figur besonders deutlich. Mit dieser hat sie nicht nur den Namen Ranner gemeinsam (S. 148), sondern vor allem jenes Gefühl von Leere und Unzufriedenheit, das die Situation der jungen Franza vor ihrem Zusammentreffen mit Jordan kennzeichnet und das sich bei Rosamunde in dem Gedanken äußert: »es kann nicht immer so weiter gehen« (S. 149). Auch der hieraus erwachsende Wunsch (der Franza zum Verhängnis wird), einen Mann zu treffen, »den man bewundernd ansehen kann« (ebd.), und der Widerwille angesichts von »pöbelhafte[n], unmögliche[n] Wesen, die ihr auf die Schulter klopften« (S. 148f.), ist in der »Rosamunde«-Erzählung wieder aufgenommen. Darüber hinaus sind Parallelen zu der Figur Martin Ranner aus der Übergangsphase gegen Ende der Arbeit an der Fanny Goldmann-Erzählung zu beobachten: Martin, der feststellt, daß ihn die »Probleme«, die in Büchern abgehandelt werden, »nichts

---

[61] Ebd.

[62] Ebd., S. 5.

[63] Honoré de Balzac: Modeste Mignon. In: ders.: Die Menschliche Komödie, Bd. 1, S. 632f.

angingen«, der »an keiner Ich-Spaltung« leidet und »keine Verunsicherung« kennt, gleicht in dieser Beziehung Rosamunde Ranner, die sich auch »keine Probleme aufschwätzen« lassen will, die sie nicht hat (S. 44).

In dem zweiten größeren Entwurfskomplex erfährt die Lebensgeschichte und Vorstellungswelt Rosamundes eine erweiternde Neufassung; zugleich sind die Motivüberschneidungen zum »Malina«-Roman in erster Linie auf diesen späteren Ansatz konzentriert. Ein Entwurf, in dem Rosamunde von Wawra mit den Namen »Maus« und »Uschilein« angesprochen wird (S. 158), legt in Verbindung mit der Tatsache, daß der Name Uschi in der Institutsepisode nicht zweifelsfrei der Kollegin Stepanek zugeordnet werden kann (S. 156), den Gedanken nahe, daß Bachmann – im Gegensatz zum ersten Entwurfskomplex – hier zumindest zeitweise geplant hatte, den Namen Rosamunde als einen von der Figur im Zusammenhang mit den Tagträumen selbstgewählten neben einen zweiten, ›bürgerlichen‹ Namen zu stellen.

Ein letzter Entwurf mit reflexivem Charakter, der als mutmaßliche Überschrift den Titel eines bekannten Romans von F. Scott Fitzgerald – »Zärtlich ist die Nacht« – führt (S. 163), hebt sich deutlich von den übrigen ab. Der Zusammenhang mit der Erzählung ist – wenngleich die Verbindung des Schauplatzes Schweiz mit den Namen großer Schweizer Psychologen durchaus das berufliche Umfeld der Protagonistin evoziert – im Grunde nur durch den auffallenden Namen Rosamunde gegeben, so daß von einem grundsätzlichen Neuansatz auszugehen ist. Im Kontext der Verbindung zwischen dem Schauplatz Schweiz, der Thematik der Psychologie und der Figur Rosamunde besitzt die Überschrift »Zärtlich ist die Nacht« ihre spezifische Plausibilität: Einerseits spielt der Roman von Scott Fitzgerald zum Teil ebenfalls in der Schweiz, und andererseits wird mit der Figurenkonstellation des Romans »Tender is the Night« (1934) ein in den Entwürfen immer wieder anklingender Aspekt des Rosamunde-Stoffs evoziert, der das Fragment in die Nähe des Franza-Romans rückt: die Anspielung auf das Paar Richard Diver und Nicole Warren, auf Psychiater und Patientin, die zu Mann und Frau werden. Ob dies tatsächlich als – in welcher Form auch immer – geplante Engführung des

Franza- und des Rosamunde-Stoffs zu verstehen ist, muß jedoch offen bleiben. Bemerkenswert ist allerdings unter dem Aspekt einer hypothetischen Umschichtung und Neugestaltung der »Rosamunde«-Erzählung, daß in der Eingangsreflexion ein Erzähler in der ersten Person auftritt – ein für Bachmann durchaus ungewöhnliches Phänomen, sieht man von den Fällen ab, in denen Malina als Erzähler spricht.

»Die ausländischen Frauen«, Sissi-Fragment, »Freundinnen«

Das Fragment »Die ausländischen Frauen« gehört eindeutig zu jenen »Skizzen«, die neben der Erzählung »Simultan« den Anfang der »Wienerinnen« markieren, jedoch »nicht alle fertig geworden sind«.[64] Es ist daher vermutlich auf Ende 1967, auf jeden Fall jedoch vor Anfang 1969 zu datieren. Den vergleichenden Blick von den »Wienerinnen« auf die »ausländischen Frauen«, der in der erzählten Salzburger Gesprächssituation entworfen wird, nimmt später die dritte Fassung des poetologischen »Brief[s] an den Verlag« wieder auf, um das Projekt einer literarischen Sittengeschichte von landläufigen »Dokumentationen über Frauen ›Heute‹« abzuheben.[65]

Ein weiteres kleines Fragment, das vor Anfang 1969 entstand und zu den ersten »Skizzen« der »Wienerinnen« gehört, erzählt von dem Besuch einer Figur namens Sissi bei ihren ›Freunden‹ Barbara und Lajos, deren Kinder sie zu Bett bringt, denen gegenüber sie dann aber das Gefühl bekommt, sie »werde also immer hinten sitzen« (S. 170). Der Figurenname Lajos stellt den Bezug zu dem »Todesarten«-Figurennetz her, in welchem der Name einen Freund oder Bekannten Ivans bezeichnet, von dem das Ich des »Malina«-Romans einmal einen Anruf erhält.[66] Auch in diesem, nach seiner Protagonistin hier Sissi-Fragment genannten Text – wie dann in der »Skizze« »Freundinnen«, die eine ähnlich »unhaltbare Situation« (S. 169) darstellt – spielt »das simultane Denken und Fühlen der Personen, die zusammenhängen«,[67] das Geflecht

[64] I. Bachmann: »Todesarten«-Projekt, Bd. 1, S. 7.
[65] Ebd., S. 15.
[66] I. Bachmann: »Todesarten«-Projekt, Bd. 3, S. 338.
[67] I. Bachmann: »Todesarten«-Projekt, Bd. 1, S. 7.

der Beziehungen zwischen den ›Freundinnen‹ und ihren diversen ›Freunden‹ eine entscheidende Rolle, und damit zugleich jenes aus »Malina«, dem Fanny Goldmann-Komplex und »Ihr glücklichen Augen« bekannte Problem des »Reigens« einander ablösender Partnerschaften, die in der Spiegelung sich wechselseitig erhellender ›Freundschaften‹ als potentielle »Todesarten« erkennbar werden.

Das Fragment »Freundinnen« gehört zwar ebenfalls zu den nicht fertig gewordenen »Skizzen«, entstand in der überlieferten Form jedoch erst nach Anfang 1969. Es gehört zusammen mit »Rosamunde« zu jenen Texten, die »nach Angaben von Frau Bachmann« im April 1971 für den »Simultan«-Band vorgesehen waren,[68] dann jedoch nicht mehr ausgearbeitet wurden. Die brüchige Vertraulichkeit der beiden Freundinnen verweist als die Inszenierung einer Normalität, die jeden Augenblick in Aggression umzuschlagen droht, sowie durch das Motiv der mehrfachen Partnerbeziehungen auf die Erzählungen »Probleme Probleme« und »Ihr glücklichen Augen« voraus. Die Motive des Besuchs bei einer ›Freundin‹ und der dadurch entstehenden »unhaltbare[n] Situation« (S. 169) verknüpfen die Erzählung zudem mit der älteren »Skizze« um die Figur Sissi, die ebenfalls mit dem Motiv des Besuchs bei scheinbar Vertrauten arbeitet, die sich dann als bedrohlich fremd erweisen.

»Gier«

Die Entstehung der Erzählung »Gier« geht auf einen längeren Aufenthalt Ingeborg Bachmanns in Klagenfurt im Sommer 1970 zurück, in dem u. a. die gesellschaftlichen Verhältnisse der »Provinz« Kärnten erneut zum Gegenstand von Bachmanns kritischem Blick werden. Das zeigen neben der Gesellschaftsdarstellung der Erzählung die Briefe an Uwe Johnson, die während dieses Besuchs in Klagenfurt entstanden.[69] Während dieses Aufenthalts hat Bachmann in Kärnten »das Milieu gefunden, das ich schon lange darstellen wollte, das der wirklich ›Reichen‹, die in diesem Land ihre

[68] Verlagsnotiz Hans Rössners vom 14.4.1971.

[69] Siehe die Briefe aus Klagenfurt vom 15.7. und 6.8.1970 in Uwe Johnsons Nekrolog »Eine Reise nach Klagenfurt«, Frankfurt/M.: Suhrkamp 1974.

großen Jagden und Jagdhäuser haben«, und sie hat sich sogleich »in die neue Erzählung verbissen«,[70] in der sie dieses Milieu darstellt. Tatsächlich konzentriert sich der erste Ansatz jener Erzählung, die später den Titel »Gier« erhält, unter der Überschrift »Ein reiches Mädchen« ganz auf den Einblick in das Milieu der »wirklich ›Reichen‹«, den die Figur Elisabeth durch ihre Anstellung als Gouvernante und dann durch ihre Heirat mit dem Unternehmer Geldern (später: Rapatz) gewinnt.

Nach der Rückkehr aus Klagenfurt fand Bachmann eine weitere Anregung für die im Milieu der »wirklich Reichen« spielende Erzählung in der italienischen Presse. In der Nacht des 31. August 1970 hatte sich in Rom ein spektakulärer Mordfall ereignet, der vom 1. September an – zunächst unter Überschriften wie »Das Blutbad in der Via Puccini«[71] – die Presse wochenlang beschäftigte. Angesichts der engen Bezüge dieses Mordfalls zu den überlieferten Fragmenten der entstehenden Erzählung soll diese Quelle von Bachmanns jüngstem »Todesarten«-Plan ausführlicher zitiert werden:[72]

> [1.9.1970] Nach einigen Stunden fieberhafter Nachforschungen konnte die Mordkommission das Blutbad [...] rekonstruieren, das sich gestern abend in einem eleganten Appartement in der Via Puccini abspielte, wo der Marchese Camillo Casati Stampa di Soncino [...] mit Gewehrschüssen seine Ehefrau Anna Fallarino [...] und ihren jungen Freund tötete und sich danach erschoß. Die schauerliche Tragödie hatte ihren Ursprung in dem Verhältnis zwischen der Marchesa Casati und dem jungen Mann, dem 25jährigen Massimo Minorenti. Wie es scheint, hatte der Marchese Casati [...] das Verhältnis seiner 35jährigen [in späteren Artikeln: 41jährigen; Hrsg.] Ehefrau mit Minorenti lange Zeit toleriert. Erst in letzter Zeit hatte sich das, was Casati für eine Liebelei gehalten hatte, als viel bedeutendere Beziehung entpuppt. [...] Nach einer Serie ungestümer Anrufe fand die entscheidende Begegnung statt, die in dem Blutbad gipfelte. [...] Der Marchese Casati griff nach einem seiner Repetiergewehre, das mit großen Schrappnellkugeln ge-

[70] Brief aus Klagenfurt an Hans Rössner vom 12.8.1970.
[71] »Il Giornale d'Italia«, 1.9.1970.
[72] Alle Zitate in deutscher Übersetzung aus der römischen Tageszeitung »Il Giornale d'Italia«.

> laden war, und tötete seine Frau und den Freund; dann richtete er die Waffe gegen sich selbst und tötete sich mit einem Schuß, der seine Kehle und das rechte Ohr zertrümmerte. [...] Die Marchesa Anna Casati Fallarino, im Nachmittagskleid, lag auf einem Sessel, ein Bein auf einem niedrigen Tischchen ausgestreckt, die Brust in Höhe des Herzens von einer furchtbaren Salve von Kugeln durchbohrt, die für die Wildschweinjagd verwendet werden. Der junge Massimo Minorenti lag ausgestreckt auf dem Teppich, von drei Schüssen getroffen, mit zerfetzter Stirn. [...] Der Körper des Marchese Casati [...] befand sich neben einem Sessel, ca. drei Meter von den anderen beiden Leichen entfernt, mit entsetzlich entstelltem Gesicht [...], der Marchese hat fünf Gewehrschüsse abgegeben und dann weitere zwei Patronen in die Waffe eingelegt. [...]

Vom ersten Tag der Sensationsmeldung an werden Mutmaßungen über die Hintergründe dieses Doppelmordes und anschließenden Selbstmordes – mit nicht selten widersprüchlichen Ergebnissen – in der Presse ausgebreitet, von denen Bachmann ebenfalls einige Details in die fragmentarisch gebliebene Erzählung »Gier« übernimmt:

> [1.9.1970] Die Hintergründe der trüben Tragödie im intimen Tagebuch des Marchese: Ihre Verbindung war eine »liaison dangereuse« [...]. Als Minimum waren sie zu dritt: ein unvermeidlicher, gedungener (und jugendlicher) Dritter, üblicherweise männlichen Geschlechts. Für die »Leistungen« stellte Camillo Casati zwischen dreißig- und hundertfünfzigtausend Lire zur Verfügung; das hing offensichtlich von den »Verdiensten« des anderen ab. Der Marchese zahlte bar auf die Hand und notierte dann sorgfältig in einem besonderen Tagebuch neben dem Namen des jungen Mannes und der ausgezahlten Summe die [...] Eindrücke, die er von dem »Meeting« gewonnen hatte. [...] Ein voyeuristischer Ehemann [...], [der] zahlt und [zu]schaut [...] und die wichtigsten Momente der verschiedenen Treffen in vorzugsweise farbigen Photographien festhielt. [...] Casati jedoch war eifersüchtig auf Anna: eine Eifersucht, so besonders wie sein Geschmack. Daß die Frau mit anderen Männern ging, gefiel ihm [...], aber er ertrug den Gedanken nicht, daß sie sich in einen anderen verliebte. [...] Es handelt sich [...] um ein besonderes Milieu und um Personen, deren Mentalität sich einer Analyse entzieht, die ihren Ausgangspunkt bei normalen Lebensregeln nimmt. [...] Eine seltsame, verdrehte und vielleicht aus diesem

> Grund auch stärkere, besitzergreifende Liebe. Don Camillo Casati liebte es, sich als Besitzer seiner Frau zu fühlen [...].

Auch die drei Beteiligten des Dramas und die Nebenfiguren haben verblüffende Ähnlichkeit mit den Protagonisten der bereits Mitte August in Klagenfurt begonnenen Erzählung:

> [1.9.1970] Die umfänglichen Einkünfte [...] hatten es Camillo Casati Stampa stets gestattet, sich allein mit den Dingen zu beschäftigen, die ihm am meisten Vergnügen bereiteten: der Jagd und den Pferderennen.
>
> [2.9.1970] [Anna Fallarinos Geschichte] ist die eines kleinen Mädchens, das aus dem heimatlichen Amorosi in der Provinz Benevento aufbricht und in der Kriegszeit nach Rom [...] übersiedelt. [Hrsg.: Ihre erste Eheschließung vor der Heirat mit dem Marchese Casati war bereits der] Sprung in die bessere Gesellschaft. [...] Man wird nie wissen, ob es der Marchese war, der sie in besondere »Spiele« einweihte oder ob es eine Idee von ihr war, die sich in einen Kontext bereits verdorbener Gefühle einfügte.
>
> [10.9.1970] Die Kommentare Francos [d. i. einer der von der Presse ausfindig gemachten bezahlten Partner des Ehepaars Casati; Hrsg.] über die Frau sind wenig schmeichelhaft: »Sie [...] sagte immer schmutzige Wörter. Sie gefiel mir nicht einmal [...]«.
>
> [12.9.1970] Im [adligen] Milieu hielten alle [Anna Fallarino] für die Tochter eines Rechtsanwalts [...]. Mithin für »einigermaßen akzeptabel, auch wenn sie keine Geborene war«.
>
> [1.9.1970] Als Anna Fallarino [...] den Marchese Casati Stampa kennenlernte, hatte er sich schon von seiner ersten Frau [...] getrennt, von der er die Tochter Anna Maria hatte.
>
> [2.9.1970] [...] die junge Anna Maria Casati Stampa di Soncino, die erst 19 Jahre alt ist, [hat nun] nur zwei nächste Verwandte, die Großmutter väterlicherseits und die Tante mütterlicherseits [...].
>
> [3.9.1970] [Die Tochter ist] aufgewachsen in der Einsamkeit eines großen und prunkvollen Wohnsitzes, an dem sie wenig Liebe und vielleicht noch weniger Verständnis fand. [...] Von mütterlicher Seite her noch im zarten Alter Waise geworden, hatte sie sich beim Vater niedergelassen, jedoch ohne daß es ihr gelang, sich sehr mit Fallarino zu vertragen, die sie nicht ohne eine sarkastische Spitze »die Frau Marchesa« zu nennen pflegte.

Die kriminalpolizeiliche Aufklärung des Dramas und die Presseberichterstattung wurden offensichtlich – wie in Bachmanns Erzählung – nicht zuletzt durch die zurückhaltenden Aussagen der Hausangestellten des Marchese erschwert:

> [1.9.1970] Der Hausmeister Adriano Boni [...] hatte die Anordnung erhalten, sich mit den anderen drei Bediensteten in die dem Gesinde vorbehaltenen Zimmer zurückzuziehen. [...]
>
> [3.9.1970] Boni hat [erst bei der zweiten Vernehmung] zugegeben, während der dramatischen Unterredung [...] zwischen dem Marchese und den beiden Liebenden Geräusche von Schüssen im Wohnzimmer gehört zu haben. Aber der Adlige hatte ihm befohlen, unter keinen Umständen das Zimmer zu betreten, wenn er nicht gerufen würde. Und die Befehle des Marchese wurden um jeden Preis befolgt. [...] Eine Mauer des Schweigens [...] scheint das Haus der Tragödie umgeben zu haben.
>
> [8.9.1970] Zeugenaussage des Arztes (Dottore Baruffi), der als erster den Salon betrat, wo der Marchese Casati, seine Frau und Massimo Minorenti tot lagen. [...] Ich rief die Dienerschaft und sagte, sie sollten die Polizei rufen. Von diesen fast betäubten und geistesabwesenden Leuten erfuhr ich eine brüske Weigerung. »Wir rufen niemanden«, sagten sie zu mir. Ich versuchte sie dann von diesem Zimmer fernzuhalten: Ich hatte Angst, sie könnten etwas Wichtiges verschwinden lassen, sie könnten das Gewehr anfassen. [Frage:] Meinen Sie, daß die Bediensteten von dem Vorfall nichts wußten, bevor sie Sie gerufen haben? [Antwort:] Das weiß ich nicht. Wahrscheinlich, besser gesagt, sicherlich haben sie die Schüsse gehört. Sie wollten keinen Skandal. Da sie nicht wußten, was genau im Salon geschehen war, haben sie daran gedacht, einen Arzt zu rufen, und hofften, daß es nur Verwundete gäbe und daß »das Unglück« beschränkt sein könnte. [Frage:] Haben Sie etwas Seltsames im Verhalten der Dienerschaft bemerkt? [Antwort:] Ich erinnere mich sehr gut an eine Einzelheit. Mehrmals hörte ich sie von einem Tagebuch aus grüner Seide sprechen, vom »Tagebuch des Marchese«, das man verschwinden lassen müsse. Aus diesem Grund plazierte ich mich am Eingang des Salons und wartete darauf, daß der Arzt vom Roten Kreuz kommen würde; ich »übermittelte« ihm die Anordnungen der Polizei und kehrte in die Klinik zurück. [...]
>
> [10.9.1970] [Dottore Baruffi erklärt in einem Dementi, überhaupt kein Interview gegeben zu haben].

Und schließlich beschäftigt sich eine Reihe von Artikeln mit der Frage nach dem wahren Motiv für die Bluttat und liefert dabei auch das Stichwort für den späteren Titel von Bachmanns Erzählung:

[2.9.1970] Ein Mann wie er [...] schießt nicht aus simpler Eifersucht. Außerdem hatte er mehrmals einige Freunde kritisiert, die sich wegen eventueller »Ausbrüche« der Ehefrau Sorgen gemacht hatten, indem er versicherte, daß sie keinerlei Bedeutung hätten. Und warum hat er dann getötet? Das Tagebuch antwortet zum Teil auf diese Frage. Seit einiger Zeit hatte der Marchese bemerkt, daß sich zwischen seiner Frau und ihrem jungen Liebhaber eine Bindung anbahnte, die sich seiner Kontrolle entzog. Etwas außerhalb seines Willens war dabei, sich zu vollziehen. [...] Anna Fallarino bindet sich immer mehr an Massimo. [...] Eine [...] Leidenschaft, die auch wenig bereit ist, wie es bis zu diesem Augenblick geschehen war, anderen das Schauspiel ihrer Ausdrucksformen zu gewähren [...].

[5.9.1970] Das trübe »Dreieck«, untersucht von Professore Antonio Castellani von der Universität Rom – Das Urteil des Psychiaters über das Blutbad: Nach dem, was ich in den Zeitungen gelesen habe, kann man sagen, daß er, der Marchese Casati, eine psychopathische Persönlichkeit mit Verhaltensstörungen vorrangig auf psycho-sexuellem Gebiet war. Es ist anzunehmen, daß es nicht nur voyeuristische, sondern auch homosexuelle Valenzen gab. [...] Es könnte sein, daß der Urheber und das Opfer des Blutbades sich nicht nur damit begnügte, das sexuelle Verhältnis zwischen dieser Frau und den mehr oder weniger gelegentlichen Partnern zu beobachten, es ist wahrscheinlich, daß er auch aktiven Anteil an einem mehrseitigen Verhältnis nahm. Es ist wichtig zu unterstreichen, daß die erotisch-sexuelle Befriedigung beim Perversen geradezu paradigmatisch das Anonyme, die Anonymität erfordert. Deshalb war es ihm (dem Marchese) unangenehm, daß die Beziehung seiner Frau mit diesem anderen Partner nicht mehr nur gelegentlich war, sondern gewohnheitsmäßig geworden ist. Der Perverse akzeptiert das Gewohnheitsmäßige nicht. Die erotisch-sexuelle Beziehung des Perversen ist nämlich nie die Begegnung mit einem DU als erster Person [...], sondern ein Nehmen des anderen ausschließlich auf der Ebene des Habens und Besitzens und nie auf der Ebene der Gegenseitigkeit. Es gibt kein Schenken, sondern nur possessive Gier [voracità]. Die Ehefrau war nur ein Mittel, um durch einen anderen Partner [...] die Befriedigung seiner perversen Tendenzen zu erreichen. [...] Die Beweggründe für die Tötung der Ehefrau können vielfältig gewesen sein. Einer der wahrscheinlichsten ist das tiefe Gefühl der

Rache gegenüber dieser Frau, die sich für sein Spiel nicht mehr zur Verfügung stellte, undankbar gegen all seine Großzügigkeit [...]. Einen Beweggrund [für den Selbstmord] könnte man in einem schmerzlichen Zustand der mit Schuldgefühlen beladenen Angst in Verbindung mit dem bereits begangenen Mordakt finden. Ein Zustand, der das Subjekt in einen tiefen Verzweiflungszustand gestürzt hat (das, was wir Psychiater eine »Grenzsituation« nennen), demzufolge er, da er nun jede Existenzmöglichkeit als unwiderruflich verloren ansah, es für richtig gehalten hat, alles zu zerstören, was seine Welt ausgemacht haben konnte, und damit selbst unterzugehen [...].

[4.9.1970] Am Vorabend des Verbrechens standen die beiden Liebenden vor der Trennung! [...] Anna Fallarino [hatte] ihrem jungen Freund ihre Entscheidung mitgeteilt, ihrem Verhältnis ein Ende zu setzen. [...] In jener dramatischen Nacht schrieb Anna Fallarino also zwei Briefe, einen an ihren Mann, in dem sie versuchte, ihn zu besänftigen, und sich bereit erklärte, ihn über sie entscheiden zu lassen, und den anderen an ihren jungen Freund, in dem sie, das Einschreiten Don Camillos voraussehend, entschied, das Verhältnis abzubrechen. [...] Der aufsehenerregende Fund des Briefes läßt das Motiv des Blutbads hinfällig werden.

[8.9.1970] Die Tragödie in der Via Puccini muß in einem sehr viel stärker überhitzten Klima herangereift sein als in dem, das die Personen, die sich am Abend vor dem Mord und Selbstmord im Hause des Marchese aufhielten, beschrieben haben. Die bis zu diesem Augenblick gelieferte Version [...] ist zu einfach. [...] Das ganze Geschehen muß sehr viel schwerwiegendere und vor allem zeitlich sehr viel weiter entfernte Ursprünge haben. Die Verlegenheit der Dienerschaft, das seltsame Verhalten der Bedienten am Abend des Verbrechens muß notwendigerweise, zusammen mit so vielen anderen wenig klaren Einzelheiten, Polizei und Justiz dazu bewegen, zu versuchen, klarer zu sehen.

[11.9.1970] Die Spiele des Marchese [Kommentar von Emilio Servadio]. Das zentrale Problem der ganzen Angelegenheit Casati-Fallarino [...] ist unzweifelhaft das komplexe Verhältnis des Protagonisten zur Frau, oder, um es besser zu sagen, zur weiblichen Figur. [...] Die grundlegende psychische Struktur des Marchese Casati [...]: [er war] ein sexuell unreifes und an vielfältigen Verirrungen, das heißt an zwanghaftem Voyeurismus, latenter Homosexualität, mit Manifestationen der Herrschaft über das andere Geschlecht und über Dinge und so weiter leidendes Individuum [...]. Aber warum die abschließende Explosion, der doppelte Mord, der Selbstmord? Auch hier hilft uns die Sexu-

> alpsychopathologie und die Psychoanalyse. Im Gegensatz zu dem, was im allgemeinen geglaubt wird, verwirklicht das Individuum, das in sich starke passiv-masochistische Komponenten trägt, die eigenen Phantasien, indem es sich zu ihrem »Regisseur« macht. [...] Auf diese Weise sind die zerstörerischen Ladungen nicht vollständig gegen das Subjekt gerichtet: Ein Teil von ihnen, gut oder böse, richtet sich nach außen und findet in den bereits beschriebenen despotischen und »anleitenden« Verhaltensweisen Ausdruck. Wenn jedoch diese kurze Spanne verschwindet, in der es dem Ich noch, und sei es auch nur in der Einbildung, gelingt, sich zu behaupten, fühlt sich das Individuum verloren, seine zerstörerische Aggressivität durchbricht jedes Hindernis und zieht es zusammen mit den Akteuren seines abartigen »persönlichen Theaters« ins Nichts hinab.

Diese Zitate aus dem »Giornale d'Italia« verdeutlichen, daß die Zeitungsberichte über den Mordfall Casati Bachmann gewissermaßen als ein »Neuer Pitaval« gedient haben, an dessen Material das Vorhaben einer literarischen Sitten- und Bewußtseinsgeschichte im Geiste Balzacs und Barbeys ansetzen konnte.

Im November 1970 während der intensiven Arbeit an der Drucklegung des »Malina«-Romans spricht Bachmann im Rahmen der Optionsfrage – der Einlösung der Option des Piper-Verlags auf das »Buch Franza« durch die »Simultan«-Erzählungen – dann rückblickend von der »sehr lange[n] Geschichte«, die sie »in diesem Sommer in Österreich geschrieben« habe.[73] Diese Formulierung läßt vermuten, daß auch die weiteren, in einem engen Zusammenhang miteinander entstandenen Entwurfsreinschriften zu der Erzählung »Gier« zu diesem Zeitpunkt bereits vorlagen. In dem eben zitierten Brief schreibt Bachmann an Klaus Piper, »für die Reinschriften brauche [sie] natürlich noch einige Zeit«, und der Verleger versteht dies offenbar als Hinweis darauf, daß »Gier« in den »Simultan«-Band eingehen solle, denn er fragt in seiner Antwort nach dem Stand der Arbeit an der »lange[n] Geschichte«.[74] Auf eine Aufnahme der Erzählung in den »Simultan«-Band, falls sie von der Autorin jemals geplant war, wird jedoch offenbar bald verzichtet. Keiner der poetologischen Entwürfe zu dem »Si-

[73] Brief an Klaus Piper vom 14.11.1970.
[74] Brief Klaus Pipers an Ingeborg Bachmann vom 21.12.1970.

multan«-Band berücksichtigt die Erzählung »Gier« oder eine ihrer Vorstufen, und auch in der Liste der für den Band geplanten Titel aus dem April 1971[75] wird sie nicht aufgeführt. Während die literarische Arbeit an dem »Gier«-Stoff nach dem konzentrierten Beginn im Sommer 1970 zurückgestellt wird – zunächst wegen der Schlußredaktion für den Roman »Malina«, dann zugunsten der »Simultan«-Erzählungen –, spielt die Möglichkeit einer selbständigen Veröffentlichung der Erzählung im Anschluß an »Simultan« in der Korrespondenz mit dem Suhrkamp-Verlag vom Dezember 1971 an eine wichtige Rolle. Am 13. Dezember 1971 schlägt Siegfried Unseld der Autorin eine Veröffentlichung der Erzählung in der zweiten Jahreshälfte 1972 vor – dies ist zugleich der früheste verbindliche Beleg für den Titel »Gier« –, am 14. Februar 1972 nennt er als möglichen Publikationsort die Bibliothek Suhrkamp. Im Sommer des gleichen Jahres stimmt Bachmann dem Vorschlag zu und schätzt die »Geschichte« auf »circa 130 bis 150 Seiten«, die sie sich für den August und September zu schreiben vornimmt, jedoch vorsichtshalber erst für den Dezember verspricht.[76] Aus dem Umfeld dieses Briefes und der Pläne zu einer Wiederaufnahme der Arbeit an »Gier« im Sommer 1972 stammen sowohl die kurze Handlungsskizze, die Bachmann auf der Rückseite einer Todesanzeige für H. W. Eppelsheimer[77] entwirft, als auch der von ihr handschriftlich überarbeitete Verlagsentwurf eines Ankündigungstexts, der in der Verlagskorrespondenz zwischen Briefen vom 28. August und 18. Oktober 1972 abgelegt ist. Mit der Ankündigung der Erzählung greift der Verlagstext der Textgenese jedoch deutlich vor. Zwar billigt Bachmann im Februar 1973 den Ankündigungstext für ein »Buch«, mit dem vermutlich wiederum »Gier« gemeint ist.[78] Die Ausarbeitung der Erzählung zu einer »sehr lange[n] Geschichte« von »circa 130 bis 150 Seiten« ist jedoch ein Plan geblieben, der nicht mehr zur Ausführung gelangte. Die

---

[75] Verlagsnotiz Hans Rössner 14.4.1971.

[76] Undatierter Brief an Siegfried Unseld aus dem Sommer 1972.

[77] Professor Hanns W. Eppelsheimer (gest. am 24.8.1972) war im Jahr 1964, als Ingeborg Bachmann der Georg Büchner-Preis verliehen wurde, Präsident der Deutschen Akademie für Sprache und Dichtung.

[78] Brief an Siegfried Unseld vom 7.2.1973.

überlieferten Texte der Erzählung entstanden mit Ausnahme der genannten Paralipomena durchweg in der ersten konzentrierten Arbeitsphase des Spätsommers 1970.

Ihrer novellistischen Anlage nach hebt sich die Erzählung »Gier« von Anfang an von dem Porträtcharakter der »Wienerinnen« ab, aus denen der »Simultan«-Band als eine literarische Sittenkritik der modernen Gesellschaft am Beispiel österreichischer Frauenfiguren konzipiert ist. Die überlieferten Texte der »Gier«-Erzählung beginnen den genannten Briefäußerungen entsprechend mit einer gesellschaftskritischen Milieustudie und besitzen darüber hinaus durch das tragische Ende des spektakulären Mordfalls, auf den die Erzählung offenbar sehr früh hinführen soll, einen engen Bezug zu dem geplanten und durch die »Ouvertüre« »Malina« Anfang 1971 eröffneten »Todesarten«-Zyklus. Bezeichnenderweise greift die erste Namensgebung für den Typus des »wirklich ›Reichen‹«, der Name Geldern, auf eine »Gräfin Geldern« aus der letzten Arbeitsphase am ersten »Todesarten«-Roman zurück, in dem diese Figur bei dem Begräbnis von Fanny auftritt.[79]

Die überlieferten Texte der »Gier«-Erzählung gliedern sich in drei Textstufen. Die erste Fassung mit dem Titel »Ein reiches Mädchen« ist ganz von der Initiation der offenbar aus einfachen Verhältnissen stammenden jungen Gouvernante in »das Milieu [...] der wirklich ›Reichen‹« geprägt und skizziert in diesem Sinne den Zeitraum eines Jahres – vom sechzehnten bis zum siebzehnten Geburtstag der ihr anvertrauten, sich ihr aber entziehenden Tochter des Unternehmers, der hier noch den Namen Geldern trägt. Innerhalb dieses Jahres wird Elisabeth in die kritisch gesehene Welt der Oberschicht eingeführt, heiratet ihren Arbeitgeber und wird durch Antoinette Altenwyl, die Repräsentantin des alten österreichischen Adels in »Malina«, schließlich als das charakterisiert, was sie in den Folgefassungen mit tödlichen Konsequenzen zum Opfer des ihr fremden Milieus macht: als »Bertolds Lamm« (S. 184).

Die zweite, fragmentarisch überlieferte Fassung eines Anfangs der Erzählung, die nun den Titel »Das Geldern Bier« trägt und in

[79] I. Bachmann: »Todesarten«-Projekt, Bd. 1, S. 145.

der Elisabeths Ehemann trotz dieser Überschrift erstmals Rapatz heißt, symbolisiert die Herrschaft der Gewalt in dem dargestellten Milieu durch eine Jagdmotivik, die auch in dem dritten, umfangreichsten Textkorpus der Erzählung eine entscheidende Rolle spielt. Für diese dritte, in der posthumen Erstveröffentlichung (1982) als ›Hauptfragment‹ bezeichnete Textstufe ist keine Texteröffnung erhalten. Die Texte dieser Stufe zeigen im Gegensatz zu den früheren deutliche Züge von Entwürfen, deren Folge wegen ihres episodischen Charakters nicht zwingend rekonstruierbar ist. Allerdings gibt der erkennbare Handlungsgrundriß – der Weg von der Anstellung Elisabeths als Gouvernante, die erst in dieser Fassung den Nachnamen Mihailovics trägt und deutlich als eine Intellektuelle dargestellt wird, über die Heirat mit Rapatz bis zu dem katastrophischen Ende des spektakulären Mordfalls, der von außen als die Folge eines Eifersuchtsdramas erscheint – ein gegenüber den Vorfassungen deutlich erweitertes Muster vor, das von den überlieferten Fragmenten gefüllt wird und an dem sich die Anordnung der Texte orientiert.

»Am spannendsten aber und auch am verwirrendsten« war für den Literaturkritiker und -wissenschaftler Reinhard Baumgart beim Erscheinen der kritischen Edition des »Todesarten«-Projekts »die langsame Findung, Veränderung, das Umtaufen und Umfunktionieren von zentralen Figuren«.[80] Joachim Kaiser wies auf den eigentümlichen »Sog der immer neuen Bachmann-Ansätze« hin, in den »man beim Lesen« gerät,[81] und Peter von Matt sprach davon, daß »die Texte in der Imagination des Lesers« immer wieder »von neuem ineinander[fluten]«.[82] Einig waren sich die Kritiker darin, daß Bachmanns »Todesarten«-Projekt beides ist, faszinierender Lesestoff für um philologische Details unbekümmerte Leserinnen und Leser und ein »saftiges Weideland für künftige Bachmann-

[80] Reinhard Baumgart: Ich treibe Jenseitspolitik. Ausgegraben: Ingeborg Bachmanns legendäres »Todesarten«-Projekt. In: DIE ZEIT, 24.11.1995.

[81] Joachim Kaiser: Text-Tollhaus für Bachmann-Süchtige. Das »Todesarten«-Projekt in fünfbändiger philologischer Aufbereitung. In: SÜDDEUTSCHE ZEITUNG, 13.12.1995.

[82] Peter von Matt: Im Urstromland des Erzählens. Ingeborg Bachmanns »Todesarten«. In: FRANKFURTER ALLGEMEINE ZEITUNG, 10.10.1995.

Dissertanten, für wertende Biographen«,[83] das »noch lange zu neuen Entdeckungen und Spekulationen einladen« wird.[84] Tatsächlich muß die in dem vorliegenden Band versammelte Erzählprosa in vieler Hinsicht immer noch als weitgehend ›unbetretenes‹ und unerforschtes Gebiet gelten. Die Erzählungen »Requiem für Fanny Goldmann« und »Gier« standen nach ihrer posthumen Veröffentlichung im Schatten des Franza-Romans, der seit seiner Erstpublikation 1978 die Aufmerksamkeit von Lesern, Kritikern und Wissenschaftlern in besonderem Maße auf sich gezogen hat, und hinsichtlich des Goldmann/Rottwitz-Romans steht die literaturwissenschaftliche Forschung noch ganz am Anfang. Vielleicht stellt es in diesem Zusammenhang eine besondere Chance dar, daß sich die Bachmannforschung derzeit in einer Umbruchphase befindet. Mit zunehmender Distanz zur Entstehungszeit der Texte gelangt nun auch jener historische, soziale und kulturelle Kontext der sechziger Jahre stärker in den Blick, der das »Todesarten«-Projekt hervorgebracht hat, und es kristallisieren sich (auch infolge des literaturwissenschaftlichen Methodenwandels) Aspekte von Bachmanns Schreiben heraus, die verborgen geblieben sind, solange die »Todesarten« noch bruchlos als Gegenwartsliteratur gelesen wurden. Es ist zu hoffen, daß unter diesen Voraussetzungen eine differenzierende Neuentdeckung möglich wird, die insbesondere auch dem Status der hier vorgestellten »Todesarten«-Texte als nachgelassener Fragmente, als der faszinierenden Dokumente eines intensiven literarischen Arbeitsprozesses mit hohem moralischem und ästhetischem Anspruch gerecht wird.

Münster, im August 1998

Monika Albrecht und Dirk Göttsche

---

[83] J. Kaiser: Text-Tollhaus für Bachmann-Süchtige, a.a.O.

[84] Christine Kanz und Thomas Anz: »Ich rede über die Angst«. Ingeborg Bachmanns »Todesarten«-Projekt, kritisch ediert. In: NEUE ZÜRCHER ZEITUNG, 6./7.1.1996.

Das »Todesarten«-Projekt im genetischen Überblick

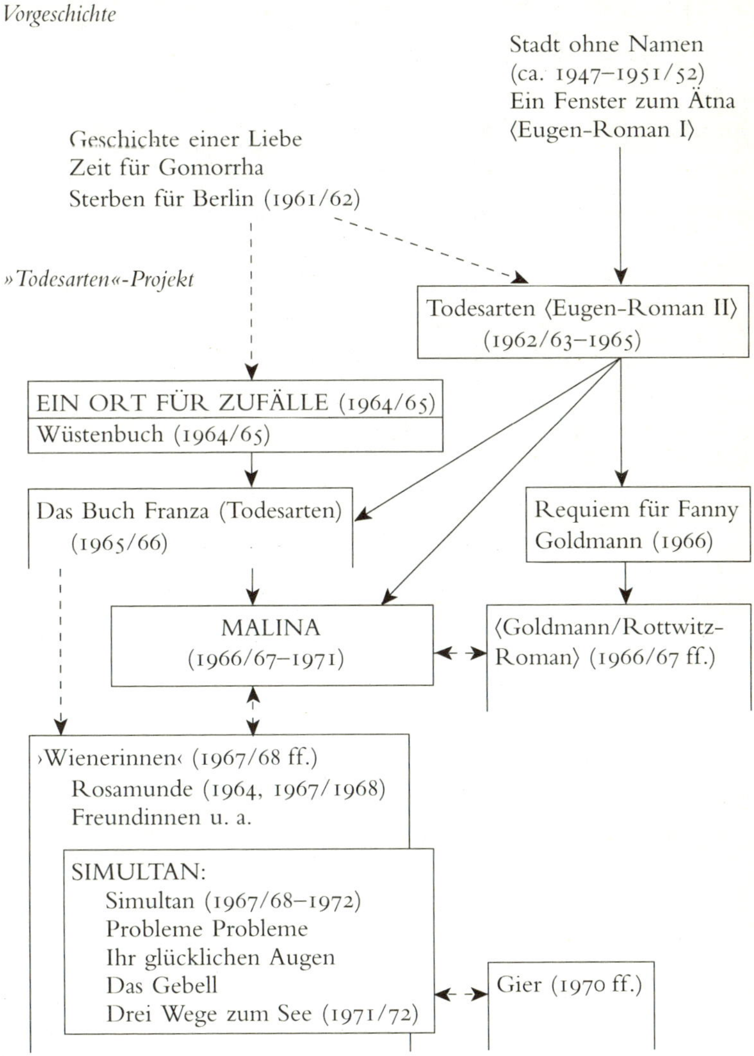

Pfeile bedeuten genetische Bezüge, geschlossene Kästchen abgeschlossene oder aufgegebene Werke, Majuskeln zu Lebzeiten veröffentlichte Werke.

Zeichenerläuterung

Diakritische Zeichen

⟨nur⟩	Emendation
⟨⟨nur⟩⟩	Konjektur (Lesehypothese)
⟨ ⟩	Textabbruch, Textverlust, Textlücke
*	Ein Sternchen am linken Rand markiert den Beginn eines neuen Texts oder Entwurfs

PIPER

Ingeborg Bachmann
Sämtliche Erzählungen

486 Seiten. Geb.

Ingeborg Bachmanns Erzählungen gehören zum klassischen Bestand der deutschsprachigen Prosa unserer Zeit. Kühnheit des Themas, Wagnis der Sprache, Schärfe der Erkenntnis und Energie des Gefühls waren von Anfang an die unverwechselbaren Merkmale ihrer Prosa.
Ingeborg Bachmanns Geschichten zeigen Menschen in den Schnittpunkten ihrer Existenz, vor Entscheidungen, bei denen es um die Liebe geht, um Leben und Tod.

»Es geht Ingeborg Bachmann«, schrieb Horst Bienek über den Erzählungsband ›Das dreißigste Jahr‹, »niemals um ein Schicksal oder um eine Handlung, sie werden nur benutzt, um in der Sprache der Bilder und Symbole alles über die Liebe, alles über die Wahrheit, alles über den Menschen, alles über die Verzweiflung zu sagen. Ihre Gestalten sind alltäglich – und doch von mythischer Ausstrahlung; sie sind Hausfrau und Medea, Richter und Ödipus, Student und Hamlet.«

Ingeborg Bachmann
Römische Reportagen

Eine Wiederentdeckung. Herausgegeben und mit einem Nachwort versehen von Jörg-Dieter Kogel. 123 Seiten. Geb.

Eine sensationelle Wiederentdeckung! Kaum jemand wußte davon, denn ihre Texte verschwanden nach der Ausstrahlung in den Archiven: Vom September 1954 bis zum Sommer 1955 arbeitete Ingeborg Bachmann als Rom-Korrespondentin für Radio Bremen – und lieferte präzis formulierte Berichte aus Politik und Kultur.
Für Radio Bremen war das Engagement der damals noch weitgehend unbekannten Autorin ein reiner Glücksfall: Ingeborg Bachmann besaß alles, was eine exzellente Korrespondentin auszeichnet. Sie sprach perfekt italienisch und verfügte über profunde Kenntnisse der Politik und Kultur Italiens, wohin sie schon im Spätsommer 1953 übersiedelt war. Präzis und souverän berichtete sie über beinahe jedes Thema: über mysteriöse Kriminalfälle im gehobenen Milieu ebenso wie über angebliche kommunistische Umsturzversuche; über dreiste Mafia-Umtriebe ebenso wie über die Ratifizierung der Pariser Verträge. Ihre politischen Erörterungen waren so klarsichtig und brillant analysiert wie ihre feuilletonistischen Betrachtungen charmant und pointiert.

SERIE PIPER

Ingeborg Bachmann

Anrufung des Großen Bären
Gedichte. 79 Seiten. SP 307

Das Buch Franza
Das »Todesarten«-Projekt in Einzelausgaben. Herausgegeben von Monika Albrecht und Dirk Göttsche. 264 Seiten. SP 2608

Das Dreißigste Jahr
Erzählungen. 192 Seiten. SP 1509

Die Fähre
Erzählungen. 98 Seiten. SP 1182

Frankfurter Vorlesungen
Probleme zeitgenössischer Dichtung. 105 Seiten. SP 205

Gedichte, Erzählungen, Hörspiele, Essays
357 Seiten. SP 2411

Die gestundete Zeit
Gedichte. 63 Seiten. SP 306

Die Hörspiele
Ein Geschäft mit Träumen · Die Zikaden · Der gute Gott von Manhattan. 160 Seiten. SP 139

Liebe: Dunkler Erdteil
Gedichte aus den Jahren 1942–1967. 61 Seiten. SP 330

Mein erstgeborenes Land
Gedichte und Prosa aus Italien. Hrsg. von Gloria Keetman. 160 Seiten. SP 1354

Sämtliche Erzählungen
486 Seiten. SP 2218

Sämtliche Gedichte
229 Seiten. SP 2644

Simultan
Erzählungen. 211 Seiten. SP 1296

Wir müssen wahre Sätze finden
Gespräche und Interviews. Hrsg. vo Christine Koschel und Inge von Weidenbaum. 166 Seiten. SP 1105

Werke
Erster Band: Gedichte · Hörspiele · Libretti · Übersetzungen. Zweiter Band: Erzählungen. Dritter Band: Todesarten: Malina und unvollendete Romane. Vierter Band: Essays · Reden · Vermischte Schriften · Anhang. Hrsg. v. Christine Koschel. Inge von Weidenbaum, Clemens Münster. In Kassette. Zus. 2297 Seiten. SP 1700

SERIE PIPER

Roswitha Quadflieg

Die Braut im Park

Roman eines Lebens. 225 Seiten. SP 2396

»Wenn du siebzig wirst, ziehst du ein weißes Kleid an, gibst ein großes Fest auf Skansen, und ich komme zurück und heirate dich.« Damals, auf dem Bahnhof in Stockholm, hatte Gerda von Croneborg, dreißig, Mutter einer vierjährigen Tochter und gerade geschieden, lachend der absurden Idee ihres Liebhabers Per zugestimmt. Heute, nach vierzig Jahren, hat sie mit ihrem letzten Geld ihr Versprechen eingelöst, und alle waren gekommen: ihre Tochter Selma mit den beiden Kindern, ihr ältester Bruder Knut mit seiner Frau Johanna, ihr Lieblingsneffe Nils. Nur einer nicht: Per, für den sie sich geschmückt hatte wie eine Braut. Nun sitzt sie draußen im Park, in der Kälte und Finsternis, eine alte gebrechliche Frau, und beginnt den Bilderteppich ihres Lebens Schicht um Schicht freizulegen. Knapp und lakonisch, dabei zugleich fesselnd und eigenwillig zieht Roswitha Quadflieg die Bilanz eines Lebens und öffnet den Blick auf die Dinge, wie sie wirklich waren.

Bis dann

Roman. 185 Seiten. SP 2395

»Roswitha Quadflieg hat das klassische Genre des sentimentalen Briefromans meisterhaft in eine Gegenwart übertragen, der Jugend alles und Alter nichts als Abstieg und Schmach bedeuten. Daß echte Liebe in mancherlei Gestalt daherkommt und die Tiefe der Gefühle an kein Alter gebunden ist, zeigt sich in diesem Roman.«
Brigitte

Fabels Veränderung

Roman in einem Kapitel. 112 Seiten. SP 2397

Am Morgen nach seinem zweiundvierzigsten Geburtstag erweckt Simon Fabel in seiner Vorstellung ein Kind zum Leben, das niemals geboren wurde, weil es von Fabels damaliger Geliebten nicht gewollt war. Und Simon Fabel verändert sich…

Wer war Christoph Lau?

Roman. 176 Seiten. SP 2523

»Sie bringt es auf ihre Art nahe: knapp, präzise, nie sentimental, aber mit überzeugendem Gefühl.«
Die Welt

Edgar Hilsenrath

»Poet und Pierrot des Schreckens.«
Der Spiegel

Bronskys Geständnis
Roman. 205 Seiten. SP 1256

»›Bronskys Geständnis‹ ... ist ein Alptraum-Report und eine flagellantische Satire zugleich ...«
Der Spiegel

Das Märchen vom letzten Gedanken
Roman. 509 Seiten. SP 1505

»Ein Thomas Mannscher Geist der Erzählung bewegt sich mühelos in Raum und Zeit, raunt von Vergangenem und Künftigem, raunt ins Ohr eines Sterbenden, der in der Todessekunde alles erfahren will: wie Vater und Mutter lebten und starben, wie das armenische Volk lebte und starb.«
Der Spiegel

Moskauer Orgasmus
Roman. 272 Seiten. SP 1671

Nacht
Roman. 448 Seiten. SP 1137

»Hilsenrath ist ein Erzähler, wie ich seit Thomas Mann und dem Günter Grass der Blechtrommel keinen mehr kennengelernt habe.«
Südwestfunk

Der Nazi & der Friseur
Roman. 319 Seiten. SP 1164

Zibulsky oder Antenne im Bauch
Satiren. 160 Seiten. SP 1694

»Hilsenrath ist vielleicht der einzige wirklich anarchische Erzähler, ein vehement die Wahrheit suchender Außenseiter unserer ausgetrockneten Intimsphäre.«
Rheinische Post

Jossel Wassermanns Heimkehr
Roman. 320 Seiten. SP 2139

Edgar Hilsenraths Roman läßt voll sprühendem Witz und leiser Trauer die einzigartige Welt der osteuropäischen Juden noch einmal auferstehen: »Indem er von einem Schtetl namens Pohodna am Pruth erzählt, erzählt der Roman zugleich von etwas anderem, das nicht erzählbar ist und dennoch in der Art des Erzählens, die Hilsenrath gewählt hat, unerwartet gegenwärtig wird: die Vernichtung. Die Vernichtung inmitten all der Schnurren und Schwänke aus Kaiser Franz Josephs Zeiten, über die herzlich gelacht werden darf. Hilsenrath ist mit seinem neuen Roman ein ganz außerordentlicher Balanceakt gelungen.«
Lothar Baier, Die Zeit

SERIE PIPER

Sten Nadolny

Die Entdeckung der Langsamkeit

Roman. 359 Seiten. SP 700

»Dieses Buch kommt, scheint's zur richtigen Zeit. Nadolnys heute ganz ungewöhnliche ruhige Gegenposition im gehetzten Betrieb der Politiker und Literaten hat etwas Haltgebendes und unangestrengt Humanes.«

Der Tagesspiegel

Netzkarte

Roman. 164 Seiten. SP 1370

»So unterschiedlich die Hauptdarsteller in seinen Büchern auch sind, eines verbindet sie: der besondere Blick auf das kleine Abenteuer und das große Erleben… Das Staunenkönnen zeichnet Sten Nadolnys Helden wie ihn selber aus, und er lehrt es seinen Lesern neu.«

FAZmagazin

Ein Gott der Frechheit

Roman. 288 Seiten. SP 2273

»…Jenseits der tradierten Heldengeschichten vom Götterboten Hermes spinnt Nadolny seine Handlungsfäden zu einer amüsanten göttlichen Komödie unserer neunziger Jahre weiter. Mit Hermes begreifen wir die politischen Veränderungen in Osteuropa ganz anders. Es ist der Blick des Fremden, der uns unsere unmittelbare deutsche Gegenwart mit neuen Augen sehen läßt.«

Focus

Selim oder Die Gabe der Rede

Roman. 502 Seiten. SP 730

Das Erzählen und die guten Absichten

Münchner Poetikvorlesungen im Sommer 1990, eingeleitet von Wolfgang Frühwald. 136 Seiten. SP 1319

Neben den intuitiv-schöpferischen Kräften, die dem romantischen Bild des Dichters entsprechen, interessiert ihn ganz besonders die Rolle der bewußten, logisch begründbaren Erzählziele. Dementsprechend zieht er sich bei seiner Abwehr »guter Absichten« nicht hinter die unangreifbare Forderung nach schöpferischer Souveränität zurück.